KB140761

이노센트 와이프

THE INNOCENT WIFE

Copyright © 2017

All rights reserved

Korean translation copyright © 2020 by Next Wave Media

Korean translation rights arranged with RANDOM HOUSE UK LIMITED

through EYA (Eric Yang Agency).

이 책의 한국어판 저작권은 EYA(Eric Yang Agency)를 통해

RANDOM HOUSE UK LIMITED와 독점 계약한 '흐름출판(주)'에 있습니다.

저작권법에 의하여 한국 내에서 보호를 받는 저작물이므로 무단전재 및 복제를 금합니다.

T H E

이노센트 와이프

에이미 로이드 장편소설 | 김지선 옮김

I N O C E N T

W I F E

흐름출판

라이스에게,

작가로서만이 아니라 인간으로서도

더 나은 사람이 될 수 있도록 도와줘서 고마워요.

차 례

c o n t e n t s

프롤로그

홀리 마이클스는 집에서 15킬로미터 떨어진 플로리다주 레드 리버 카운티의 강 상류에 버려졌다. 시신이 발견된 것은 실종신고를 받은 지 76시간이 지난 후였다. 시신의 손끝은 펜치로 잘려 있었다. 범인을 할퀸 피해자의 손톱 밑 살점에는 DNA가 남아 있었을 것이다. 증거를 숨기려는 범인의 용의주도함이 엿보였다. 시신은 사망 직후 이동된 것으로 보였다. 살해된 장소가 어딘지 알 수 없지만 아이를 죽음에 이르기까지 난폭하게 폭행하고 이후 시신을 훼손할 수 있을 만큼 충분히 은밀한 장소였음이 분명했다.

샘은 영국 브리스톨의 자기 집, 거실에서 범죄 현장의 사진을 처음으로 자세히 들여다보았다. 다행히 불이 꺼져 있던 덕분에 메스꺼움을 조금이나마 덜 느낄 수 있었다. 홀리는 얼굴을 아래로 한 채 누워 있었다. 사진들은 외설적이었다. 금발에 떡 진 피 때문이 아니라 여자아이의 허리 아래로 아무것도 걸치지 않은 탓이었다. 샘은 담요로 홀리의 몸을 덮어주고 싶었다. 홀리의 자존심을 지켜주고 싶었다.

시간이 지나면서 샘은 홀리의 모습을 보아도 더는 흠칫하지 않았다. 시신의 사진이 실려 있는 토론 게시판을 들여다볼수록 밀랍처럼 창백한 피부와 검붉은 핏덩어리 대신 홀리를 둘러싼 것들이 눈에 보이기 시작했다. 샘의 눈동자는 사진의 가장자리, 바닥에 붉은 동그라미를 쳐놓은 부분으로 향했다. 샘은 눈을 찡그려 가며 자세히 들여다보았다. 발자국이었다. 그렇지만 회원들이 이야기하듯, 사건 파일 어디에도 발자국에 관한 이야기는 없었다. 의문이 생겼다. 발자국이 조사 중에 의도적으로 누락된 건 아닐까? 설마 아무도 못 본 걸까? 아니면 둔해빠진 경찰이 범죄 현장을 오염시킨 걸까? 게시판에서는 밤늦도록 토론이 이어졌다. 샘은 도무지 어떤 말을 믿어야 할지 갈피를 잡을 수 없었다. 단 하나만 빼고. 실제로 무슨 일이 있었든, 진짜 살인자는 자유로운 몸으로 풀려났다.

샘의 집착이 시작된 건 데니스가 첫 다큐멘터리를 찍은 지 18년이 지난 후였다. 샘은 그때 처음으로 데니스의 다큐멘터리를 보았다. 남자친구인 마크의 권유로.

"장난 아냐. 자기가 원래 이런 데 관심이 없는 걸 알지만, 이건 진짜 홀딱 빠질 수밖에 없을걸. 정말 믿기지 않는 얘기거든."

마크가 말했다.

샘은 마크의 방 침대에 마크와 나란히 앉아 있었다. 모니터에서 사연이 펼쳐지자 샘은 숨이 멎을 정도로 집중했다. 법정에서 어린 소년이 어색한 정장을 차려입고 서 있었다. 잔뜩 겁에 질린 얼굴로 파란 눈을 깜빡이고 있었다.

샘은 마음이 아파왔다. 누추한 방, 가혹한 조명과 살벌한 풍경 속에서 슬픔의 젖은 아름다운 소년의 얼굴은 한없이 연약해 보였다. 열여덟 살이 될까 말까 한 나이에 사형수 감방에 홀로 갇힌 데니스 댄슨.

다큐멘터리가 끝났지만 샘은 더 많은 것이 알고 싶어졌다.

"내가 그랬잖아." 마크가 말했다. "자기가 완전 빠질 거라고."

데니스는 빠른 속도로 샘의 머릿속을 점령했다. 낮에는 물론 밤에도 샘의 꿈 언저리를 맴돌 정도였다. 꿈속에서 데니스는 샘의 손끝을 스치듯 지나쳐갔다. 말을 걸거나 붙잡기에는 언제나 너무 멀었다.

샘은 온라인 모임에 가입했다. 그 모임은 열성적인 팬클럽과 비슷해 보였다. 데니스의 사진, 증인 진술, 법원 속기록, 검시 보고서와 알리바이 하나하나를 꼼꼼히 뜯어보았다. 어찌나 세부적인 것까지 놓고 왈가왈부하는지 피곤할 지경이었지만, 그렇다고 멈출 수는 없었다. 일을 이렇게까지 몰고 온 단 하나의 진실을 알아내고 싶었다.

소모임들은 저마다 나름의 이론을 내세웠다. 홀리의 새아버지를 의심하는 사람들, 시 외곽 트레일러 주차장에 사는 성범죄자를 의심하는 사람들이 있는가 하면 미국 전역에서 일어난 미해결 살인 사건들을 들먹이는 사람들도 있었다. 그 과정에서 온갖 끔찍한 상상들이 확대 재생산됐다. 어두운 환상에 충동질당하는 트럭 운전사. 밤만 되면 잠자리에서 일어나 홀로 어두운 거리를 배회하는 살인마. 이것뿐만이 아니다. 레드 리버 카운티의 경찰들이 지역의 아동 성도착자들에게 약점을 잡혀 뒤를 봐주고 있다고 주장하는 음모론까지 제기됐다.

그러나 샘은 진실은 그보다 단순할 거라고 생각했다. 살인 사건이 일어나기 일주일 전, 키 작은 남자가 중학교 앞을 배회하고 있다는 신고가 접수됐다. 남자는 지나가는 아이들을 불러 세워 시간을 물었다. 아이들에게 시계를 잃어버렸다면서, 같이 찾아주면 보답을 하겠노라고 했다. 아들을 데리러왔던 엄마가 나중에 경찰에게 그 남자가 수상해 보였다고 진술했다. 행동에서 경계하는 티가 나고 말할 때 시선을 가만히 못 두고 끊임없이 주변을 두리번거렸다고 했다. 남자는 경찰이 도착하기 전에 현장을 떠났다. 동네가 좁은 편인데도 남자를 안다고 나서는 사람이 아무도 없었다. 부모들은 그 남자 때문에 불안해했고, 교사들은 혹시 모를 위험에 대비해 매일 아침저녁으로 학교 주변을 순찰했다. 그러나 아무 일도 일어나지 않았다. 더는 수사를 진행할 필요가 없어 보였다. 경찰은 사건에 대해 보고하고는 그 일을 잊어버렸다. 범죄가 일어난 것도 아니었고, 남자가 학교에 다시 나타난 것도 아니었기 때문이다. 홀리가 실종됐다는 신고가 접수된 것은 그로부터 일주일 후였다.

토론 게시판에서는 그 남자를 '키 작은 남자'라고 불렀다. 경찰은 학부모들을 다시 신문했다. 키 작은 남자의 몽타주가 신문에 실리고 길거리에 포스터가 나붙었다. 그렇지만 목격담이 들어오거나 실마리가 잡히지 않았다. 결국 경찰은 조사를 완전히 중단할 수밖에 없었다. 그러곤 누군가를 체포해야 한다는 압박을 받았는지 다른 소문들에 초점을 돌리기 시작했다.

그러나 토론 게시판은 여전히 '키 작은 남자 범인설'을 추적하는 데 집중됐다. 근래 체포된 성범죄자들의 머그샷과 경찰의 몽타주를 비교하기도 했다. 샘은 실마리를 찾아 강박적으로 게시물들을 읽으며 다른 게시판 이용자들의 수사 기법에 경탄했다. 경찰이 놓친 실마리들을 포착해 사라진 진실을 파헤치고 이야기를 만들어내는 사람들의 능력은 경이로울 정도였다.

다른 사건에 관해, 다른 피해자들에 관해 이야기하는 게시판들도 있었다. 이런 이야기를 다룬 다큐멘터리와 팟캐스트, 텔레비전 프로그램 중 특히 〈진실을 엮다: 홀리 마이클스 살인 사건〉은 많은 사람을 사로잡았다. 샘은 인터넷에서 올라와 있는 정보는 몽땅 다 찾아 읽었다. 새로운 증거, 이를테면 발자국이나 홀리의 새아버지에 관한 가족의 알리바이 진술을 법정 조사에 채택해달라고 요구하는 청원에 서명하기도 했다. 사람들은 다들 진실을 찾으려는 욕망에 사로잡혀 있었다. 엄청난 사법 실책의 피해자로서 사건의 중심에 선 남자를 자유의 몸으로 만들려는 욕망에 이끌리고 있었다.

사람들은 데니스에게 깊게 감정이입했다. 역경에 빠진 열여덟 살 소년이 감옥의 남자로 변하기까지 오랜 세월을 지켜본 것도 이런 분위기에 한몫했다. 데니스에게는 어딘가 성스러운 구석이 있었다. 밝은 흰색 작업복을 입은 모습은 수도승처럼 고요했고, 양손과 발이 I자 모양 사슬로 묶여 있는 모습은 그리스도의 대속을 연상시켰다. 데니스는 끝끝내 선고를 받아들이지 않고 무죄를 주장했지만, 시종일관 평온한 모습이었다.

"저는 이걸 싸움으로 생각하고 싶지 않아요." 다큐멘터리 끝부분에서 데니스가 한 말이었다. "싸움은 사람을 지치게 하거든요. 사람을 무너지게 만들죠. 하지만 전 여전히 흔들리지 않고 있답니다."

샘은 화면이 페이드아웃되듯 점차 사라지는 데니스의 모습이 자신을 끌어당기는 것처럼 느꼈다. 이 세상의 모든 불공평함에 짓눌리는 것만 같았다. 샘은 무력감에 사로잡혀 흐느꼈다.

상황을 제대로 이해하는 건 게시판 속 사람들뿐이었다. 〈진실을 엮다〉를 처음 보았을 때 샘이 느낀 무력감을 똑같이 경험한 사람들은 샘을 반갑게 맞아주었다. 물론 냉소적인 사람들도 있었다. 그렇지만 대체로 샘은 고향에 온 것 같은 기분이 들었다. 생각과 감정을 자유게시판에서 함께 나눴다. 데니스에 대한 것뿐 아니라 자신의 개인적 삶에 관한 것도 함께 이야기했다. 마크가 떠났을 때도 그랬다. 집에 왔더니 남자친구의 물건들이 없어졌을 때, 쪽지 한 장 없이 싱크대의 컵에 자신의 칫솔만 덩그러니 남아 있는 걸 발견했을 때도, 샘은 그 사람들에게 의지했다. 게시판 속 사람들은 샘을 위로해주고, 이야기를 하고 싶으면 연락하라며 스카이프 연락처를 메시지로 보내주고, 샘이 차일 이유가 하나도 없다고 확신시켜주었다. 샘에게는 그 사람들이 전부였다.

모임의 사람들은 대부분 미국인이었지만 영국인도 있어서 때로 모임과 행사가 열리기도 했다. 논의와 시위를 주도하는 것은 주로 미국인들이었다. 데니스는 형 집행 일자를 두 번 받았는데, 그때마다 이들은 레드 리버 카운티 법원과 앨투나 교도소 앞에 모여 자신들의 주장을 공론화하기 위해 시위를 벌이거나 언론과 인터뷰를 했다. 천막에서 한뎃잠을 자며 전단지를 나눠주고 청원 서명을 받기도 했다. 거리 맞은편에 '살인범들'과 '시신은 어디 있나'라고 쓰인 피켓을 든 다른 모임이 자리를 잡을 때도 있었다. 그럴 때면 양 그룹은 서로 주거니 받거니 고함을 쳤고, 거리의 각 편 연석에는 양측을 분리하기 위해 가름막이 세워졌다. 경찰들은 그 중간에서 무심한 표정으로 앞을 보고 서 있었다.

데니스가 형 집행 정지를 받았을 때 서로 포옹하며 울음을 터뜨리는 모임의 사진이 미디어에 실려 전국에 보도됐다. 샘은 블로그 포스트와 시위를 다룬 언론 매체들을 쭉 훑어본 후 영국 측 게시판에 자신도 그 자리에 함께 있었으면 좋았겠다, 멀리 산

15

다는 게 너무 힘들다는 글을 올렸다.

"말이야 바른 말이지 그 사람들이 뭘 했다고." 다른 회원이 댓글을 달았다. "그냥 원래 시스템 자체가 그렇답니다. 40년간 사형수 감방에 처박아놓고 막상 아무도 처형은 하지 않지요. 그러니 그 사람들의 행동이 실제로 뭔가 도움이 됐을까요? 글쎄. 저는 아니라고 보네요."

샘이 보기에 영국 회원들은 미국 회원들보다 진지함이 부족한 듯했다. 그냥 이것을 취미 활동쯤으로 여기는 게 아닐까 싶을 정도였다. 한번은 여럿이 모여 런던 지하 감옥을 방문했다. 피투성이 밀랍 조각들이 중세에나 쓰였을 법한 녹슨 고문 도구들에 목이 매인 채 영원히 고통받는 자세로 굳어 있었다. 스피커에서는 비명의 합창이 계속 흘러나왔다. 다들 비명을 지르고 깔깔 웃는 걸 보며 샘은 혼자만 동떨어진 기분이 들었다. 사람들은 사건의 인간적인 면보다는 음울함 자체에 더 관심이 있는 것 같았다. 데니스를 실제 인간으로 생각하는지조차 의심스러웠다. 그들은 샘처럼 마음 아파하지 않았다. 그런 냉소주의와 감정적 거리 두기는 영국인의 전형적인 모습이었다. 샘은 그들과 함께 있고 싶지 않았다. 자신처럼 마음 아파하는 사람들과 함께 있고 싶었다. 뭔가를 해야만 한다는 생각이 간절하게 들었다.

한편 미국인 멤버들은 샘이 수년간 사귄 친구들 중 가장 가까운 존재였다. 샘은 양반다리를 한 채 침대에 앉아 무릎에 노트북을 올려놓고 밤늦게까지 채팅을 했다. 많은 사람이 데니스에게 편지를 쓰고 받은 답장을 스캔해서 올렸다. 샘은 사람들이 그렇게 친숙한 방식으로 데니스한테 말을 거는 걸 볼 때마다 어색했다. 아니, 그렇게 할 수 있다는 생각조차 해본 적이 없었다. 샘이 데니스에게 편지를 쓰기까지는 몇 달이 걸렸고, 그걸 보내기까지는 몇 주가 더 걸렸다.

1월 29일

친애하는 데니스

저는 서맨사라고 해요. 서른한 살이고 영국에서 학교 교사로 일하고 있어요. 저는 당신이 무죄란 걸 알아요. 이렇게 편지를 쓰고 있으니 기분이 묘하네요. 만난 적도 없는 사람한테 편지를 쓰는 건 생전 처음 해보는 일이거든요. 당신한테 편지를 보내는 사람들은 다들 똑같은 소리를 하겠죠. '당신 이야기는 내 마음을 움직였어요.' '당신이 내 머릿속에서 떠나지 않아요.' 저 역시 그렇게 말할 수밖에 없네요. 전 당신 이야기에 정말 마음이 움직였고, 정말로 당신 생각이 머리에서 떠나지 않아요.

데니스, 다들 당신의 무죄를 입증하려고 열심히 애쓰고 있어요. 저도 보탬이 되고 싶은데 뭘 해야 할지 도무지 모르겠어요. 뭐든 좋으니 필요한 게 있으면 말해주세요. 아무리 사소한 거라도 좋아요. 최선을 다해볼게요.

저는 당신에 관해 많은 걸 아는데 당신은 저에 관해 아무것도 모른다고 생각하니 기분이 좀 이상하네요. 그러니까 약간이라도 공평해질 수 있게, 제 이야기를 좀 할게요. 저는 혼자 살아요. 3년 전 할머니가 돌아가시면서 저한테 집을 물려주셔서, 안 그래도 저를 미워하던 엄마가 저를 더 미워하게 됐어요(그게 가능하다면요). 당신처럼 저 역시 가족 중에 문제아였답니다. 기분 나쁘게 듣지는 마세요. 우리가 다른 사람들이랑 달라서 사람들이 우리를 이해하지 못한다는 뜻이니까요. 우리가 실제로 뭔가 잘못했다는 뜻이 아니라요. 할머니는 언제나 저를 이해해주셨지요. 저한테는 정말이지 엄마나 다름없었어요. 저는 할머니를 여읜 상실감을 아직 극복하지 못했답니다. 어쩌면 그래서 당신 이야기가 그렇게 충격적으로 와닿았나 봐요.

저는 사귀던 사람하고 얼마 전에 헤어졌어요. 아름다운 이별은 아니었지요. 전 제 직업이 싫어요. 어떤 날에는 아침 일찍 잠이 깼는데 꼼짝도 못하고 누워 있기만 하죠. 그럴 때면 그냥 누운 채 검푸르게 밝아오는 시간 그대로 하루가 멈춰버리길 빕니다. 제가 말이 좀 많죠? 하지만 솔직히 이런 이야기를 누군가에게 할 수 있다는 것만으로도 기분이 좋아지네요.

답장을 보내지 않더라도 이해할 수 있어요. 틀림없이 당신에게는 편지가 엄청 많이 올 테니까요. 그냥 바깥에 당신을 생각하는 사람들이 많다는 걸 알려주고 싶었어요. 새 다큐멘터리에 대한 소식으로 다들 정말 들떠 있답니다. 말하려니까 어째 바보같지만, 그 소식을 듣자마자 저는 새로운 희망을 느꼈어요. 이번에야말로 당신이 재심의 기회를 얻어낼 거라는, 거의 확신에 가까운 느낌마저 들어요. 당신도 들떠 있나요? (바보 같은 질문이면 미안해요.)

제 바람을 말한다면, 소식을 전해줬으면 좋겠어요. 당신이 사람들에게 보내는 편지는 정말 사려 깊더라고요(사람들이 온라인에 올리거든요. 당신이 그 모든 일을 겪고도 잘 지내고 있는 걸 알게 되어서 사람들은 정말 기뻐한답니다.). 괜찮다면 저는 당신에게 편지를 또 쓰고 싶어요.

— 당신의 친구,

서맨사

답장을 받지 못할지도 모른다는 생각에 샘은 아무에게도 자신이 데니스에게 편지를 보냈다고 얘기하지 않았다. 그리고 답장을 받은 후에도 게시판에 올리지 않았다. 그의 편지가 어딘가 다르게 느껴졌기 때문이다. 그 이유가 그걸 받은 사람이 자신이기 때문인지, 아니면 실제로 다른 사람들이 받은 답장하고 다른 것인지 알 수 없었지만 말이다.

4월 14일

친애하는 서맨사,

답장이 늦어져서 미안해요. 당신 말이 맞아요. 저는 편지를 많이 받아요. 저한테 온 편지를 다 읽으려면 시간이 좀 필요하지요. 하지만 시간이 아무리 남아돌아도 모든 사람에게 답장을 하는 건 아니에요. 당신 편지는 왠지 다른 편지들과 다르게 느껴졌어요. 당신이 외로움을 느낀다니 유감이에요. 그런데 저도 외롭답니다.

캐리에게 온라인 후원에 관해 들었어요. 마음이 많이 놓이더군요. 제가 학교 다닐 때는 학교에 컴퓨터가 한 대밖에 없었는데 화면의 입력창에 글자를 쳐 넣으면 로봇이 교실 안을 돌아다녔지요. 어찌나 느리던지. 거북이 로봇이었나 봐요. 어느 날 쉬는 시간이 끝나고 돌아와보니 로봇이 망가져 있더라고요. 선생님은 누가 한 짓이냐고 묻지도 않았죠. 그냥 곧장 제 이름을 불렀어요. 전 손 하나 까딱 안 했는데 다들 제 짓이라고 생각했죠.

처음 듣는 이야기라고요? 이 이야기는 아무한테도 하지 않았거든요. 사람들이 저에 관해 많은 걸 안다고 생각하면 기분이 묘해요. 때로는 저에 관해 저보다 더 많이 아는 것 같아요.

당신의 제의는 고맙지만 금전적으로 필요한 건 아무것도 없어요. 캐리가… 그 사람 이름이 계속 나오는데 누구를 말하는 건지 알려나 모르겠네요. 다큐멘터리를 공동 제작하고 감독한 사람인데, 그 이후로 저랑 아주 친한 친구가 됐어요. 면회를 오고 사식도 넣어준답니다. 그런 친구가 있는 게 저한테는 행운이지요. 도와주는 사람이 아무도 없는 수감자들이 많거든요.

당신 질문에 대답하자면, 저 역시 새 시리즈 일로 들떠 있지만, 이전에도 희망에 부풀었다 실망만 한 적이 많아서 그냥 평정심을 유지하려고 노력 중이에요.

당신이 또 편지를 써줬으면 정말 좋겠어요. 당신 글이 정말 좋아요. 무척 다정한 느낌이 들거든요. 가끔은 이상한 편지도 온답니다. 당신은 아마 상상도 못 할 거예요. 당신에 관해 더 많이 알고 싶어요. 부디, 당신만 괜찮다면 계속 편지를 써주세요. 책도 추천해주세요. 그건 언제나 도움이 되거든요. 보내줄 필요는 없어요. 제가 직접 구할 수 있으니까요.

얼른 당신 소식을 들을 수 있으면 좋겠네요, 서맨사, 당신 편지는 어둠뿐인 내 하루를 밝혀주는 빛이에요.

― 좋은 일만 있기를,
데니스

샘은 데니스의 편지를 다시 읽었다. 데니스가 아무에게도 한 적 없는 이야기를 내게만 하다니. 편지가 마치 데니스의 일부처럼 느껴졌다. 샘은 어디를 가든 그 편지를 지니고 다녔다. 외로움이 찾아들 때마다 꺼내 읽었다. 편지를 주고받을수록 샘은 점점 덜 외로워졌다. 사랑에 빠진 듯한 기분이었다. 이런 느낌은 처음이었다. 너무 바빠 답신을 보낼 시간이 없는 척하거나, 무관심해 보이려고 애를 쓰거나, 문자메시지 마지막에 하트를 몇 번 찍을까 고민할 필요는 없었다. 자연스럽게 정답을 찾은 것만 같았다.

10월 9일

친애하는 데니스

편지함이 열리는 소리를 듣거나 집에 와서 현관 밑에 봉투가 놓여 있는 걸 볼 때마다 짜릿한 기분이 들어요. 이런 내가 한심한가요? 그냥 당신 편지를 읽는 게 너무 좋아요. 하지만 당신은 그저 내게 친절하게 대해주는 것일 뿐이겠죠. 내 사진은 근사하다고 하긴 어렵지만, 찾을 수 있는 최근 사진 중 완전히 엉망이 아닌 건 그것뿐이었어요. 자기 얼굴 찍는 걸 좋아하는 사람들이 많지만 난 내 사진을 찍는 것도, '셀카'라는 이름의 명칭도 끔찍하게 싫어요. 셀카에는 전혀 익숙해지지 않아요. 전 남친의 지적 때문에 사진에 노이로제가 생겼거든요.

또 징징대고 있네요! 그만할게요. 그나저나 촬영이 또 미뤄졌다고요? 정말 실망했겠어요. 얼른 좀 시작됐으면 좋겠네요. 빠를수록 좋지요. 당신이 조심스러워하는 건 알지만, 난 안 그래도 되니까 내가 우리 두 사람 몫까지 기도할게요.

밤이 다가오고 있어요. 혼자인 밤은 언제나 고독했는데, 이제는 더 이상 그렇게 외롭다는 생각이 들지 않아요. 당신이 거기 있다는 걸 아니까. 당신 편지를 기다리고 있으니까요. 솔직한 내 모습을 보여줄 수 있는 누군가가 있다는 게 얼마나 기쁜지 당신은 모를 거예요. 학생들을 가르칠 때는 늘 센 척해요. 안 그러면 안 돼요. 애들이 날 우습게 보거든요. 잔뜩 신경을 곤두세우고 있다 보니 하루종일 피곤하죠. 다른 교사들하고는 사이가 별로예요. 다들 결혼해서 애가 있는데, 그저 자기들하고 다르다는 이유로 나를 어디 결함이라도 있는 사람처럼 본다니까요. 그 사람들에게는 당신한테 편지를 쓴다는 이야기를 할 수 없어요. 분명 이해 못할 테니까. 얼마 전 동료 교사가 당신 사건을 다룬 책을 읽는 걸 봤어요. 아이린 터너가 쓴《붉은 강이 흐를 때》요. '난 데니스 댄슨을 알아요! 우린 매주 편지를 주고받아요!' 하는 말이 나오는 걸 간신히 삼켰어요. 말해봤자 뒷말이나 돌았겠죠. 게다가, 사람들이 모르는 비밀이 있다는 게 어쩐지 기분 좋기도 해요.

— 사랑하는,

서맨사

10월 25일

서맨사,

당신 전 남친은 멍청이가 틀림없어요. 당신은 아름다워요. 내가 당신 남자친구였다면 절대로 당신을 놓치지 않았을 거예요. 당신 사진을 벽에 붙여놓았어요. 웃는 모습이 너무 예뻐요. 당신 사진을 보면 나도 모르게 저절로 웃음이 나와요.

《붉은 강이 흐를 때》는 나도 읽었어요. 아이린은 여전히 내게 편지를 보낸답니다. 나에 관해 쓰인 글을 읽는 건 꽤 기분이 묘하답니다. 〈진실을 엮다〉는 아직 못 봤지만 캐리가 말하기로는 포괄적이라더군요. 그에 비하면 아이린의 책은 좀 선정적인 쪽이이지요. 더러 이게 정말 내 이야기가 맞나 싶은 부분들도 있어요. 책 속의 나는 내가 봐도 별종 같더라고요.

맞아요. 새로운 시리즈 때문에 실망하긴 했지만, 캐리 말로는 오히려 잘된 거래요. 촬영을 시작하기 전에 넘어야 할 법적 장애물들이 있어서 새 변호사들하고 만나봤는데, 앞으로 잘하면 일 년 안에 재심이 있을 수도 있다는 희망적인 이야기를 해주더군요. 모든 게 너무 느리게 진행되고 있어요. 하루가 일주일 같아요. 오늘은 비 때문에 야외 활동을 건너뛰어서인지 머리가 아파요. 당신 편지를 여러 번 읽었어요. 그걸 읽을 때면 당신이 이곳에 있는 것 같아서 덜 외롭거든요.

내가 당신을 친구 이상으로 좋아하게 된 걸 인정해야겠어요, 서맨사, 어쩔 수 없어요. 당신 편지가 기다려져요. 매주 배달되는 편지 다발 속에서 당신 편지를 찾다가, 당신의 글씨가 눈에 띄면 심장이 두근거려요. 이런 말, 하면 안 되는 거 알지만, 어쩔 수가 없네요. 내가 당신에게 짐이 될까 봐 걱정돼요. 내게 매주 편지를 쓰는 게 너무 부담스러워지면 어떡하나, 우리 우정이 당신을 더 고독하거나 비밀스러운 사람으로 만들면 어떡하나 걱정돼요. 하지만 여기서 그만두기엔 난 너무 이기적이에요. 당신이 있어서 모든 게 참을 만해져요. 난 당신에게 아무런 약속도 해줄 수 없어요. 당신은 더 나은 사람을 만나야 한다는 걸 잘 알아요. 당신이 머지않아 그걸 깨닫고 나를 잊을까 봐 걱정돼요.

— 사랑해요,
데니스

1월 13일,
데니스,

다시는 그런 말 하지 말아요. 난 당신을 사랑해요. 내가 원하는 건 당신뿐이에요. 우리가 지금 떨어져 있는 건 내게 아무런 문제도 안 돼요. 면회를 하고 싶어요. 당신이 받아준다면요. 할머니가 물려주신 돈이 아직 많이 남아 있어요. 게다가 여기 있어야 할 이유를 도무지 찾을 수 없네요. 뭔가 특별한 일을 하려고 돈을 모으고 있었는데, 이보다 더 중요한 일은 없을 것 같아요. 하염없이 바라기만 하면서 평생을 흘려보내는 어리석은 일은 그만두고 싶어요. 이제 실제로 행동에 옮길 거예요.

당신은 안 된다고 하겠지만 거절은 거절하겠어요. 내게 뭐가 최선인지는 내가 가장 잘 아니까요. 내 마음은 이미 정해졌어요. 이르면 다음 달 떠날 수 있어요. 언제든 오라고만 해요.

— 모든 사랑을 담아,
당신의 서맨사

1월 24일

서맨사,

당신을 여기서 볼 수 있다고 생각하니 나 역시 마음이 환해지는 것 같아요. 자리에 가만히 앉아 있을 수 없어요. 계속 서성이게 돼요. 먼지가 풀풀 나는 마당을 몇 바퀴나 돌았는지 몰라요. 교도관들이 다들 막 웃으면서 당신이 굉장히 특별한 사람인가 보다고 하더군요. 이러는 내 모습은 다들 처음 본다나요.

캐리에게 당신 이름이랑 주소를 알려줬는데 기분 나빠하지 않았으면 좋겠네요. 캐리가 4월부터 레드 리버랑 그 부근에서 촬영을 할 건데, 난 두 사람이 만나는 것도 괜찮을 거라고 생각해요. 나는 그럴 수 없더라도 적어도 캐리는 당신을 챙겨줄 수 있으니까요.

당신을 만나면 당연히 난 당신을 사랑하게 될 거예요. 당신이 날 사랑하지 않을까 봐 그게 걱정이죠. 난 달라졌어요. 해이해졌죠. 하지만 요즘은 당신을 만나려고 관리 중이에요. 난 다큐멘터리를 찍었을 때보다 나이가 들었어요. 그때로부터 18년이나 흘렀죠. 사람들은 그 사실을 잊는 것 같아요. 어떤 사람들은 여전히 열여덟 살인 내게 편지를 써요. 연애편지를요. 상상할 수 있나요?

당신이 사슬에 묶인 나를 보고 충격받지 않았으면 좋겠어요. 우린 감방을 나설 때 그걸 차야 하거든요. 안전상 이유 때문이라지만 분명 굴욕적이죠.

언제 오라고는 말하지 못하겠어요. 그냥 당신이 준비되면 와요. 캐리가 여기 있을 때 오면 더 좋겠지요. 하지만 꼭 와요. 나도 당신이 필요해요. 당신을 사랑해요.

— 언제나 내 모든 사랑을,
당신의 데니스

제목: 데니스!!
샘!

캐리예요, 데니스 친구. 데니스에게 집 주소를 받긴 했는데 온라인으로 당신을 찾는 게 더 쉬울 것 같아서요. 누드사진은 잘 봤어요! 농담이에요. 이상한 건 하나도 발견하지 못했어요. 그건 그렇고, 데니스가 샘 이야기를 정말 많이 해요. 듣다 듣다 이제 신물이 날 정도로요! 솔직히, 데니스의 이런 모습은 처음 보는 것 같아요. 샘과 새 다큐멘터리 덕분에 요즘은 생판 딴 사람이 된 것 같지 뭐예요.

샘이 면회하러 여기 올 거라고 들었어요. 나더러 당신 가이드를 맡아달라더군요! 여기 있는 동안 샘을 즐겁게 해줄 수 있다면 나야 영광이죠. 난 대개는 촬영을 하고 있을 테지만 샘도 같이 다니면 좋을 것 같아요. 샘이 내킨다면요. 우린 레드 리버를 돌아다니며 인터뷰도 하고 우리가 가진 실마리도 캐보고, 증인들도 만나고, 뭐 그런 일들을 할 거예요. 샘이 고맙게도 다큐멘터리의 열혈 팬이라고 들었어요. 그래서 말인데, 혹시 참여하고 싶지 않나요?

답장 줘요. 데니스 친구는 곧 내 친구예요. 그 망할 동네에서 어디에 묵을지, 무엇을 먹을지, 피해야 할 곳은 어딘지에 관해 조언이 필요하면 언제든지 나한테 물어봐요.
곧 만나요!

— 캐리

◆ ◆ ◆

샘은 마음이 바뀌기 전에 얼른 항공편을 예약했다. 샘이 떠났을 때, 아무도 샘이 없어진 것을 알아차리지 못한 듯했다.

1부 앨투나

Altoona

1화

교도소는 회색 콘크리트로 만들어진 거대한 괴물 같았다. 건물을 둘러싼 철조망 윗부분은 가시철망으로 되어 있었다. 들어가는 길에 있는 커다란 돌에는 '교정본부, 앨투나 교도소'라고 쓰인 명판이 박혀 있었다. 디즈니풍 회랑에 매달린 커다란 플라스틱 간판에도 대문자로 '앨투나 교도소'라고 쓰여 있었다. 몇 그루 안되는 야자수가 시설 가장자리에 흩어져 있어 교도소의 외양은 한층 더 초현실적으로 보였다. 마치 영화 촬영장 같았다.

샘은 렌트한 SUV 문을 급히 열고 자갈 위에 왈칵 토했다. 순간, 덥고 습한 공기가 모공까지 메울 기세로 밀어닥쳤다. 선글라스에 김이 서렸다. 에어컨을 틀어 선선한 차 안의 공기에서 벗어나자마자 물에 빠진 기분이 들었다. 머리카락이 목에 들러붙어 촉수처럼 돌돌 감겼다.

속이 허했다. 전날 히스로 공항에서 비행기를 타고 들어온 이후 한 끼도 먹지 못했다. 한밤중에 속이 쓰려서 모텔 자판기에서 사 먹은 그래놀라 바가 전부였다. 속이 울렁거려 토했지만 나온 건 끈 같은 담즙과 커피가 다였다. 샘은 손에 쥐고 있던 여행용 깡통에서 박하사탕을 꺼내 먹었다. 거울을 쳐다보는데 얼핏 그런 생각이 들었다. '어쩌면 내가 그런 사람일지도 몰라. 사실은 아름다운데 그 사실을 모르고 못생겼다고 착각하는 사람.' 햇빛 가리개를 접어 올리며 혼잣말을 했다. 신체 이형장애(실제 외모에 큰 결함이 없는데 그런 생각에 사로잡히는 정신장애 — 옮긴이) 꺼져. 그러고는 재빨리 고개를 저으며 부정적인 생각을 털어냈다.

샘은 차를 세우고 경비원이 지키고 서 있는 입구로 걸어갔다. 잠깐 걸음을 멈추고 돌아갈까 생각했다. 지난 스물네 시간 동안 마음을 백만 번은 바꾼 것 같다. 공항 문을 나서 열기 속으로 걸어 들어갈 때까지 단 한순간도 현실감이 느껴지지 않았다. 실수한 거야. 끔찍한 실수. 두 사람이 주고받은 편지는 일종의 공유된 광기였다. 그저 뭔가 더 나은 것을 간절히 바란 두 사람이 만들어낸 환상에 지나지 않았다.

실내로 들어온 샘은 면회증과 신분증을 건네고 자신의 가방이 엑스레이 기계 위를 굴러가는 것을 보면서 금속 탐지기를 통과했다. 가방을 집어들자 반대편에서 한 남자가 극장에서 외투를 맡길 때처럼 번호표를 주었다. 여성 교도관이 샘의 몸을 더듬어 수색했다. 다른 교도관이 가슴에 번호가 적힌 스티커를 붙였다. 교도관들은 샘을 가야 할 방향으로 부드럽게 안내했다. 그들은 꼭 필요한 한두 마디 외에는 침묵을 지켰다. 샘은 민트색으로 칠해진 기다란 방에 도착했다. 더위 때문에 질식할 것 같았다. 방의 한쪽 구석에는 달달거리는 작은 환풍기가 있었다. 녹색 플라스틱 의자들은 바닥에 고정되어 있었다. 샘은 맨 앞에 빈 의자에 앉았다. 의자 앞에는 구멍이 몇 개 뚫린 두꺼운 플라스틱 분리대와 책상처럼 보이는 작은 선반이 있었다. 양옆은 사생활 보호를 위해 칸막이가 쳐져 있었다. 방문객들은 전부 여성이었는데, 다들 입을 다물고 서로의 눈길을 피했다. 샘은 플라스틱 창너머를 바라보았다. 뒷벽에 기대서서 자신의 구두를 내려다보고 있는 교도관 한 명을 제외하면 저쪽 편에는 아무도 없었다.

저 멀리 오른쪽 끝에 조명이 달린 문이 하나 보였다. 조명은 강철로 된 틀 안에 들어 있었다. 샘은 잠시 왜 저렇게 해놓았을까 궁금해했다. 그 순간 깨달았다. 자신이 있는 장소의 현실을, 이곳에 내재된 폭력성을. 이곳의 남자들은 너무 위험해서 조명조차 손에 닿지 않는 곳에 있어야 했다. 의자는 바닥에 고정시켜야 했으며, 창은 방탄유리여야 했다.

그때 버저가 울리고 조명이 켜졌다. 교도관이 퍼뜩 고개를 들었다. 교도관과 눈이 마주친 샘은 애써 웃어 보였다. 하지만 교도관은 마주 웃지 않았다. 십 대 때 '테이크댓' 공연에 갔던 기억이 떠올랐다. 친구와 서로 몸을 기댄 채 손을 맞잡으며 생각했다. '우린 로비와 같은 공기를 호흡하고 있어!' 아직 데니스가 보이지 않았지만 이곳 어딘가에 있다는 생각만으로도 공중에 전류가 흐르는 것 같았다.

재소자들이 발을 끌며 들어왔다. 데니스가 편지에서 이야기한 대로 손과 발목에 수갑이 채워져 있었다. 샘은 척추 위로 무언가 기어가는 듯한 느낌이 들었다. 배 속이 텅 비어버린 것 같았다. 도망가버릴까 하는 생각이 번뜩 스쳤다. 들어올 때 통과한 무거운 금속 문을 돌아다보았다. 샘은 자신이 이곳에 갇혔음을 깨달았다. 이곳에서 나가는 방법은 오직 이 일을 겪어내는 것뿐이었다. 곧 끝날 거야. 샘은 줄지어 걸어 들어오는 남자들을 보며 마음을 가라앉히려 애썼다.

그리고 그때 데니스가 보였다. 다른 사람들하고는 다르게 어쩐지 온화해 보였다. 살이 좀 쪘구나. 샘은 기분이 조금 나아졌다. 데니스가 고개를 돌리자 샘의 눈에 그의 옆모습이 들어왔다. 얼굴의 굴곡과 광대뼈. 데니스는 가짜 금테 안경을 쓰고 있었다. 갈색 렌즈가 빛을 반사하는 바람에 눈은 보이지 않았다. 샘은 자신을 알아보고 웃음을 짓는 데니스를 향해 손을 흔들었다가 이내 후회했다. 팔랑거리는 손목이 품위 없어 보였다.

샘은 양손을 무릎 사이에 끼웠다. 발목에 사슬을 찬 탓에 데니스는 어둠 속에서 그러듯 좁은 보폭으로 걸어왔다. 데니스는 창 앞에 멈춰서 어깨를 으쓱했다.

"굴욕적이네요." 데니스가 말했다.

"뭐라고요?"

“응?”

“뭐라고 했는지 못 들었어요.” 샘이 얼굴로 흘러내린 머리카락을 쓸어 올리며 말했다.

“이게 굴욕적이라고 했어요.” 데니스가 자리에 앉으며 되풀이했다. 사슬이 몸 앞의 탁자에 부딪쳤는지 쨍그랑거렸다. “사슬 말이에요. 고물상의 개 같잖아요.”

“아, 아니에요. 그렇게 말하지 말아요. 난 믿기지 않네요. 이게 현실이라는 게…….”

“당신이 어떤 느낌일지 알아요.”

두 사람은 잠시 침묵 속에 앉아 있었다.

“이상하죠, 안 그래요?” 샘이 운을 떼웠다.

“뭐가요?”

“지금요.”

“그래요.”

샘은 데니스를 보고 있었지만 마치 낯선 사람을 보고 있는 것 같았다. 냉랭한, 발가벗겨진 듯한 기분에 돌아서서 떠나고 싶어졌다. 하지만 그런 기분은 곧 사라졌고, 따귀라도 맞은 것처럼 머릿속이 윙윙 울렸다. 데니스가 웃음을 지었다. 샘은 마주 웃다가 입을 가리고 헛기침을 했다.

“미안해요. 난 데이트를 많이 안 해봤거든요.” 데니스가 말했다.

샘은 어색하게 웃어 보였다. “실은 나도 그래요.”

"비행기에서 언제 내렸어요?"

"어제요." 샘은 공항에서 나와 플로리다 공기를 처음 들이켰던 때를 떠올리며 대답했다. 그 모든 게 현실이 된 순간.

"비행은 좋았어요?"

"괜찮았어요. 끊임없이 먹을 걸 주더라고요. 지루해할 틈이 없으라고."

"여기랑 똑같네요."

편지의 그 모든 온기는 사라지고 없었다. 샘은 자신을 탓했다.

"캐리하고는 언제 만날 거예요?" 데니스가 물었다.

"내일요." 새 다큐멘터리를 찍는 동안 제작진과 같이 다니자고 캐리가 권하던 것을 떠올리며 샘이 대답했다. 방해될까 봐 사양하려 했지만, 안 그러면 여기서 시간을 어떻게 보낼 거냐며 캐리가 아픈 데를 찌르자 대답할 말이 없었다.

"캐리를 만나면 좋아할 수밖에 없을 거예요."

순간 찌르르 하는 질투에 샘은 그 모든 게 여전히 변하지 않았다는 걸, 자신이 여전히 데니스를 사랑한다는 걸 깨달았다.

"정말 멋진 사람 같아요." 샘은 이가 드러나지 않도록 입꼬리만 끌어올려 미소를 지었다. 난 이가 너무 작은 걸까, 아니면 잇몸이 너무 큰 걸까.

"맞아요. 난 면회객이 많지 않은 편이에요. 캐리는 자주 오려고 하지만 너무 멀리 살다 보니…" 끝맺지 않은 데니스의 문장이 두 사람 사이에 남아 머물렀다. 두 사람은 잠시 침묵 속에 앉아 있었다. 저도 모르는 사이에 샘은 마구 말을 쏟아냈다.

"내 잘못이에요. 난 낯을 가리는 편인 데다 머릿속이 완전 텅 비어서 무슨 말을 하면 좋을지 모르겠어요. 왜냐하면 모든 게 너무 하찮아 보이거든요. 알아요? 그냥 내가 완전 바보 천치 같아요. 여긴 너무 더운 데다 시차도 아직 극복하지 못했거든요. 당신 때문이 아니라 다 내 탓이에요. 미안해요."

데니스는 허를 찔린 듯 깜짝 놀란 얼굴로 샘을 보았다. "당신은 바보 천치가 아니에요." 데니스가 말했다. "그리고, 알죠. 난 당신을 사랑해요."

샘은 가슴속에서 뭔가가 깨지는 듯한 느낌을 받았다.

"나도 당신을 사랑해요."

"당신, 거기에 뭐 붙었어요." 데니스가 오른쪽 뺨을 가리키며 말했다. "거기요."

샘은 마음이 느긋해지는 걸 느끼며 얼굴에서 머리카락을 떼어냈다. "고마워요."

그 이후로는 모든 게 수월했다. 데니스는 최근 있었던 몇 번의 면회와 몸에 꼭 맞는 양복을 입고 사건에 꼭 맞는 전략을 짜온 새 변호사들 이야기를 하며 들뜬 모습을 보였다. 새로운 다큐멘터리 시리즈, 〈붉은 강에서 온 소년〉 이야기와 넷플릭스 이야기도 했는데, 넷플릭스라는 개념이 영 와닿지 않는 모양이었다. 새로운 감독은 세 편짜리 블록버스터를 방금 마치고 온 잭슨 앤더슨이라는 남자였는데, 어찌나 자신 있게 단언하는지 그의 말만 들으면 자신이 석방되는 게 마치 불가피한 결말인 것처럼 느껴졌다고 했다. 데니스는 캐리 이야기도 했다. 캐리는 그 다큐멘터리가 잘되기를 바라 마지않지만, 앞으로 몇 년이나 그 감독의 뒤치다꺼리를 해야 할지 모른다며 투덜댔다고 했다. 캐리는 대장 노릇만 해온 게 틀림없다고 데니스는 껄껄 웃으며 덧붙였다.

"캐리는 탐탁지 않아 하지만, 잭슨 덕분에 전보다 더 주목받을 거라는 걸 알아요. 돈 문제도 수월해질 거예요. 캐리는 그걸 알죠. 발로 뛰는 건 여전히 대부분 캐리가 할 거예요."

잭슨 덕분에 새로운 다큐멘터리의 파급력이 높아졌다. 유명인들이 지지 트윗을 올리자마자 팔로워들이 1편을 다운로드했고, 관심은 눈덩이처럼 불어났다. 자유게시판에 갑자기 새로운 이름들이 흘러넘쳤다. 안젤리나 졸리가 데니스의 머그샷이 박힌 티셔츠를 입었는데, 사진 아래에는 이렇게 적혀 있었다. '데니스 랜슨에게 자유를.' 데니스는 트위터 실시간 검색어에도 올랐다. 전에 없이 빗발치는 편지들이 아니었다면 실감할 수 없었을 것이다. 데니스는 앞으로 온 편지가 하도 많아서 다 읽을 수 없을 정도였다.

"'이번에야말로' 하는 생각이 들어요." 데니스가 샘에게 말했다. "어쩌면 이번에야말로."

"나도 그래요." 샘이 대꾸했다. "이제 전 세계가 알아요. 다들 당신 편이에요." 일개 판사가 무슨 수로 온 세상과 맞서 싸울 수 있겠어? 샘은 생각했다. 재심을 열지 않곤 못 배길 거야.

신호음이 울렸다. 주위에서 사람들이 작별 인사를 하려는 듯 몸을 기울였다. 어떤 사람들은 지저분한 창에 입술을 갖다 대고 반대편에 있는 사랑하는 사람에게 숨결을 불어 보냈다. 교도관들은 못 본 척 고개를 돌렸다.

"이제는 가야 해요." 데니스가 말했다.

"알아요."

"다음 주?"

"당연하죠. 덴, 사랑해요."

"나도 사랑해요, 서맨사."

❖ ❖ ❖

돌아서 걸어가는 데니스의 뒷모습을 보며 샘은 눈을 깜빡이며 눈물을 삼켰다. 데니스의 목소리는 샘에게 벅찬 기쁨을 안겨주었지만 떠나는 모습은 아픔을 남겼다. 샘은 옷을 잡아당겨 주름을 폈다. 줄지어 방을 나서는 사람들을 먼저 보내고 그 줄의 맨 끝에 합류했다.

뒤에 서 있던 여자가 샘의 목에 숨결이 닿을 정도로 가까이 다가와서 말했다. "그쪽은 어린애를 죽이는 남자가 취향인가 봐요?"

"지금 뭐라고 하셨어요?" 샘은 잘못 들었을 거라고 굳게 믿으며 웃는 얼굴로 돌아보았다.

"어린 여자애들을 좋아하는 남자가 취향이냐고요. 누구랑 얘기하는지 봤어요."

헤어스프레이를 뿌려서 퍼석해 보이는 붉은 곱슬머리의 여자는, 한쪽 어깨가 늘어져서 브라 끈이 드러나 보이는 티셔츠를 입고 있었다. 샘은 교도관을 찾아 주위를 둘러보았다. 교도관들은 방 양쪽 구석에서 바쁘게 움직이고 있었다.

"우리 집안 사람 중에 레드 리버 출신이 있거든요. 다들 그 남자가 무슨 짓을 했는지 알아요. 그 남자가 누군지 안다고요. 당신이 알고 있는 것보다 더 많이 알죠." 여자의 목소리는 아주 나지막해서, 아무도 그들에게 시선을 돌리지 않았다. 샘은 불안한 눈빛으로 주위를 둘러보았지만 도움을 청할 틈을 잡을 수 없었다. 아니, 사실은 아무도 신경 쓰지 않는 게 다행인 건지도 몰랐다.

"난 당신이랑 실랑이할 생각 없어요. 알겠죠? 그냥 좀 나갈게요." 샘은 감정을 억누르지 못하고 떨리는 목소리로 대꾸했다.

"그 작자가 시신이 어디 있다고 말해주던가요? 우리가 알고 싶은 건 그게 전부예요. 그 여자애들이 편히 쉴 수 있게요. 가족들도 이젠 좀 편해져야죠."

이제 방 안에는 두 여자만 남아 있었다.

"댁은 그런 취향이에요? 그런 거예요?"

"가시죠, 시간 다됐습니다." 교도관이 샘의 등 오목한 부분에 한 손을 얹고 부드럽게 밀었다.

"나쁜 년." 그 여자가 마지막으로 내뱉었다. 교도관은 샘에게서 손을 떼고 여자의 손목을 붙잡았다. 그러곤 일그러진 미소를 지은 채 두 여자를 호위해 밖으로 나갔다.

2화

아이린 터너의 《붉은 강이 흐를 때》 발췌문

댄슨 가족은 레드 리버 카운티 외곽에 살았다. 문명의 마지막 잔해가 수킬로미터에 걸쳐 뻗어 있는 오지에 길을 내준 곳. 폭풍 이후 땅속으로 꺼져버린 곳으로 개발하기엔 부적합한 땅이었다. 홍수림 해안으로 이어지는 늪지들. 아무것도 보이지 않는 검은 수면 아래로 뒤엉킨 나무뿌리들. 데니스는 수십 년에 걸친 폭우 때문에 시내에서는 접근하기 어려운 지저분한 길에서 3킬로미터 남짓 떨어진 곳에 살았다. 소년 시절 데니스는 스쿨버스를 타기 위해 매일 1.5킬로미터 넘게 걸어야 했다. 버스 정류장에 도착했을 즈음에는 온통 진흙을 뒤집어쓰고 있는 게 일상이었다.

데니스는 레드 리버 카운티의 평범한 가정 중에서도 형편이

어려운 축에 속했다. 교사들은 데니스가 제대로 보살핌받지 못하는 걸 진즉 눈치채고 있었다. 머리는 좋았지만 피곤에 절어 수업에 집중하지 못했고, 옷은 더러웠으며, 교과서는 없어지기 일쑤였다. 아동보호국에 신고가 들어가자 가정환경 조사가 이루어졌다. 사회복지사들은 그의 집이 '인간이 거주하기에 부적합'[*]하다고 판정했다. 그 결과, 부모가 집을 깨끗이 재단장하는 동안 데니스는 위탁가정에 보내졌다. 아버지 라이어널 댄슨은 알코올중독 치료를 위한 12단계 프로그램을 시작하라는 권고를 받았고, 어머니 킴은 우울증 약물 치료를 받았다. 그로부터 6개월 후, 데니스는 사회복지사가 일주일에 두 번 가정방문을 한다는 조건으로 집에 돌아갈 수 있었다. 가정방문은 몇 개월쯤 이어지다 흐지부지되었다. 댄슨 가족을 담당했던 사회복지 상담원은 훗날 그 가족이 좋아지고 있다고 믿었으며 전화 통화만으로 충분히 상황을 파악할 수 있으리라고 판단했다고 말했다. 매주 데니스의 집까지 먼 길을 운전해 가는 건 보통 시간을 잡아먹는 일이 아니었던 것이다.[**]

얼마 지나지 않아 데니스의 집은 누추한 상태로 돌아갔고, 아버지 역시 평소의 음주 패턴으로 돌아갔다. 그 무렵, 데니스의 행동에 변화가 나타났다. 조용하고 낯을 가리던 데니스는

---

[*] 사회복지 상담원의 노트에서 발췌, 1981년
[**] 사회복지 상담원의 진술, 1991년

교실에서 갑자기 괴성을 지르며 난폭한 행동을 하는 등 소란을 피우기 시작했다. 데니스는 교실 안의 침묵과 정적을 견디기 힘들어했다. 난데없이 일어나 책상을 뒤집어엎고, 시험을 보다가 비명을 지르기도 했다. 전에는 데니스를 감싸주려고 노력하던 교사들은 이제 데니스를 멀리했다. 교실에서 데니스를 내쫓아 복도나 교장실 문 앞에 세워두었다. 그 대신 자기들이 도와줄 수 있는 다른 아이들에게 집중했다. 데니스의 금발과 파란 눈과 수줍음에 매력을 느끼던 교사들은 더 이상 존재하지 않았다.

데니스는 외톨이가 됐다. 초등학교와 중학교 내내 혼자 등하교를 했고, 친구들과 며칠씩 한마디도 하지 않았다. 하지만 고등학교에 입학한 뒤부터는 또래들의 관심을 끌기 시작했다. 더는 왕따가 아니라 사람들에게 오해받는 외톨이였다. 데이트를 많이 하지는 않았지만 여자애들에게 인기가 많았다. 풋볼 팀에 들어가 러닝백으로 활약하기도 했다. 레드 리버 고등학교 풋볼 팀 선수들은 실력이 나쁘지 않았지만 재정이 부족했고, 진지하게 노력하는 선수도 부족했다. 데니스가 재판 받을 때 피고 측 증인으로 나선 코치는 데니스가 좀 '외로운 늑대'과였지만 인생을 살아가는 데 있어 살짝 엄한 가르침이 필요할 뿐인 '좋은 아이'* 였다고 증언했다. 동네에서 존경받는 어른이었던 부시 코치는

* 1993년 5월 법정 속기록 발췌

데니스가 홀리가 실종된 날 오후 4시에서 5시 사이 학교에 있었다고 증언해줄 수 있는 주요 증인이었다. 홀리가 마지막으로 목격된 것은 대략 오후 4시 반쯤 자전거를 타고 집을 나서는 길이었다. 이는 데니스가 홀리를 납치하는 것은 불가능하다는, 아니면 적어도 타임 라인을 고려했을 때 데니스가 유죄라는 데 합리적인 의심을 품어야 한다는 뜻이었다. 하지만 훈련 참여자 명단을 제시하라는 법원의 요청을 받은 코치는 명단을 제출하지 못했다. 1년 전부터 이루어진 다른 모든 훈련은 기록돼 있었는데도. 검사 측이 다른 증인으로 불러낸 동료 선수는 그날 훈련 때 데니스가 있었는지 기억나지 않는다고 했다.

남자애들 몇 명은 데니스가 훈련에 나온 걸 기억한다고 증언했지만, 다른 애들은 데니스가 일찍 나갔다고 했다. 원래 그랬다고, 훈련 시간이나 시합 후 남아 있는 아이가 아니었다고 했다. 진술이 엇갈려 데니스의 알리바이는 힘을 잃는 듯했다.

데니스는 비록 인기가 많았지만 다른 선수들과 가까이 지내지 않았다. 그 대신 대부분의 시간을 학교의 다른 부적응자들, 그중에서도 특히 경찰인 에릭 해리스의 아들 하워드 해리스, 린지 더스트와 함께 보냈다. 같은 팀 선수들과 반 친구들은 데니스가 왜 여전히 '루저' 취급을 받는 아이들에게 애착을 느끼는지 이해하지 못했다. 피고 측 심리학자의 주장에 따르면 그것은 학대 아동의 고전적 징후였다. "이런 아이들은 또래에게 자신을 드러내고 약점을 들키는 걸 두려워합니다. 친구들이 자신의 가정 형편을 알게 될까 봐 두려워하는 거죠."* 데니스는 자신이 루저라는 느낌을 떨치지 못했다. 겉으로는 그렇게 보이지 않았지만.

가정 형편은 갈수록 어려워졌다. 데니스는 약물 과용으로 어머니가 쓰러져 있는 것을 두 번이나 발견했다. 아버지는 난폭한 술주정뱅이가 되어갔다. 데니스가 마음을 놓을 수 있는 건 아버지가 밖에 나가 있을 때뿐이었다. 집에 들어왔다 하면 아버지는 사소하기 짝이 없는 잘못을 가지고도 데니스를 두들겨 패곤 했다. 한번은 데니스가 방바닥에 앉아서 무언가 먹고 있을 때였다. 갑자기 아버지가 등 뒤에서 나타나 뒤통수를 냅다 후려쳤다. 데니스는 입안 가득 물었던 음식을 바닥에 뿜었다. 왜 그러는지 물어보려고 뒤돌아본 순간, 아버지는 다시 데니스의 입을 때리고 배를 걷어찬 뒤 허리띠를 풀어 세 번 채찍질했다. "너무 시끄럽게 씹잖아." 가쁜 숨을 몰아쉬며 허리띠를 도로 고리에 꿰며 마침내 아버지가 한 말은 그랬다.**

돈이 필요했던 데니스는 요양원에서 일자리를 얻었다. 청소하고 빨래하는 일이었다. 시간이 지나자 요양원 주민들은 데니스와 함께 있는 걸 좋아하게 되었다. 주민들의 말에 따르면 데니스는 재미있고, 절대 누구에게도 함부로 하는 법이 없고, 늘 남

* 법정 속기록
** 〈진실을 엮다〉, 플로리다: 캐리 애트우드, 패트릭 개리티, 1993년, VHS

의 말을 잘 들어주는 아이였다. 오락과 행사 조직을 돕고 식사를 차리고 남들에 비해 방문객이 적은 이들의 말 상대를 해주기도 했다. 몇몇 주민은 데니스에게 사진, 메달, 모피 같은 자신들의 기념품을 보여주기도 했다. 장신구도 있었다. 방 청소를 하던 데니스는 은행을 믿지 않는 주민들이 침대 밑에 숨겨둔 구두상자를 찾아냈다. 처음에는 여기저기서 몇백 달러씩만 챙겼다. 비행기표, 뉴욕이나 로스앤젤레스의 한 달치 월세, 딱 밥값을 하기에 충분할 정도로만. 다음은 장신구였다. 하지만 전당포에 가져가서 받은 현금은 실망스러운 수준이었다. 그러다 어느 주민의 딸이 어머니의 골동품 브로치를 빌려 결혼식에 차고 가려고 찾아왔다. 브로치의 행방을 쫓던 사람들의 추적은 시내 전당포로 이어졌다. 곧장 데니스 맨슨이 전당포에 그것을 팔았다는 신고가 경찰에 들어갔다.

"전 아무 생각이 없었어요. 그냥 거길 떠야 한다는 것밖에. 당시에 전 그 생각뿐이었어요. 아시죠, 누구한테 피해를 주는 건 아니라고 생각했어요. 그 물건은 그냥 거기 처박혀 있었어요. 언젠가 그 사람들이 죽고 거지 같은 가족들이 찾아와 팔려갈 날만 기다리면서요." 데니스는 한숨을 쉬었다. "제가 평생 한 모든 일이 나중에 이런 식으로 분석당할 줄 알았다면, 모든 게 제가 괴물인지 아닌지 판가름하는 증거로 쓰일 줄 알았다면 전 다르게 살았을 거예요."

3화

"그래서?" 캐리는 도로에 시선을 고정한 채 샘에게 물었다. "첫 데이트는 어땠는데?"

샘은 깔깔 웃었다. 전날 데니스와 만난 이후로 웃음을 멈출 수 없었다. 밤에 숙면을 취한 게 며칠 만이었더라. 함께 레드 리버에 가려고 캐리가 차를 몰고 모텔로 찾아왔을 때, 샘은 그 모든 이야기를 얼른 털어놓고 싶은 마음에 몸이 달아 바깥까지 나와서 기다리고 있었다.

"좋았어요. 순조로웠지요." 샘은 캐리에게 데니스가 혹시 무슨 말을 하지는 않았는지 물어보고 싶은 마음을 애써 억눌렀다. 무심해 보이고 싶은 본능은 위력을 잃지 않고 있었다. 오로지 데니스를 만나겠다고 지구를 가로지르는 여행을 한 지금에조차.

"그게 다야? 더 자세히 말해주지 않으면 나도 데니스가 뭐라고 했는지 가르쳐주지 않을 거야."

"알았어요. 처음에는 좀 어색했어요. 순전히 내 탓이에요. 정말이지, 내가 좀… 기가 죽었달까… 그랬던 것 같아요. 하지만 그 사람은 너무 다정했어요."

"그렇지?"

"완전요." 샘은 캐리와 금세 친해졌다. 캐리는 키가 작고, 짧은 갈색 머리는 숱이 많아서 손으로 훑으면 발딱 일어섰다.

"그리고 있죠. 말할 필요도 없겠지만 데니스는 너무 잘생겼어요."

"말할 것도 없지."

"어쩔 수 없이 그곳을 나오면서 너무 마음이 안 좋았어요. 우리가 편지 밖으로 나와 이제 막 서로를 알아가기 시작한 것 같았는데." 샘은 낯선 여자와 실랑이한 일은 이야기하지 않았다. 침묵이 흘렀다.

"그다음엔?" 캐리가 캐물었다.

"아 제발 좀." 샘이 얼굴을 붉혔다. 데니스는 예전에 사귄 남자들과는 전혀 달랐다. 직원 크리스마스 파티에서 어설픈 비밀을 속삭이는 남자들과는. 그때 마크는 나지막한 목소리로 샘에게 이렇게 말했다. "난 진지한 관계를 원하는 건 아니야. 부담 없이, 응?" 물론 샘은 좋다고 했다. 달리 무슨 말을 하겠는가? 마크의 손은 이미 샘의 옷 속에 들어와 있었다. 몇 달간의 갈망과 수줍게 오가던 눈길이 결실을 맺은 순간, 샘의 몸 안으로 손가락이 미끄러지듯 들어왔다. 고통스러워서, 너무 빨라서 눈물을 참으려 애쓰느라 샘의 몸은 뻣뻣하고 차갑게 굳어버렸다. "괜찮아?" 샘은 괜찮다고 대답했다. 괜찮지 않으면 안 되니까. 갈망의 대상이 아닌, 그저 잠자리 상대라는 사실에 괜찮지 않으면 안 되니까. 외로움을 달래는 장난감에 불과한데 괜찮지 않으면 안 되니까. 괜찮아하는 데 괜찮지 않으면 안 되니까.

"데니스는 자기가 엄청 섹시하대. 말할 것도 없지만." 캐리가 말했다.

"정말 그렇게 말했어요?"

"정확히 그대로 옮기자면, '서맨사는 엄청 예뻐요'라고 했지."

"진담이에요?"

"그리고 자기 영국식 억양이 너무 좋대. 면회가 너무 빨리 끝나서 아쉬웠지만 다음 주에 또 볼 수 있을 거라며 잔뜩 들떠 있더라. 너무 귀여웠어. 우리 꼬마 데니스가 드디어 데이트를 하다니."

샘은 데니스가 했던 말을 되새기며 데니스가 어떤 마음으로 그 말을 했을지 머릿속으로 상상하는 데 몰두했다. 그런 나머지 캐리가 데니스를 처음 면회했을 때 어땠는지, 교도소에 처음 발을 들여놓았을 때 얼마나 겁이 났는지 이야기하는 걸 절반 정도밖에 듣지 못했다. 캐리는 살해 위협과 협박이 담긴 우편물을 받고 있다는 이야기도 했다. 첫 다큐멘터리를 만들 자금이 도무지 모이지 않았다는 이야기, 그래서 공동제작자인 패트릭과 함께 어떻게든 일을 성사시켜보려고 밤낮으로 뛰어야 했다는 이야기도 들려주었다.

"내가 부끄러워지네요." 샘이 말했다.

"어디까지나 이기적인 행위일 뿐인데 뭐. 그건 사람들이 들어야만 하는 이야기였지. 그래서 우린 그 영화를 만든 거야. 그러니까, 패트릭에게 처음 그 사연을 들은 이후로 난 계속 데니스가 신경 쓰였어. 당연히 다들 내가 데니스와 사랑에 빠진 거라고 생각했지." 캐리가 눈동자를 굴렸다. "여자가 남자에 관한 다큐멘터리를 만드는 이유는 오로지 그것뿐이니까. 안 그래? 사람들은 내가 레즈비언이라는 사실을 전혀 염두에 두지 않았어. 어딜 가나 그런 소리뿐이었지. 난 그저 모든 게 데니스에게 너무 불공평해 보여서 그런 건데. 이 아이가 어딜 봐서 그런 짓을 할 것 같냐고. 그 사건이 도저히 머리에서 지워지지 않았어."

샘은 두 사람이 얼마나 가까운 사이인지, 데니스가 캐리에 관해 어떻게 말했는지 생각했다. "정말이지 정신을 못 차리겠어요. 난 내가 여기 있다는 사실조차 믿어지지 않는데 기껏 하는 일이라곤 면회뿐이잖아요. 정말 이상한 휴가 같아요." 샘이 말했다.

"자기는 엄청난 일을 하고 있는 거야! 자기를 만나기 전에 데니스는 정말 다 놔버리기 직전이었어. 샘이 여기 와서 얼마나 놀랐는지 몰라. 자신을 비하하지 마. 자기는 강한 여자야."

샘은 얼굴을 붉혔다.

"으윽, 근데 난 사실 그거 별로야. '강한 여자'라니. 그게 도대체 무슨 뜻이지? 강한 남자가 거시기에 18륜차를 매달아 끌 수 있는 남자라면 강한 여자는…" 캐리가 정확한 표현을 궁리하며 손가락을 딱딱거리고 있는데 샘이 끼어들었다. "철부지 십 대의 차에 치여 쓰러진 아들을 위해 도로 안내판을 설치하자고 청원하는 엄마인가요?"

"맞아!"

"하지만 그래도 18륜차를 매달아 끄는 것보다는 강한 여자가 더 낫네요."

"굳이 말로 하자면 그렇게 말할 수도 있지. 하지만 내 말뜻 알잖아. 사람들이 맨날 하는 개소리 같지만 말이야, 어쨌든 내 말은 자기가 엄청 용감하다고. 그게 내가 하고 싶은 말이야."

샘은 반박하려고 입을 열었지만 마크가 칭찬을 절대 받아들이지 않는 너 때문에 돌아버리겠다며 짜증을 부리던 게 떠올랐다. 마크가 샘을 사랑할 수 없었던 이유 리스트의 13번 항목. 샘은 가만히 웃으며 캐리를 바라보았다. "고마워요."

◆ ◆ ◆

레드 리버의 집들은 제각각 다른 모습이었다. 비행기가 착륙할 때 본, 의료용 쟁반 같은 수영장이 딸리고 테라코타 지붕을 인 집들은 찾아볼 수 없었다. 모두 어떤 사고 때문에 그곳에 모여든 사람들이 하나씩 하나씩 지은 것처럼 보였다. 집들은 여기 저기 넓은 간격을 두고 흩어져 있었다. 길가에는 소파가 버려져 있었고, 사슬에 묶인 개들이 지나가는 캐리의 차를 향해 짖었다. 자동차는 소박한 흰색 읍사무소 건물, 편의점 하나, 철물점 하나 와 식당 하나가 있는 중앙 도로를 지나갔다. 대부분의 가게가 문 이 닫혀 있었다. 창에는 판자를 못 박아 막아놓았다.

잠시 뒤, 차는 예쁘장하게 꾸며진 지역으로 들어섰다. 커다란 나무들이 길가에 그늘을 드리우고, 집들은 다양한 파스텔 색으로 칠해져 있었다. 현관에는 S자 모양의 2인용 소파가, 집 앞에 는 커다란 SUV가 보였다. 캐리는 다른 집들보다 약간 작아 보이 는 파스텔 노랑색 집 옆에 차를 댔다. 흰 창틀은 약간 도색이 벗 겨져 있었고 우편함에는 '해리스, 142번지'라고 쓰여 있었다. 캐 리의 말에 따르면 에릭 해리스 경관은 1993년 첫 다큐멘터리를 제작할 당시 인터뷰 요청을 모조리 거절했다. 하지만 잭슨 앤더 슨이 그 사건에 관해 새 다큐멘터리 시리즈를 제작할 예정이라 는 소식을 어디선가 듣더니 먼저 패트릭에게 연락해왔다.

"명성의 유혹이지." 캐리가 눈동자를 굴리며 말했다. "물론, 그 사람은 우리한테 엄격한 조건을 제시했어." 그 조건은 자기 아들인 하워드에게 인터뷰 요청 같은 건 절대 하면 안 된다는 거였다. 그랬다간 새 다큐멘터리가 절대 배포되지 못하게 막겠 다고 했다. "그 사람은 승진하기에는 열의도 능력도 부족하지 만, 그 동네에선 꽤 입김이 세거든." 캐리가 말했다. "악당들 사이의 의리랄까. 그쪽 방면엔 경찰들이 제일 빠삭하니까."

해리스는 홀리의 시신이 발견된 후 처음으로 데니스를 신문한 경찰이기 때문에 그의 인터뷰는 몹시 중요했다. 왜 데니스를 소환했느냐는 질문에 해리스는 이렇게 증언했다. "감이라고 해두죠. 경찰의 직감요."

"뻔뻔하기 짝이 없는 인간이야." 차 안에서 집을 바라보면서 캐리가 말했다. "난 그 작자가 하는 말은 한 마디도 못 믿겠어."

두 사람은 차에서 내렸다. 캐리는 차 뒤편에 실린 장비를 보도에 내려놓았다. 캐리는 카메라를 어깨에 얹고 눈을 뷰파인더에 댄 채 거리를 훑었다. 샘은 캐리의 시선이 총탄이라도 되는 양 본능적으로 목을 움츠렸다. 캐리는 카메라 위쪽 손잡이를 쥐고 아래쪽을 받친 채 휘익 하고 반원을 그렸다. 그러곤 목에 걸고 있던 헤드폰을 끼고 한 걸음 뒤로 물러나 한쪽 엉덩이에 체중을 실었다.

"나 어때 보여? 잭은 우리가 지금 화면에 등장하는 게 좋을 것 같대. 마치 우리도 이 이야기의 일부인 것처럼 말이야. 모르겠다. 젠장. 〈캣피쉬〉(온라인 데이트의 허와 실을 다룬 텔레비전 다큐멘터리 시리즈—옮긴이) 출연자가 된 기분이야."

집 안에서는 먼저 와서 준비 중인 제작진이 블라인드를 올렸다 내렸다 하며 조명을 조정하고 있었다. 팔걸이의자에 앉은 해리스 경관은 늘어진 칼라가 목살을 조이는지 셔츠 맨 위 단추를 풀려 하고 있었다. 샘은 안으로 들어서는 순간 경관이 자신을 보고 재빨리 고개를 돌리는 것을 눈치챘다. 부엌에서 호리호리한 남자가 나오더니 문지방 위에서 목을 살짝 움츠린 채 자신을 캐리의 사업 파트너, 패트릭이라고 소개했다. 두 사람은 첫 다큐멘터리를 위한 조사와 촬영을 함께했고, 일이 진행되면서 소규모 팀을 결성했다고 설명했다. 샘이 보기에 패트릭은 낯을 좀 가리는 것 같았다. 악수하는 손은 힘이 없었고 손바닥은 축축했다. 패트릭은 샘의 눈을 피하며 몇 마디 질문을 했다. "비행은 어땠어요?" 하지만 막상 샘의 대답에는 별 관심이 없어 보였다. "좋아요, 좋아요." 패트릭이 제작진을 향해 말했다. "잠시 실례할게요." 샘이 캐리와 이야기하려고 돌아보았을 때 캐리는 어디론가 가고 없었다. 샘은 누군가 다른 사람이 먼저 다가와주길 기다리며 방 한구석에 어색하게 서 있었다.

집 안에는 샘이 모르는 사람이 다섯 명 더 있었는데, 다들 장비를 설치하느라 바빴다. 한 남자가 들고 가던 붐마이크로 샘의 정수리를 치자 사과했다. 연신 이 발에서 저 발로 체중을 옮기며 사람들을 지켜보던 샘은 점점 눈치가 보였다. 뭘 어떻게 하면 좋을지 알 수 없었다. 마치 자신이 있으면 안 될 곳에 와 있는 듯한 기분이었다. 이곳에 있다는 사실이 갑자기 터무니없게 느껴졌다.

"앉으셔도 돼요. 말 안 해도 아시겠지만." 해리스가 의자에 앉은 채 말했다.

"괜찮아요. 감사합니다." 샘이 말했다.

"얼굴이 좀 붉어진 것 같은데, 술 한잔 드릴까요?" 샘은 일어나려는 해리스를 도로 자리에 앉혔다. 한잔하면야 좋겠지만 해리스한테 받아 마시고 싶지는 않았다. 샘을 바라보던 해리스가 입을 열었다. "음, 혹시 뭔가 필요한 게 있으면…."

오랜 세월에 걸친 음주로 붉게 부어오른 코, 벌어진 모공, 그리고 검은 피딱지가 앉은 콧수염 옆 뺨의 면도날 흉터, 샘은 역겨움을 억누르며 그것들을 하나하나 눈여겨보았다. 해리스의 이마가 땀으로 번들거렸다. 뱃살에 파묻힌 허리띠 버클이 셔츠 틈새에서 하얗게 빛을 발했다.

해리스가 헛기침을 했다. "영국식 억양을 쓰시는구먼. 이곳 날씨는 어떠하시오? 이만하면 충분히 더우시오?" 샘은 입술을 다문 채 예의상 미소를 지었다. "여기로 살러 오신 건가, 아니면 단순히 이 일 때문에 잠깐 들르신 건가?"

"그냥 들른 거예요."

"그럼 여기는 무슨 일로 오셨나? 그 사람들이 여기까지 당신을 초대했다면 분명히 뭔가 있을 텐데."

"음, 사실은…" 샘은 그를 도발하고 싶은 흥분을 느끼며 대담하게 말했다. "저는 데니스의 친구예요. 사실, 여자친구라고 할 수 있죠."

해리스는 얼굴에서 웃음기를 지우고 똑바로 고쳐 앉았다. "영국에는 댁이 데이트할 만한 살인마가 없는 모양이지?"

샘은 곧장 그 자리를 벗어나 바깥으로 나갔다. 갑자기 그 집 안의 모든 사람이 같은 생각을 하고 있는 것처럼 느껴졌다. 눈앞이 빙빙 돌고 속이 울렁거렸다. 눈을 감고 호흡을 가다듬으며 자신이 누군지, 뭘 하고 있는지, 왜 하고 있는지 떠올리려 애썼다.

샘이 그늘 속에 서서 평정을 되찾으려 하고 있을 때, 지나가던 캐리가 물 한 병을 건넸다. 트렁크 쿨러의 녹아내린 얼음 때문에 물병에서 물이 뚝뚝 떨어졌다. 샘은 물병을 목덜미에 대고 캐리에게 무슨 일이 있었는지 설명했다.

"저 인간은 정말이지 최악이야." 캐리가 말했다. "걱정 마. 우리가 저 인간 엉덩이를 찢어서 똥구멍을 하나 더 만들어줄 테니까. 저 작자는 우리가 하워드한테 말을 걸면 안 된다고 했지만 하워드에 관해 말하면 안 된다고 하진 않았어." 캐리는 샘을 달래 다시 집 안으로 들여보냈다. 샘은 방 뒤편, 가능한 한 해리스에게서 먼 곳에 자리를 잡고 해리스를 응시했다. 해리스는 불투명한 유리 텀블러에 든 액체를 홀짝이고 손등으로 젖은 입술을 훔쳤다.

❖ ❖ ❖

30분 후, 캐리는 해리스가 인터뷰를 시작하기 전에 미리 보여달라고 한 노트들과 아이패드를 무릎 위에 아슬아슬하게 올려놓은 채 해리스의 맞은편에 앉았다. 샘은 해리스가 노트를 훑어보면서 혼자 씩 웃거나 이따금씩 혀를 쯧쯧 차는 모습을 지켜보왔다.

"이제 됐나요?" 캐리가 노트를 건네는 해리스에게 물었다.

해리스가 고개를 끄덕였다. 캐리가 몸짓으로 준비가 끝났음을 알리자 패트릭이 주위를 단속한 뒤 카운트다운을 했다. 캐리가 인터뷰를 시작했다.

"데니스와의 개인적 관계에 대해 말씀해주실 수 있나요, 해리스 경관님? 경관님의 아들인 하워드와의 관계에 대해서요."

"난 데니스와 아무런 개인적 관계도 없어요. 그 애가 우리 집에 자주 놀러 오긴 했죠. 아마 일곱 살 때부터였던 것 같군요. 우리 하워드는 늘 남들을 챙겨주는 애라서 데니스와 마당에서 같이 놀아주곤 했지요. 그 애는 우리 집에 오면 늘 무언가를 먹고 갔어요. 전 그애에게 이렇게 말하곤 했죠. '너희 부모님은 널 굶기시냐?' 그런데 정말로 굶겼던 것 같아요. 그 애는 노상 배가 고팠고 노상 물건을 훔쳤거든요. 비록 하워드는 절대 그게 그 애 짓이라고 말하지 않았지만, 난 다 알 수 있었죠. 여기서 10달러, 저기서 쿠키 한 봉지. 큰 건 없었어요. 그냥 봐 넘길 수 있을 정도였죠."

"데니스의 집에 찾아가서 제대로 아이를 보살펴주는지 확인해볼 생각은 안 하셨나요?"

"그 집에서 무슨 일이 벌어지고 있는지는 다들 알고 있었어요. 우리가 무슨 일을 할 수 있었겠어요? 내가 그 애 아빠에게 경고했다면 어떻게 되었을 것 같습니까? 아마 그 애를 우리 집에 못 오게 했겠죠. 하워드는 절대 이해하지 못했을 거예요. 아마 내게 화를 냈을 겁니다. 개들은, 개들은 노상 붙어 다녔거든요. 난 처음부터 걱정이 됐지만…"

"무슨 걱정을 하셨는데요?"

"하워드는 남한테 영향을 잘 받는 편이에요. 자기 또래의 다른 애들을 노상 따라다녔죠. 파티나 여름철 공놀이에 초대받는 일은 전혀 없었어요. 그래서 데니스 같은 애들이랑 어울려 다니기 시작했을 때 난 미심쩍어했어요. 그 애는 지독히 영악해 보였거든요. 처음 만났을 때 마치 자기가 어른인 것처럼 내게 악수를 청하지 뭡니까. 그 녀석과 어울린 지 얼마 지나고 나서부터 하워드가 욕을 하기 시작하더라고요. 데니스한테 배운 게 틀림없었죠. 그러다가 하워드가 다리에서 강으로 뛰어내리는 멍청한 짓을 하는 바람에 손목이 부러졌어요. 누가 그 애한테 그 짓을 하게 시켰는지 난 알았죠. 그 애가 변하는 걸 봤으니까요. 하지만 자기 아들의 유일한 친구를 무슨 수로 떼어놓겠습니까? 그래서 몇 가지 일들을 못 본 척했어요. 예외를 둔 거죠. 데니스를 불러서 조용히 타일렀어요. '내 아들 곁에 나쁜 영향을 미치는 친구가 있는 게 달갑지 않구나. 네 행동거지를 고치지 않으면 앞으론 매일 여기 못 오게 될 거다. 알아듣겠니?'"

"효과가 있었나요?"

"일주일 뒤 내 차가 망가졌어요. 열쇠로 한쪽을 쫙 긁어놨더군요. 그 애한테 물어봤지만 자기가 했다고 할 리 없죠. 하지만 난 늘 그 애를 의심했어요. 그게 내 실수였죠. 너무 많은 걸 모른 체한 거. 우리 하워드가 거기에 말려드는 걸 구경만 한 거.”

캐리는 몸을 앞으로 숙이며 얼굴을 찌푸렸다. “다른 식으로 생각하는 사람들도 있던데요. 교사들은 하워드를 만나기 전에 데니스의 행실이 좋은 편이었다고 하더군요. 처음부터 문제아였던 건 하워드라는 주민들도 있었고요. 어머니가 떠난 후 그 애는 줄곧, 사람들의 말을 그대로 빌리자면, ‘통제가 안됐다’고 그러던데요.”

해리스는 끙 하는 소리를 냈다. “음, 누가 그런 소리를 했는지는 몰라도 딴 속셈이 있는 거예요. 하워드는 엄마가 떠난 걸 받아들이지 못했어요. 누군들 안 그러겠어요? 그 애는 좀 시끄럽고 분통을 잘 터뜨리는 경향이 있었지만 그건 말이 어눌해서 딴에는 좌절감을 표현하려고 그런 겁니다.”

“고등학교 때 하워드는 마약 거래를 했던데요. 그것도 그냥 좌절감 때문이라고 하실 건가요?”

“그건 데니스가 한 짓이에요.”

“하워드가 그러던가요?”

“아뇨, 물어볼 필요도 없어요. 빤히 보였으니까요. 하워드가 도대체 그걸 어디 가서 구했겠어요? 보세요, 하워드는 똑똑한 애는 아니었어요. 그 애는 그냥 누군가를 덮어주려고 한 거예요. 남의 비위 맞추기를 좋아하는 애였지요. 그냥 친구들을 사귀고 싶었던 거예요. 그 애는 그런 일을 꾸며낼 만큼 영악하지 않다고요."

"하지만 하워드는 절대 데니스가 한 짓이 아니라고 맹세했잖아요. 심지어 제적당할 위기에 처했는데도요."

"그 애는 친구의 뒤를 덮어주고 싶었던 겁니다."

"그래서 경관님은 데니스를 원망했나요?"

"아니요."

"아드님이 제적당하고 9개월간 소년원에 보내졌는데도요?"

"예, 그 애를 탓해본 적은 없어요."

"사람들 말로는 경관님이 그 이후에 데니스에게 원한을 품었다고 하던데요. 홀리의 시신이 발견된 후 데니스의 집으로 찾아간 게 경관님이었다면서요. 데니스와 그 범죄를 연관 지을 이유가 하나도 없었는데도 말이죠."

해리스가 숨을 들이켰다. 하지만 침착함과 차분함을 잃지 않았다. "우린 그 지역에서 성적 문제를 일으킨 기록이 있는 사람을 모두 조사해야 했습니다."

"맞아요. 당신이 밀어붙인 공연음란죄. 다른 사람들은 모두 풋볼 팀이 으레 하는 장난으로만 생각했는데 경관님 혼자 성적 일탈 행위라고 우겼죠."

"내가 우기긴 뭘 우겼다고 그래요? 데니스는 십 대 여자애들 앞에서 자기 몸을 노출했어요."

"데니스는 풋볼 경기가 끝나고 달리는 차에서 옷이 벗겨진 채 내던져진 거예요. 체육관까지 뛰어갈 수밖에 없었죠. 그런 장난은 예전에도 여러 번 있었다고요."

"그거야 난 모르는 일이죠. 어쨌든 신고가 들어왔다니까요. 그리고 여자애들 중에는 무척 당황해하는 애들도 있었어요. 난 내 임무를 다했을 뿐입니다."

샘은 양 주먹을 쥐고 뚝 소리를 냈다. 붐마이크 담당이 몸을 돌려 샘을 쏘아보았다. 그 순간 샘에게 해리스는 악당처럼 보였다. 해리스의 입술은 정확히 웃음이 아닌 다른 표정으로 일그러졌다. 자신이 하는 말에는 진실이 없으며, 그들이 그걸 알아도 상관없다는 그런 표정이었다. 해리스는 허벅지에 양손을 올리고, 말할 때마다 손가락 끝으로 자신의 허벅지를 두드렸다.

"진짜 바바리맨은요?" 노트를 훑어본 후 해리스를 보며 캐리가 물었다. "그 살인 사건이 일어나기 전 토요일, 치어리더 캠프의 여학생들 앞에서 어떤 남자가 몸을 노출했다는 신고가 접수됐어요. 조사를 받은 여학생들은 그 남자가 '키가 작고 머리가 검고 약간 창백했다'고 진술했어요. 그래서 이런 몽타주가 나왔지요." 캐리는 아이패드를 내밀었다. 몽타주는 홀리의 학교에서 일주일 전 목격된 키 작은 남자와 부정할 수 없이 비슷해 보였다. "하지만 몇 달 후, 경관님은 이 학생들을 만나 데니스의 사진들을 보여주면서 너희가 본 남자가 이 남자냐고 물어봤어요. 그리고 아니라는 대답을 들은 후에도 다시 한 번 학생들을 신문했지요. 그중 한 학생이 어쩌면 맞을지도 모르겠다고 말할 때까지 밀어붙였어요."

"우린 데니스가 우리가 찾는 강력한 용의자라고 생각했습니다."

"하지만 이 사진은 데니스를 닮았다고 하기에는 매우 힘들어 보이는데요!"

"충격받은 상태에서는 정확한 인상착의를 묘사하기 힘들어요. 그리고 특히 아이들의 경우에는…."

"데니스가 홀리 마이클스를 살해했을 수도 있다고 생각하시게 된 계기가 뭔가요?"

"데니스가 대놓고 말하는 걸 들은 증인이 있어요. 그 애 집 카펫과 일치하는 카펫 섬유가 증거로 있었고…."

"그 섬유는, 우리 측 감식 전문가에 따르면 미국에 널려 있다고요. 대략 10집 중 7집 꼴로 있지요. 강력한 증거라고 보긴 힘들죠."

"그렇지만 증인 진술이랑 합쳐보면…."

"그 여자는 망상가예요. 나중에 자기가 전부 지어낸 얘기라고 털어놨잖아요."

"그 사람이 뭐하러 그런 짓을 하겠습니까?" 해리스가 언성을 높였다.

"당신이 그 사람을 압박하니까 그렇게 말한 거 아닙니까? 그 여자가 당신에게 거짓말했다고 말한 건, 몇 년 동안 자유주의 언론에 쫓겨다니다 못해 그냥 자기를 좀 내버려뒀으면 해서 그렇게 말한 겁니다."

해리스가 동요하는 모습을 보인 건 이번이 처음이었다. 해리스는 다리를 꼬았다 풀었다. 그러곤 똑바로 자세를 고쳐 앉았다.

"그 여자가 먼저 우리에게 연락해왔어요. 죄의식에 사로잡혀서 무척 괴로워했다고요. 경찰과 법원에 알리고, 자기가 한 말을 철회하려고 백방으로 노력했대요."

해리스가 눈을 감고 한숨을 내쉬었다. "내가 말할 수 있는 건 그저 그 여자가 당시에 믿음직한 증인이었다는 것뿐입니다. 그여자의 이야기는 사실로 확인되었어요. 데니스는 범죄 전력이 있었죠. 동료 경관들도 그전부터 데니스가 로렌 로즈의 실종과 관련 있다고 의심하고 있었어요."

"하지만 데니스는 신문을 받지 않았어요."

"네, 공식적으로는 안 받았죠. 맞습니다."

"로렌 로즈 사건에서 데니스가 왜 요주의 인물이 됐죠?"

"둘은 서로 알고 지냈어요. 로렌이 살해당하기 전 두어 번 데이트를 했지."

"그건 로렌이 실종되기 몇 달 전 일이잖아요."

"이런 사건에서는 원래 전 남자친구가 모두 요주의 인물로 꼽히죠."

"데니스는 다른 전 남자친구들하고 어떤 점이 달랐죠?"

"로렌이 실종됐다는 신고를 받은 다음 날 밤, 이곳 사람들 모두 모여 수색에 나섰어요. 다들 모였죠. 데니스도 나타났는데 웃으며 농담을 하더군요. 심지어 손전등도 가져오지 않았더라고요. 캄캄한 밤이었는데 손전등도 없이 그냥 왔어요."

"그래서 겨우 그것 때문에 의심했다고요?" 캐리가 다시 고개를 갸웃했다. 해리스는 방을 한 번 둘러보더니 말을 이었다. 그의 표정은 시멘트처럼 굳어 있었다.

"의심한 건 내 동료들이었어요. 데니스가 진짜로 그 애를 찾으려고 거기 온 것 같지 않다고 하더군요. 그보다는 우리가 로렌을 찾는 모습을 구경하려고 온 것 같다고, 마치 고소해하는 것 같다고 했어요."

"하지만 경관님은 그렇게 생각지 않았고요?"

"내가 뭐라고 말하긴 어렵네요. 난 거기 있지 않아서 데니스의 행동을 직접 목격하지 못했거든요. 난 로즈 가족과 함께 있었어요. 우린 모든 실마리를 추적했지만 그거로는 부족했어요. 어쩌면 야반도주인지도 모를 일이죠. 미제 사건은 사람을 붙들고 놔주지 않아요."

잠시 침묵이 흘렀다. 샘은 사람들이 해리스에게 조종당하고 있는 것처럼 느껴졌다. 해리스는 시간을 벌 속셈인 것 같았다. 캐리가 손가락을 탁 튕겨서 사람들을 환기시켰다. "홀리 마이클스 얘기로 돌아가죠. 우선 체모요."

"체모?"

"홀리의 몸에서 발견된 체모 말이에요. 감식 보고서에 '짧음, 흑갈색 혹은 흑색, 두발일 가능성이 높음'이라고 적혀 있더군요. 피해자의 것이 아니고 데니스의 몸에서 나온 털도 아닌 것 같다는 설명이 덧붙여 있었지요.”

“우리가 더 자세히 검사를 받아보려고 보낸 최초의 증거들 중 분명 그것도 있었죠. 그쪽도 잘 아시겠지만, 불행히도 이송 중에 사라졌고요.”

“가장 중요한 증거 하나가 그냥 사라졌다고요?” 캐리가 고개를 저으며 눈썹을 치켜올렸다.

“우리 쪽 사람들이라고 해서 감쌀 생각은 없습니다. 그건 진짜 멍청한 짓이었죠. 일치하는 샘플을 찾았으면 몇 달의 고생을 덜 수 있었을 텐데. 몇몇 사람이 징계를 받았고, 승진 가도에서 탈락했죠. 우린 팀을 다시 짜고 남은 증거에 집중해야 했어요.”

“데니스는 흰 피부에 금발이죠. 발견된 체모에 대한 설명은 데니스와 일치하지 않는 것 같네요. 동의하시나요?”

“확실히 대답하려면 검사 결과가 필요하지요. 하지만 나머지 증거와 데니스의 기소가 성립됐다는 사실을 감안할 때, 그 증거가 있었다면 데니스와 일치한다고 밝혀졌을 가능성이 높다고 생각합니다.”

캐리의 목소리는 확고하고 차분했다. 그녀의 목소리와 거기 담긴 힘은 방 건너편까지 충분히 전달됐다. 그에 비하면 해리스는 확실히 자신감이 부족해 보였다. “하지만 데니스의 DNA 증거는 전혀 없었어요. 아무것도요. 피해자의 셔츠에 묻은 피는 피해자의 것도, 데니스의 것도 아니었어요.”

“그래서 공범이 있을 가능성이 제기됐죠.”

"다시 한 번 말하지만 데니스의 DNA는 전혀 없었어요. 살인자가 두 명이라고 짐작할 만한 근거도 전혀 없었고요. 데니스가 살해 현장에 있었다고 짐작할 만한 근거도 전혀 없었죠."

"증거는…."

"증거는 전혀 존재하지 않았어요. 게다가 당신 쪽 사람들은 체모를 잃어버렸죠. 당신은 증인들을 유도해서 당신이 듣고 싶은 말을 하게 만들었고요. 아들의 친구에 대한 당신의 개인적 원한 때문에 말이에요. 결국 터무니없는 이야기를 한데 엮어 십 대 남학생한테 누명을 씌운 거예요."

"내 말 들어요, 젊은 아가씨. 그래요, 내가 그 애한테 원한이 있었을 수도 있지만…." 해리스는 카메라를 똑바로 쳐다보며 말을 이었다. "법 집행자로서 내 판단이 그것 때문에 흐려지는 일은 절대 없었습니다."

4화

아이린 터너의 《붉은 강이 흐를 때》 발췌문

레드 리버에서 마약은 하나의 산업이다. 학교 복도에서는 불법 거래와 교환이 넘쳐났다. 체육관으로 가는 길에선 대마초 두어 대에서 처방 진통제까지 사지 못하는 것이 없었다. 제임스 루카스는 교장으로 재직하던 시절을 회상하며 마약 '돌림병'을 이야기했다. "우린 정기적으로 사물함을 검사했습니다. 우선 스피커로 안내 방송을 내보냅니다. 검사가 끝났다는 공지가 나올 때까지 모든 학생에게 지금 있는 교실에서 나오지 말라고 하지요. 모든 사물함을 열고 검사했어요. 예외는 없었습니다."* 이렇게 검사 도중에 숨겨두었던 마약 더미가 발견되는 건 드문 일이 아니

---

* 전화 인터뷰, 1996년 6월

었지만, 용의자의 정체 때문에 모두들 깜짝 놀란 적이 있었다. 존경받는 경찰 에릭 해리스의 아들인 하워드 해리스가 불법 약물을 숨기고 있었던 것이다. 루카스 교장의 회상에 따르면 그중에는 200정쯤 되는 연한 파란색 알약도 있었다. "아마도 발륨 모방제였을 겁니다." 교장은 그렇게 추측했다.

해리스는 계속해서 아들의 책임을 부인하고** 인터뷰 요청을 거부했다. 하지만 하워드는 루카스 교장에게 전적으로 자신의 책임이라고 진술하며, 교우들에게 알약을 판매한 걸 인정했다. 해리스는 그 일을 조용히 해결하려 했지만 발견된 약물의 시가가 엄청난 액수이다 보니 문제가 커져 결국 학교에서 영구 제적당하고 소년원에서 6개월을 보내야 했다. 이 일 이후로 하워드는 홈스쿨링을 하게 되었고, 해리스는 하워드의 유일한 친구인 데니스 댄슨에게 깊은 앙심을 품게 되었다. 자기 아들이 체포된 것을 데니스 탓으로 여긴 것이다.

파란 알약들은 학교 안팎에서 악명을 드높였다. 첫 피해자인 도나 녹스 실종 사건에 그 알약이 원인을 유발했다는 분석이 널리 퍼졌다. 대부분의 아이들이 도나를 마지막으로 본 건 파티에서였다고 진술했다. 도나는 술을 마셨지만 고주망태가 된 건 아니라고 했다. 평소 마시는 잭다니엘과 다이어트 콜라 몇 잔이 전부였다는 것이다. 그러다가 한 아이가 도나가 저녁 9시경 알약

** 익명의 출처, 1996년 6월

두 개를 먹는 걸 보았다고 말했다. "연한 파란색에 모양은 동그랬는데 정확히 무슨 약인지는 모르겠어요."* 아이들의 말에 따르면 9시 45분경 도나는 평소보다 더 취한 것처럼 보였다. 도나의 행동은 이상했다. 아무에게나 시비를 걸었고 집까지 태워다 주겠다고 아무리 제의해도 듣지 않았다. 아이들은 도나가 한밤중에 쿵쿵대며 파티에서 떠나는 것을 그냥 두고 봤다. 30분쯤 지나면 후회하고 민망해하며 돌아올 거라고 짐작한 것이다.

하지만 도나는 끝내 돌아오지 않았다. 남자친구와 제일 친한 친구가 한 시간 후 파티장을 떠나 도나가 갈 만한 길을 따라 천천히 차를 몰았지만, 도나는 보이지 않았다. 도나의 남자친구는 도나의 집 앞에 차를 세우고 불 꺼진 침실 창문을 올려다보며 잠이 들었겠거니 하고 짐작했다. 그런데 이튿날 아침, 전화를 했더니 도나의 어머니는 걱정스러운 목소리로 딸이 전날 밤 집에 돌아오지 않았다고 말했다. 친구들을 난처하게 만들고 싶지 않았던 두 사람은 녹스 부인에게 도나가 파티장을 일찌감치 나와 친구 집에 자러 갔다고 말했다. 아마 아직 자나 보다고, 깨어나는 대로 전화를 할 거라고 안심시켰다.

녹스 부인은 하루가 지난 뒤 실종 신고를 했다. "걱정해야 하는 상황인 줄 몰랐어요. 너무 화가 나서 걱정할 생각도 못했어요."** 도나가 실종된 지 이틀이 지나, 귀가 경로로부터 3킬로미

***

*   레드 리버 고등학교에서 얻은 진술, 익명, 1990년 3월

터 벗어난 곳에서 그녀의 스웨터가 발견되었다. 강둑에서 살짝 떨어진 곳이었다.

수색은 강에 집중되었다. 과학수사팀 잠수부들은 시신의 흔적조차 찾지 못했다. 3월의 폭우는 강한 하층류를 발생시키므로 잔해가 바다로 쓸려갔을 가능성도 있었다. 경찰은 범죄 가능성을 염두에 두지 않았다. 모든 증거가 도나가 너무 취한 바람에 어둠 속에서 방향을 잃고 헤매다 울창한 삼림지대로 들어섰다고 추측하게 만들었다. 어쩌면 도나가 자발적으로 물속에 들어갔는지도 모른다. 스웨터를 벗어 던지고 수영을 하려고 뛰어들었다가 불어난 강물에 빨려 들어갔거나 아니면 넘어지면서 스웨터가 아래쪽 나뭇가지에 걸렸는지도 모른다. 어느 쪽이든 경찰은 도나의 실종과 관련해 딱히 누군가를 추적하지 않았다.

파란 알약은 이후에도 여러 차례 거론되었다. 〈레드 리버 트리뷴〉은 1992년 데니스 댄슨이 체포되기 직전 '레드 리버의 여자아이들'이라는 제목의 장편 기사를 내보냈는데, 그 기사는 이런 의문을 제기했다. "왜 수사가 지속되지 않았을까? 심지어 학교에서 마약 사용 수위에 대한 지속적인 우려가 제기되었는데도 당시에 이 증거는 아무런 관심을 받지 못했다." 그 증거를 감안하면 하워드는 마땅히 도나의 실종과 관련해 취조를 받았어야 했다. 많은 사람들이 그 부분에 의혹을 품었다.

** 녹스 부인 인터뷰, 〈채널 원 뉴스〉, 1900년 4월

71

그 다음으로 로렌 로즈가 실종되었다. 뒤이어 제넬 타일러, 켈리 풀러, 세라 웨스트…. 모두 사라졌다. 시신도 없이. 혈흔도 없이. 마치 애초부터 존재하지 않았던 것처럼.

그러다 마침내 홀리 마이클스가 발견되었다. 삼촌과 양아버지와 독신 남자들에게 의심의 눈초리가 쏠렸다. 사람들은 괴물을 상상했다. 지하실 시멘트 속에 여학생들의 유골을 발라놓은 사이코패스를. 놈의 벽장 안에는 우정의 팔찌들이 걸려 있을 거라고 떠들었다. 사람들은 알아내야만 했다. 누군가가 그들을 가지고 놀고 있었다. 누군가가 그들의 딸들을 잡아가고 있었다.

5화

샘은 데니스의 말투와 말할 때 보이는 버릇들에 점차 익숙해졌
다. 직접 만나기 전에는 알지 못했던 미세한 사투리라든가, 이야
기할 때 입으로 앞머리를 훅 불어 날리는 버릇이라든가, 잠깐잠
깐 말을 멈췄다가 언제 그랬냐는 듯 다시 말을 잇는 방식이라든
가, "나도 당신이 보고 싶었어, 서맨사"처럼 이름을 줄이지 않고
곧이곧대로 부르는 것이라든가. 그리고 어떤 이야기를 하면서
별일 아닌 척하고 싶을 때 어깨를 으쓱하는 버릇도. 몸짓을 보며
그가 하는 이야기가 실은 대수롭지 않은 게 아님을 샘은 알 수
있었다.

"조니 뎁도 관심이 있대." 데니스는 어깻짓을 하며 말을 이었
다. "직접 찾아오고 싶어 한다나 뭐라나."

두 사람은 플라스틱 분리창의 구멍에 손가락을 갖다 댔다. 손

73

가락 끝이 하얗게 변했다. 볼록 튀어나온 살을 쓰다듬었다. 겨우 그것만으로도 찌릿하고 전기가 통했다. 샘은 술에 취한 듯한 기분을 느끼며 교도소를 나섰다. 왠지 온몸이 후끈거려서 호텔로 돌아오는 길에는 차 에어컨을 최대로 틀었다. 데니스와 떨어져 있는 것은 고통스러웠다. 눈앞에 있는데 서로 만질 수 없다는 게 더욱 괴로웠다. 두 사람은 변호사에 관해, 사건 수사에 관해, 그리고 샘이 교도소로 차를 몰고 오는 길에 본 광고판에 관해 이야기를 나눴다. 현재까지 나온 수사 결과는 아무것도 없었다. 정신 나간 사람들의 중얼거림, 망상주의자와 영매들이 조금씩 흘리는 설득력 없는 이야기들을 제외하고는. 하지만 희망의 불씨는 여전히 타오르고 있었다.

"그냥 당신이랑 같이 있고 싶어." 데니스가 말했다. 두 사람은 몸을 창 쪽으로 최대한 기울여 창에 입김을 뿜고 있었다.

"금방 그렇게 될 거야." 샘의 눈동자가 렌즈 뒤에 있는 데니스의 눈동자를 훑었다. 교도관이 두 사람에게 뒤로 물러나라고 경고했다.

"당신이 나보다 많이 알잖아." 데니스가 말했다. "분위기 어때? 바깥 말이야."

"당신에 관해서? 늘 긍정적이야. 내 말은, 인터넷에서 말이야. 95퍼센트라고까지는 못하지만, 레드 리버 말고 다른 데서는…."

"그 사람들은 중요하지 않아. 다른 곳들은 어때?"

"긍정적이야. 사람들은 모두 당신이 나오길 바라고 있어, 데니스. 이번엔 확실히 우리가 이길 거야."

◆ ◆ ◆

길어야 보름쯤 머물 예정이었는데 정신을 차려보니 어느새 부활절 연휴가 다 지나가버렸다. 샘은 여전히 떠날 마음을 먹지 못했다. 학교에 전화해서 처리해야 할 개인적인 사정이 있어서 돌아가기 어렵다고 말했다. 학교 측의 상냥하고 배려심 넘치는 대답에 샘은 죄의식에 휩싸여 비참한 마음만 더 커졌다.

캐리와 제작진과 함께 있지 않는 날은 외로웠다. 호텔방 침대에 굴을 파고 들어가 넷플릭스를 보고 포장해온 패스트푸드를 먹었다. 호텔에 돌아왔을 즈음 식어버린 음식을 종이 상자에 담긴 그대로 침대 이불 위에 차려놓았다. 하지만 캐리가 인터뷰를 위해 데리러왔을 때 샘은 방을 나서는 게 내키지 않았다. 레드 리버에서 다시 촬영하기로 정해진 날 샘은 머리가 아프다는 핑계를 댔지만 캐리는 엄지로 조수석을 가리켰다.

"그만 징징대고 타시지. 난 데니스에게 자길 잘 돌봐주겠다고 약속했어. 자기 모습을 좀 봐. 여기서 벌써 두 달이나 있었으면서 털 뽑힌 생닭이 따로 없네. 내가 없을 때 밖에 나가긴 해?"

샘은 사이드미러에 자신을 비춰보았다.

"좀 돌아다녀! 에버글레이즈에서 에어보트를 타든가 시월 드로 드라이브라도 좀 하든가! 그건 그렇고, 〈블랙피쉬〉 본 적 있어?"

하지만 샘은 시월드나 에어보트 때문에 여기 온 게 아니었다. 여기 온 건 오로지 데니스 때문이었다. 그 밖의 다른 모든 건 시간 낭비로밖에 느껴지지 않았다. 샘은 그때 그걸 알아차렸다. 고립. 연애 상대에게만 홀딱 빠져서 나머지 모든 것은 뒤로 제쳐놓는 경향. 심리치료사였다면 그걸 반복 패턴이라고 불렀겠지. 딱하다는 투로 중독 증상이라고 말해줬겠지. 샘은 텔레비전 소음이 끊임없이 들려오는 좁아터진 감방에서 무릎에 쟁반을 올려놓고 식사하는 데니스의 모습을 상상했다. 따지고 보면 자신의 호텔방도 그리 다를 바 없다고 느껴졌다.

두 사람은 아이스커피를 사려고 차를 세웠다. 캐리는 샘을 서서히 세상으로 끌어냈다. 어느샌가 샘은 자신도 모르게 깔깔 웃고 있었다. 차는 시내로 향하는 대신 레드 리버 변두리를 에둘렀다. 나무가 울창하고 고립된 지역이었다. 지나가는 길에 집은 하나밖에 눈에 띄지 않았다. 낡아 빠진 건물로 뼈대가 불에 타서 시커멨다.

도로 상황은 갈수록 열악해졌다. SUV가 진흙탕에 미끄러졌다. 차는 황무지 한복판처럼 보이는 곳에 멈춰 섰다. 옆에는 해리스를 인터뷰할 때 본 흰색 승합차와 버려진 것 같은 다른 차 한 대가 있었다. 두 사람은 차에서 내려 부러진 나뭇가지들을 타넘었다. 전날 비가 내려 땅이 부드러웠다. 땅은 샘의 플랫 신발을 빨아당겼다. 장딴지 뒤쪽으로 진흙이 튀었다.

“젠장, 미리 말해줬어야 하는데, 내 실수.” 캐리가 말했다. “잭슨이 진짜 레드 리버를 보여주는 게 좋을 것 같다고 해서 말이야. 그러니까 그… 이곳의 특징을.” 나무들 사이에서 제작진이 수선을 피우는 소리가 들리더니, 넝쿨식물로 뒤덮이고 창이 더러워서 안이 들여다보이지 않는 트레일러 주택이 나타났다.

트레일러 뒤편 땅에는 쑥 꺼진 싱크홀이 있었다. 어찌나 깊은지 검은 구덩이밖에 보이지 않았다. 빨려드는 듯한 기분이었다. 그리고 반쯤 무너진 집의 잔해가 보였다. 쪼개진 나무 조각들과 전선들이 마치 쏟아져 나온 내장처럼 대롱대롱 매달린 채 시소놀이를 하듯 흔들거렸다.

누군가가 집주인 에드의 셔츠에 마이크를 달아주고 있었다. 에드는 뻣뻣하게 굳어 영 불편해 보였다. 샘은 싱크홀에서 몇 걸음 뒤로 물러섰다. 구멍이 샘을 집어삼킬 것처럼 느껴졌다. 저도 모르게 걸음을 옮겨 그 안으로 몸을 내던질 것만 같았다. 뼈가 욱신거렸다.

“그 일이 일어났을 때 상황은 이랬어요.” 에드가 신호를 받고 입을 열었다. “그날 밤, 아내가 일찍 침대에 들겠다기에 저는 입을 맞추고 잘 자라고 했죠. 아내는 침실로 갔는데, 그게 아마 바로 여기쯤이었을 겁니다.” 에드는 싱크홀 가장자리를 가리켰다. 대들보들이 그 심연 위로 걸쳐져 있었다. “집이 살짝 흔들리는 느낌이 들었는데 그날 밤 술을 좀 한 터라, 맥주 때문인가 보다 했어요. 지진 같지 않고, 살살 흔들리는 정도였어요. 왜 기절하기 직전에 몸 밑에서 온 세상이 부드럽게 흔들리는 그런 느낌 있잖습니까. 그 후 이 세상 것 같지 않은, 으르렁대는 듯한 소리가 들리더군요. 마치 낡은 파이프 같은 소리였죠. 그리고 모든 게 한꺼번에 덮쳐왔어요. 집의 왼쪽 부분이 그냥 몽땅 사라졌죠. 몇 초 만에 아래로 빨려 들어갔어요. 아내의 비명 소리 같은 것도 전혀 듣지 못했어요. 다가가는데 돌 부스러기가 보이더군요. 아내를 찾으려고 했지만 땅은 굶주리기라도 한 듯 모든 걸 빨아들이고 있었어요. 사방에서 물거품이 피어올랐고, 더러운 작은 물웅덩이가 부글거렸죠. 물이 가득 찬 욕조에서 방귀를 뀐 것처럼 말이에요. 도무지 뭘 어떻게 해야 할지 알 수 없더군요. 전화를 할 수도 없었어요. 여긴 신호가 잡히지 않는 곳이거든요.

구조를 요청하려면 차를 몰고 나가야 했어요. 아내는 끝내 못 찾았어요. 그냥… 가버렸죠. 잠이 든 사이에 흙 속으로 빨려 들어간 거예요. 그 사건이 있은 후 저는 늘 궁금해하곤 합니다. 아내가 물에 빠졌을까? 물에 빠지는 거랑 비슷했을까? 아니면 진흙이 코와 입을 틀어막았을까? 상상이 가십니까? 축축하고 냄새 나는 진흙 무덤에 산 채로 파묻힌다는 게요. 묻어주지도 못했어요. 예배당 묘지에 비석은 세워줬죠. 하지만 아내는 거기 없어요. 여기 있죠.

아내를 그런 식으로 내버려둘 수는 없었어요. 사람들은 날 여기서 떠나게 하려고 했어요. 카운티가 이 집을 주거 부적합지로 등록한 뒤 난 트레일러 주택을 구해서 여기다 갖다 놨어요. 구멍은 점점 커지는 중이에요. 내가 사진을 찍어놨어요."

에드는 시간이 지나면서 구멍이 커진 것을 보여주는 사진 몇 장을 들어올렸다. 그에 비교되어 집은 점점 더 작아져가는 것처럼 보였다.

"폭풍이 덮쳐올 때마다 구멍은 점점 더 커졌어요. 홍수가 나고 물이 다시 마르면 수압이 달라져서…" 에드는 잠시 말을 끊고 빨아들이는 소리를 냈다. "밤에는 집이 삐걱거리고 끼익거리는 소리가 날 때도 있죠. 내 생각은 그래요. 최악의 상황이 일어난다고 해봤자 나까지 빨려 들어가는 것밖에 더 있겠느냐는 거죠. 그리고 그것도 썩 나쁘지만은 않을 것 같아요. 사람들은 위험하다고들 하지만 여기가 다른 곳보다 더 위험할 것도 없어요. 이 주 전체가 약한 바위 위에 세워져 있거든요."

샘은 다리에 힘을 주고 똑바로 서려고 애썼다. 에드가 불안해하는 카메라맨을 싱크홀 가장자리로 이끌더니 그 위로 위태롭게 몸을 숙였다. 그 모습을 보면서 샘은 전신의 신경이 따끔거리는 것 같았다. 에드는 태연히 말했다. "이리로 와보세요. 괜찮아요."

"여기서 지내는 게 부인을 애도하는 데 도움이 되나요?" 캐리의 파트너 패트릭이 물었다.

"네, 물론이죠. 아내가 그리워요. 매일 아내에게 말을 걸어요."

"부인이 대답해주시나요?"

"네, 그럼요, 지금 이 순간도 이렇게 말하고 있는 걸요. '이 개

자식들이 떼거지로 집까지 찾아와서는 당신을 무시하는데 왜 가만히 보고만 있어?'" 에드는 혀를 차고 눈알을 굴렸다. "그걸 질문이라고 한 겁니까? 난 당신네들이 머저리를 찾고 있다는 걸 알아요. 우리 동네를 무슨 서커스단처럼 보이게 만들려고."

"죄송합니다." 캐리가 끼어들었다. "제 생각에 패트릭의 말뜻은 비유적인 거였어요. 저희가 실례했네요. 하지만 저희는 레드 리버 주민들이 얼마나 다채롭고 다양한지 보여주고 싶은 거지 다른 뜻은 없어요. 이곳을 서커스단처럼 보이게 만들 의도는 없어요."

"흐음." 에드가 한쪽 눈썹을 치켜올렸다. "난 천치가 아닙니다. 그 영화도 봤어요. 데니스는 여기 와서 우리 집 일을 도운 적도 있었죠."

캐리는 놀란 눈치였다. "정말요? 그 얘기 좀 해주실 수 있어요?"

"데니스는 여기 와서 마당 일을 좀 해줬어요. 물론 우린 돈을 줬고요. 어느 날 저녁, 그 애한테 물 한 잔을 가져다주면서 밤이니 좀 쉬라고 말하려고 했는데, 그 애는 뭔가에 완전히 정신이 팔려 있더군요. 두 번이나 불렀는데 고개도 안 들더라고요. 슬쩍 건드려봤죠. 그 애는 철 양동이 위로 몸을 숙이고 있었는데, 얼굴이 불빛을 받아 빛나고 있었어요. 양동이 안에는 꿈틀거리는 뱀이 들어 있더군요. 불에 타면서 양동이 안에서 몸부림을 치고 있었죠. 그 애가 그걸 막대기로 드문드문 찔러보더군요. 저는 양동이에 물을 부어버리고 도대체 무슨 짓을 하는 거냐고 물었죠. 그 애 얼굴은 마치 낮잠을 자다 방금 깬 것처럼 보였어요. 저를 위해 뱀을 잡아 없애는 중이었다고 하더군요. 이러면 더 천천히 죽을 거라면서요. 저는 20달러를 건네주면서 집으로 가라고 했어요. 그 뒤로는 다시 오지 않더군요."

에드는 잠시 생각하는 듯하더니 말을 이었다.

"솔직히 말하자면 저는 그 애가 있으면 마음이 편하지 않았어요. 특히 그 일이 있은 뒤로는 더 그랬죠. 그 애가 정말 그 여자애를 죽였는지는 모르지만, 그 애한테는 어딘가 좀 이상한 구석이 있었어요."

❖ ❖ ❖

샘은 차 안에 앉아서 호텔에 남아 있을 걸 하고 후회했다. 모기가 팔다리를 물어뜯었다. 몇 마리는 캐리를 기다리는 동안 흘러내린 땀방울에 갇혀 죽었다. 이곳 전체가 샘을 불편하게 만들었다. 샘은 뱀 이야기가 무슨 의미일지 계속 생각했다.

"겨우 뱀 가지고." 샘이 물었을 때 캐리는 그렇게 대꾸했다. "데니스가 전자레인지에 새끼 고양이를 넣고 돌린 것도 아니잖아. 남자애들은 원래 끔찍한 짓을 해. 금붕어를 냉동고에 집어넣었던 내 동생 녀석은 이젠 철저한 채식주의자가 됐다고. 아마 말처럼 그렇게 심한 행동은 아니었을 거야."

캐리와 패트릭은 에드와의 인터뷰가 끝나고 숨죽여 말다툼을 했다. 샘은 조수석에 앉아 차 문을 연 채 다리를 허공에 달랑대면서 귀를 기울였다.

"그건 하나도 쓸 수 없어요." 패트릭이 말했다. "불타는 뱀이라니, 사람들이 어떻게 생각하겠어요?"

"싱크홀에 대한 부분은 아주 좋잖아. 잭슨에게는 그거면 충분해. 저 사람은 확실히 이야기꾼이야. 그중 진실이 얼마나 될지 누가 알겠어?"

숨죽인 어조로 이어지던 말다툼이 마침내 끝나고, 캐리가 운전석에 돌아와 앉았다. 긴장한 것 같기도 하고 화가 난 것 같기도 했다.

차는 침묵 속에서 레드 리버 중심부로 향했다. 캐리는 생각이 딴 곳에 가 있는 게 분명했다. 샘은 무슨 말을 해야 할지 몰라서 그냥 입을 꾹 다물고 있었다. 차창 밖으로 지나가는 집들은 갈수록 더 허름해졌다. 그러다 마침내 차는 창문에 창살이 쳐지고 집 안보다 뜰에 나와 있는 가구가 더 많은 듯한 거리에 도달했다. 쓰레기통은 넘쳐나고 개들이 불협화음으로 합창하는 소리가 들려왔다.

샘은 〈진실을 엮다〉를 본 터라 린지 더스트를 이미 알고 있었다. 화면에 몇 분 나온 게 고작이었지만. 린지는 변호인 측 핵심 증인이었다. 홀리가 살해당한 날 저녁 데니스와 함께 있었고, 풋볼 연습 후 데니스를 만나 얼마 동안 같이 차를 타고 돌아다녔다. 데니스를 집 근처에 내려주기 전, 자정 직후까지 바깥에 함께 있었다. 그렇지만 교차 검증한 결과 검사 측은 린지를 거짓말 쟁이로, 자기가 홀딱 반해 있는 남자애에게 유리하다면 무슨 말이든 할 수 있는 사람으로 만들어버렸다. 사람들의 말에 따르면 린지는 늘 데니스를 차에 태우고 다녔다. 방과 후 학교 앞에서 기다리는 건 물론이고, 수업까지 빼먹어가며 데니스를 차로 태워다 주었다.

"데니스는 심지어 걔한테 그리 잘해주지도 않았어요." 법원 앞에서 한 여학생이 그렇게 말했다. 물론 〈진실을 엮다〉에서 본 장면이다. 여학생이 의식적으로 카메라에 고개를 돌리자 머리 카락이 바람에 날려 립글로스에 들러붙었다. "걔는 데니스한테 늘 딱할 정도로 목을 맸어요. 아시죠?"

◆ ◆ ◆

린지는 '데니스 맨슨에게 자유를'이라는 문구가 새겨진 티셔츠를 입고 자기 집 앞에 서 있었다. 옷 뒤쪽을 매듭지어 묶어서 허리 아래쪽의 그을린 피부가 살짝 드러났다. 샘은 린지의 청바지 왼쪽 엉덩이 밑에 찢어진 부분을, 린지가 벨트 고리에 엄지를 걸고 말할 때 엉덩이를 한쪽으로 쑥 내미는 자세를 눈여겨보았다. 린지는 자신이 이곳에서 평생 살아왔다고 말했다. 그녀는 사람들을 데리고 집 뒤편으로 돌아가 담장 기둥에 데니스가 자기 이름을 새겨놓은 것을 보여주었다. 패트릭과 캐리는 린지에게 집 외부 사진을 몇 장 찍을 테니 진지한 표정으로 서 있으라고 했지만 린지는 자꾸만 웃음을 터뜨렸다. "죄송해요. 못하겠어요! 아, 세상에. 다시 해볼게요." 린지는 몇 번이나 그렇게 말했다. 샘은 왜 남자 제작진이 하나같이 그걸 귀엽다고 생각하는지 이해할 수가 없었다.

집들 뒤에는 호수가 하나 있었다. 열기 속에 께느른하게 늘어진 나뭇가지들이 잔잔하고 검은 호수 위에서 대롱거렸다. 린지는 녹색 점액으로 뒤덮여 썩은 것처럼 보이는 선창 가장자리로 걸어갔다.

"우린 바로 여기서 물속으로 들어가곤 했어요. 우리 패거리가 다 함께요. 그렇게 어울려 놀았죠. 우린 위험한 내기를 하곤 했어요. '헤엄쳐서 저 기둥까지 갔다가 돌아오기!' 거기는 악어가 있었거든요. 전 늘 그 남자애들 중 하나였어요, 아시겠어요? 여자애들하고는 절대 같이 안 놀았죠."

린지는 잘난 척하듯 어깨를 으쓱했다.

"그러던 어느 날 데니스가 벌떡 일어서더니 '내가 할게'라고 말했어요. 우린 '잘도 하겠다' 그랬죠. 그런데 그 애가 셔츠를 벗고 신발을 차 던지더니 팬티 바람으로 그냥 달려가서는 첨벙 뛰어들지 뭐예요. 전 비명을 질렀어요. 전 '이리 돌아와!' 하고 소리쳤어요. 하지만 그 애는 기둥 끝까지 헤엄쳐 갔어요. 거기 도착해서는 태연히 손을 흔들었죠. 그 애가 헤엄쳐 돌아오자 남자애들은 다들 달려들어 그 애를 끌어올렸죠. 그런 건 생전 처음 봤어요. 그 애는 가끔 제정신이 아니었어요. 다른 사람들은 절대로 하지 않을 일을 아무렇지도 않게 해버리곤 했죠. 그 애는 그러다가 말썽에 말려들든 거예요. 위험한 내기나 옷 벗고 뛰기 같은 그런 것들을 하다가요."

린지는 추억을 더듬듯 아련한 얼굴로 말을 이었다.

"우린 정말 가까웠어요. 요즘도 여전히 대화한답니다. 제가 거기 찾아갈 수 있을 때는요. 그 애가 보고 싶어요. 그 애가 그 여자애를 죽이지 않았다는 걸 전 알아요. 경찰은 그냥 그 애랑 나 같은 사람들을 못 잡아먹어 안달이죠."

그제야 깨달은 사실인데, 샘은 그때까지 캐리를 제외하면 자신이 데니스를 면회한 유일한 여자라고 생각하고 있었다. 데니스는 한 번도 린지 이야기를 하지 않았다. 서로를 발가벗기는 편지를 주고받은 사이인데도. 그러는 내내 데니스에게 다른 사람이, 한 번도 입에 올리지 않은 사람이, 비밀의 여자가 있었다니.

"봐요. 여길 보세요." 린지가 호수를 가리키면서 말했다. "저 반대편, 바로 저기요, 보여요?" 다들 호수 가장자리로 갔다. 카메라들이 린지가 가리킨 지점을 겨냥했다. 샘은 마지못해 슬쩍 건너다보았지만 뭔가 찌꺼기 같은 것이 검은 수면 아래로 서서히 가라앉고 있을 뿐, 아무것도 보이지 않았다. 다들 함성을 질렀다. "저기는 악어들이 드글대요. 봤죠? 데니스는 배짱이 두둑했어요."

얼마 동안 다들 호수에 정신이 팔려 있었다. 물결이 일어날 때마다 흥분의 도가니가 됐다. 이윽고 다시 린지에게 초점이 돌아왔다.

"재판에 관해 말해주실 수 있나요?" 캐리가 물었다.

"뭐가 알고 싶으신데요?"

"사람들은 왜 당신의 증언을 믿지 않았죠? 데니스가 그날 당신하고 같이 있었다는 증언요."

"아, 그거요." 린지가 머리카락을 휘릭 넘겼다. "사람들은 나를 마치 남자친구한테 환장한 빠순이처럼 보았어요. 학교 친구들을 부추겨 내가 그 애한테 홀딱 반했다고 말하게 만들었죠! 그건 진실이 아니에요. 내 말은, 우리 사이에 뭐가 있긴 했지만 우린 가볍게 즐기는 사이에 더 가까웠어요. 알죠?"

캐리와 패트릭이 짐을 꾸리는 동안 샘은 호숫가에 계속 머물렀다. 모든 게 망가져버렸다는 생각에 잠긴 채. 린지가 나타나기 전까지는 거의 완벽했다. 하지만 지금은 늘 그랬던 것처럼 서서히 독이 퍼지고 있었다. 편집증과 고통이 샘을 괴롭혔다. 샘은 마크와 몇 시간씩 말다툼을 할 때마다 마크가 쫓아나오길 기대하며 자리를 박차고 뛰쳐나가곤 했지만, 마크는 절대 뒤따라오지 않았다. 왜냐하면 샘은 중요한 존재가 아니었으니까. 어쩌면 지금도 그런 게 아닐까.

흰 새 한 마리가 부리를 물에 담근 채 샘을 바라보았다. 샘은 악어가 나타나 새를 낚아채기를 기다렸다. 그 광경을 보고 싶은 동시에 보고 싶지 않았다. 곧 새는 날아가버렸다. 샘은 마음이 놓이는 한편 실망해서 옷의 먼지를 털었다. 자신이 특별한 존재라고 생각하다니, 내가 천치였어.

"린지 때문에 신경 쓰이나 보네." 호텔로 차를 몰아가는 길에 캐리가 말했다.

"데니스에게 면회 오는 딴 여자가 있는지 몰랐어요." 샘이 대꾸했다.

"아마 과장한 걸 거야. 내가 보기엔 좀 정상이 아닌 것 같던데."

"정상이 아니라고요?"

"'남자애들 중 하나'? 그건 정신이 나갔다는 신호야. 여자를 좋아하지 않는 여자는 절대 믿지 마. 내가 자기한테 가르쳐주는 거야."

6화

아이린 터너의 《붉은 강이 흐를 때》 발췌

1992년 늦은 여름 어느 날 오후, 해리스 경관은 댄슨의 집 문을 두들겼다. 소파에 앉아 있던 데니스의 어머니가 문을 열어주라고 외쳤다. 나중에 데니스가 한 말에 따르면, 데니스는 보통 집에 없었다. 사실, 그해 여름 데니스는 집에서 보내는 시간이 갈수록 줄어들고 있었다. 주로 친구들 집 소파를 전전하며 생활했다. 신물이 난 친구네 부모님이 데니스 주변에서 청소를 하며 잠을 깨울 때까지. 그날 집에 들른 건 단지 옷을 세탁기에 던져 넣고 린지의 집으로 가지고 돌아갈 몇 가지 것들을 집어오기 위해서였다.[*]

[*] 인터뷰, 앨투나 교도소, 1996년

88

경찰이 데니스에게 처음 접근한 건 로렌 실종 사건을 수사할 때였다. 데니스는 그때를 회상했다. "뭔가 하고 싶은 말이 있는 것처럼 이런저런 질문을 던지는데, 전 뭘 하려는 건지도 몰랐어요." 데니스는 찢어진 스크린도어 뒤에 서 있는 경찰이 해리스 경관임을 알아보고, 별일 아니겠거니 짐작했다. 잡화점 침입 사건이 있었다고 들은 터라 그 일 때문이 아닐까 생각했다.

"해리스 경관님은 늘 저를 찍어서 뭔가를 뒤집어씌우려고 했어요." 한 인터뷰에서 데니스가 한 말이다. "그분은 제가 하워드를 잘못된 길로 이끌었다고 생각했어요. 하워드가 저지른 나쁜 짓이 전부 다 제 책임이라고 생각했지요."

데니스는 해리스 경관에게 문을 열어주며 물었다. "무슨 일이세요?"

"누구니?" 엄마가 집 안에서 고함쳤다.

"해리스 경관님이에요." 데니스가 되받아 고함쳤다.

"경찰이라고?"

"그냥 아드님한테 몇 가지 질문할 게 있어서 왔습니다, 부인." 해리스는 이 지점에서 자신이 데니스에게 앞으로 할 질문들에 대비해 양친 중 한 명이나 후견인이 옆에 있을 것을 제의했다고 주장했다.[**] 다만 경찰은 이것 또한 비공식적인 자리였다고 덧

[**] 해리스의 노트에 대충 기록된 대화들, 1992년

붙였다.[*] 〈진실을 엮다〉는 여기서 의문을 제기했다. 경관이 왜 다섯 달 전에 일어난 살인 사건에 관한 비공식적 질문을 던지러 그 먼 곳까지 열일곱 살짜리 남자애를 찾아갔을까? '경찰의 직감'이라는 것이 해리스의 대답이었다. 한편, 다른 경찰의 말에 따르면 해리스는 데니스에게 개인적이고 '강렬한' 불신감을 가지고 있었으며 사건 초기부터 다른 실마리들을 쫓기보다는 데니스를 신문하는 데 더 관심이 있어 보였다.[**]

"뭘 원하세요?" 데니스는 창피했는지 해리스가 뒤쪽의 난장판을 볼 수 없도록 몸으로 문간을 막고 서 있었다. 어딘가 조급해 보이기도 했다.

"좀 들여보내 줄래?"

"썩 내키지 않네요. 전 나가봐야 하거든요. 무슨 일로 오셨는데요?"

"4월 10일에 어디 있었니?"

이 지점에서 해리스는 데니스가 웃음 짓는 것을 알아차렸다. 경관은 다시 한 번 물었다.

"4월 10일요? 그걸 어떻게 기억해요? 제가 그걸 기억해야 돼요?"

"그래서 기억이 안 난다는 거냐?"

[*] 〈레드 리버 트리뷴〉, 1993년
[**] 익명의 출처, 1996년

"모르겠어요. 무슨 요일이었죠?"

"금요일. 4월 10일."

"금요일? 아마 학교에 있었겠죠."

"방과 후에는? 오후 늦게, 저녁에 말이다."

"어쩌면 연습? 모르겠어요. 정말 몰라요."

"네가 어디 있었는지 기억하게 도와줄 만한 사람이 있을까? 목격자가 있니?"

"방금 말씀드렸잖아요, 기억이 안 난다고. 그런데 누구랑 있었는지 어떻게 알겠어요?" 나중에 데니스는 인내심을 잃었다고 인정했다. 해리스는 데니스에게 몇 가지 질문을 하면서 약간 능글맞게 웃었다.

"알아요." 데니스는 인정했다. "내가 그 사람들이 파놓은 함정으로 곧장 걸어 들어가고 있다는 건 알았지만, 그걸 어떻게 피해야 하는지는 몰랐어요."***

◆ ◆ ◆

한 보름 동안은 아무 일도 없었다. 데니스가 그 일이 지나갔다고 생각할 만큼, 자신의 등에 꽂히는 따가운 시선이 약해지는 걸 느낄 만큼 충분히 긴 시간이었다. 그때, 방과 후 나머지 수업

*** 인터뷰, 앨투나 교도소, 1996년

시간에 해리스 경관이 학교에 나타나 교실 문을 두드렸다. 그리고 줄지어 앉은 아이들이 말 없이 지켜보는 가운데 교사와 속닥거리며 대화를 나눴다. 하지만 데니스는 그냥 알았다. 심지어 자신의 이름이 불리기 전에 일어서 있었다.[*] 해리스는 데니스의 손목을 붙잡아 학교 밖으로 끌고 나갔다. 데니스는 혼란에 빠져 자신의 권리를 생각해볼 여유가 없었다. 자신이 체포되는 중인지조차 알지 못했다.

데니스는 아무것도 잘못한 게 없다고 믿었기에 경찰서에 도착해서도 변호사를 불러달라고 하지 않았다. 심지어 여섯 시간 동안 신문을 받고 나서도 변호사를 불러달라고 하기는커녕 부모에게 전화할 생각조차 하지 못했다. 경찰의 질문에 "모르겠어요…. 기억이 안 나요…. 확실하지 않아요…." 따위의 대답을 하면서 데니스는 최근 몇 달간의 일들을 머릿속으로 훑어내렸다. 도대체 무슨 일 때문에 이러는 건지 궁리해보았다. 철물점 뒤편에서 불을 피운 것 때문인가? 체육관에 무단침입해서? 하지만 그런 일 때문이라기엔 분위기가 너무 살벌했다. 조사실에는 형사 두 명이 함께 있었다. 형사들은 처음 다섯 시간 동안은 노트에 필기를 했지만 저녁 8시 반이 되자 녹음기를 꺼내들었다.

[*] 목격자와의 인터뷰, 제프 베일리, 1996년

92

데니스 댄슨의 신문 녹취록

시간: 20시 51분

경찰 1: 자, 네가 홀리 마이클스를 어떻게 죽였는지 말해.

데니스: (웃으며)누구요?

경찰 1: 홀리 마이클스. 누군지 알잖아.

경찰 2: 이곳 사람은 다들 그 애가 누군지 알아. 너 혼자만 모른다고 우길 셈이야?

데니스: 저는 이름을 잘 못 외워서요.

경찰들은 데니스가 자신들을 '도발'하고 있으며, 데니스의 웃음은 그저 그 과정에서 '흥분을 느낀다'는 증거라고 여겼다.[**] 하지만 데니스는 불편해서 나온 헛웃음이었다고 기억했다. 어처구니없는 상황에 대한 반응일 뿐이었다.

경찰 1: 홀리 마이클스. 열한 살, 살해당했음, 전국 뉴스.

경찰들은 학교에서 찍힌 홀리의 사진을 데니스 앞으로 밀었다. 머리카락을 높게 묶어 말총머리를 한 모습이었다. 데니스는 그 여자애의 눈을 들여다보던 것을, 자신의 양손이 사진 위를 맴돌던 것을 기억했다.

[**] 〈진실을 엮다〉, 플로리다: 캐리 애트우드, 패트릭 개리티, 1993년, VHS

데니스(속삭이며): 너무 어렸네요.

　옆방에서 지켜보던 해리스는 그 순간 자기들이 데니스를 잡았다고 확신했다고 회상했다.[*]

*　〈레드 리버 트리뷴〉에 실린 해리스의 인터뷰, 1992년

7화

샘은 자신이 냉랭해지고 있음을 깨달았다. 아니, 그럴 작정이었다. 교도소 플라스틱 분리대 뒤에서, 샘은 데니스의 눈길을 일부러 피하며 방 안을 께느른하게 둘러보았다. 하품이 나오면 굳이 참지 않았고, 질문을 받으면 단답식으로 대답했다. 목소리가 너무 낮아서 데니스는 두세 번씩 같은 질문을 던지곤 했다. 그러면 샘은 한숨을 푹 쉬고 눈동자를 굴리면서 큰 소리로 다시 한 번 되풀이했다. 데니스가 무슨 일 있냐고 묻기를 20분쯤 기다렸다. 그러면 '아무것도'라고 대답할 작정이었다. 확실히 무슨 일이 있다는 걸 절대 모를 수 없는 투로. 때가 왔다고 느껴질 때까지 그걸 반복하고, 그런 다음 데니스에게 말할 생각이었다. '어제 린지하고 이야기를 나눴어.'

마음속으로 몇 번이고 연습했다. 그러나 조금도 자연스럽지 않았다. 그것은 샘의 성격 때문이기도 했다. 샘은 그런 자신이 혐오스러웠다. 전에 마크에게도 그렇게 행동한 적이 있었다. 어느 늦은 밤, 또 다시 말다툼을 벌이다가 완전히 자제력을 잃고 정신 줄을 놓다시피 한 후, 샘은 자신이 왜 그랬는지 스스로도 모르겠다고 털어놓았다. 내면이 썩어서 벌레들이 기어 다니는 것만 같은 기분이었다. 하지만 멈출 수 없었다. 지금도 마찬가지였다. 데니스의 아름다운 얼굴을, 턱을 따라 도돌도돌 돋은 짧은 수염을 쳐다보고 있는 지금도. 데니스가 말하는 동안 샘은 모든 의지를 끌어내 데니스를 미워하려고 애썼다. 자신의 뺨에 와닿는 데니스의 턱, 자신의 귀에 와닿는 데니스의 숨결을 상상하며 통제를 잃은 그 1초의 순간조차. 샘은 한숨을 쉬었다.

"그리고 잭슨은 내가 쓴 글 일부를 영화에 사용하고 싶대. 꽤 멋있을 거야. 잭슨이 다음 주에 면회 오기로 해서 우린 다음 주에 못 볼 거야⋯. 방금 눈동자 굴린 거 뭐야?"

"어차피 내가 여기 오는 걸 바라지도 않는 것 같아서."

"다음 주에?"

"언제든." 샘은 심장 박동이 빨라지는 걸 느꼈다. 고개를 돌리며 속으로 데니스에게 애원했다. 제발, 제발 당신이 날 사랑한다고 믿게 해줘.

"왜 그러는 건지 모르겠어⋯."

"면회 오는 딴 여자 있어?"

"캐리 같은?"

"아니, '캐리 같은'이 아니라. 딴 여자." 눈물이 솟으려고 했지만 샘은 눈을 깜빡이며 삼켰다. 일부러 못 알아듣는 척하는 건 아닌지 알아내려고 데니스를 올려다보았다. 샘은 생각했다. 그게 아니라면 정말 대단한 연기력을 가진 걸 거야.

"그럼 없는데. 왜?"

"거짓말쟁이!" 생각보다 큰 목소리가 나와버렸다. 몇몇 사람들이 두 사람 쪽으로 고개를 돌렸다.

"왜 그래? 서맨사…." 데니스가 몸을 앞으로 숙이자 샘은 몸을 뒤로 뺐다.

"린지." 샘은 기다렸다. 데니스의 얼굴은 무표정했다. 아무것도 읽어낼 수 없었다. 데니스는 아무 말도 하지 않았다. "어제 린지를 만났어. 꽤나 으스대던데."

"린지? 린지가 무슨 딴 여자야."

"그럼 뭔데?"

"글쎄. 걔는 그냥…. 걔랑은 거의 평생 알고 지냈어."

"그럼 왜 거짓말했어?" 데니스의 얼굴에 나타난 한 줌의 혼란을 본 샘은 자신이 미친 여자가 된 것만 같았다.

"거짓말한 적 없어. 그냥 그걸 말해야겠다는 생각을 못 했을 뿐이지. 걔가 여기 안 온 지 7개월이나 됐어. 왜 그 일로 그렇게 화를 내는데?"

두 사람은 말 없이 꼿꼿이 앉아 있었다. 샘은 데니스가 아마도 혼란에 빠져서 이게 지금 무슨 상황인지 어리둥절해하고 있을 거라고 생각했지만, 물러서고 싶지 않았다. 그런 자신에게 역겨움을 느꼈다. 그렇지만 내면의 벌레들이 꿈틀대고 있었다. 샘은 그 벌레들을 멈출 수 없었다.

"그냥 당신을 어떻게 믿어야 할지 모르겠어." 샘은 떠나려고 일어서며 말했다.

"안 돼, 서맨사. 그건 불공평해." 데니스도 따라 일어서려다 한 손을 분리대에 얹었다.

"나한테 거짓말하는 것도 불공평하긴 마찬가지야."

"이러지 마. 나한테는 당신 말고 아무도 없어."

"그만 가야겠어." 샘은 데니스에게서 등을 돌렸다. 이제 모든 사람의 눈길이 두 사람에게 쏠렸다. 교도관이 데니스에게 다가오고 있었다.

"가지 마!"

샘은 손바닥으로 분리대를 치는 데니스를 보았다. 속상해하는 건지 아니면 화를 내는 건지 분간이 가지 않았다. 교도관이 데니스의 어깨를 양손으로 붙잡아 억지로 자리에 앉히려 했다. 데니스의 사슬이 유리에 부딪치는 소리가 났다.

"나랑 결혼하자!" 샘이 눈물을 쏟는 순간, 데니스가 고함쳤다. "사랑해! 나랑 결혼하자!"

◆ ◆ ◆

"트위터에 올려도 돼? 젠장, 자기한테 반지를 사줘야겠어! 웨 딩드레스 입어볼래?" 캐리가 샘을 또 다시 끌어안았다.

"좋아요! 반지는 어떻게 하지? 난 웨딩드레스에 관해 잘 몰라 요. 그냥 화려한 거로 살까요?"

샘과 캐리는 차에 올라 문을 닫았다. 차 키를 돌리자 라디오 가 켜졌지만 캐리가 꺼버렸다. 샘은 모든 이야기를 다 털어놓았 다. 자신이 승낙한 것, 교도관이 데니스의 어깨를 놓아주고 다독 이며 나지막하지만 진심 어린 목소리로 축하해준 것. 데니스를 만난 후로 그렇게 웃는 모습은 처음 보았다는 것까지.

"어쩌면 반지를 먼저 사고 그다음에 트윗을 쓰는 게 낫겠다. 사진이랑 같이 올릴 수 있게."

"반지는 내가 살까요?"

"그건 우리한테 맡겨. 설마 자기가 약혼반지를 직접 사게 놔 둘까 봐. 데니스가 어떻게 프러포즈했다고? 다시 한 번 말해봐."

샘의 얼굴이 빛났다. 말다툼에 관한 부분은 생략했다. 캐리 곁에서 멀쩡한 척하는 허울을 벗고 싶지 않으니까. 진짜 자기 모 습을 드러내면 캐리와 사이가 멀어질까 봐 두려웠다. 두 사람은 데니스의 아버지를 인터뷰하려고 댄슨 가족의 집으로 가는 길 이었다. 이제 두 사람은 슬슬 친숙해져가고 있었다. 태양광 패널 들이 열기 속에 비뚜름하게 서 있는 밭, 길가를 따라 나 있는 물 웅덩이. 물밑으로 꼬리 하나가 재빨리 모습을 감추는 것이 보였 다. 어찌나 빠른지 정말 본 것인지 확신이 가지 않을 정도였다.

차는 시내를 통과해 계속 나아갔다. 큰길을 벗어나 비포장도로로 접어들었다. 차 안에 앉아 있는 두 사람의 몸이 마구 흔들렸다. 바퀴들이 느슨한 자갈들을 밟고 미끄러졌다. 지나가는 길에 서 있는 나무들이 차창을 때렸다. 돌들이 SUV의 차체에 부딪쳐 이리저리 튕겼다.

샘은 속이 울렁거리기 시작했다. 〈진실을 엮다〉에서 댄슨 가족의 집을 보았지만, 실제 이 정도로까지 고립되어 있을 줄은 미처 몰랐다. 나무들이 차도를 뒤덮지 못하게 하는 유일한 요소는 차들이 만들어놓은 통로였다. 이제 데니스의 아버지 라이어넬은 장애인이 됐으니, 이 길을 지나간 차들은 낮에 보살펴주러 오는 간호사들의 것이 전부일 터였다.

모든 게 그들을 향해, 그들을 에워싸 질식시키려고 기어오는 것처럼 보였다. 이윽고 그들은 거기서 풀려나 공터로 나왔다. 자동차 타이어에 짓밟혀 납작해진 풀밭, 인터넷에서 본 사진들 덕분에 샘에게는 친숙하기 그지없는 1층짜리 집이 보였다. 샘은 아홉 살짜리 데니스가 웃음기 없는 얼굴로 태양에 눈을 찡그린 채 차고 옆 누렇게 죽은 풀밭에 서 있는 모습을 생생히 그려볼 수 있었다. 지금은 차고 앞을 가로질러 대문자로 '살인자'라는 글자가 붉은 페인트로 뿌려져 있었다. 많은 낙서의 흔적들이 집 전체를 뒤덮고 있었다. 그 위에는 회백색 페인트가 묽게 덧발라져 있었는데, 방치되어 회색빛이 되어가는 집의 원래 도색과 동일한 색인 듯했다.

먼저 도착한 두 사람은 집 앞에 차를 세우고 나머지 제작진을 기다렸다. "예비 시아버지 만날 준비 됐어?" 캐리의 질문에 샘은 예상치 못한 불안감을 느꼈다.

샘의 눈에 그 집은 아미티빌(코네티컷 주에 있는 집으로 1974년 가장이 여섯 명의 가족을 살해한 범행 현장이다. 이후 영화의 소재로 쓰였다.—옮긴이) 풍의 존재감을 과시하는 것처럼 보였다. 공포로 내리누르는 듯한 모습은 마치 샘이 무슨 생각을 하는지 아는 것만 같았다. 그리고 라이어넬은 그곳의 지박령이었다. 혼자서는 운신할 수 없는 몸을 과도한 비용을 들여 보살핌을 받으면서 그곳을 떠나기를 거부하고 있었다. 의료보험만으로는 어림도 없는 돈이 들었다. 라이어넬은 여기저기에 사연을 팔아 돈을 벌었다. 그중에는 라이어넬의 요양비를 모금하는, '기독교인 기부 정신' 같은 웹사이트들도 있었다. 때때로 이베이에 데니스가 옛날에 입던 티셔츠나 반쯤 보다 만 교과서들을 포함한 가족들의 물건을 팔기도 했다. 라이어넬은 가족의 악명을 팔아 소득을 얻는 데 부끄러움을 느끼지 않았다. 자신은 숲속에 혼자 남아 썩어가면서도 살인자 아들에게 돈을 기부하는 사이트들이 넘쳐나는 게 말이 되냐며 도리어 목소리를 높였다.

샘과 캐리는 집 안으로 들어가기를 망설였다. 그래서 SUV에 실린 장비들을 꺼내며 부산을 떨고, 핸드헬드 카메라로 필요 이상 시간을 들여가며 외부 사진을 찍었다. 결국 한 여자가 현관으로 나와 두 사람을 불렀다. 연푸른색 제복을 입은 간호사였다. 간호사는 뭔가 마시겠느냐고, 그리고 안에서 기다리겠느냐고 물었다. 두 사람의 난처한 표정에 여자는 웃음을 터뜨리더니 팔짱을 낀 채 두 사람에게 다가와 말했다. "그분이 심한 건 나도 알지만, 그렇게까지 심하진 않아요."

다행스럽게도 집 안 공기는 시원했다. 비록 병원에서 날 법한 살균 크림의 악취가 풍기긴 했지만. 구석에서 에어컨이 덜그럭 거리며 돌아가고 있었다. 라이어넬은 텔레비전 앞에 놓인 휠체어에 앉아 있었다. 노란 액체 주머니가 어깨 뒤로 늘어져 있었는데, 그 액체가 환자의 몸으로 들어가는 중인지 그 반대인지는 분명하지 않았다. 라이어넬은 사람이 들어왔는데도 돌아보지 않고 텔레비전만 뚫어져라 보고 있었다.

얼음물이 담긴 잔 두 개를 가지고 돌아온 간호사가 텔레비전을 끄고는 말했다. "라이어넬, 오늘 손님이 오신 거 알잖아요. 손님들한테 의자나 뭔가를 권하는 척이라도 해야죠." 간호사가 휠체어를 돌렸다. 샘은 중간쯤에서 절단된 한쪽 다리와 붕대에 덮인 부어오른 발, 사라진 엄지발가락을 빤히 보지 않으려고 애썼다.

"캐리." 라이어넬은 손도 내밀지 않고 말했다.

"댄슨 씨, 그동안 어떻게 지내셨어요?"

라이어넬은 게임쇼에서 내건 경품 자동차를 소개하는 여자처럼 손을 크게 휘둘렀다. "아주 끝내주지. 고마워. 내가 왜 이런 꼴이 된 건지 궁금한 얼굴이군. 당뇨병이야." 오랫동안 담배를 피워온 듯 거친 목소리였다.

"음, 유감이네요."

"내가 감옥에 있다면 당신이 더 가엾게 봤을 텐데 말이야. 안 그래?"

"왜 그러세요?" 캐리가 웃음을 지었다. 라이어넬은 주머니에서 담뱃갑을 꺼냈다.

"댁은 신참인가?" 라이어넬이 입술 사이에 담배를 물고 상어처럼 눈알을 희번덕대며 샘을 보았다.

"네. 안녕하세요! 샘이라고 해요."

"당신이 그 여자로군." 연기를 내뿜으며 라이어넬이 말했다. "나도 알 건 안다고. 당신이 나를 찾아왔다는 사람이군. 영국 여자라고 하던데. 궁금했어. 뭐하는 여자길래 이 난리법석을 보고도 우리 데니스를 좋다고 할까? 사람들 말로는 당신이 정상적으로 보인다던데." 라이어넬이 껄껄 웃었다. "정상? 흠, 당신이 어딘가 망가졌다 해도 내가 알 수 있는 것도 아니지. 뭐 할 말 있나?"

샘은 라이어넬의 반응이 당혹스러워 어디를 볼지 헤매다 간호사와 눈이 마주쳤다. "만나서 반갑습니다." 샘이 간호사에게 말했다.

"미라라고 해요." 간호사는 샘과 캐리에게 차례로 손을 내밀어 악수했다. "저분은 좀 무례하시죠. 원래 그러니 개의치 마세요. 다큐멘터리 이야기는 들었는데 본 적은 없어요."

103

"여기서 일하기 시작했을 땐 라이어넬이 유명 인사인 줄 몰랐어요." 미라가 눈을 찡긋했다. "왜 그렇게 왕처럼 구는지 나중에야 알게 됐죠."

라이어넬은 자신을 놀려대는 미라를 보며 표정이 조금 온화해졌다. 샘은 표현할 수 있는 것 이상으로 미라에게 고마움을 느꼈다. 캐리조차 라이어넬 앞에서는 기가 질린 듯했다. 라이어넬이 젊었을 때는 얼마나 위협적이었을까. 이 작은 집에서 저 남자는 얼마나 야만적이었을까. 샘은 라이어넬을 향한 미움이 목구멍에서 활활 타오르는 듯했다. 캐리가 조명을 설치할 공간을 만들려고 의자들을 움직였다. 그동안 샘은 물을 홀짝이며 미라와 이야기를 나눴다. 얼마 뒤 나머지 제작진이 도착해 소란을 피우고 고함을 치면서 긴장으로 팽팽하던 분위기가 완화됐다.

샘은 복도로 나와 주위를 둘러보았다. 온 사방이 지저분했다. 주방 창 스크린 뒤에 죽은 파리들이 쌓여 있었다. 여기저기에서 모든 것을 빨아들이는 듯한 불행이 느껴졌다. 샘은 혹시 누가 보고 있지는 않은지 확인한 후 복도를 따라 걸어갔다. 라이어넬의 방을 들여다보았다. 작동을 멈춘 의료 장비들이 보였다. 침대는 낙상 방지용 창살로 에워싸여 있었다. 샘은 맨 끝 방으로 다가갔다. 거기가 누구의 방인지 샘은 알고 있었다. 닫힌 문 앞에 서서 어깨너머를 돌아다본 후 손잡이를 돌려 천천히 문을 열었다. 좁은 방 안에는 싱글침대가 욱여 넣어져 있었고, 잡동사니 상자들이 쌓여 있었다. 눅눅한 냄새가 코를 찔렀다. 데니스가 이 방 안에 구겨져 있는 모습을 상상했다. 닫힌 방문 너머로 복도를 걸어오는 아버지의 부츠 소리에 귀를 쫑긋 세우고, 자신의 방 문 앞에 멈추지 말라고 기도하는 모습을. 서랍을 여니 몇 벌 안되는 옷가지가 보였다. 짝이 안 맞는 양말들이 놓여 있었다.

책장에서 노트 하나를 꺼내어 후루룩 넘겨보던 샘은 마지막 페이지 중간쯤에 뭔가 쓰여 있는 걸 발견했다. 제2차 세계대전을 주제로 쓰다 만 리포트였다. 페이지 구석은 두개골과 비뚤어진 나치 심볼로 가득했다. 샘은 영국에서 아이들을 가르칠 때 이런 노트를 수도 없이 봤다. 두려움을 감추려고 일부러 짓궃게 구는 남자애들, 흠칫흠칫 놀라고 뱀처럼 속을 알 수 없는 남자애들의 것이었다. 구멍 난 점퍼를 입고 해진 타이를 맨 채 등교하는 남자애들. 다른 아이들이 의자를 끼익대며 떨어져 앉을 때, "선생님, 쟤 냄새 나요!" 하고 말할 때 신경 쓰지 않는 척하며 머리를 긁적이는 남자애들. 라이어넬을 처음 보았을 때 느꼈을지 모를 일말의 연민은 사라졌다. 속이 뒤집힐 정도의 미움이 그 자리를 차지하고 목구멍 깊은 곳에서부터 신물이 올라왔다.

◆ ◆ ◆

"경찰 조사에 어떻게 협력하셨는지 말해주실래요?" 인터뷰를 시작한 캐리는 다리를 꼬고 느긋한 자세로 앉아 아이패드를 바라보았다. "데니스가 홀리 마이클스를 살해했다는 혐의로 체포되고 열두 시간 후에 경찰과 이야기를 나누셨죠. 무슨 말을 했는지 말씀해주실 수 있나요?"

"데니스가 그날 밤 어디 있었느냐고 묻길래 난 모른다고 했지. 정직하게 말했어. 그 녀석은 더는 집에 들어오지 않는다고, 그리고 그 녀석이 무슨 짓을 저질렀든 난 놀라지 않을 거라고 했지. 당연히 그때는 정확히 어떤 문제 때문인지 알지 못했어."

"데니스가 신문당할 때 집에 전화를 걸지 않은 게 신경 쓰이지 않았나요? 당시에 데니스는 미성년자였잖아요. 열여덟 살이 되려면 아직 몇 달 더 있어야 했죠. 법에 따르면 부모 중 한쪽이나 후견인이 동석해야 했지만 경찰은 데니스를 열두 시간이나 붙잡아놓은 뒤에야 집에 전화를 했어요."

"아까 말했듯이 그 녀석은 절대 집에 있는 법이 없었어. 그래서 전화가 오기 전까지는 그 녀석이 서에 있는 줄도 몰랐지. 내가 듣기로는 그 녀석을 거기 억지로 붙잡아두고 있던 건 아니라던데. 전부 비공식적이었고 언제든 가려면 갈 수 있었다고 했어. 하지만 그 녀석이 보내달라고 하지 않았다던데."

물론 라이어넬은 몰랐을 거라고 샘은 생각했다. 그냥 이기적이고 잔인한 술주정뱅이였을 뿐이니까.

"데니스가 위축되었을 거라고는 생각하지 않으셨나요?"

"그 녀석은 절대 겁먹는 법이 없었어."

"당신한테는 겁을 먹었잖아요, 안 그래요?"

"그건 그 녀석 말이지." 라이어넬이 어깨를 으쓱했다. "내가

106

보기엔 전혀 겁먹은 것처럼 보이지 않았어. 아니었으면 그렇게 말썽을 안 부렸지.”

“데니스를 바로잡으려고 어떤 노력을 하셨나요?”

“우리 아버지가 나한테 한 식으로 외출을 금지하고 필요하면 머리를 박박 밀었지. 걔 엄마는 너무 물러서 아무것도 못했어. 그 녀석은 걸음마를 떼기 시작하자마자 말썽을 부렸어. 제 어미의 마음을 갈기갈기 찢어놨지. 난 최선을 다했어.”

“경찰이 데니스의 어머니도 신문했나요?”

“킴은 사람들하고 대화하는 걸 어려워했어. 나중에는 아예 입도 떼지 않았지. 그냥 계속 울기만 하거나, 그 녀석이 착한 애였다고 말하면서 늘 감싸기만 했어. 그 애가 저지른 짓을 알고는 더는 견디지 못했지.”

“데니스가 홀리를 죽였다고 믿으시는 이유가 뭔가요?”

“경찰이 너무 강력하게 확신하더라고. 그 사람들이 거짓말을 할 이유가 없잖아. 난 음모론 따윈 믿지 않아.”

“경찰을 이 집에 들어오게 하셨죠? 한 번 이상요. 영장도 없는데 말이에요.”

“맞아. 난 숨길 게 아무것도 없었으니까. 데니스 녀석은….”

샘은 손톱을 손바닥에 박아 넣었다. 저 남자의 독선이 신경에 거슬렸다. 다큐멘터리에서 본 라이어넬은 너무나 악랄해서, 그렇게 연출하려고 편집을 얼마나 했을지 궁금했었다. 아무리 그래도 아버지인데, 그렇게 냉담하게 아들을 헐뜯을 순 없다고 생각했다. 하지만 지금 샘의 눈앞에서 그 일이 현실로 일어나고 있었다. 즐기고 있는 게 분명한 그 느물느물한 웃음을 이따금씩 짓지 않았으면 샘은 저 남자의 지적 능력을 의심했을 것이다.

캐리는 말을 멈췄다. "왜 자기 아들이 하는 말은 안 믿고 경찰이 하는 말은 그렇게 덥석 믿으시는 거죠?"

"경찰은 법이니까. 난 경찰이 좋은 편이라고 생각해."

"그럼 데니스는요?"

라이어넬이 말을 멈추고 창가를 보았다. 염증 때문에 숨 쉴 때마다 가슴에서 덜그럭거리는 소리가 났다. "난 데니스가 어떤 앤지 끝내 알지 못했어. 아마 아무도 그 애를 알 수 없을 거야."

"어쩌면 노력이 부족한 것은 아니었을까요? 어떤 후회도 없으신가요?"

잠시 침묵이 흘렀다. 라이어넬은 마른 입술을 핥고는 잠시 눈을 감았다.

"어쩌면 내가 그 여자애들을 구할 수 있었을지도 몰라. 혹시 내가 뭔가를 다르게 했다면."

"여자애들요?"

"사람들이 그러던데. 그 녀석이 실종된 여자애들을 모조리 죽였다고. 나야 알 수 없는 일이지만, 어째선지 내 책임인 것 같은 기분이 들어. 난 그 애들을 위해, 그리고 거기에 내가 혹시 어떤 영향을 미쳤다면 용서해달라고 기도를 하지."

"그 애들이 죽었다고 굳게 믿으시는 것 같네요. 왜 그렇죠?"

캐리가 물었다.

"20년이 지나도록 그중 한 명도 코빼기조차 보이지 않으니까. 개인적으로 그렇게 조용히 살 수 있는 여자를 한 번도 만나본 적이 없거든."

캐리는 웃음을 지으며 고개를 저었다. "농담이 아니라 이건 정말 중요한 일이에요. 왜 이곳 사람들은 그애들이 죽었다고 그렇게 확신하는 거죠? 조사는 전부 날림으로 이루어졌어요. 그애들을 찾으려는 노력조차 하지 않은 것 같아요. 왜 그렇게 했는지 한 번도 궁금하지 않으셨나요? 예컨대, 켈리의 새아버지는 왜 한 번도 정식으로 신문받지 않았죠?"

"여긴 작은 동네야. 여기선 다들 서로 알고 지내. 그 남자는 좋은 친구였어. 그 애들한테 좋은 아버지였지."

"그 남자는 여자들을 때린 전과가 있었어요. 이혼 기간 동안 전처가 접근 금지 명령을 신청했죠."

"원한. 그 여자는 원한 때문에 그런 거야. 그 친구한테 돈만 뜯어내는 거로는 부족했던 거지."

"핀틀러 파크는요?"

"뭐라고?"

"200명쯤 되는 전과자들의 보금자리인 트레일러 파크요. 대부분 성범죄자예요. 아시죠? 학교나 놀이터에서 300미터는 떨어져 살아야 하는 남자들요. 비공식적으로는 피들러(나이 어린 여자애들을 노리는 늙은 남자의 속칭―옮긴이) 파크라고들 하죠. 제넬이 사라진 후 경찰은 트레일러 파크를 한 집 한 집 찾아다니며 남자들한테 어디 있었느냐고, 뭔가 수상쩍은 걸 봤느냐고 물어봤어요. 두어 명쯤 이런 대답을 했죠. 그렇게 물으니까 생각났다면서, 새로 나타난 남자가 있었는데 남들과 어울리지 않고 그날 밤으로부터 하루이틀 후에 짐을 싸서 떠났다고 말이에요." 캐리는 말을 이었다. "어떤 남자는 심지어 제 발로 서에 찾아가 공식 진술을 했어요. 우린 그 진술서를 복사해뒀죠. 그 남자는 진짜로 걱정하는 것 같았어요. 경찰이 당연히 후속 조치를 취할 거라고 생각했을 거예요. 최근 석방 기록을 찾아보고, 보호관찰관들한테 연락을 취하고, 누구든 의심스러운 인물의 소재를 확인하고 하는 그런 조치들 말이에요."

"경찰이 뭘 하는지 나야 잘 모르지. 난 경찰이 아니고 수사 프로그램 같은 것도 안 봐. 하지만 경찰들이 어떤 결정을 내렸다면 그건 나나 댁이 짐작할 수 있는 것보다 훨씬 더 잘 알고 내린 결정일 거야."

"그렇게 생각하셨군요. 그런데 경찰은 그것들을 무시했어요. 전혀 아무런 진척도 없었죠. 이런 일이 수십 번 되풀이됐어요. 로렌이 파란 트럭에 타는 것을 본 목격자들, 이웃 사람이 자기네 십 대 딸에게 지나친 관심을 보여서 걱정이라며 알려온 가족, 폭력적인 새아버지들. 경찰은 그들 중 무엇도 추적하지 않았어요. 마치 이곳 사람들 중 절반이 우리가 모르는 뭔가를 아는 것 같아요. 우리에게 무언가를 감추고 싶어 하는 것 같아요. 다들 데니스가 골칫거리라고 생각하고, 그거면 됐다면서 더 깊이 들여다보고 싶어 하지 않았던 것 같아요. 혹시 그랬다면 뭘 보게 될지 두려웠던 건 아닐까요?"

캐리는 라이어넬의 눈을 들여다보았다. 샘은 숨을 참았다. 주위에서도 똑같이 하는 게 느껴졌다. 라이어넬은 눈도 깜빡이지 않고 똑바로 캐리를 마주 보았다. 그러다 뭔가 말하려는 듯 입술을 벌렸지만, 마음을 바꾼 모양이었다. 캐리가 라이어넬을 코너로 몰아넣은 것이다. 카메라 앞에 서기 싫다고 투덜댄 사람치고, 캐리는 이 상황을 꽤 즐기는 듯했다. 라이어넬은 앞으로 몸을 숙여 손으로 얼굴을 감쌌다. 그는 손가락을 벌려 그 틈새로 캐리를 올려다보았다. 샘의 살갗이 찌르르해지며 소름이 돋았다.

"우리 역시 얼마든지 넘어갈 수 있었을걸. 성가시게 구는 댁들만 아니었으면."

라이어넬이 머리를 뒤로 젖히며 껄껄 웃었다. 휠체어가 체중 때문에 끼익거렸다. 방 안에서는 단체로 한숨이 새어나왔다. 뒤쪽의 누군가는 심지어 나지막하게 끙 소리를 토했다. 캐리는 웃지도, 라이어넬에게서 눈길을 떼지도 않았다.

"음모 같은 게 있다고 생각하시나?" 라이어넬이 말을 이었다. "이 수많은 사람이 그 오랜 세월 동안 이런 일을 비밀로 지켰다고? 내가 시간을 좀 절약해드리지. 종종 가장 빤한 답이 정답이야. 처음부터 당신들 눈앞에 있는 것."

"아무래도 여기서 당신과 내 '빤하다'는 말에 대한 정의가 다

111

른 것 같은데요."

"난 왜 그게 놀랍지 않지?"

"우린 음모에 관해 이야기하는 게 아니에요. 무능에 관해 이야기하는 거죠. 우린 수백 명의 사람들에 관해 이야기하는 게 아니라 자기 일을 하지 않은 몇몇 사람들에 관해 이야기하고 있어요. 뭔가 숨겨야 할 게 있는, 불우한 환경의 십 대 남자아이에게 앙심을 품은 누군가."

"이 시리즈는 후속편이라고 들었는데, 아닌가? 어째 내가 들은 건 댁의 저번 영화랑 똑같은 개소리뿐이라서 말이야. 후속편이 아니라 전편을 다시 찍는 것 같은데."

샘은 라이어넬의 면전에서 캐리가 굳건히 냉정함을 유지하는데 감탄했다. 라이어넬은 샘이 살면서 만난 최악의 인간이었다.

"우린 그냥 사실을 확인하려고 애쓰고 있을 뿐이에요, 댄슨 씨. 사실에 대한 사람들의 시각을요."

라이어넬은 한숨을 쉬고 잠시 창밖을 내다본 후 캐리를 보았다.

"시각 따윈 없어. 이야기는 없어. 이곳 사람들이 알고 있는 건 그냥 진실뿐이야. 외부 사람들은 절대 이해하지 못해. 왜냐하면 여기 없었으니까. 그 사람들은 그 당시의 데니스를 몰라. 당신들이 그 녀석을 지금의 모습으로 만들기 전, 맹수가 아니라 사냥감처럼 보이는 법을 배우기 전의 그 녀석을."

8화

아이린 터너의 《붉은 강이 흐를 때》 발췌문

재판은 1993년 4월에서 7월 사이에 이루어졌다. 그 무렵 데니스는 열여덟 살이 되어 성인으로 재판을 받았다. 데니스는 그게 판사들이 자신에게 사형을 내릴 수 있다는 뜻이라는 걸 알았다. 피해자가 열두 살 이하라는 가중 요인들*과 사건의 감정적 성질 때문에 유죄 판결이 나올 경우 사형 선고로 이어지리라는 것은 바보가 아닌 이상 알 수 있는 뻔한 결과였다. 그러나 플로리다 주 대 데니스 로버트 댄슨 재판의 첫날, 그들이 법원에 들어설 때까지만 해도 유죄 판결을 받을 가능성은 매우 낮아 보였다.

기소 측의 주장은 증인 진술에 전적으로 의존했는데 그것은

---

* 플로리다 주법, 1993년

신문이 진행되면서 금세 무너져버렸다. 기소 측 핵심 증인은 보니 매슈스라는 여성 주민으로, 1992년 5월 29일 금요일 밤 데니스가 자신의 집에서 범행을 자백했다고 주장했다. 그날 밤 데니스는 잭슨빌 고등학교 풋볼팀을 상대로 출장 경기에 나갔다. 피고 측이 심문하자 보니는 자신이 날짜를 잘못 알았을지도 모른다고 인정하며 한발 물러섰다. 첫 진술 때는 그토록 확신에 찬 태도를 보였으면서.

녹취록: 보니 매슈스가 레드 리버 카운티 보안관국에서 한 진술

경찰: 왜 그 날짜가 5월 29일이라고 확신하는지 말해줄 수 있습니까?

보니: 제 생일 다음 날이었거든요. 아직 풍선이 있었기 때문에 기억해요. 친구들이 파티를 위해 풍선을 띄웠죠. 풍선 때문에 기억해요.*

거기에 더해 변호 측은 보니에게 왜 서른여섯 살인 당신의 집에 열일곱 살짜리 남자애를 들였으며, 왜 경찰에게 이 사실을 알리는 데 4개월이나 걸렸느냐고 물었다. 신문한 지 12분 만에 보니의 진술은 철저히 해체되었다. 변호 측과 데니스는 검사 측이 어떤 방법으로도 그 실책을 만회할 수 없을 거라고 생각했다.

---

* 1992년 10월 진술 녹음에서 가져온 녹취

그와 비슷하게, 증인석에 데니스의 감방 동료인 제이슨 거너가 불려왔을 때, 그의 진술은 순식간에 산산조각 났다. 제이슨은 데니스가 홀리 마이클스를 목 졸라 살해했다고 자백했다고 주장했는데, 사후 부검에 따르면 사망 원인은 그게 맞았다. 그러나 제이슨은 데니스가 악마의 힘을 빌려 체포를 피하려고[**] 시신의 살갖에 오각형 별을 새겼다고 했다. 이 외설적인 진술은 신문을 버텨내지 못했고, 사건의 진실들과도 무관했다. 홀리의 시신에는 오각형 별은커녕 아무런 칼질의 흔적도 없었다.

데니스는 그 재판이 얼마나 큰 쇼인지 알았다. 고개를 숙인 채 법정에 들어와 입을 모아 자신의 이름을 포효하는 한 무리의 기자들을 통과했다. 변호사는 카메라 플래시로부터 데니스의 방패 노릇을 했다. 법정 안에 들어가면 시끄러운 쇼는 잠잠해지고 적막이 찾아왔다. 변호사들이 방 앞쪽에서 조용히 말을 나누는 그 긴 시간과 휴정 시간, 그리고 끝없는 의례들과 절차들 속에서 데니스는 뼛속 깊이 지루함을 느꼈다. 사람들이 자신에 관해 늘어놓는 진실이 아닌 이야기들에 귀를 기울이고 있지 않을 때, 자신의 인생이 전시되고 낱낱이 파헤쳐지는 것을 들으며 몸서리치고 있지 않을 때, 데니스가 생각할 수 있는 것은 자신이 얼마나 절박하게 그곳을 나가고 싶은가가 전부였다. "난 제대로 생각하고 있지 않았어요." 데니스가 말했다. "심지어 법정보다

[**] 1993년 4월 법정 녹취록

는 교도소가 낫겠다고 생각하게 됐죠. 왜냐하면 적어도 거기선 책을 읽고, 사람들하고 이야기를 나누고, 하다못해 잡일이라도 할 수 있으니까요. 뭐든 법정보다는 나을 게 분명했어요."*

변호사 찰스 클락슨은 이 재판이 곧 끝날 거라고 데니스를 다독였다. 데니스는 재판이 끝나면 자신은 어떻게 될지 궁금했다. 어느 날 어깨너머로 방청석에 있는 사람들의 얼굴을 돌아보았다. 부모님은 보이지 않았다. 어머니나 아버지와 이야기한 지 몇 달이 지났다. 부모님은 아들이 유죄라고 믿고 모든 연을 끊었다. 이 일이 끝나면 난 어디로 가지?

피고 측은 현장 감식 전문가를 불렀다. 그들은 모두 범죄 현장에 데니스가 있었다는 확실한 증거가 없다는 결론을 내렸다. 재판이 막바지에 도달했을 때, 클락슨은 데니스에게 이제 상황이 마무리됐다고 안심시켰다. 몇 주면 바깥세상으로 나갈 수 있을 거라고 했다. 하지만 심지어 무죄라는 강력한 증거 앞에서도 데니스에 대한 대중의 인식은 바뀌지 않았다. 변호 측은 그것을 경고로 받아들였어야 했다. 이 사건은 합리와 사실의 논쟁만 가지고는 변호할 수 없다는 것을 알아야 했다. 그들은 순수한 감정과 경쟁하고 있었다. 감정을 논리로 설득할 수는 없는 법이다.

* 인터뷰, 앨투나 교도소, 1996년

〈레드 리버 트리뷴〉

1993년 6월 12일

댄슨의 변호사가 겨우 1년 전 성범죄자 라일 먼데이의 석방을 이끌어냈다는 사실이 알려졌다. 먼데이는 석방되고 몇 주 후 열한 살짜리 여자애를 강간 살해했다. 당시 변호사인 찰스 클락슨은 자신이 그 비극에 한몫한 데 후회하지 않는다면서 이렇게 말했다. "라일이 살인을 저지른 것은 비극입니다. 저는 매일 그 생각을 합니다. 하지만 라일은 자신이 저지르지 않은 범죄에 대해 배심원단에 의해 무죄 판정을 받았습니다. 우리는 저지르지 않은 죄로 사람들을 감옥에 가둘 수 없습니다. 누군가가 미래에 범죄를 저지를지도 모른다고 예상하고 미리 가둘 수는 없습니다. 법은 그런 식으로 작동하지 않습니다."

◆ ◆ ◆

대중의 시각에서, 찰스 클락슨은 아동 살인범의 옹호자였다. 레드 리버 사람들은 배심원단이 데니스에게 무죄 판결을 내린다면 무슨 일이 일어날지 두려워했다. 레드 리버의 아이들이 위험에 처할까 봐 노심초사했다.

변호 측은 기조를 유지했다. 배심원단에게 물었다. "데니스 댄슨에게 어떤 합리적 의심도 없이 유죄 판결을 내릴 수 있습니까? 데니스에게 호감이 가든 말든, 자기들이 보기에 데니스가 못 미덥거나 수상쩍든 말든, 눈앞에 제시된 증거를 볼 때 데니스가 홀리 마이클스를 죽였다고 절대적으로 확신할 수 있습니까?"

"저는 그럴 수 없었습니다." 찰스 클락슨은 말했다. "저는 여러분께 어떤 개인적 편견도 버리고 찬찬히, 주의 깊게 생각해보시길 촉구합니다. 증거는 존재하지 않습니다. 데니스가 홀리 마이클스를 죽였다는 건 진실이 아닙니다."*

배심원단의 숙의는 겨우 여섯 시간 만에 끝났다. "유죄." 배심원장이 선언했다. 방청석에서 누군가가 박수를 치기 시작했다. 데니스는 그 판결에 '불시 습격을 당한'** 기분을 느끼며 감옥으로 돌아갔다.

이튿날, 데니스는 교도소장의 사무실로 불려갔다. 어머니가 차고에서 오리알처럼 퍼런 낯빛을 한 채 발견되었다고 했다. 차는 밤새 엔진이 켜져 있었다. 발견되었을 때 사람들이 할 수 있는 일은 아무것도 없었다. 교도소장은 엄숙하면서도 부드러운 눈초리와 낮은 목소리로 유감을 표했다. 데니스는 감방으로 돌려보내졌다.

데니스는 장례식에 참석할 수 없었다. 아버지가 경찰의 감독하에 데니스가 장례식장에 참석하도록 허용하는 문서들에 서명

---

* 법정 녹취록, 최종 진술, 1993년 7월
** 〈진실을 엮다〉, 플로리다: 캐리 애트우드, 패트릭 개리티, 1993년, VHS

하지 않았기 때문이었다. 애도할 기회도 주어지지 않았다. 데니스는 자신이 무감각해지는 것을 느꼈다. 선고 때도 마찬가지 상태였다. 앞으로 무슨 일이 일어날지, 자신이 재판에 관심이 있는지 어떤지도 더는 알 수 없었다. 데니스는 법정의 단조로운 목소리들을 차단하는 법을 익혔다. 그것은 이제 백색소음처럼 느껴졌다. 그리하여 한 무리의 사람들이 법정 뒤쪽에서 환호를 터뜨렸을 때, 데니스는 갑자기 현실로 돌아와 눈을 크게 뜨고 변호사를 보았다. 변호사는 데니스의 어깨를 꽉 움켜쥐고 고개를 저었다. 정숙하라는 판사의 명령에도 아랑곳없이 한 남자가 외쳤다. "그애들이 어디 있는지 말해! 이제 신만이 널 심판하실 수 있다!"***

***〈진실을 엮다〉, 캐리 애트우드, 패트릭 개리티

119

9화

할머니가 물려주신 돈이 다 떨어져가고 있었다. 샘은 비용이 얼마나 들지 과소평가했다. 이제는 씀씀이에 주의할 필요가 있었다. 아니면 집으로 가는 비행기 표를 못 사게 될지도 모른다. 샘은 소리내 말해보았다. "집." 아무런 느낌도 들지 않았다. 브리스톨의 집이 비어 있으니 세를 줄까 하는 생각이 들었다. 하지만 그것조차 돌아가야만 할 수 있는 일이다. 자신이 과연 그런 일을 처리할 수 있을지 확신이 들지 않았다. 돈을 제외하면 돌아갈 이유가 하나도 없었다. 돌아가봤자 뭘 하겠는가? 샘은 직장을 떠났다. 고향을, 가족을 떠났다. 샘에게 중요한 모든 것은 이제 이곳에 있었다.

샘은 거울을 바라봤다. 캐리가 열어줄 처녀 파티의 드레스는 멋져 보였지만, 샘은 그날 오후 어머니와 전화 통화하면서 우는 바람에 아직 붓기가 가시지 않은 상태였다. "무슨 짓을 하려는 거니?" 어머니는 신경질적인 불안을 억누르는 목소리로 물었다. "무슨 생각을 하는 거야?"

샘은 오심에 대해, 그리고 데니스가 얼마나 점잖은 남자인지, 함께 있는 친구들이 자신을 위해 얼마나 기뻐해주는지 어머니에게 설명하려고 애썼다.

"그건 망상이야. 넌 그 남자에 관해 아무것도 몰라." 어머니가 말했다.

"그이 이름은 데니스예요." 샘이 말했다.

"그 남자가 무죄인지 아닌지는 중요하지 않아."

"당연히 중요하죠!"

"그 남자는 감옥에 있어. 사형당할 거야." 샘은 엄마가 그런 식으로 말하는 게 가슴 아팠다.

"아니에요! 안 당할 거예요! 엄마, 이게 얼마나 큰일인지 이해하셔야 해요. 이 청원은 수십만 건의 서명을 얻었고…."

"하, 청원이 무슨 도움이 되지? 서맨사, 현실로 돌아와. 넌 이렇게 멍청한 애가 아니잖니."

"그이가 끝내 석방되지 않는다 해도, 그래도… 난 그래도 그이를 사랑할 거예요. 난 여전히 그이랑 결혼하고 싶어요."

"왜? 이해가 안 간다. 어째서?"

"그이를 사랑하니까요."

"우리가 사람들한테 뭐라고 말해야 하니?"

"사실대로 말하세요. 여기서 무슨 일이 일어나고 있는지 모든 사람들이 알아야 해요."

"난 그냥… 창피하구나. 뼈가 저릴 만큼 창피해. 네 할머니가 살아서 이걸 보셨으면…."

샘은 전화를 끊고 침대에 누워 휴대폰에 메시지 알람이 울릴 때까지 울었다. 6시에 만나기로 한 걸 확인하기 위한 캐리의 문자였다. 샘은 일어나서 샤워기 물을 지나치게 뜨겁게 맞춰놓고 억지로 그 밑에 서 있었다. 모든 걸 잊어버릴 만큼 몸이 욱신거릴 때까지 등에 물줄기를 맞았다. 준비를 마친 후, 밖에 나가기도 전에 땀으로 화장이 지워지지 않도록 침대 가장자리에 가만히 앉아 있었다.

"섹시한데!" 도착한 캐리가 샘에게 말했다. 두 사람은 근처 체인 레스토랑으로 향했다. 바 스툴에 매인 풍선이 공중에서 몸을 떨고 있었다. 벽은 도로 간판들, 기타들과 사슴뿔들로 꾸며져 있었다. 두 사람이 들어오자 제작진이 박수를 치면서 한 명씩 다가와 샘과 악수를 나누거나 껴안고 축하 인사를 했다. 샘은 패트릭 옆으로 다가가 앉았다. 샘의 칵테일은 폭죽과 함께 도착했다. 타 들어가는 폭죽을 보며 제작진은 다 함께 숨을 죽였다. 캐리는 반지 상자를 건넸다. "이건 우리 모두가 주는 선물이야. 크지도 않고 대단한 것도 아니지만, 알지…."

백금과 작은 다이아몬드로 만들어진 약혼반지는 심플했지만 섬세했다. 샘은 또 눈물이 날까 봐 겁이 나서 아무와도 눈을 맞추지 않았다. 캐리가 샘을 껴안으며 말했다. "데니스는 내 남동생이나 다름없어! 그리고 당신은 그 애를 너무나 행복하게 만들어주는 사람이고. 정말이지 이건 우리가 할 수 있는 최소한이야."

"난 도저히 못⋯."

"아, 닥쳐. 자긴 절대 할 수 있어." 캐리가 말했다. 그것으로 끝이었다.

샘은 약지에 약혼반지를 끼고 캐리가 하라는 대로 사진을 찍기 위해 순순히 포즈를 취했다. 그러고 나서도 캐리의 고집을 못 이겨 캐리와 같이 더 많은 사진을 찍었다. 캐리는 그것들을 다큐멘터리의 공식 트위터 계정에 올렸다. 샘이 자리에 앉자 캐리는 베일과 플라스틱 티아라를 머리에 씌워주었다. 티아라가 샘의 머리카락을 잡아당기고 두개골에 파고들었다. 알코올과 설탕이 든 프루트펀치의 온기가 샘을 취하게 했다. 이제야 좀 살아나는 것 같은 기분이었다.

샘과 캐리는 며칠 전 말다툼을 벌였다. 사소한 문제 때문이었다. 샘은 린지 이야기를 했다. 캐리는 끙 소리를 내며 말을 막았다.

"아, 맙소사. 진지하게 말하는데, 그런 생각은 그만둬. 자긴 정말 머릿속이 스트레스로 가득 차 있구나."

"사실은, 그래요, 맞아요." 샘은 말했다. "그 이야기를 더 듣기 싫었으면 그냥 그렇다고 말하지 그랬어요. 그런 식으로⋯ 그럴 필요까진 없잖아요."

"난 화제를 바꾸려고 천 번은 노력했어. 근데 넌 계속 린지 이야기만 했어. 대체 그런 여자에게 누가 관심이나 있겠어? 데니스는 심지어 그 여자를 생각조차 해본 적 없어. 네가 말을 꺼내기 전에는 린지가 면회 온 것조차 잊고 있었다고. 데니스는 1년 내내 거의 혼자야. 그런데 넌 그냥 네 기분이 더러워진다는 이유로 린지가 면회를 안 갔으면 좋겠어? 데니스는 그렇게 말하지 않겠지만 난 해야겠어. 그건 너무 이기적이야, 샘. 데니스는 널 사랑해. 그러니까 제발, 그만 그러려니 해."

"이해해요. 하지만…."

"아니, 그냥 그러려니 하라고."

"그렇게 쉽지 않아요."

"물론 네 마음도 이해해."

"고마워요."

샘은 민망했고 충격으로 몸이 찌릿거렸다. 캐리와 데니스가 뒤에서 몰래 내 이야기를 하는 걸까? 또 무슨 이야기를 했을까?

◆ ◆ ◆

두 사람은 음식을 주문했다. 같이 먹을 나초와 윙 모둠, 거대한 갈비구이와 버거들.

"내일 이 때쯤, 난 데니스 댄슨 부인이 돼 있을 거예요!" 샘은 칵테일을 들이켜면서 선언했다. 제작진이 환호를 보냈다. 샘은 자신의 웨딩드레스를 떠올렸다. 밝고 소박한 디자인에, 허리를 강조하는 랩이 감겼고, 소매는 감옥의 복장 규정에 따라 4분의 3 길이였다. 서류 작업은 법률팀에서 도와주었다. 샘은 자신의 결혼식이 꿈에 그렸을 법한 결혼식은 아니라는 사실을 부정할 수 없었지만, 원래 딱히 결혼식에 대한 로망이 있는 것도 아니었다. 주위를 둘러싼 사람들은 느긋하고 즐거워 보였고, 그건 샘 안에서 때때로 솟아나 부풀어 오르는 의심을 잠재우는 데 도움이 되었다. 불어나는 홍수 물 같은, 차갑고 교활한 두려움.

음악 소리가 너무 커서 식당에 있는 사람들은 모두 고함을 치다시피 하고 있었다. 패트릭이 이라크에서 찍은 다큐멘터리 이야기를 모두에게 들려주고 있는데, 잭슨 앤더슨이 나타났다. 다들 깜짝 놀라 하던 말을 멈추고 잭슨을 맞았다. 잭슨은 몸을 기울여 어색하게 샘을 포옹했다. "약혼했다는 소식 들었어요. 축하합니다!" 샘은 감사 인사를 하고 서둘러 다가가 자리를 권했지만 잭슨은 주머니에 손을 찔러 넣은 채 계속 서 있었다. "그냥 내일 촬영하기 전에 잠깐 들러서 자기소개나 할까 싶어 왔어요."

"내일 촬영요?" 샘은 머리에서 티아라를 빼 의자 위에 놓았다.

"결혼식을 촬영하려고요. 데니스와 말해봤는데, 우리 시리즈에 그게 크게 도움이 될 거라면서 동의하더라고요. 데니스의 다른 면을 보여주기 위해 꼭 필요한 장면이에요. 두 사람의 관계가 빠지면 그 친구는 그냥… 뭐랄까 일차원적으로 보이거든요. 무슨 말인지 알죠?"

샘은 갑자기 속이 울렁거렸다. 술과 튀긴 음식과 공포가 위 속에서 소용돌이를 일으켰다. 웨딩드레스가 갑자기 단정치 않게 느껴졌고, 피부는 울퉁불퉁하고 울긋불긋해 보였으며, 허리는 두껍고 둔탁해 보였다.

잭슨 뒤로 웨이터 두 명이 폭죽과 초콜릿 케이크를 들고 웃음을 띤 채 서 있었다. 잭슨이 의자를 가져오고 모자를 고쳐 쓰는 동안 샘은 신랑 신부 모양의 초를 불어 껐다.

샘은 커튼이 드리워진 베이지색 방에서 BBC 뉴스와 인터뷰를 하는 잭슨을 본 적 있었다. 영어덜트 디스토피아 소설 3부작을 극화한 잭슨의 작품은 수억 달러의 수입을 올렸다. 그렇지만 그의 몸가짐, 영화에 관한 질문에 허세 넘치게 대답하는 태도는 별로 마음에 들지 않았다. 지금도 마찬가지였다. 잭슨은 실내인데도 모자를 잔뜩 내려쓴 채 의자에 걸터앉았다. "자기가 무슨 론 하워드인 줄 안다니까." 캐리가 전에 그렇게 말한 적이 있었다.

"그래서, 어쨌든, 우리는 촬영을 할 겁니다. 어차피 결혼식 증인도 필요하니까요. 그 후 남은 면회 시간 동안은 두 분만 있게 해드리죠. 아마 한 시간쯤 남겠죠? 꽤 괜찮죠. 안 그래요?"

"모르겠어요. 그런데 이건 좀 개인적인 일 아닌가요?" 샘은 역성을 들어주기 바라며 다른 사람들을 보았지만 다들 샘을 외면했다. 칵테일 잔에 꽂힌 우산을 돌리거나 마라시노 체리로 끈적끈적해진 작은 플라스틱 칼들을 챙챙 부딪치고 있었다.

"당신은… 그래도 괜찮은 거죠… 맞죠?" 잭슨이 물었다.

"네, 그냥 조금 놀라서 그래요." 샘이 말했다. "어딘가에 서명 같은 걸 해야 할 줄 알았거든요."

"그럴 필요 없어요. 다 알아서 처리했어요. 다들 내일 봅시다. 참 캐리, 보내준 컷들 너무 좋았어요. 계속 그렇게만 해요." 잭슨은 의자를 도로 문 옆의 빈 테이블로 밀어놓고 떠났다. 일행은 한꺼번에 숨을 내뱉었다.

"마치 우리의 아버지들이 전부 한꺼번에 나타나서 자식 친구들 앞에서 멋진 척하려는 것 같아." 캐리의 말에 다들 긴장이 풀린 듯 웃음을 터뜨렸다. 하지만 케이크를 자르는 동안 샘은 들떴던 기분이 가라앉으면서 피로가 찾아드는 걸 느꼈다. 샘은 핑계를 대고 빠져나갈 방법을 궁리했다. 혼자 있고 싶었다.

◆ ◆ ◆

이튿날 아침 샘은 누워서 알람이 꺼지기를 기다리고 있었다. 드레스는 문 뒤에 걸려 있었는데 옆쪽에 택이 대롱거리는 게 보였다. 너무 늦게 잠자리에 들었고, 생각한 것보다 더 많이 마셨다. 밤새 화장실로 달려가 억지로 게워냈다. 급기야 조금 마신 따뜻한 물 말고는 더 토할 것도 남지 않았다. 음식의 기름기가 여전히 살갗에 들러붙어 있는 것처럼 느껴졌다.

이를 너무 세게 닦은 나머지 피가 났다. 샘은 머리카락을 잡아당겨 말총머리로 묶은 후 빽빽하게 감아 틀어 올리고는 머리핀을 깊이 찔러 넣었다. 두피가 아팠다. 살갗은 회색빛이고, 눈은 물기 어리고 지쳐 보였다. 일주일 전만 해도 멋져 보였던 드레스는 너절하고 끈적끈적하게 느껴졌다. 택을 뜯어내 쓰레기통에 던져 넣고 오늘은 도저히 피할 수 없을 경우에만 거울을 보겠다고 결심했다. 나가는 길에 자판기에서 닥터페퍼를 뽑아 마시는데 혀가 타는 것 같았다. 샘은 주차장의 어닝 밑 그늘에서 캐리를 기다렸다.

◆ ◆ ◆

면회실에 도착하자 제작진이 두 사람을 맞이했다. 잭슨이 선두에 서 있었다. 의식을 진행할 법원 직원도 함께 있었다.

"신부 입장!" 캐리가 말했다.

"불안해요?" 샘 못지않게 창백한 낯빛을 한 패트릭이 물었다.

"흥분돼요?" 잭슨이 카메라 너머로 바라보며 말했다.

"괜찮아요. 난 좋아요. 데니스는 어디 있어요? 그이가…"

"5분만 기다리세요." 한 교도관이 말했다. "저희 딸이 당신 영화를 너무 좋아해요. 이 소식을 들으면 부러워할 거예요!"

"캐리에게 주소를 알려주시면 따님에게 선물을 보내드릴게요." 잭슨이 교도관에게 말했다.

캐리는 고개를 끄덕이며 손을 흔든 후 샘을 돌아보고 입 모양으로 '왕재수'라고 말했다. 그리고 잭슨 쪽을 향해 눈을 깜빡였다.

샘은 익숙한 감각을 느꼈다. 마치 몸에서 뭔가가 끌려 나가는 듯한 느낌. 도망치고 싶었다. 하지만 심호흡을 하고 땅에 단단히 발을 디뎠다. 겁먹어서 그래, 하고 자신에게 말했다. 누구나 다 겁을 먹어.

데니스가 나타나기 전에 소리가 먼저 도착했다. 사슬 소리, 무거운 금속 문이 마치 B급 영화에 나오는 괴물처럼 삐걱대는 소리. 데니스는 흰 옷을 입었고 머리를 거의 밀다시피 했다. 샘은 손을 뻗어 조명 아래 반짝이는 그의 짧은 머리카락을 만지고 싶었다. 하지만 늘 그렇듯 플라스틱 분리대가 두 사람을 갈라놓을 것이다. 예외는 없다. 아무리 결혼식 날이라 해도.

두 사람 다 분리대 앞에 앉았다. 샘의 시선이 데니스의 팔에 머물렀다. 전에는 없던 굴곡이 보였다. 몸을 앞으로 숙였는데도 데니스의 배는 전과 다르게 평평했다. "살 빠졌어?" 샘은 한 겹 접힌 자신의 배 위로 드레스를 잡아당겨 내리면서 물었다.

"그래." 데니스는 샘이 알아차려서 기뻐하는 눈치였다. "당신을 만난 뒤로 운동을 했어. 그동안 내가 얼마나 망가졌는지 모르고 있었어."

"당신 멋져 보여. 진심이야."

"고마워." 데니스는 자기 몸을 훑어보고 팔을 구부려 근육을 보았다. "당신도 좀 달라 보여. 피곤해?"

"어젯밤에 처녀 파티를 했거든. 좀 취했어." 샘은 불타는 듯한 얼굴을 데니스에게서 돌렸다.

"좋아요." 잭슨이 손바닥을 마주치며 비볐다. "준비됐어요?"

"미안해. 그나저나 당신 오늘 정말 아름다워 보여." 데니스가 말했다.

샘이 고개를 들자 데니스는 분리대의 플라스틱 구멍에 손가락을 갖다 댔다. 샘은 웃음을 짓고 똑같이 따라 했다.

두 사람 다 종교가 없었으므로 결혼식은 일반 예식으로 치러졌다. 치안판사는 베이지색 정장을 입고 파란 타이를 맨 남자였다. 플라스틱 링 바인더에 넣어둔 글을 읽었는데, 페이지를 넘기고 발의 무게중심을 바꿀 때마다 바인더가 삐걱거렸다. 방은 참을 수 없을 만큼 답답하게 느껴졌다. 샘의 가슴골에 땀방울이 맺혔다. 공무원이 말하는 동안 샘과 데니스는 서로 마주 보았다. 샘이 자신의 서약을 말한 후 데니스의 차례가 됐다. 샘은 데니스가 무슨 생각을 할지 궁금했다. 도무지 입에 익지 않은, 허공에 둥둥 떠 있는 듯한 단어들을 말하면서 자신처럼 묘한 기분을 느끼고 있을지. 샘은 데니스의 얼굴을 바라보았다. 샘은 서약문을 직접 쓰고 싶어 했다. 데니스가 석방되지 않더라도 자신은 언제나 그 자리를 지킬 거라고. 모든 희망이 사라질 때까지 데니스를 위해 싸울 거라고. 뼈가 욱신거릴 정도로 데니스를 사랑한다고.

두 사람은 입을 맞추지 못했다. 교도소 규칙에 따르면 두 사람은 서로 분리대 반대편에 머물러야만 했다. 예외는 없었다. 제작진은 샘을 포옹하고 데니스에게 축하 인사를 한 후 자리를 떴다.

다른 상황이었다면, 하고 샘은 상상했다. 함께 추는 첫 댄스와 서로 케이크 떠 먹여주기, 흰 시트들에 휘감긴 결혼 첫날밤. 대신 두 사람은 이야기를 나눴다. 데니스는 샘에게 떠나지 않겠다고 약속하라고 했다. "자기가 견뎌낼 수 있을 줄 알았어." 데니스가 말했다.

"돈이 충분하지 않아. 영국으로 돌아가서 얼마 동안 일을 해야 할 거야. 돈을 모아야지."

"제발 여기 있어줘. 잭슨한테 그 이야기를 해봤는데 여기서 당신 일자리를 구해줄 수 있을 거랬어. 그냥 두어 달 정도만 있어. 난 이 면회 때문에 살아…." 데니스가 말했다.

"내 비자는 어쩌고? 일을 안 하면 안 될 것 같은데…."

"우린 이제 결혼했잖아. 시민권을 얻으면 되지. 떠나야 하는 이유를 찾는 건 그만둬. 당신은 이제 내 아내야. 난 당신이 필요해."

10화

몇 주 후, 샘은 잭슨 앤더슨이 월세를 내주는 게인스빌 외곽의 싸구려 아파트에 살게 되었다. 얹혀사는 기분을 느끼지 않도록 잭슨이 이따금씩 자잘한 일거리를 던져주었다. 〈진실을 엮다〉 팬들이 보낸 이메일들을 읽고 답장하거나 소셜미디어에 댓글을 훑어보고 새로운 시리즈에 관련된 정보를 팔로워들에게 공유하는 등의 일이었다. 하지만 이런 일들은 샘의 하루 중 작은 부분밖에 차지하지 못했다. 나머지 시간에는 텔레비전을 보거나 뭘 먹어야 할지 갈팡질팡하면서 월마트 통로를 헤매다 몸에 좋지 않은 정크푸드를 사곤 했다.

촬영이 끝나자 캐리는 로스앤젤레스로 돌아갔지만 샘과 정기적으로 한 시간씩 통화를 했다. 전화를 끊은 후의 침묵은 샘을 옥죄었다. 샘은 페이스북에서 고향 사람들의 피드를 구경하는 데 빠졌다. 사람들이 샘의 시선을 의식하고 일부러 열심히 포스팅하는 것만 같았다. 새로 태어난 아기들과 새 일자리, 새 식당들을 자랑하기 바빴다. 샘은 헤어진 후 한 번도 들어가보지 않았던 마크의 페이스북 페이지에 들어가보았다. 혹시 자신에 대해 암시하는 내용이 있는지 찾으려고 스크롤했지만, 그에게 샘은 존재한 적도 없는 사람 같았다.

게시판의 반응은 샘이 데니스와 결혼한 것에 우호적이지 않았다. 샘을 빠순이라고 부르면서, 그들의 결혼보다는 사건의 진척 또는 진척 없음에 더 관심을 보였다. 다른 판사, 편견이 없는 판사가 필요하다면서 누군가가 새로운 판사에게 재심 청구를 맡기자는 청원을 조직했다. 샘은 자신이 어떻게 이 사람들을 존경할 수 있었을까 싶었다. 데니스의 변호사들이 당연히 그런 시도를 했을 거라는 생각이 안 드나?

일주일에 한 번 데니스에게 면회를 갔다. 만날 때마다 미소를 잃지 않으려 노력했지만, 이야깃거리는 갈수록 줄어들었다. 그 쳇바퀴를 멈춘 것은 어느 늦은 오후에 울린 전화였다.

"새로운 소식이 있어." 캐리가 말했다. "앉아 있어?"

캐리는 익명을 요구한 남자에게 제보 전화가 왔다고 설명했다. 남자는 성범죄로 10년간 감옥에 있다가 석방된 지 몇 달 후에 제보 포스터를 봤다고 했다. 처음 체포되었을 때 웨인이라는 남자와 같은 감방을 썼는데, 웨인은 자기가 여자애들을 여럿 살해했는데 경찰은 전혀 모른다고 자랑을 늘어놓았다. 심지어 경찰이 피해자 중 하나를 발견해서 자기를 잡으러 올 줄 알았는데 경찰은 끝내 안 왔다고 했다. 웨인은 그때 잔뜩 겁을 먹고 그 후로 몇 년간 살인을 멈췄다고 말했다. 남자는 처음에는 웨인의 말이 거짓말이라고 생각했다. 어떤 멍청이가 방금 처음 만난 사람한테 자신이 연쇄살인범이라고 털어놓겠는가? 하지만 소름 끼칠 정도로 상세한 내용과 그걸 말하던 웨인의 으스대는 태도는 오랫동안 사라지지 않고 기억에 남았다.

웨인의 머리카락이 무슨 색이죠? 제보 전화를 받은 직원이 물었다. 남자는 희끗희끗하지만 군데군데 철사처럼 두꺼운 검은 머리가 있었다고 대답했다. 웨인은 기념품으로 여자애의 머리카락을 한 다발 잘라냈지만 경찰에 발각될까 봐 몇 주 후 길가에서 태워버렸다고 회상하기도 했다. 그 여자애가 반항하느라 꽤 심하게 할퀴는 바람에 손가락을 잘라내야 했다고도 말했다. 웨인은 그 말을 할 때 껄껄 웃으며 이로 쪼개지는 뼈 소리를 흉내 냈다. 또한 자기는 결코 만족감을 느끼지 못했다며 여자애를 한 명 한 명 죽일 때마다 갈증이 더 고조됐다고 했다. 결국 그러다 범죄 현장에 너무 오래 어슬렁대는 바람에 잡혀버렸다고 투덜거렸다. 신고한 남자는 웨인이 마음에 들지 않았다며, 다른 감방으로 이감되어서 기뻤다고 했다. 그리고 자기는 밀고를 하는 사람이 아니지만, 자기 같은 성범죄자가 일자리를 얻는 건 쉽지 않은 일인 데다, 포상금을 포기하기엔 금액이 너무 후했다고 덧붙였다.

홀리 마이클스의 머리카락에 관한 내용은 한 번도 대중에게 공개된 적이 없었다. 머리카락을 잘라내려고 두개골 뒤편을 칼로 베다가 파인 자국이 있다는 것은 관계자들만 아는 사실이었다. 데니스 팀은 그 제보에 열띤 반응을 보이며 증거 심사를 위한 새로운 신청서들을 작성하고 관계 당국에 전화하기 시작했다. 그리하여 남자가 언급한 교도소에서 캔자스의 다른 교도소로 이송된 웨인 네스터라는 인물을 찾아냈다. 어린 여자애들을 폭력적으로 강간 살해한 죄로 유죄 판결을 받은 범인이었다. 놈의 수법은 홀리의 살해 방식과 들어맞았다. 당시 오칼라에 살면서 오클라와하를 곧장 지나다니는 트럭을 운전했다는 사실 역시 그랬다. 그곳에선 전에 노출광을 목격했다는 신고가 접수된 바 있었다.

캐리는 그게 주목할 만한 가치가 있는 제보인지 확실히 알아내려고 충분히 오래 기다렸다. 또한 샘에게 처음 전화하는 사람은 자신이여야 한다며 사람들을 입단속했다.

"그래서 어떻게 생각해?" 캐리가 물었다.

"다음은 어떻게 되는 거죠?" 샘은 엄지를 잘근대고 있었다. 거울 속에 비친 자신의 모습이 눈에 들어왔다. 창백한 낯빛에 눈가는 검었고 턱에는 뭐가 잔뜩 돋아 있었다.

"우린 홀리의 셔츠를 재검하게 할 거야. 웨인의 DNA가 거기 있으면 범죄 데이터베이스인 CODIS에 뜰 거고. 음, 그러면 데니스는 며칠 안에 석방될 수도 있어."

샘은 서성대던 것을 멈추고 의자에 등을 붙인 채 초점을 맞추려고 애썼다. 방 안에는 버려진 옷가지, 더러운 컵들과 접시들, 빈 음식 포장 용기들이 사방에 나뒹굴고 있었다.

"며칠이라고요?" 샘이 말했다.

"그래, 며칠. 석방이야. 홀리에게서는 데니스의 DNA가 한 번도 나온 적이 없어. 우리가 그 셔츠에 묻은 피의 DNA가 누구 건지를 밝히면 법원은 석방하는 것 말고는 다른 선택지가 없어. 이 제보자는 그 셔츠를 재검해야 할 강력한 근거를 제시한 거지."

"그 셔츠를 검사해줄 가능성이 얼마나 돼요?" 지금 샘은 자신이 뭘 원하는지 알 수 없었다. 이거였나?

"내 생각엔 가능성이 높아. 전에는 퇴짜를 맞았지만 그것과 대조할 실제, 확실한 용의자가 있다면 이야기가 달라지지. 변호사들은 지금 꽤 자신만만하다고. 패트릭과 나는 제작진과 함께 수요일에 플로리다로 돌아갈 거야. 이 중요한 일을 놓칠 순 없지. 난 지금 너무 들떠 있어. 자기 기분은 어때?"

만약 재심 청구가 허사로 돌아가고 당국이 그 셔츠를 재검하지 않는다면 더는 아무런 희망도 남지 않을 것이다. "데니스한테는 말했어요?"

"아니. 이 제보자가 그냥 멍청이거나 망상가일지도 모르잖아. 사실 확인을 해야 할 게 너무 많아. 데니스에게 헛된 희망을 주고 싶어 하는 사람은 아무도 없어."

"난 정말이지 뭘 해야 할지 모르겠어요." 샘은 다리에 힘이 빠지는 걸 느끼며 자리에 앉았다.

앞으로 무슨 일이 일어나든, 거기에 대비해야 했다.

11화

샘은 겨우 사흘 후 소식을 들었다. 웨인 네스터가 교도소 목사에게 자신이 홀리 마이클스를 죽였다고 인정했다. 모든 걸 자백하면서 속죄를 구했다. 변호사를 옆에 두고 비디오 카메라 앞에서 모든 걸 말하면서 신의 용서 말고는 아무것도 바라지 않는다고 했다. 법원은 티셔츠를 재검사했고 명백히 DNA가 일치한다는 결과가 나왔다. 마침내 데니스는 석방을 앞두고 있었다. 그토록 많은 실망과 실패를 겪고 나서, 비로소 삶이 급속히 앞으로 나아가기 시작했다.

데니스가 석방되기 전날 밤, 샘은 신경을 진정시키려고 술을 한잔했고, 이어서 몇 잔 더 하고 잠에 들었다. 이튿날, 휴대폰 벨소리에 잠에서 깨니 캐리가 20분 후 도착할 거라고 알렸다. 샘이 한 시간 뒤에 오면 안 되느냐고 묻자 캐리는 깔깔 웃었다. 샘

138

이 1초라도 더 기다릴 수 있다는 건 말도 안 되는 소리라는 듯.

샘은 싱크대에서 세수를 하고 창 없는 좁은 욕실에서 안개가 자욱해질 때까지 온몸에 데오도란트를 뿌렸다. 새로 화장을 하고, 세탁물 바구니에서 곰팡이 냄새가 밴 구깃구깃한 드레스를 꺼내 입었다. 딱 15분 후 캐리가 도착하자 샘은 비명을 질렀다. 어디서 자게 될지 몰라 손에 잡히는 대로 아무거나 가방에 던져넣었다. 데니스와 함께 있을 수 있다는 사실이 도저히 믿기지 않았다.

캐리가 다시 경적을 울리자 샘은 비명을 질렀다. "좀 진정해요. 간다고요!"

차 안에서 캐리가 샘에게 미리 준비한 커피를 건넸다. 커피는 이미 식어 있었다. 캐리는 자기 여자친구인 딜런 이야기를 했다. 캐리가 데니스 사건에 너무 몰두해서 다른 건 몽땅 뒷전이라며 불평을 한다고 했다. "걔는 데니스가 나올 거라고 진심으로 믿는 것 같지 않아. 나도 알아. 쉽지 않은 일이지. 난 21년째 이 일을 하고 있는데 딜런과 만난 건 겨우 3년째거든. 딜런은 이따금씩 내가 이해가 안된다고 해. 자기가 있어서 너무 다행이야. 자기는 이 모든 걸 충분히 이해하잖아."

샘은 차창 밖으로 휙휙 지나가는 중고차 가게들과 할인판매점들을 바라보며 건성으로 맞장구쳤다. 차는 법원을 향해 돌진했다. 조증에 걸린 듯한 캐리의 목소리는 알아듣기 어려웠다. 라디오 소음은 점점 커져갔다. 샘은 가슴이 조이면서 갈빗대가 마치 주먹처럼 폐를 움켜쥐는 듯한 느낌을 받았다.

"세워요. 차 세워요. 숨이 안 쉬어져요." 샘이 말했다.

"지금?" 캐리가 주위를 둘러보았다. 도로 대피소에 가려면 차선을 바꿔야 하는데 그럴 상황이 아니었다.

샘은 창문을 내렸지만 차가운 바깥 공기가 밀려와 오히려 더 숨 쉬기 힘들어졌다. 안전벨트를 풀자 버클이 딱 소리를 내며 원래 위치로 돌아갔다. 감지기가 핑핑 하는 날카로운 소리를 내며 다시 벨트를 채우라고 독촉했다. 샘은 가슴에 달라붙은 드레스를 잡아당겼다. 손톱으로 차갑고 진득거리는 살갗을 긁었다. "세워, 차 세워요."

캐리가 급격히 차를 세우자 지나가던 차가 경적을 세게 눌렀다. 샘은 차가 서기도 전에 문을 열고 비틀거리며 고속도로 옆 거친 땅 위에 내려섰다.

"왜 그래? 무슨 일이야?" 캐리가 쭈그려 앉은 샘에게 느긋하게 심호흡하라고 했다.

"내가 이걸 할 수 있을지 모르겠어요." 약간 진정된 후 샘이 말했다.

"데니스 이야기야?" 캐리가 불안으로 휘둥그레진 눈을 하고 샘을 바라봤다. 샘은 자신이 캐리를 힘들게 만들고 있다는 생각에 끔찍해졌지만 어쩔 수 없었다.

"일이 너무 급하게 진행됐어요."

"그래, 알아. 있지, 자기 아무것도 안 해도 돼. 내가 집으로 데려다줄게. 아니면 다른 데서 기다리든가. 한 번에 한 걸음씩만 가자. 나중에 파티에 올 수 있어? 아니면… 그냥 자기한테 필요한 걸 말해주면 우리가 구해다 줄게." 진심이 담긴 목소리였다. 캐리는 천천히 숨을 고르는 샘의 등에 손바닥을 얹었다.

"난 거기 있어야 해요. 난 데니스의 아내인걸요."

"데니스도 이해할 거야. 내가 설명할게."

"아니에요. 내가 그러고 싶지 않은 건 아니에요…. 그냥 겁이 나서 그랬어요." 샘이 현재의 그들 관계에 익숙해져 있었다. 둘을 격리시키는 두꺼운 플라스틱 벽이 없으면 그들이 서로에게 상처주지 못하도록 막아주는 게 아무것도 없을 것이다. 샘과 마크가 그랬듯이. 등을 돌리고, 거짓말하고, 휴대폰을 꺼놓고. 샘과 데니스가 지금까지 비켜나 있었던 그 사소하고 잔인한 행위들.

"당연히 그렇지. 나도 그래!"

"캐리도 두려워요?"

"그럼!" 캐리는 불안하게 깔깔 웃었다. "난 데니스를 20년도 넘게 알아왔고 그 세월 내내 이 순간을 위해 일해왔어. 내 평생을 바쳤는데 이제 갑자기…. 젠장! 난 이미 거기 갔어야 해. 알아? 난 벌써 촬영하고 있어야 하는데, 도저히 엄두가 안 났어. 그래서 자기랑 같이 가야겠다고 생각한 거야. 왜냐하면, 내 생각엔, 자긴 지금 이 순간 나만큼이나 미친 기분일 테니까." 캐리는 불안한 기색으로 시계를 보았다. "자기한테 달렸어. 뭐든 자기가 내키는 대로 하면 돼."

"갈게요." 샘이 말했다. 호흡이 고르게 진정됐다. 가슴속에는 아직도 풀리지 않은 공포의 매듭이 있었지만, 샘은 다른 좋은 것들을 상상했다. 몸을 숙여 자신에게 키스하는 데니스. 그 입술의 온기. 데니스를 향해 몸을 밀어붙일 때 느껴지는 데니스의 심장 박동. 서로 만질 수 있다는 것…. 그게 늘 내가 원하던 것 아니었나?

"확실해?"

"그래요."

캐리는 일어서는 샘을 부축하려고 양손을 내밀었다. 두 사람은 차를 타고 법원으로 향했다.

"확실히 괜찮은 거야?" 캐리가 물었다.

"그럼요. 난 괜찮아요."

"알아." 캐리는 샘에게 웃음을 지어 보였다. "자기는 강해져야 해. 거시기에 18륜차를 걸고 끌어당기는 거야."

◆ ◆ ◆

법원 주변은 사람들로 북적였다. 각 측을 격리하기 위해 줄무늬 테이프가 쳐져 있었다. 한쪽에는 100명쯤 되는 사람들이 데니스 댄슨의 사진이 프린트된 티셔츠를 입고 '마침내 정의가!', '무죄', '사형 제도를 종식시키자!'라고 쓰여진 피켓을 들고 있었다. 다른 쪽에는 소수의 항의자들이 모여 외치고 있었다. 그들은

'여전히 유죄!', '그들은 어디 있나 데니스?', '애도라도 하게 해 줘!'라고 적힌 피켓을 들고 있었다.

문에서 가까운 곳에는 기자들이 서 있었다. 일부는 카메라에 대고 생방송으로 보도 중이었고, 일부는 따분하거나 조바심 난 다는 표정으로 기다리고 있었다. 침착하고 떠들썩한 파파라치 들. 샘은 얼굴을 가린 채 보도진과 자신의 이름을 외치는 낯선 사람들 사이를 통과했다. 법정에 들어갔을 때는 좌석이 거의 꽉 차 있었다. 나머지 제작진은 앞에서 촬영 중이었다. 잭슨 앤더슨 은 데니스의 변호사 뒤에 앉아 있었다. 캐리는 사람들에게 자리 를 바꿔달라고 해서 더 가까이 가 앉으라고 했지만 샘은 뒤쪽에 있고 싶었다. 샘은 "캐리는 가세요"라고 했지만 캐리는 듣지 않 고 샘 옆에 앉아 샘의 손을 양손으로 잡았다.

"이 사람들은 다 뭐예요?" 샘이 물었다.

"누가 알겠어. 팬들이겠지, 아마."

분위기는 폭력적이었다. 이런 상황에 대해 샘이 오랫동안 품 어온 환상과는 전혀 달랐다. 샘은 제작진과 자신만 있는 차분한 분위기에서 판사가 나지막하게 말하는 광경을 상상했다. 수갑 이 벗겨진 데니스는 샘을 돌아보고 시험하듯 조심스레 다가올 것이다. 그리고 샘에게 키스하기 전에 망설일 것이다. 당연히 수 줍어하겠지. 입맞춤은 부드러울 것이다. 샘의 뺨을 어루만지는 손과 머리카락을 쓰다듬는 손가락. 데니스는 샘에게서 눈길을 떼고 싶어 하지 않지만 모든 사람에게 감사하고 악수와 포옹을 나누고 쏟아지는 질문에 대답하기 위해 그렇게 할 수 없을 것이다. 그 후 실례한다고 말하고 샘의 손을 잡고 차로 데려가겠지. 단둘이 있게 된 두 사람은 서로에게서 손을 떼지 못할 것이다. 제작진이 예약해놓은 어딘가의 호텔로 차를 몰아가겠지. 두 사람은 한데 갇혀, 서로를 휘감으며, 땀에 흠뻑 젖어 미끄러운 몸으로 며칠을 보낼 것이다. 아직 반쯤 잠에 취한 채 사랑을 나누기 시작할 테고, 느릿느릿 서로 비비적댈 것이다. 발목에 휘감기는 이불의 감촉을 느낄 것이다.

환호 소리에 샘은 꿈에서 깨어났다. 군중이 이동했다. 데니스의 뒷모습이 보였다. 몸집에 비해 큰 베이지색 반팔 셔츠의 목깃에서 갈색 타이가 삐져나와 있었다. 옆에 있는 변호사에게 뭐라고 말하자 변호사는 싱글벙글 웃으며 연신 데니스의 어깨를 쥐고 흔들었다. 샘은 하마터면 데니스의 이름을 외쳐 부를 뻔했다. 뒤돌아 나를 봐달라고 하고 싶었다. 하지만 데니스는 계속 앞을 보고 있었다. 앞쪽에 앉아 있는 여자의 뒤통수가 눈에 띄었다. 긴 생머리였다. 린지인가? 목으로 냉기가 확 올라왔다. 하마터면 캐리에게 물어볼 뻔했지만, 그 전의 말다툼과 그 후 며칠간이나 자기혐오에 빠져 있던 기억이 떠올라 억눌렀다.

모두들 정숙하라는 소리가 들렸다. 판사가 들어오자 다들 일어섰다. 광을 낸 바닥에 삑삑거리는 신발 소리와 함께 웅성거림이 잦아들었다. 형식적인 절차들이 이루어졌다. 샘의 눈길은 데니스의 등에 꽂혀 있었다. 데니스의 어깻죽지가 셔츠 밑에서 움직이는 모습을 지켜보았다. 캐리가 샘의 손을 꼭 쥐자 샘은 귀를 쫑긋 세우고 초점을 맞추려 했다. 하지만 관자놀이에서 뛰는 맥박 소리가 너무 크게 들렸다.

"40년 넘게 사법제도에 몸담고 있으면서, 저는 우리 제도의 정상을 보았는가 하면, 불행히 그 밑바닥도 보았습니다. 이 체제에는 오류가 없을 수 없으나, 그렇다고 우리가 오늘 여기서 본 것과 같은 중대한 오심이 정당화될 수는 없습니다. 한 남성이, 한 젊은 남성이 인생의 21년을 잃은 것은 그 어떤 방법으로도 보상할 수 없을 겁니다.

이 사건의 실책 때문에 더 많은 아이들이 목숨을 잃었다는 것은 또 다른 비극입니다. 우리는 이 잘못된 일이 초래한 헤아릴 수 없는 손실을 애도해야 합니다."

판사는 청중을 한 번 훑어본 후 말을 이었다.

"저는 당신에게 인생을 어떻게 살라고 말할 처지가 못 됩니다, 데니스. 하지만 저는 당신이 이 모든 일을 겪고도 평화를 찾고 잘 살기를, 행복하기를, 선한 일을 하기를, 그리고 타인이 당신에게 베풀어주지 않은 친절을 타인에게 베풀기를 기원합니다. 그리하여 저는 이 자리에서 당신의 상실에 대한 슬픔과 당신의 구원에 대한 기쁨을 동시에 느끼며 당신의 모든 혐의를 사면합니다."

포효하는 듯한 박수 소리와 함께 사람들이 앞으로 몰려들었다. 앞의 여자는 군중에게 삼켜져버렸다. 샘은 누군가가 그 여자를 밀치고 지나갈 때 여자가 목을 움츠리는 것을 보았다. 데니스와 변호사는 자리에서 일어섰다. 샘은 데니스가 판사를 향해 고개를 살짝 숙이는 모습을 보았다. 다들 자리에서 일어서자 샘은 잠깐 시야에서 데니스를 놓쳤다. 캐리가 샘을 데니스에게 데려다주려고 샘의 팔을 잡아끌며 사람들을 헤치고 나아갔다. 데니스는 주변 사람들에 의해 앞으로 떠밀려가면서 연신 웃고 있었지만, 스윙도어 앞까지 가자 누가 자신을 막으려 할까 봐 겁이라도 나는지 어깨너머를 돌아보았다.

데니스의 눈이 안경알의 반사광에 가려져 샘은 데니스가 자신을 보았는지 알 수 없었다. 샘 쪽을 돌아보는데, 데니스의 미소가 흐려지는 것 같았다. 샘과 캐리는 계속 데니스를 향해 다가갔다. 사람들이 돌아보았다. 누군가 속삭이는 소리가 샘의 귀에 들어왔다. "부인이야."

마침내 데니스는 샘에게 손을 내밀었다. 샘은 데니스의 손바닥 위에 자신의 손을 살짝 올려놓았다. 두 사람은 손깍지를 꼈다. 데니스는 샘을 조금 더 가까이 잡아당겼다.

샘이 입을 맞추려고 고개를 기울이자 데니스는 움찔했다. 하지만 곧 "미안"이라고 말하곤 재빨리 샘의 입술에 자신의 입술을 밀어붙였다. 샘은 자신이 눈을 뜨고 있었음을 깨닫고 질끈 감았다. 두 사람의 이가 서로 부딪쳤다. 샘은 데니스의 입 냄새를 맡았다. 샘이 혀를 밀어 넣자 데니스는 펄쩍 뛰며 경기를 일으켰다. 샘은 입술을 뗐다. 두 사람 다 고개를 돌리고 입술을 훔쳤다.

그곳을 나서는데, 데니스의 손마디가 샘의 손마디를 파고들었다. 두 사람은 무거운 문 너머 소음에 정면으로 부딪쳤다. 기자들이 모두 동시에 질문을 던져댔다. 데니스의 변호사는 준비된 진술을 읽었다. 정의… 무죄…. 샘에게 들리는 건 그게 전부였다. 자유… 지지… 싸움….

경찰이 창을 검게 선팅한 은색 차로 두 사람을 호위해 갔다. 잭슨이 두 사람을 호텔로 데려가려고 준비해놓은 차였다. 샘은 앞으로 쏟아져 나오며 서로 질세라 더 큰 목소리로 고함 치는 기자들에게서 벗어나려고 얼른 차에 올라탔다. 그렇지만 데니스는 조용히 서서 고개를 뒤로 젖힌 채 자신의 맨살을 내리쪼이는 햇살을 즐겼다.

"심경이 어떠세요?" 기자들이 고함쳤다. "어떤 심경이세요? 자유로운 몸이 되니 기분이 어떠신가요?"

데니스는 주변을, 자신의 관심을 차지하려 경쟁하는 수많은 카메라와 마이크를 둘러보았다, 그리고 깊이 숨을 들이쉬었다. "아직 모르겠어요."

2부 뉴욕

New York

12화

올란도까지는 차로 열두 시간이 걸렸다. 샘은 데니스의 어깨에 턱을 고이고 있었다. 데니스의 목소리가 가슴을 통해 울려나왔다. 깊은 울림이 있는 목소리였다. 데니스가 웃을 때마다 샘의 고개가 위아래로 튕겼다. 라디오에서 나오는 곡들은 데니스가 들어본 적 없는 것들이었다. 이따금씩 데니스의 석방에 관한 뉴스가 보도되면 데니스, 샘, 잭슨, 심지어 운전사까지 모두 함께 웃음을 터뜨렸다. 잭슨은 나중에 새로운 이야기를 촬영하자고 말했다. 시리즈의 결말을 위한 것이었다. 그리고 데니스는 옷이 가렵다며 투덜댔다.

그들이 묵을 호텔은 야자수에 둘러싸여 있었다. 현관 앞에는 분수가 있었다. 데니스는 마치 어린아이로 돌아간 것처럼 물속에 손을 집어넣었다. 차디찬 물이 데니스의 살갗 위로 쏟아졌다.

데니스는 몇 걸음 뗄 때마다 제풀에 넘어졌다. "이 신발이 문제인 것 같아." 데니스가 말했다. "진짜 신을 신고 걸어본 지 하도 오래돼서."

마중 나온 직원들이 일행을 회의실로 안내했다. 회의실은 '축하합니다'라고 쓰인 배너로 장식돼 있었다. 케이크, 치킨 윙, 토르티야 칩, 으깬 얼음 위에 얹어놓은 굴, 후무스, 셀러리와 당근 스틱들이 흰 천을 깔아놓은 테이블 위에 쌓여 있었다. 샘이 잡지에서 본 적 있는 사람들이 가까이 다가왔다. 샘은 그 사람들이 데니스를 껴안는 것을 보았다. 데니스가 사람들에게 자신을 소개해주기를 내심 기대했지만 데니스는 그러지 않았다. 제작진 몇 사람이 뒤따라 도착했다. 더 많은 박수가 일었다. 패트릭은 데니스를 힘껏 껴안고 등을 세게 두드렸다. 직원들은 계속 뜨거운 음식을 내왔다.

"당신이 뭘 좋아할지 몰라서 골고루 시켜봤어요." 잭슨이 말했다. "마음껏 드세요."

데니스는 접시에 신선한 과일과 채소를 가득 쌓으면서, 감옥에서 제일 아쉬운 건 이런 것들이라고 사람들에게 말했다. 비타민이 풍부한 음식들, 예를 들면 즙이 가득한 과일, 아삭하고 차가운 당근 스틱 따위가 꿈에 나왔다고 했다. 바싹 마른 치킨이나 돌처럼 위에 가라앉는 뜨거운 칠리 콘 카르네로 끼니를 때우고 잠자리에 누웠을 때, 신선한 음식을 상상하면 입에 침이 고이곤 했다고.

샘은 건드리지도 않은 음식 접시를 들고 구석에 서서 이중문을 보며 캐리가 들어오기만을 기다렸다. 하도 급히 떠밀려 차에 태워지는 바람에 캐리를 볼 틈도 없었다. 데니스가 자유의 몸이 된 첫날 캐리가 옆에 없다는 사실 때문에 샘은 매분 매초가 끔찍하게만 느껴졌다. 지나쳐가는 사람들은 "정말 행복하시죠!" 하고 조잘댔다. 그럴 때마다 샘은 캐리의 빈자리 때문에 느껴지는 어렴풋한 죄의식을 무시하려 애쓰면서 미소를 지었다. 마치 애초에 자신은 여기 있을 사람이 아닌데 캐리의 자리를 훔친 것 같은 기분이 들었다.

사람들이 데니스에게 포도주, 맥주, 샴페인을 권했지만 데니스는 탄산수를 달라고 해서, 딸꾹질하면서 마셨다. 잭슨이 봉투를 몇 개 건넸다. "새 옷이 필요할 것 같아서요."

잠시 뒤 데니스는 청바지와 흰 티셔츠에 오픈넥 체크 셔츠를 받쳐 입고 나타났다. 데니스는 내내 안경을 벗지 않았다. 잭슨이 말했다. "당신한테 새 안경을 사줘야겠어요. 와비 파커스 같은 거로."

"와비 뭐요?"

"명품 안경이에요."

"예, 예, 좋아요." 데니스가 팔을 문질렀다. 누군가가 직원에게 에어컨 온도를 높여달라고 부탁했다.

샘을 알아본 사람들 몇몇이 말을 걸어왔다. 그들은 정말 행복하겠다는 말을 되풀이했다. 샘은 고개를 끄덕이며 방 안을 돌아다니는 남편을 바라보았다. 그들중에는 꽤 아름다운 여자도 있었다. 샘이 사진을 보며 예상했던 것보다 훨씬 더 아름다웠다. 그들의 아름다움에 화장과 조명이 큰 몫을 했기를 내심 바랐건만, 현실은 그렇지 않았다.

"어이!" 누군가가 샘의 어깨를 꼬집었다. 캐리였다. 샘의 가방을 들고 있었다.

"맙소사, 캐리! 너무 미안해요! 놓쳐버리는 바람에…."

"바보같이 굴지 마. 다들 돌아버린 것 같았지? 그나저나 데니스는 어디 있어?" 캐리는 샘의 발치에 가방을 내려놓았다.

"바로 저기 있어요."

"와! 청바지를 입었잖아!" 캐리가 외쳤다. "데니스!"

뒤를 돌아본 데니스는 테이블에 안경을 내려놓고 양팔을 벌린 채 캐리에게 다가왔다. 캐리는 고개를 저으며 얼굴을 가린 채 데니스에게 다가갔다. 처음에는 데니스의 품에 안겼다가 이윽고 마주 껴안았다. 캐리의 얼굴이 데니스의 깨끗한 셔츠에 파묻혔다. 데니스가 번쩍 들어 올리자 캐리는 깔깔 웃으며 몸을 뒤로 젖히고 양팔로 데니스의 목을 휘감았다. 샘은 역겨움을 느꼈지만 눈길을 뗄 수 없었다. 데니스와 내가 법원에서 이랬어야 했는데. 데니스는 캐리에게 뭐라고 귓속말을 했다. 데니스와 캐리의 뺨이 서로 맞닿았다. 몇몇 사람이 한숨을 쉬었다. 샘은 잔을 비우며 입술을 꼭 다문 채 웃음을 지었다. 샘의 눈에 두 사람은 자신이 원하던 방식으로 완전히 결합된 것처럼 보였다. 배신감이 느껴졌다.

마침내 두 사람이 떨어진 후 데니스가 캐리의 정수리에 입을 맞췄다. 샘의 눈에는 수줍게 머리를 매만지는 캐리가 내숭을 떠는 것처럼 보였다. 두 사람은 샘이 그곳에 존재하지 않는 것처럼 계속 둘이서만 이야기를 나눴다. 샘은 발치에 놓인 가방을 테이블 쪽으로 걸어찼다. 가방이 테이블보 밑으로 들어가자 샘은 두 사람에게 가까이 다가갔다. 가는 길에 포도주 병이 눈에 띄어 한 잔 따랐다. 똑바로 걸으려면 약간 집중을 해야 했지만 샘은 자신의 생각과 감정에 확신이 있었다. 샘은 두 사람에게 가까이 다가가 자신을 바라봐주기를 기다렸다.

"이건 굉장한 여정이었어, 데니스. 난 도저히…. 자기를 좀 봐! 아, 맙소사." 캐리는 데니스를 계속 만져댔다. 팔을 다독이고, 또 다시 짧게 포옹했다가, 또 다시 짧게 포옹한 후 비뚤어진 셔츠깃을 매만져주었다.

"고마워요, 정말."

"아니야, 그러지 마. 그러면 나 진짜로 울어버릴지도 몰라."

샘은 두 사람이 또 다시 포옹하는 것을 보고 앞으로 발을 내디뎠다. 더 가까이.

"샘! 지금 이 상황이 믿어져?" 캐리가 마침내 샘을 돌아보며 말했다. "데니스 너무 멋지지!"

"알아요." 샘이 말했다.

"그래서 이제 둘이 뭐할 거야? 샘이랑 데이트 갈 거야?"

샘은 웃음을 지으며 데니스를 바라봤다. 데니스의 표정은 신중했다. 조금 걱정하는 것 같기도 했다.

"솔직히 난 돈이 없어요. 겨우 3달러가 전 재산이에요. 지갑을 돌려받는데, 보세요." 데니스는 주머니에서 남색 벨크로 지갑을 꺼냈다. 안에는 3달러와 도서관 회원증이 들어 있었다.

"자기는 돈이 없어도 돼. 바보 같으니라고." 캐리가 웃으며 말했다. "그런 건 이 사람들이 알아서 처리할 거야. 그나저나 방에 올라가봤어?"

두 사람은 고개를 저었다.

"저 위는 마치 크리스마스 같아." 캐리가 말했다. "있지, 어딘가 다른 곳에서 새출발하고 싶으면 얼마 동안 로스앤젤레스에서 나랑 딜런이랑 같이 지내도 돼. 텔레비전 출연 제의가 잔뜩 들어올 거야. 정신없이 바빠질걸."

데니스와 샘은 딱히 동의하지 않고 웅얼거리며 어색한 눈빛을 교환했다. 앞으로 몇 달은 고사하고 지금부터 한 시간 후에 뭘 하고 있을지조차 예상되지 않았다. 샘의 마음은 다시 마구 질주하기 시작했다. 데니스와 곧 단둘이 있게 된다. 샘은 캐리가 하는 말이 하나도 들리지 않았다. 데니스가 대답하는 말 역시, 데니스를 보고 있으면 아무것도 들리지 않았다. 샘은 유리잔을 감아쥔 데니스의 손가락을, 목덜미를 쓰다듬는 다른 손을, 그리고 데니스가 서 있는 자세와 전에는 미처 보지 못했던 몸짓들을 지켜보았다.

손님들은 데니스를 둥글게 둘러싸고 그가 언제쯤 한가해지나 목을 빼고 기다리고 있었다. 곧 데니스는 다른 사람들을 상대하느라 바빠졌다. 짜증이 난 샘은 까칠하게 캐리를 외면했다.

"자기 괜찮아?" 캐리가 괜찮지 않은 것을 안다는 얼굴을 하고 맥 빠진 목소리로 물었다.

"별로예요." 샘이 한숨과 함께 애매하게 대꾸했다.

"좋아. 자기는 나한테 기분 나쁘게 굴고 있어. 대체 왜 그래?"

샘은 즉각 자신에게 진절머리를 내며 사과했다. "그냥… 당신한테는 껴안고 난리 났는데 나한테는 그러지 않아서요. 데니스는 내가 곁에 있는 걸 바라지 않는 것 같아서요. 나를 좋아하지 않는 걸까요? 내게 마음이 떠났으면 어쩌죠? 데니스는 이제 어떤 여자라도 가질 수 있잖아요."

"그만해! 별것도 아닌 일로 난리야. 자기는 데니스의 첫 여자친구나 다름없고 이제는 아내야. 그건 보통 일이 아니라고. 데니스가 날 껴안고 난리 친 건 날 여자로 안 느껴서야. 전혀 그런 게 아니라고. 알겠어? 데니스가 그 끔찍한 감옥에서 나온 지 이제 겨우 다섯 시간밖에 안됐잖아. 시간을 좀 줘."

샘은 캐리의 말이 맞다는 걸 알았지만 그럼에도 그 불쾌한 느낌, 꿈틀대는 벌레들을 막을 수 없었다. 캐리에게 묻고 싶었다. 데니스가 왜 나를 좋아하겠어? 심지어 나 자신도 내가 싫은데. 하지만 샘은 아무 말도 할 수 없었다.

이후 샘은 데니스를 따라 그냥 돌아다녔다. 근처에라도 있고 싫었다. 잭슨은 데니스를 이런저런 사람에게 인사시켰지만 조용히 뒤따라다니는 샘은 아무에게도 소개하지 않았다. 아니, 그녀가 있다는 사실조차 알아차리지 못하는 것처럼 보였다. 샘은 그때마다 매번 속이 뒤집혔다. 그래서 술을 더 퍼마셨다. 데니스를 독차지하고 싶은 마음에 그의 팔에 매달렸다. 사람들은 그런 그녀를 무시하고 계속 다가왔다. 데니스는 테이블 끄트머리에 서 있는 샘을 놔두고 화장실로 갔다. 케이티 페리를 본 샘은 몰래 사진을 찍으려고 휴대폰을 들어 올리다가 그만 바닥에 떨어뜨렸다. 쪼그려 앉아 휴대폰을 집어들고 망가진 건 아닌지 확인하는데, 수백 통의 알림과 부재중 통화가 와 있었다. 한쪽 눈을 감고 초점을 맞춰봤지만 단어들이 헤엄치는 것처럼 출렁거렸다.

"뭐하는 거야?" 데니스가 샘의 팔꿈치를 붙잡고 부축해 일으켰다.

"메시지가 엄청나게 왔어!"

"자기 취했어."

"알아, 알아. 그냥 지금 이 상황이 너무 이상해서 그래. 자기는 이상하지 않아?"

데니스가 주변을 둘러보았다. "이러다 망신당할라. 방으로 가는 게 좋을 것 같아."

"나랑 같이 갈래? 우린 거의 대화도 못해봤…."

"여기서 내가 가버리면 실례지."

"하지만 난 자기랑 시간을 보내고 싶어!"

"자기는 정말 자러 가야겠어." 데니스가 멀어지며 말했다. "우리 이야기는 나중에 하자."

13화

방문을 연 샘은 데니스 앞으로 도착한 것들을 보고 깜짝 놀라 그 자리에 우뚝 멈춰 섰다. 안에는 선물들이 쌓여 있었다. 흰색 상자 더미와 함께 이렇게 적힌 쪽지가 놓여 있었다. '남은 평생을 즐겨요! 조니 뎁.' 화려하게 포장된 바구니 안에는 몸치장에 쓰는 제품들이 가득했다. 셔츠와 정장들은 지퍼 달린 커버에 주름 하나 없이 빳빳하게 다려진 채 들어 있었다. 마치 사랑의 쪽지처럼 명품 브랜드의 선물 카드들과 꽃이 주위에 널려 있었다.

샘은 그것들을 하나하나 손으로 어루만졌다. 밀봉된 포장들을 열고 싶어 죽을 것 같은 심정으로 아이패드 상자를 뒤집어보았다. 그러곤 침대에 누워 룸서비스 메뉴를 훑어보았다. 안에는 또 다른 쪽지가 들어 있었다. '계산서는 처리했어요. 잭슨.'

샘은 샤워를 하고 콜라와 미네랄 워터를 주문한 후 다시 전화해 피자를 시켰다. 어머니의 부재중 전화가 여러 통 와 있었다. 버즈피드에서 샘을 본 사람들의 메시지로 페이스북 알림이 계속 울렸다. 샘은 이 상황이 낯설어서 휴대폰을 끄고 가방 밑바닥에 쑤셔넣었다.

방이 약간 빙빙 도는 것 같아서 심호흡을 하고 젖은 천을 얼굴에 덮었다. 잠시 후 일어나 앉아 텔레비전에서 두 편 연속 방영하는 〈뉴저지의 진짜 주부들〉을 보고 피자를 먹었다. 서서히 술이 깨면서 모든 것이 너무나 엉망진창으로 흘러가고 있다는 생각이 들었다. 샘은 피자 상자를 침대 끝에서 밖으로 차내고 베개 맡에 눅눅한 천을 그대로 놔둔 채로 잠이 들었다. 데니스가 문을 두드렸을 때는 새벽 2시였다.

"이거 어떻게 쓰는 건지 모르겠어." 데니스가 카드키를 흔들며 말했다. "피자가 왜 바닥에 있어?"

"미안해." 샘은 여기저기 엉키고 부스스해진 머리를 매만졌다.

"봐봐, 이 수많은 선물들 좀 봐!" 데니스는 침대에 올라오더니 침대 밑으로 신을 차 던졌다. "베개가 축축해."

"두통 때문에… 자기 괜찮아?"

"피곤해. 자기 여길 정말 엉망으로 만들었네."

"정말 미안해." 샘이 옆으로 파고들어 데니스의 어깨에 고개를 파묻자 데니스는 샘의 목덜미에 팔을 둘렀다. 데니스가 텔레비전을 끄자 방은 정적에 잠겼다. 데니스는 한숨을 쉬었다. 두 사람은 침묵 속에 함께 누워 있었다. 샘은 데니스의 가슴에 고개를 묻고 심장 소리에 귀를 기울였지만 들리는 것이라고는 배의 꼬르륵대는 소리뿐이었다. 샘은 뭔가 해봐야겠다는 생각이 들었다. 호흡에 따라 올라갔다 내려갔다 하는 데니스의 단단한 몸통에 한 손을 얹었다. 가까워진 기분을 느끼고 싶었다. 그런 느낌을 현실로 만들고 싶었다.

"미안해, 서맨사. 나 정말 피곤해." 데니스가 몸을 피했다. "너무 많은 일이 있었어. 오늘은 그냥 좀 자야 할 것 같아."

샘은 얼굴을 붉히며 "이해해" 하고 말하고는 일어나 칫솔질을 하러 갔다.

돌아와보니 데니스가 입고 있던 옷이 화장대 의자 위에 말끔히 개어져 있었다. 이불 위로 삐져나온 데니스의 맨 어깨가 보였다. 샘이 이불을 잡아당기자 데니스가 샘 쪽으로 굴러왔다. 데니스의 가슴에 난 솜털들이 눈에 띄었다. 데니스가 망설이며 말했다.

"있지, 오해하지 말고 들어줄래? 혹시 우리 괜찮다면 오늘 밤, 각자 따로 자도 될까?"

"왜?" 샘은 목욕가운을 단단히 여미고 배 위로 팔을 교차시켰다.

"난 이렇게 좋은 침대에서 자본 지 20년도 넘었어. 사실, 태어나서 처음이야. 그리고 모든 상황이 정말 너무 빨리 진행돼서 어지러울 정도야. 무슨 말인지 알겠어? 난 그냥…."

"내가 소파에서 잤으면 좋겠어?" 샘은 불을 끄고 싶었다. 조용히 울고 싶었다. 데니스가 자신을 볼 수 없도록.

"괜찮겠어?"

"괜찮아! 정말이야."

"음, 자기가 정말 안 불편하다면 그래도 될까? 그리고 일어난 김에 에어컨 좀 꺼줄래? 이거 가져가고." 데니스가 샘에게 젖어서 무거워진 오리털 베개를 던졌다.

샘은 옷장에서 양털 이불을 찾아내 소파에 잠자리를 만든 후 몸을 웅크리고 고개를 꺾어 누웠다. 가까이 다가가고 싶은 간절한 마음을 억누르며 어둠 속에서 데니스를 바라보았다. 데니스의 쑤시는 몸에 침대가 얼마나 푹신하게 느껴질지 생각해봤다. 샘은 이게 옳다는 걸 알았다. 아무리 지옥같이 마음이 아프더라도.

"너무 조용하다." 데니스가 속삭였다.

"그래." 침묵이 샘을 위로했다. 잠시 뒤 결국 샘은 얕은 잠에 빠져들었다.

◆ ◆ ◆

아침 9시. 샘은 부시럭거리는 소리에 잠이 깼다. 데니스가 구석에서 옷 가방을 뒤지고 있었다.

"좋은 아침." 데니스가 고개도 들지 않고 말했다. "체육관에 갈 때 입을 게 필요해. 운동이 너무 하고 싶어."

"안내데스크에 전화해봐. 구해줄 거야."

데니스가 전화기를 들며 물었다. "아침 먹을래?"

"에그 베네딕트 있을까?"

"주문할게. 자기 샤워해야겠다. 지금은 별로 섹시해 보이지 않아…. 여보세요, 주문하고 싶은데요."

데니스가 전화에 정신이 팔린 사이 샘은 목욕 가방과 화장품을 그러모아 욕실로 달려갔다. 욕실 문을 닫으며 잠금 장치를 어떻게 할지 고민했다. 부부 사이에도 샤워할 때 문을 잠그나? 아닌 것 같다고 판단한 샘은 문을 잠그지 않고 놔뒀지만, 한쪽 다리를 욕조에 집어넣은 후 마음이 바뀌어 조용히, 천천히, 잠금 장치를 돌렸다. 찰칵 하는 소리와 함께 문이 걸렸다.

샤워를 마친 샘은 자신과 데니스 사이에 있는 게 문 하나뿐이라는 생각에 부끄러워하며 욕실에서 옷을 입었다.

방으로 돌아와보니 데니스는 선물들을 분류하고 있었다. 전자제품은 화장대에, 옷은 서랍장과 옷장에, 카드들은 침대 머리맡 탁자에 정리했다. 신문과 커피와 함께 음식이 도착했다. 두 사람은 아무 말 없이 아침을 먹었다. 데니스는 칼과 포크를 쥐는 게 영 어색한 눈치였다. 계속 접시를 포크로 긁으며 날카로운 소리를 냈다. 식사가 끝나자 데니스는 다시 하던 일로 돌아갔다. 카드를 한 장씩 펼쳐 읽은 후 도로 봉투에 넣어 침대 머리맡 협탁에 놓았다.

"꺼내놓고 싶지 않아?" 샘이 물었다.

"정신없잖아." 데니스가 웃으며 말을 이었다. "봐봐, 1만 달러짜리 수표야."

"정말 통이 크네."

"난 심지어 은행 계좌도 없는데 말이야." 데니스가 수표를 접어 작은 파란 지갑에 넣었다.

노크 소리가 들리더니 호텔 직원이 체육복이 든 가방을 두고 갔다. 데니스는 방을 나서며 말했다. "한 시간 후에 봐."

샘은 데니스와 함께하는 첫날밤을 기대했다. 서로 뒤엉킨 팔다리, 반쯤 잠에 취한 채 하는 나른한 섹스. 샘의 빗장뼈에 입을 맞추며 사랑한다고 말하는 데니스…. 이런 식일 거라고는 한 번도 생각하지 못했다. 샘은 음식 쟁반을 문 밖으로 내놓고는 침대에 다시 쓰러졌다. 소파에서 잔 탓에 목이 뻐근했다. 베개에는 데니스의 냄새가 배어 있었다. 샘은 얼굴을 베갯잇에 묻고 숨을 들이켰다. 기다릴 수 있다. 그래야만 한다면.

14화

체육관에 갔던 데니스는 뺨이 붉어진 채 방으로 돌아왔다. 피부에는 광택이 돌았다. 기분이 한결 나아져 보였다. 한 손으로 머리카락을 훑자 땀방울이 공중에 흩날렸다. 데니스는 젖은 셔츠를 빈 갈색 가방에 벗어던지고 샤워실로 사라졌다. 문이 닫히자마자 잠금 장치가 찰칵 하고 돌아가는 소리가 났다. 샘은 셔츠를 집어들고 냄새를 맡았다. 땀 냄새는 전혀 나지 않았다. 여전히 새 옷의 톡 쏘는 화학약품 냄새가 날 뿐이었다. 실망한 샘은 옷을 그대로 바닥에 떨어뜨렸다. 샘은 데니스가 돌아오기 전에 책을 들고 무심한 척 귀여워 보이는 자세를 잡았다. 드레스는 다리가 훤히 보일 정도로 높이 말려 올라가 있었다. 욕실에서 데니스가 허리에 타월을 감고 나오자 샘은 쳐다보지 않으려고 애를 썼다.

데니스의 등에는 줄무늬 같은 흉터가 있었다. 일부는 부풀어 올라 있었고 일부는 백진주색으로 빛났다.

"그거 뭐야?" 샘은 읽고 있지도 않던 책의 페이지를 접고는 내려놓으며 물었다.

"뭐야라니, 뭐가?" 데니스는 여자애들이 해변에서 그러듯 타월 속으로 속옷을 끌어올려 입었다.

"당신 등의 흔적들." 흉터는 더러운 말처럼 느껴졌다.

데니스는 샘이 무슨 소리를 하는 건지 모르겠다는 듯 어깨너머를 돌아다보았다.

"이거…." 데니스는 등의 물기를 말리려고 등 뒤로 타월을 잡아당기며 말을 이었다. "이건 아빠가 허리띠로 만들어준 흉터야. 정말 심하게 때린 건 한 번뿐이었어. 대부분은 아주 살짝 때렸지."

샘은 흉터를 손으로 훑는 상상을 했다. 데니스는 몸을 살짝 떨겠지. 그리고 내가 안아주면 안전해진 기분을 느낄 거야. 그러나 데니스가 명품 셔츠들이 들어 있는 가방에서 셔츠를 고르는 동안 두 사람 사이에는 어색한 침묵이 감돌았다. 샘은 침묵을 깨기 위해 텔레비전을 켰다.

그때 데니스가 콧잔등을 꼬집으며 눈을 치켜떴다. 사람들은 생각하기를 겁내는 것 같다며, 시끄러운 텔레비전이나 종일 틀어놓고 있으면 감옥이나 다를 게 뭐냐고 했다. 샘은 데니스의 눈치를 보며 어쩔 수 없이 텔레비전을 껐다. 그러고는 노트북을 켜며 서랍장 위에 뜯어보지 않은 데니스의 맥북에어를 부러운 눈길로 바라보았다. 샘의 컴퓨터는 닳고 흠집투성이였다. 샘은 데니스에 관한 뉴스를 찾아보았다. 법원 앞에 있는 데니스와 자신의 사진이 보였다. 햇볕이 데니스 얼굴에 반사되어 어떤 각도에서도 멋있어 보였다. 하지만 샘은 머리카락은 퍼석퍼석해 보이고 어두운 그림자들이 몸 위에 이런저런 형태를 만들어 얼룩덜룩해 보였다.

"데니스, 어제 법원에서 린지 봤어?" 샘이 물었다.

"린지?" 데니스가 샘을 보며 얼굴을 찌푸렸다.

"그래, 법원에서."

"아니, 못 봤는데. 왜? 거기 있었어?"

"난 본 것 같은데 잘 모르겠어."

"거기 있었으면 뭐 문제 있어?"

"아니! 아니, 그냥 린지를 본 것 같아서."

"거기 있었으면 나한테 오지 않았을까?"

샘은 자신이 본 게 린지라고 거의 확신했지만 데니스의 말이 맞았다. 그 여자였다면 그냥 갔을 리 없어. 샘은 그 이야기를 그만두고 계속해서 두 사람의 사진을 스크롤했다. 물어본 자신이 바보처럼 느껴졌다. 얼마 동안 샘은 기사에 시선을 집중했지만 화면 맨 밑으로 스크롤하고 싶은 유혹은 강렬했다. 샘은 곧 울음을 터뜨렸다.

"또 뭐가 문제야?" 데니스가 물었다.

"사람들이 하는 말들….” 샘은 데니스를 향해 컴퓨터를 돌렸다. "이걸 봐."

"'기분 나쁘라고 하는 말은 아니지만 남자가 좀 아깝다.' 뭐 그렇게 심한 말도 아닌데….” 데니스가 기사 밑에 댓글을 소리 내어 읽고는 말했다.

"심한 거 맞아! 이걸 봐!”

"'ㅇ ㅆ ㅂ….'”

"그건 '와 씨발.'이라는 뜻이야." 데니스가 초성의 뜻을 이해하지 못하는 것 같아 샘이 설명을 덧붙였다.

"'저렇게 못생긴 여자랑 뭘 하는 거지? 내가 훨씬 더 나은데.'” 데니스가 또다시 댓글을 소리 내어 읽은 후 샘을 쳐다보았다. "그래서 이런 말이 신경 쓰여?”

"그래, 당연하잖아."

"그런데 이걸 뭐하러 봐.”

샘은 발가벗겨져 심판받는 기분을 느끼며 노트북을 휴대폰과 함께 가방 밑바닥에 쑤셔 박아버렸다. 데니스와 결혼한 후 자유게시판에서 자신에 관한 글을 읽었을 때와 똑같은 기분이었다. 마치 데니스와 결혼하는 조건으로 샘이 세상 사람들에게 무자비하게 해부당하고 늘 옆에 있는 남자와 비교당해도 불평하지 않겠다는 계약서에 서명이라도 한 것 같았다. 사람들이 데니스를 어떻게 생각하든 상관없이, 샘은 절대 좋은 평가를 받을 수 없었다. 갑자기 무거운 짐을 진 것 같은 기분이었다. 자신이 왜

이 일이 쉬울 거라고 생각했는지 의아해질 정도였다.

방의 전화벨이 울렸다. 데니스는 수화기를 들고 성과 이름을 말한 후 교환원에게 전화를 받겠다고 했다. 행복감이 묻어나는 데니스의 목소리에, 샘은 자신이 데니스를 그런 기분으로 만들어줄 수 있으면 좋겠다고 생각했다. 전화를 끊은 데니스는 샘에게 나갈 준비를 하라고 말했다. 아래층 바에서 잭슨과 잭슨이 추천한 매니저를 만나기로 했다면서. 데니스가 매무새를 다듬는 동안 샘은 그의 옆에 가 섰다. 데니스가 안경을 벗었다. 샘은 거울 속으로 데니스의 파란 눈동자에 찍혀 있는 금색과 녹색 점들을 들여다보았다. 그의 목에 키스하고 싶은 생각이 들었지만 꾹 참았다.

아래층 호텔 바는 텅 비어 있었다. 잭슨은 두 사람을 닉 리지웨이라는 남자에게 소개했다. 닉은 키가 데니스 못지않게 컸지만 몸매는 펑퍼짐했다. 튀어나온 배 때문에 정장이 터질 것처럼 팽팽했다.

"우선, 축하드립니다!" 남자가 데니스의 팔을 찰싹 때리며 말했다. "정말 꿈 같은 일이지요. 바깥에서 수많은 사람들이 당신을 응원하고 있어요. 오늘 하루 종일 당신에 대한 기사를 읽었어요. 당신은 인기인이에요."

"고맙습니다." 데니스가 대꾸했다.

"저는 잭슨과 오랫동안 알고 지낸 사이예요. 이 친구가 저를 당신한테 소개해줘서 정말 기쁘군요. 저는 이 친구가 당신과 당신이 처한 상황에 얼마나 신경을 쓰고 있는지 잘 압니다. 오늘은 그냥 매니저에게 어떤 것들을 바라시는지, 그리고 제가 어떤 것들을 제공하면 될지 말씀해주세요."

데니스는 아무런 구체적인 계획도 없다면서, 다만 자신을 인터뷰하고 싶어 하는 사람들이 있을지도 모른다던 캐리의 말을 전했다. 닉은 껄껄 웃으며 그렇게 겸손 떨 필요 없다고 했다. 데니스와 이야기하려고 줄 선 사람들의 명단을 줄줄 읊더니 안내 데스크에 남겨진 메시지들 중 몇 개를 읽어주었다.

"지금 상황에 적응하시는 동안 프라이버시를 지켜드리려고 당신에게 걸려오는 모든 전화를 저희가 한 번 거르고 있어요. 그건 그렇고, 지내기는 어떠십니까?"

"오늘은 좀 밖에 나가봤으면 하는 마음이 간절하네요." 데니스가 말했다.

"바깥을 봤어요? 팬들과 기자들이 떼 지어 몰려와 있어요! 얼마든지 나가도 좋지만 전략을 세워야 할 거예요. 그리고 나라면 지금 누구하고도 이야기하지 않겠어요! 아무것도 공짜로 주지 마세요. 그동안 당신 사건에 대한 반응들을 지켜봤는데, 우린 이 기회를 현금화할 필요가 있어요. 당신의 브랜드를 구축하는 작업을 시작하는 겁니다."

"제 브랜드요?"

잭슨과 닉은 데니스가 이 상황에서 얻을 수 있는 이득을 최대화하려면 특정한 방식으로 자신을 마케팅할 필요가 있다고 설명했다.

"당신이 이 상황에 제대로 대처하고, 언론을 똑똑하게 상대하고, 유능한 사람들의 도움을 받아 책을 쓰고, 거기다 커플 마케팅을 한다면, 난 정말이지 당신의 소득이 1000만 달러는 넘을 거라고 확신해요. 아시겠어요? 제 조언을 따를 마음이 있다면요." 닉이 앞으로 몸을 기울이자 허리띠 버클이 배를 파고들었다.

데니스는 동의했다. 그들은 앞으로 며칠간 어떤 일들이 있을지에 관해 논의했다. 닉은 데니스와 샘에게 만약 사람들이 길에서 불러 세우면 사진을 찍게 포즈를 취해주고, 간단하되 두루뭉술한 말로 대답하라고 말했다. 우린 무척 행복해요, 또는 우린 함께 보내는 새로운 시간을 즐기고 있어요 같은.

데니스가 샘의 손을 잡았다. 샘은 데니스의 손바닥 위에 엄지로 원을 그렸다. 방이 자신을 부드럽게 흔들어주는 것 같았다. 샘은 기분 좋은 졸음에 취해 주위에서 일어나는 일에 더는 귀를 기울이고 있지 않았다. 그때 갑자기 데니스가 일어섰다.

"휴대폰을 만들어두세요. 앞으로 필요할 거예요." 잭슨이 자리를 뜨는 두 사람에게 말했다.

◆ ◆ ◆

방으로 돌아온 두 사람은 아이폰 상자를 뜯었다.

"이거 어떻게 켜?" 데니스가 손에서 휴대폰을 뒤집으며 물었다. 데니스는 손가락으로 화면을 너무 오래 누르거나 서툴게 만져서 밑줄이 쳐지거나 창이 꺼지게 만들었다. 마침내 포기한 데니스는 샘에게 휴대폰을 건넸다. 두 사람은 함께 데니스의 첫 번째 메일 주소를 만들었다. dennisdanson1975@icloud.com. 그러곤 낡은 지갑에서 도서관 회원증과 오래된 지폐 그리고 1만 달러짜리 수표를 꺼내 검은색 돌체앤가바나 가죽 지갑에 넣었다. 샘은 데니스의 휴대폰에 자기 번호를 찍고 가방에 넣어둔 휴대폰을 꺼냈다. 부재중 통화와 이메일 몇 통이 더 와 있었다. 직장에서 온 전화도 있었다. 샘은 데니스의 번호를 알기 위해 자신에게 전화를 하라고 했다.

"어떻게?"

샘은 웃으며 데니스에게 전화하는 법을 알려주었다. 샘은 데니스에게 인터넷을 켜는 법, 트위터, 구글, 블로그, 유튜브, 앱들을 이용하는 법을 설명해주었다. 데니스가 잔뜩 웅크려 화면을 들여다보는 모습이 귀여웠다. 뭔가 알려줄 때마다 감탄한 시선으로 자신을 보는 것도 좋았다.

데니스가 처음으로 트윗을 올렸다. '안녕'이라고 쓰자, 8000명의 사람이 그것을 리트윗했다. 샘은 한숨을 쉬었다. 샘의 트윗 중 가장 반응이 좋았던 것은 좋아요 일곱 개를 얻었고 세 번 리트윗되었다. 두 사람은 자신들을 다룬 〈허핑턴포스트〉 기사를 읽고 셀카를 찍었다. 데니스는 안경을 벗더니 심각한 표정으로

렌즈를 들여다보았다. 샘이 데니스의 뺨에 붙은 속눈썹을 떼고 입을 맞추려 하는데 그때 데니스가 말했다. "그 로거인지 하는 거 보여줄 수 있어?"

"블로거라니까!"

"뭐든." 데니스는 화면을 응시했다. 샘은 데니스에 관한 블로그를 찾으려 했다. 데니스를 싫어하는 사람을 찾기까지는 그리 오래 걸리지 않았다. "이게 무슨 뜻이야?" 데니스가 물었다.

샘이 한숨을 내쉬었다. "'시스젠더'는 당신이 남자로 태어났다는 뜻이야. '백인 남성 특권'의 뜻은… 당신 왜 웃어?"

"웃기잖아!" 데니스가 핸드폰을 집어들고 스크롤하려 했다. "이거 맨 밑으로 어떻게 가? 더 아래로?"

샘은 화면을 두드리는 법을 다시 가르쳐주었다. 머리를 꽉 조이는 듯한 기분이 들었다. 아침 내내 가르쳐준 건 다 어디로 갔담. 내 말을 무시하는 건가.

블로그 포스팅을 맨 밑으로 내린 데니스가 "우와" 하고 소리쳤다. "이 여자는 내가 진짜 싫은가 봐."

샘은 일어서며 눈을 비볐다. "잭슨과 다른 사람들을 만나서 인터뷰하러 가기 전에, 우리 수영장이나 그런 데 좀 갔다 오면 어떨까? 신선한 공기를 좀 쐬고 싶어."

15화

수영장에서 사람들은 데니스를 금세 알아보았다. 대부분은 데니스를 뚫어지게 바라보다가 고개를 돌려 속삭였는데 샘이 경련을 일으킬 만한 내용이었다. 데니스는 다가와서 축하해주는 사람들과 악수를 나누고 두어 번쯤 포즈를 취하고 같이 사진을 찍었다. 몇몇 여자애들은 데니스가 앉을 수 있도록 선베드에 놓아둔 타월을 치웠다. 데니스는 그 자리에 셔츠를 벗어놓았다. 샘은 손을 올려 이마에 그늘을 만들었다. 수면이 빛을 받아 반짝거렸다. 데니스는 물속으로 걸어 들어가기 전에 열기를 느끼려는 듯 허리를 굽혔다.

　샘은 생각했다. 이게 영화라면 이제 다이빙을 하겠지. 하지만 데니스는 물속에 들어가는 것을 어색해했다. 그는 한쪽 끝에서 다른 쪽 끝까지 요란하게 첨벙 소리를 내며 난폭하게 물장구를

쳤다. 수영장 가장자리에 닿아 멈춘 데니스는 거칠게 숨을 몰아쉬었다. 물방울이 근육의 굴곡을 타고 굴러 떨어졌다. 마침내 데니스는 안경을 벗어 수영장 가장자리에 놓고 아래로 다이빙해 얕은 쪽 끝에서 올라왔다.

그날 저녁, 저녁식사와 제작진과의 카메라 인터뷰를 준비하던 중, 샘은 데니스의 창백한 피부가 열이 올라 분홍빛으로 변한 것을 알아차렸다.

"선크림을 바를 걸 그랬나." 샘이 어색한 손길로 데니스의 살갗에 로션을 문지르며 말했다. 데니스의 등이 긴장하는 게 손끝으로 전해졌다. 이렇게 다른 사람의 손길이 닿아본 게 얼마나 오랜만일까? 샘은 마음이 편해지는 걸 느끼며 스스로 놀랐다. 데니스는 어깻죽지 사이에 느껴지는 차가움에 숨을 들이켰다. "당신은 태양에 익숙지 않잖아." 샘이 말했다.

"그런가?" 데니스가 어깨를 으쓱하며 샘의 말을 흘려버렸다.

데니스의 살갗이 아직 크림으로 번들거리는 상태로, 두 사람은 저녁식사를 하러 나섰다. 데니스는 기분이 별로인 듯했다. 엘리베이터 버튼을 누르려던 샘의 손이 팔에 닿자 아파서 식식댔다. 하지만 로비에서 캐리, 잭슨, 패트릭을 보자마자 확 밝아졌다. "봐봐요." 데니스가 말했다. "20년 만에 처음으로 햇빛에 탔어요!" 소매를 걷어 올려 보여주자 사람들은 동정심에 얼굴을 찌푸렸다.

호텔 식당 중 한곳에 예약이 되어 있었다. 기분을 누그러뜨려

주는 파란색 조명과 먼 구석에 피아니스트가 있는 방이었다. 사람들은 포도주 한 병을 주문해 나눠 마셨지만 데니스는 오로지 탄산수만 마셨다. 포도주 목록을 훑어보던 샘은 자신을 보는 데니스의 시선을 의식하고는 다이어트 콜라에 만족하기로 했다.

"어떻게 즐기고 있어요, 데니스?" 패트릭이 물었다.

"정말이지 밖에 나가보고 싶어요. 돌아다니고 싶어요."

"분명 정신이 하나도 없을 거예요." 캐리의 말에 다들 동의한다는 듯 웅얼거렸다.

"우리는 인터넷을 구경하고 있었어요." 데니스가 말했다.

캐리가 깔깔 웃었다. "좀 더 구체적으로 말해야 할 거야, 데니스."

"사람들이 뭐라고들 하는지요. 알죠…, 댓글들."

"아, 이런. 댓글은 보지 말아요." 패트릭이 말했다.

"왜요?" 데니스가 물었다.

"거짓말은 못하겠네요. 나도 보고 있었어요." 캐리는 휴대폰을 꺼내더니 한 손으로는 접시의 리소토를 연신 떠먹고 다른 손의 엄지로는 화면을 쭉쭉 스크롤했다. 샘은 그 동작이 그토록 쉬워 보일 수 있다는 사실에 놀랐다.

"트위터 봤어요? 대부분 괜찮지만 그렇지 않은 것들도 있어요." 캐리는 큰 소리로 읽기 시작했다. "흑인 남자들을 사형대에서 풀어주는 백인 영화 제작자들은 어디 있지? 해시태그 백인의 정의." 불편한 웃음소리가 들렸다. "요즘은 이런 헛소리가 유행이에요. 내 말은, 틀린 말은 아니지만 그래서 우리더러 뭘 어쩌라는 건지 모르겠다고요."

데니스는 포크를 내려놓았다. 스테이크의 핏물이 브로콜리에 스며들었다. "알아요. 지금은 백인 남자인 게 잘못인 것 같죠."

잠시 침묵 속에서 서로 눈길을 주고받다가 다들 한꺼번에 웃음을 터뜨렸다. 샘은 처음에는 충격과 당혹감에 얼어붙었지만 결국 그 분위기에 전염되어 함께 웃고 말았다.

"맙소사, 자기는 꼭 우리 할아버지 같아." 캐리가 몸을 기울여 데니스의 손목을 잡았다. "하지만 진지하게 충고하는데 다른 사람들 앞에서는 절대 그런 소리 하지 마. 알았지?"

데니스는 어리둥절해하며 고개를 끄덕였다. 그의 그을린 뺨이 붉게 상기되었다.

◆ ◆ ◆

방으로 돌아와 제작진은 카메라와 조명 하나를 설치하고 커튼 앞에 의자들을 갖다 놓았다. 캐리는 데니스의 얼굴에 샘의 파우더를 발라주고 조명 각도를 조절해 붉은 기를 조금이라도 감추려고 했다. 캐리와 패트릭은 먼저 샘과 데니스를 함께 인터뷰하기로 결정했다.

"이렇게 갑자기 같이 있게 되니까 어때요?" 캐리가 물었다.

"실감이 안 나요." 샘이 데니스의 손을 잡고 말했다. 팔꿈치가 의자 팔걸이에 배겼다.

데니스가 끄덕였다. "맞아요. 실감이 안 나요."

"마치 서로를 처음부터 다시 알아가는 것 같아요."

"맞아요. 그래요." 데니스가 샘의 손을 꼭 쥐었다.

"저는 이 사람이 감옥에 있는 동안 얼마나 많은 걸 놓쳤는지 미처 몰랐어요. 우린 오늘 같이 휴대폰을 개통했는데 인터넷을 연결하고 터치 화면 쓰는 법을 배우는 데만도 한참 걸렸어요."

"저는 심지어 이메일 주소도 없었어요."

"그런 것들을 설명하면서 전 비로소 데니스에게 얼마나 많은 변화가 일어났는지 깨달았어요."

"이 모든 것이 익숙해지려면 시간이 많이 걸릴 거예요. 하지만 서맨사, 이 여자는 정말 너무 멋져요. 인내심도 많지요. 전 정말 행운아예요."

우리는 관찰당하고 있을 때에야 비로소 진짜 커플 같구나. 샘은 생각했다. 지금은 샘이 바라던 그런 커플의 모습이었다. 데니스는 바깥 세상을 살기에 서툴렀고, 샘은 그런 데니스를 살뜰하게 보살폈다. 샘은 혹시 이게 자신들의 본모습인데 쓸데없는 생각에 빠져 미처 깨닫지 못한 것인지 헷갈렸다.

이윽고 데니스 단독 인터뷰 차례였다. 제작진은 빈 의자를 옮겨서 데니스를 화면 중앙에 자리 잡게 했다. 캐리는 따뜻하게 웃음을 지으며 인터뷰를 시작했다.

"자유인이 된 심경이 어때요, 데니스?"

"음… 정신이 하나도 없어요."

"적응하려니 어떤지 말해줄 수 있어요?"

"솔직히 힘들어요. 사형대에서 그렇게 갑자기 풀려날지는 상상도 못했거든요. 하루이틀 정도는 잠도 잘 수 없었어요. 물론 석방될 가능성이 있다는 건 알고 있었죠. 21년간 같은 곳에서 잠을 자면서 그곳의 소음에 익숙해졌어요. 그러다 갑자기 다른 침대에서 자게 된 거죠. 어젯밤에는 호텔방이 너무 조용해서 잠이 안 오더라니까요. 교도소의 소음에 익숙해져 있었으니까. 침대는 너무 편한데, 계속 딴 생각만 나더라고요. 어젯밤에는 파티가 있어서 늦게 자러 갔어요. 덕분에 오늘 9시까지 늦잠을 잤지요. 그런 경험은 아주아주 오랜만이었어요."

인터뷰는 계속됐다. "방향감각을 좀 잃었달까. 그렇게 말할 수도 있겠네요. 한편으로는 밖에 나가고 싶어요. 어디로든, 쇼핑몰이나 뭐 그런 데로요. 하지만 또 한편으로는 거기 가서 뭘 해야 할지 도무지 모르겠어서 겁이 나기도 해요. 누군가 저에게 수표를 줬는데, 저는 그걸 현금으로 바꿀 수도 없어요. 은행 계좌가 없거든요. 저는 운전도 못해요. 면허를 딴 적이 없으니까요. 이 방에는 선물이 너무 많아요. 제가 필요한 건 전부 있다고 해도 과언이 아니에요. 하지만 어떻게 쓰는지 모르는 게 대부분이에요."

캐리는 감옥에 있으면서 제일 아쉬웠던 게 뭐냐고 물었다. 음식과 옷, 그리고 데니스가 받은 선물들에 관한 이야기를 이끌어냈다. 그 후 캐리는 진지하게 물었다. "웨인 네스터에게 어떤 분노나 증오를 느끼나요?"

"그 남자가 그 여자애를 죽인 진범인가요?"

"홀리 마이클스를 죽였죠, 맞아요."

"아뇨, 별다른 감정은 없어요."

"왜요?"

"분노는 생산적이지 않은 감정이죠."

"진짜 살인자가 마침내 법의 심판을 받아서 잘됐다고 생각하나요?"

"그래요."

"그렇게 말해줄 수 있어요?"

"뭘 말해요?"

"홀리의 살인범이 마침내 법의 심판을 받게 되어서 잘됐다고요. 카메라 앞에서 말해줄 수 있어요?"

"아, 네. 진짜 살인자가 마침내 법의 심판을 받게 돼서 잘됐어요."

"앞으로 계획은 뭐예요? 당신의 긴 옥살이를 뭔가 긍정적인 방향으로 전환할 계획이 있나요?"

"제 매니저가 우리가 그 일로 돈을 벌 수 있을 거라고 하던데요."

"아뇨, 내 말은 캠페인을 펼칠 건가요? 어떤 단체와 함께 일한다거나?"

"뭐를 위해서요?"

"사법제도 개혁이나 사형제도 폐지는 어떨까요?"

"사형제도는 잘못된 게 아니에요. 그 사람이 실제 진범일 경우에는요."

캐리가 손을 휘저었다. "컷, 컷. 데니스, 진지하게 하고 있는 거야?"

"난 진지해요." 데니스가 얼굴을 찌푸리며 말했다.

"그 온갖 일을 겪은 후에도 정말로 사형제도가 좋다고 생각하는 게 자기 진심이라고?"

"좋은 건 아니고…" 데니스는 잠시 말을 골랐다. "필요하다는 거죠. 안 그래요? 좋은 거라는 말은 아니에요."

"아, 데니스." 캐리가 한숨을 쉬었다. "우리가 자기를 어쩌면 좋지?"

16화

제작진은 이튿날 아침 일찍 떠났다. 마침내 두 사람만 남았다. 샘과 데니스, 두 사람은 함께 있는다는 게 뭔지 배우는 중이었다. 두 사람은 우여곡절 끝에 데니스의 은행 계좌를 만들기 위한 신청서들을 작성했다. 잃어버린 인생 때문에 모든 게 복잡했다. 이전 주소가 없다는 것, 과거만이 아니라 현재 주소도 없다는 것, 역사가 없다는 것, 모든 게 걸림돌이었다.

두 사람은 겨우 데니스가 받은 수표를 현금으로 바꿀 수 있었다. 그들은 간절히 밖으로 나가고 싶었지만 어디로 가야 할지, 뭘 해야 할지 알 수 없었다. 그래서 샘은 플로리다 몰까지 타고 갈 차를 불렀다. 목적지에 도착한 두 사람은 손깍지를 낀 채 여기저기 걸어다녔다. 데니스는 사람들이 사진을 부탁하면 포즈를 취해주었다. 근처에 지나가던 사람들이 멈춰서서 팔을 뻗어 핸드폰으로 자신의 사진을 찍는 모습이 보였다. 샘은 어리둥절한 표정을 짓는 데니스에게 셀카를 찍는 거라고 설명해주었다.

여러 잡지에서는 두 사람을 커플로 인터뷰했다. 샘은 모든 인터뷰 사진을 한 장씩 받아서 구겨지지 않게 여행 가방에 넣어두었다. 데니스는 한 출판사에서 여섯 자리 액수의 선인세를 받고 두 권의 출간 계약을 맺었다. 하나는 자서전, 하나는 옥중에서 쓴 글의 모음집이었다. 거기에는 샘과 주고받은 편지들도 포함됐다. 샘은 승낙하긴 했지만, 사람들이 자신의 편지를 읽는다는 생각에 몸서리쳤다. 자포자기한 심정이었다. 사람들은 날 소심하고 얼빠진 여자로 생각하겠지. 너저분한 집 안에서 철저히 낯선 이에게 자신의 심장을 전부 털어놓는 모습으로.

샘은 자신의 이름을 끊임없이 구글링하고 댓글을 샅샅이 훑었다. 데니스 같은 남자가 왜 샘 같은 여자를 사랑하겠느냐고 묻는 사람들이 있었다. 샘더러 뚱뚱하다느니 못생겼다느니 촌스럽다느니 빼순이라느니 하면서. 한편 제정신인 여자가 왜 데니스 같은 남자를 원하겠느냐고 묻는 사람들도 있었다. 앞으로 어떤 일이 일어나든 샘이 자초한 거라고도 했다. 아팠다. 댓글 하나하나가 샘을 한 겹 한 겹 벗겨 날것으로 만들었다.

그러나 샘이 울 때면 데니스가 안아주었다. 바깥에 있을 때면 데니스는 샘과 손깍지를 끼고 입을 맞췄다. 끊임없이 마셔대는 얼음물 때문에 데니스의 입술은 차가웠다. 그렇다고 말한 적은 없었지만, 샘은 데니스가 사람들한테 그들의 사랑을 과시하고 싶어 한다는 걸 알았다. 샘은 데니스의 사랑만을 원했다. 그것이 모든 것을 보상해줄 것이다.

데니스가 신분증을 발급받자 닉은 텔레비전 프로그램 인터뷰들을 잡았다. 그는 두 사람에게 뉴욕에서 크리스마스 휴가를 보낼 준비를 하라고 말했다. 또한 아이린 터너의 책《붉은 강이 흐를 때》를 원작으로 영화가 제작될 거라는 이야기도 나왔다.

"자레드 레토가 당신 역을 맡을 거예요." 닉이 말했다.

"누구요?" 데니스가 묻자 샘이 휴대폰으로 사진을 보여주었다. "나하고 하나도 안 닮았는데요."

"머리를 염색해야죠! 그 사람은 그 역을 완전히 자기 거로 만들 거예요. 메소드 연기를 하는 사람이라, 당신하고 시간을 같이 보내고, 당신을 관찰하고, 당신을 낱낱이 알고 싶어 할 거예요."

"메소드요?"

샘은 데니스에게 메소드 연기의 뜻을 설명해주었다.

데니스가 말했다. "진담이에요? 그건 안 돼요." 데니스는 진심으로 심각한 표정이었지만 그 자리에 있는 나머지 사람들은 그런 데니스의 반응이 순수하다는 듯 유쾌하게 웃었다.

어느 날 저녁, 데니스는 보석상 밖에 멈춰서더니 샘에게 반지를 하나 고르라고 했다. "자기에게 반지를 사준 적 없잖아." 데니스는 샘의 허리 아래쪽에 손을 얹고 그렇게 말했다. 이따금씩 샘은 데니스가 자신을 그토록 행복하게 만들 수 있다는 사실에 어지러울 지경이었다.

하지만 데니스는 늘 그렇게 다정한 것만은 아니었다. 갑자기 엄습하는 어두운 기분에 잠길 때면 데니스는 말을 잃었다. 그럴 때면 그의 주변에 다가가기조차 힘들었다. 데니스가 체육관에 가거나, 두 사람 중 하나가 혼자 산책을 가거나 수영을 가는 드문 경우를 제외하면 두 사람은 거의 모든 시간 동안 함께 있었다. 두 사람의 삶 전체가 한 공간으로 응축되면서 호텔방은 점점 더 어질러졌고 서로 부딪치는 일이 잦아졌다. 서로를 비난하며 말다툼한 뒤 두 사람은 느슨하게 엉킨 채 뭘 해야 할지, 어떤 기분을 느껴야 할지 몰라 가만히 누워서 아무 말 없이 몇 시간씩 흘려보내곤 했다.

매일 밤, 데니스는 침대에서 샘은 소파에서 잠을 청했다. 샘은 매일 밤 잠을 이루지 못하고 뜬눈으로 누워 데니스가 왜 자신과 사랑을 나누려 하지 않는지 궁금해하곤 했다. 내게 무슨 문제가 있는 걸까? 아니면 뭔가 다른 이유가 있는 걸까?

둘 다 뉴욕의 겨울을 나기에 적합한 옷을 가지고 있지 않아서 쇼핑을 더 해야 했다. 옷을 사러 간 두 사람은 돈을 물 쓰듯 펑펑 썼다. 데니스는 거위 깃털로 속을 채운 두꺼운 겨울 외투를 샀다. "겨울 외투를 사본 건 이게 처음이야." 데니스가 주머니에 손을 집어넣으며 말했다. 두 사람은 가격표를 들춰보지도 않은 채 한 무더기의 옷을 카운터로 가져갔다. 데니스는 마스터카드를 건네며 물었다. "눈이 올 것 같아?"

"어쩌면." 샘은 크리스마스 조명과 장갑 낀 손과 핫초콜릿을 떠올렸다. 차갑게 와닿는 공기를 간절히 열망했다. 숨을 내쉴 때마다 얼굴 앞에 김이 서리는 그 느낌을.

두 사람은 차를 타고 호텔방으로 돌아와 새로 산 옷들을 예전 옷들 위에 쌓아놓았다. 샘은 엄마에게 전화해 크리스마스를 보내러 집에 가지 않을 거라고 알리고 몇 주째 전화하지 않은 데 대해 사과해야 한다는 걸 알았다. 너무 많은 일이, 너무 빨리 일어났다. 샘은 직장에서 오는 전화들을 무시했고, 복귀하지 않아도 된다고 알리는 이메일에 답신하지 않았다.

샘은 고향의 누구와도 말하고 싶지 않았다. 뭐라고 할지 정확히 알고 있었으니까. 하지만 이제 더는 미룰 수 없었다. 데니스에게 양해를 구하고 발코니로 가서 전화를 걸며 등 뒤의 유리문을 밀어서 닫았다.

어머니가 곧장 전화를 받았다. "샘?"

"예, 저예요."

"왜 전화 안 했니? 얼마나 걱정했는데."

"전 잘 있어요. 아직 플로리다예요."

"알아! 사진 봤어. 신문이란 신문에는 다 났더라. 우리 집 전화통에는 불이 났고."

"그런데 왜 걱정했다고 하셨어요?"

"네가 어떻게 지내는지 모르잖니. 그 남자랑 잘 지내는지 어떤지."

"우린 행복해요." 샘은 흰 발코니 벽에 몸을 기대고 아래층 파티오를 스르륵 기어가는 도마뱀을 내려다보았다.

"이해할 수 없구나."

"전 데니스를 사랑해요, 엄마."

"난 그 남자가 무서워."

"왜요?"

"수십 년을 감옥에서 보내고 정상일 수는 없어. 그냥 안 되는 거야."

"하지만 그이는 정상이에요." 샘은 그늘 속으로 몸을 감췄다. "그이는 다정하고 친절하고 수줍음이 많아요."

"하지만 살인자잖아."

"그이는 살인자가 아니에요, 엄마. 그게 핵심이에요. 석방됐 어요."

전화기 너머로 한숨 소리가 들렸다. "네가 마크하고 안 좋게 끝난 건 알지만…."

"그 이야기는 하지 마세요."

"그렇다고 그런 남자를 만날 필요는 없어."

"엄마, 제발!" 샘은 저도 모르게 고함을 쳤다.

"넌 그런 마음이 아니었겠지, 우리 딸. 우린 네가 그런 애가 아니란 걸 알아. 고향으로 돌아오렴. 우리가 도와줄게."

이야기는 계속됐다. 샘은 데니스에게 속상해하는 모습을 보 여주지 않으려고 파티오 문을 계속 등지고 서 있었다. 아직은 마 크 이야기를 할 마음의 준비가 되지 않았지만, 언젠가는 해야 한다. 마크가 어디다 사연을 팔면 어쩌지? 이제 와서 그가 그런 행동을 할까? 아니면 누군가 다른 사람이, 어쩌면 마크 친구들 중 누군가가 그럴 수도 있잖아. 아니면 하다못해 마크의 어머니가 그런다면? 마크의 어머니는 샘에게 전화해 고소하지는 않겠지만 두 번 다시 연락하지 말라고 했었다. 한순간, 단 한 번의 실수. 그뿐이었다. 샘 탓이 아니었다. 마크가 샘을 가지고 논 게 잘못이었다. 진심도 아니면서 사랑한다고 말했다. 그리고 그 후 난 그저…. 샘은 고개를 저어 생각을 털어버렸다.

마크는 샘이 출근한 뒤 집에 와서 자신의 물건들을 몽땅 가져가고 열쇠를 우편으로 부쳤다. 샘은 마크가 돌아와서 집을 어지르든, 옷들을 갈기갈기 잘라놓든, 창을 깨든 뭔가 분노나 속상함을 보여줄 만한 일을 하기 바랐다. 뭐라도 좋으니까. 하지만 마크가 샘에게 느낀 것은 공포가 전부였다.

처음부터 마크는 늘 샘에게 그렇게 말했다. 너와 나의 관계에는 조건이 없다고. 마크가 샘에게 상처를 준 건 샘에게 원인이 있었다. 샘은 이제 그걸 이해했다. 샘은 알면서도 규칙을 무시했고, 막무가내로 밀어붙였다. 그러나 이번은 다르다. 데니스는 온전히 샘의 소유였다. 두 사람은 결혼했다. 데니스가 진지한 관계를 원한다는 것은 의심할 여지가 없었다. 샘이 다시 정신을 놓는 일은 없을 것이다. 단 1초라도 샘은 두 사람이 같은 침대에서 자지 않았다는 걸 아무도 알지 못하도록 매일 청소부가 오기 전에 침대 커버를 치워놓았다. 데니스는 그저 시간이 필요할 뿐이다. 20년간 갇혀 살았으니 자신만의 시간과 공간이 필요할 것이다. 데니스는 너무나 아름다워서, 샘은 가끔 자신은 그렇지 않다는 사실을 잊어버렸다. 서로 안고 있을 때 데니스의 손가락이 샘의 티셔츠 가장자리 바로 밑에서 춤을 출 때면, 샘은 숨을 참으며 그 이상을 바라곤 했다. 그러나 데니스가 손가락을 도로 말아 쥐고 등을 돌릴 때면 샘은 그를 이해하려 애썼다. 데니스는 아직 준비가 되지 않았다. 그뿐이다.

17화

며칠 후, 두 사람은 뉴욕으로 출발했다. 비행하는 내내 데니스는 시무룩했다. 착륙과 동시에 귀가 먹먹해져 데니스는 한동안 소리를 듣지 못했다. "뭐라고? 뭐라고 하는 거야?" 공항 검색대를 통과하는 동안 데니스는 연신 샘에게 물었다. 그럼에도 직원들이나 행인들이 데니스를 알아보고 말을 걸 때마다, 그는 들리지도 않으면서 기분 좋은 웃음과 함께 동의의 뜻으로 고개를 끄덕였다.

차 한 대가 두 사람을 호텔로 태워갔다. 빗방울로 차창이 뿌옇게 습기가 찼다. 빗발이 너무 가늘어 떨어지는 게 아니라 둥둥 떠 있는 듯했다. 로비 앞에서 도어맨이 우산을 들고 나와 두 사람을 맞았다. 가방을 카트에 싣고 엘리베이터를 타고 40층으로 올라가는 동안 샘과 데니스는 잡담을 나눴다. 방문을 열자 붉은

색과 금색으로 꾸며진 인테리어가 눈을 사로잡았다. 한복판에는 거대한 침대와 조각으로 문양이 새겨진 마호가니 붙박이 가구들이 있었다. 두 사람은 한쪽 벽면을 가득 채운 커다란 창으로 꽉 막힌 도로와, 유리창을 타고 굴러 떨어지는 빗방울이 불빛에 반짝이는 것을 바라보았다.

샘은 데니스의 팔을 잡아 자신의 몸에 둘렀다. "여기 너무 좋다."

"춥기만 한데." 데니스가 몸을 빼며 말했다.

"자기는 가끔 강팍한 노인네 같아." 샘이 웃음을 지으며 말했다.

"강팍한이라, 서맨사는 정말 어려운 말을 많이 안다니까."

"날 서맨사라고 부를 때마다 야단맞는 것 같은 기분이 들어."

"어쩌면 그럴지도." 데니스의 말에 샘은 다시 치솟는 욕망을 느꼈다. 혹시 나한테 신호를 보내는 걸까. 어쩌면 바로 여기서 그 일이 일어날지도 몰라. 하지만 데니스는 짐 가방을 풀더니 옷장에 셔츠를 걸기 시작했다. 샘은 옷을 여행 가방에 그대로 둔 채 데니스가 뭐라 하지 않도록 침대 밑에 밀어 넣었다.

데니스는 노트북을 꺼내 거실 침대 위에 놓았다. 샘은 데니스의 탁탁거리는 독수리 타법 소리를 들으며 긴장했다. 탁탁탁 소리는 몇 시간이나 이어졌다. 호텔방에는 타자 소리 말고는 아무것도 들리지 않았다. 샘은 데니스를 방해할까 봐 텔레비전도 켜지 않았다. 데니스는 샘에게 쓰고 있는 자서전을 보여주고 싶지 않은지, 샘이 지나갈 때면 몸으로 화면을 가렸다. 데니스가 방을 비울 때마다 샘은 노트북을 훔쳐보고 싶은 충동에 휩싸였다. 데니스가 자신에게 계속 숨기는 유일한 것을 보고 싶었다. 얼마나 잘 쓰려고 저런담. 좀 쉴 때도 있어야지. 종일 붙들고만 있는다고 글이 잘 써지나.

방에는 팔걸이의자 두어 개와 식탁 하나, 그리고 침대 겸 소파 하나가 있었다. 샘은 베개 하나를 가져다 침대 겸 소파에 놓고 누웠다. 다리가 소파 끝에 닿을 듯 말 듯해서 소파에 몸을 다 집어넣으려면 몸을 공처럼 말아야 했다.

"데니스, 여긴 너무 좁아." 샘이 데니스에게 보여주려는 듯 몸을 뻗자, 데니스는 방 안을 둘러보았다. 다른 대안이 없다는 걸 깨닫자 데니스의 표정이 어두워졌다. "어떡하지?" 샘은 애써 밝게 말했다. 뭔가 바라는 게 아니라, 그냥 유쾌하게, 기꺼이 타협하겠다는 의도가 전해지도록.

"이제 숙면은 충분히 취한 것 같아." 데니스가 말했다.

"정말이야?" 샘의 심장 박동이 빨라졌다.

"그럼 어디서 자려고?"

샘이 데니스에게 다가가 키스하자 데니스는 샘을 안아 올려 침대로 던졌다. 샘은 데니스를 자기 몸 위로 끌어당겨 몸을 빼지 못하게 붙잡고 다시 키스했다. 데니스의 엉덩이에 다리를 감고 몸을 밀어붙였다. 입 속에 느껴지는 데니스의 혀가 뜨거웠다. 샘은 저도 모르게 외마디 소리를 내뱉었다. 데니스가 멈췄다.

"괜찮아?"

"응." 샘은 데니스를 다시 잡아당기려 했다.

"내가 뭐 실수했어?"

"아니."

"확실해?"

"그럼."

데니스는 몸을 빼려 했다. 샘은 일어나 앉아 데니스의 셔츠를 움켜쥐었지만, 데니스는 일어서서 기지개를 켰다. "이걸 마무리하는 게 좋겠어." 데니스가 가방에서 쏟아져 나온 옷들을 가리켰다. 샘은 똑바로 누워 다리 사이의 두근거림을 느꼈다.

그때 침대 옆 협탁에서 데니스의 휴대폰이 진동했다. "누군지 봐줄래?"

"표시 제한이라고 돼 있는데." 샘이 데니스에게 휴대폰을 건네며 말했다.

"그게 무슨 뜻이야?"

"비밀 번호를 입력해야 받을 수 있다는 뜻이야."

데니스는 휴대폰을 손에 쥐고 진동이 울리는 걸 보고 있다가 지문을 갖다 댔다. 그러고는 어깨를 으쓱하더니 도로 샘에게 건넸다. "받아줄래?" 데니스가 티셔츠를 개어 벽장에 넣으며 말했다.

"여보세요?"

"누구세요?" 남자 목소리가 들려왔다.

“서맨사인데요.” 샘이 대답했다. “누구세요?”

“데니스 있어요?” 거의 화난 듯한, 짤막한 어조였다.

“누구신데요?”

“옛 친구라고 전해주세요. 무슨 말인지 알 겁니다.”

샘은 데니스에게 휴대폰을 내밀었다. 데니스는 잠시 화면을 보다가 귀에 갖다 댔다.

“여보세요?” 데니스는 휴대폰을 들고 욕실로 갔다. 샘은 잠시 가만히 있다가 발끝으로 살금살금 걸어가 욕실 문가에 귀를 갖다 댔다. 아무 소리도 들리지 않았다. 실망한 샘은 불안한 심정으로 침대에 도로 앉아 데니스가 나오기를 기다렸다. 몇 분 후 데니스가 나왔다. 휴대폰 화면을 셔츠로 닦으며 충전기를 찾아 가방을 뒤졌다.

“누구였어?” 샘이 물었다.

“아무도 아니야.” 데니스는 벽에 충전기를 꽂았다. 휴대폰을 연결하자 화면에 불이 들어왔다. “전에 알던 사람이야. 이 번호는 어떻게 알았을까?”

“나도 모르지. 어떻게 아는 사람인데?”

“학교에서 알게 됐어. 그런데 혹시 내 번호 누구한테 알려준 적 있어?”

“당연히 없지.” 샘이 말했다. “내가 왜 그랬겠어.”

“그냥 내 번호를 어떻게 알았는지 모르겠어서 혹시나 싶어서 물어본 거야.”

"누가 당신을 스토킹하는 것 같아?" 샘이 걱정스러운 듯 묻자 데니스는 코웃음을 쳤다.

"걱정 마. 그냥 좀 이상해서 그래."

"그나저나 어디 가고 싶은 데 있어? 먹을 걸 사러 가도 되고, 산책을 가도 되고."

"난 잠깐 체육관에 갔다 올까 해." 데니스가 말했다.

샘은 옷을 벗어서 빈 여행 가방에 단정하게 개 넣고 회색 티셔츠를 덧입는 데니스를 지켜보았다. 나가려던 데니스는 돌아서더니 휴대폰을 충전기에서 뽑았다. "음악 들어야지." 데니스는 그렇게 말하고 방을 나섰다. 서랍장 위에 아직 돌돌 말려 있는 헤드폰이 샘의 눈에 들어왔다.

18화

이튿날 데니스는 병원 안과에 갔다. 사형수 감방에 오랜 세월 갇혀 있는 동안 눈이 얼마나 망가졌는지 알아보기 위함이었다. 데니스의 눈은 21년간 몇 미터 앞의 벽밖에 보지 못한 탓에 시력이 퇴화했고, 태양빛을 많이 쬐지 못한 탓에 밝은 빛에 민감해졌다. 의사는 시력을 어느 정도 회복할 수 있기를 기대해보자며 안구 운동과 새 렌즈를 처방했다. 샘은 매일 데니스와 마주 앉아 인내심 있게 데니스의 눈동자 반대쪽으로 연필을 느릿느릿 움직여 안구 운동을 도와주었다. 그럴 때마다 샘은 데니스의 숨소리에 귀를 기울이며 두 사람 사이의 공간이 긴장으로 팽팽해지는 걸 느꼈다. 안구 운동이 끝나면 데니스는 안경을 벗고 잔뜩 찌푸린 얼굴로 센트럴파크 건너편을 바라보았다. 그러고 나서 다시 안경을 썼다. 새로 산 명품 안경테는 데니스의 얼굴을 온화해 보이게 만들어주었다. 샘은 새 안경을 맞추러갔던 기억을 떠올렸다. 샘이 보기에 여자 검안사는 안경테가 데니스의 콧대에 똑바로 놓여 있는지 확인하는 데 시간을 과하게 들이는 것 같았다. 검안사의 손은 데니스의 양 뺨을 거의 감싸다시피 했다.

데니스는 잘못된 유죄 판결의 대가로 최대 200만 달러에 이르는 보상을 제시받았는데, 변호사들은 고소해서 더 받아주겠다고 약속했다. 오심에 대한 보상이 추가로 들어올 게 거의 확실하고 재심 청구 비용은 대부분 지지자들이 모금한 것이었으므로 닉은 무죄 프로젝트(DNA 검사를 이용해 잘못 유죄 판결받은 사람들을 석방하고 사법제도를 개혁하려고 노력하는 비영리 법률 기관—옮긴이)에 기부하면 어떻겠느냐고 제안했다.

"그래요. 알아서 하세요. 저는 어디 딴 데 쓸 데도 없으니까요." 데니스가 대답했다.

크리스마스가 얼마 남지 않은 어느 날, 샘은 안내데스크로 가서 호텔방에 크리스마스 트리를 가져다 놓을 수 있냐고 물었다. "그이가 교도소에서 나와 처음 맞는 크리스마스라서요. 특별한 기억을 만들어주고 싶어요."

직원은 "문제 없죠."라고 말하고는 두 사람이 없는 사이 트리를 장식해주겠다며 이튿날 밤 저녁식사를 예약해주었다. 다음 날 밤 식사를 마치고 오자 호텔방 구석에서 트리가 빛나고 있었고, 양말 두 개가 텔레비전 밑에 매달려 있었다. 데니스는 마지못한 듯 웃었다. 샘이 데니스의 티셔츠를 잡아당기며 말했다.

"귀엽잖아."

"너무 귀엽지." 데니스가 샘의 정수리에 입을 맞추며 말했다.

캐리와 여자친구인 딜런이 연말을 함께 보내려고 찾아왔다. 일행은 저녁식사를 마치고 술을 마시려고 호텔방으로 돌아왔다. 적포도주와 기름진 음식 때문에 다들 이미 노곤해진 상태였다. 딜런은 짧은 머리에 캐리보다 더 세련되고 더 사업가 같은 패션 감각을 지닌 여자였다. 두 사람은 여러모로 달랐다. 캐리는 예술가에 가까웠고, 딜런은 학구파에 가까웠다. 캐리는 너무나 성급하고 경솔했고, 딜런은 사려 깊고 진지했다. 하지만 샘과 데니스와 달리, 두 사람은 서로 잘 어울렸다. 샘은 두 사람이 움직이는 모습을 눈여겨보았다. 두 사람의 팔다리는 물처럼 서로를 향해 흘러드는 것 같았다. 샘과 데니스는 키스 타이밍을 맞추지 못하고 팔꿈치를 어디다 두어야 할지 몰라 서로 부딪치기 일쑤였다.

"이런 곳에서 자기들을 만나는 데 익숙해져버릴 것 같아. 앨투나보다는 훨씬 낫지. 안 그래, 샘?" 캐리가 말했다.

"정말 굉장하지요." 샘이 데니스의 손을 잡으며 말했다.

"자기들은 뉴욕에 아주 자리를 잡을 생각이야?"

"아뇨." 데니스가 말했다. "이곳은 너무 추워요."

샘은 아무 말도 하지 않았다. 그녀는 이곳이 너무 좋았다. 떠나고 싶지 않았다. 데니스는 주로 호텔방에만 처박혀 있거나, 대기시켜놓은 택시까지 걸어가는 게 전부였다. 그렇지만 샘은 몇 시간이고 시내를 걸어 다녔다. 눈을 감은 채 공기 냄새를 맡고, 카페 창가에 앉아 지나다니는 사람들을 구경했다. 추위를 떨치려 몸을 감싸 안으며 끊었던 담배를 몰래 다시 피웠다. 물론 방으로 돌아가기 전에는 잊지 않고 향수를 뿌렸다. 데니스는 담배를 싫어했다. 길거리에서 흡연자들 옆을 지나칠 때면 늘 냄새가 난다고 투덜대거나 과장되게 기침을 했다. 샘은 담배를 꼭 피우고 싶기보다는 데니스처럼 자신만의 비밀을 갖고 싶었다. "담배야말로 내 오랜 친구지." 샘은 속삭였다. 그 말은 연기와 함께 샘의 입가를 떠나 공중으로 말려 올라갔다.

캐리는 샘 옆에 서서 창밖으로 도시의 전망을 내려다보았다. "허니문 기간은 어떻게 보내고 있어?"

"아, 알면서." 샘은 얼굴이 상기되었다. 캐리는 잔뜩 취한 채 행복한 웃음을 터뜨렸다.

"어쩌면 자기들은 아직 호텔에서 사는 게 최선일지도 몰라. 아직 다른 건 별로 안 하고 있지?"

샘은 자신과 데니스가 등을 맞대고 보내는 밤들을 생각했다. 꼬리뼈와 갈빗대에 와닿는 데니스의 날카로운 팔꿈치 때문에 잠에서 깨는 밤들.

"자기 또 잠꼬대했어." 데니스는 투덜대곤 했다.

"내가 뭐라고 했는데?" 데니스가 자신을 벽에 밀어붙이고 탁자 위로 허리를 숙이게 만드는 꿈 때문에 샘의 몸은 밤마다 뜨겁고 끈끈해졌다.

"알아봤자 뭐해?" 데니스는 하품하며 돌아누워 이불을 잡아당겨 몸에 똘똘 말았다.

"우린 곧 살 곳을 찾아보려고 해요." 데니스는 캐리와 딜런에게 말했다. "호텔 방에서 자는 데 이제 질렸어요."

"로스앤젤레스로 와요." 딜런이 제의했다.

"자기는 로스앤젤레스를 엄청 마음에 들어 할 거야. 자기랑 너무 어울리거든." 캐리가 말했다.

"다큐멘터리 시사회 전에 비행기로 그곳에 갈 거예요." 데니스가 말했다. "거기서 얼마 동안 머물 수도 있겠죠."

샘은 갑자기 속이 울렁거렸다. 데니스는 샘이 로스앤젤레스에 머물고 싶어 하지 않는 걸 알았다. 샘은 얼마간 영국의 집으로 돌아가 지내면서 집을 팔 준비를 해야 했다. 그렇게 더운 곳으로 돌아갈 마음의 준비가 되어 있지 않았다. 샘은 절대 환해지지 않는 잿빛 하늘과, 오렌지빛 조명이 창을 통해 들어오는 겨울 날들을 사랑했다.

이튿날 딜런과 캐리가 떠나고 난 뒤 샘과 데니스는 심하게 말다툼을 벌였다. 데니스는 밤 11시에 달리기를 하러 밖으로 나갔다가 새벽 1시까지 돌아오지 않았다. 새벽녘 이불 밑으로 미끄러져 들어온 데니스의 몸은 얼음처럼 차가웠다. 얼어붙는 듯한 데니스의 손에 샘의 살갗이 움찔했다.

"미안해." 데니스가 샘의 등에 몸을 포개며 속삭였다.

"나도." 샘이 말했다. "얼마동안 로스앤젤레스에서 지내도 좋

아. 내가 너무 이기적으로 군 것 같아." 샘은 고맙다고 말하는 데니스의 목에 입을 맞췄다. 데니스가 안아주자 샘은 몸을 떨었다. 데니스가 몰고 온 추위가 방 안의 모든 온기를 빼앗아가는 듯했다.

19화

두어 주 동안 데니스는 토크쇼에 출연해 사람들이 궁금해하는 질문에 연습된 답변을 내놓았다. "감옥에서 나온 후는 어땠어요? 당신에게 그런 짓을 한 레드 리버 경찰을 용서하실 수 있나요? 오심으로 감옥에 갇힌 다른 사람들을 도우실 건가요?"

데니스는 여러 사람들 앞에서 호감 있게 말할 수 있도록 언론 코치에게 훈련을 받았다. 사형수 감방에 대한 무심한 입장이나 논란을 부를 만한 의견들은 가다듬거나 아예 언급을 피했다. 코치는 데니스가 사람들에게 불쾌감을 주거나 갈등의 소지가 될 여지가 없는 답변들을 할 수 있도록 도와주었다. 용서와 이해로 긍정적인 반응을 이끌어내는 데 초점을 맞췄다. 텔레비전 쇼의 호스트와 청중에게 번갈아 관심을 쏟는 법과 난처한 질문을 피하는 법, 시의적절한 침묵과 진지한 눈 맞춤으로 답변의 효과를 최대화하는 법도 배웠다.

영양사는 데니스에게 흑갈색 스무디와 100퍼센트 천연 단백질 바를 가져다주었다. 샘이 보기에는 새 모이와 다를 바 없었다. 데니스는 커피 대신 컵에 든 뜨거운 수프를 홀짝였는데, 샘의 할머니가 겨울 저녁에 먹던 것 같은 냄새가 났다. 데니스는 계속 아사이베리나 에키나케아 보조제 같은 발음하기도 쉽지 않은 것들을 샘에게 먹이려 했다. 하지만 샘은 데니스의 권유로 정액 같은 맛이 나는 코코넛워터를 먹은 후 선을 그었다. 비록 대놓고 맛이 이상하다고 말하지는 못했지만.

사람들은 데니스에게 뭘 입고 사진은 어떤 포즈로 찍어야 하며 몇 시에 어느 장소에 가 있어야 하는지를 일일이 지시했다. 목적지까지 차를 운전해 데려다줄 사람, 목적지에 도착한 후 방으로 안내해줄 사람, 그리고 삐져나온 털을 뽑아주고 피부가 보기 싫게 번들거리지 않도록 이마에 파우더를 발라줄 사람 등 데니스 뒤에는 조력자가 여럿 있었다.

"이제 준비가 다 됐군요." 어느 일요일 점심, 닉이 데니스에게 말했다.

"생방송 말인가요?" 데니스가 말했다.

"생방송이랑 스튜디오 청중 앞에서 인터뷰하는 거랑 다를 게 뭐예요? 당신은 〈콜베어 쇼〉에서도 잘했잖아요. 사람들은 당신한테 홀딱 반했어요. 내 말 믿어요. 당신은 준비가 끝났어요."

데니스와 샘이 〈투데이스 토크〉 스튜디오에 도착한 것은 수

요일 아침, 그 쇼의 방송 시간인 오전 11시 직전이었다. 데니스가 출연하는 건 정오 이후라, 샘과 함께 스튜디오를 둘러볼 시간이 있었다. 그곳의 에너지는 늦은 밤 쇼나 그동안 익숙해진 사전 녹화 인터뷰하고는 전혀 다르게 느껴졌다. 생방송이라는 압박감으로 공중에는 짜릿함과 두려움의 전류가 흘렀다. 닉은 데니스에게 전화해 행운을 빌어주었다. "같이 못 가서 미안해요." 닉이 말했다. "하지만 당신은 잘할 거예요! 긴장 풀고 즐겨요." 데니스는 분장을 하기 위해 끌려가고 샘 혼자 남았다.

샘은 뷔페 테이블에서 음식을 골라와 〈아메리카 갓 탤런트〉의 최종 진출자와 잠깐 잡담을 나눴다. 이윽고 샘은 출연 준비를 마친 데니스와 함께 스테이지 문으로 걸어갔다. 데니스의 손이 살짝 떨리지 않았다면 샘은 데니스가 긴장하고 있다는 것을 알지 못했을 것이다. 광고를 위해 쇼가 중단되고 문 위의 전광판이 녹색으로 바뀌자, 샘은 데니스에게 입을 맞췄다.

샘은 "잘해"라고 말하며 데니스의 손을 놓았다. 데니스는 헤드셋을 낀 남자에게 이끌려 무대로 올라가며 샘에게 어색하게 미소를 지어 보였다. 거실처럼 꾸며진 세트장은 온통 파스텔톤으로 칠해져 있었고, 뒤편에 파란 하늘이 그려진 가짜 창문이 하나 있었다. 방은 반으로 나뉘어서 반대편에는 카메라들과 제작진이 세트장을 마주 보고 있었다. 샘은 에드와 싱크홀, 그리고 심연 위로 반쯤 튀어나와 걸려 있는 집을 떠올렸다.

제작진 중 누군가가 샘을 쇼 녹화를 방청할 수 있는 녹색 방으로 데려갔다. 거기에는 희귀암에 걸린 자매, 인터넷에서 스피치 강의로 유명한 사람 등 여러 사람이 있었다. 샘이 들어오자 다들 미소를 지었다. 텔레비전에서는 아기 샴푸 광고가 나갔다. 샘은 음료수를 뽑으려고 자판기 버튼을 눌렀다. 냉각기가 부글거리는 소리가 들려왔다.

이윽고 쇼가 다시 시작되었다. 샘은 데니스가 텔레비전에 나오는 걸 볼 때마다 매번 울렁거림을 느꼈다. 데니스는 무릎에 양손을 올린 채 소파에 뻣뻣하게 앉아 있었다. 샘은 언론 코치가 데니스에게 가르쳐준 자세들, 어깨에 힘 빼기와 개방적인 자세 같은 요령들을 떠올리라고 텔레파시를 보냈다.

데니스 옆쪽의 소파에 호스트 세 명이 나란히 앉아 있었다. 정장을 입고 검은 머리에 포마드 스타일을 한 남자와 두껍게 화장을 하고 노란 드레스를 입은 여자 한 명, 그리고 유명 인사였다. 호스트들은 데니스를 소개하고 그의 사건을 간략히 요약해 설명한 뒤 넷플릭스의 새 다큐멘터리 이야기가 나가는 동안 입이 찢어져라 웃어댔다.

노란 드레스를 입은 여자가 물었다. "20년 넘게 감옥에 계셨잖아요. 넷플릭스가 뭔지는 아세요?"

유명 인사가 깔깔 웃었다. 데니스도 따라 웃었지만 그 웃음을 너무 빨리 지우고 말하기 시작했다.

"아뇨, 처음에는 몰랐어요. 사람들이 가르쳐줬는데…."

"넷플릭스에서 뭔가 보신 적이 있나요?" 유명 인사가 물었다.

"아뇨, 아직, 전 정말이지 텔레비전을 잘 안 보는…."

"첫 다큐멘터리를 못 본 사람들을 위해 당신 사건을 이해하도록 도와주실 수 있나요? 혹시 못 보신 분들을 위해 말씀드리자면, 그건 정말 엄청난 이야기랍니다." 그는 탁자에 노트 카드들을 내려놓고 말하다가 다시 집어들었다. 하지만 데니스가 미처 대답할 틈도 없이, 다른 호스트들이 유실된 증거와 가짜 증인 진술들에 관해 떠들기 시작했다. 데니스는 조용히 그들을 지켜보았다. 카메라 한 대가 데니스의 얼굴을 클로즈업하는 순간, 데니스는 고개를 들어 렌즈를 바라보았다. 샘은 앉은 자리에서 살짝 움찔했다. 마치 데니스를 몰래 쳐다보다가 들킨 기분이었다.

"이 새 다큐멘터리 시리즈에는 뭐가 더 추가된 거죠?" 유명 인사가 갑자기 데니스를 돌아보며 물었다. 허를 찔린 데니스는 수도 없이 연습한 답을 입 밖으로 내지 못하고 말을 더듬었다.

"증거요. 새로운 증거. 그리고 물론 제가 어떻게 석방됐는지에 관해서죠."

"그렇군요. 〈진실을 엮다〉 이후로 아직도 풀리지 않은 의문점들이 많이 있거든요. 당신을 지지해온 사람들이 마침내 그 답을 얻게 될까요?"

데니스는 어리둥절한 표정이었다. "홀리 마이클스의 가족은 딸을 죽인 남자가 마침내 유죄 판결을 받았다는 데서 약간이나마 평화를 얻지 않을까요?"

"당연하죠. 홀리의 아버지는 당신 사건을 둘러싼 언론의 관심을 날카롭게 비판하시더군요."

"틀림없이 힘들었겠죠." 데니스가 말했다. "그 가족은 너무나 용감했고…."

"다른 가족들은요?" 노란 드레스를 입은 여자가 말했다. 여자는 들고 있던 카드들을 들여다보며 웃음을 지었다.

"뭐라고 하셨죠?"

"레드 리버의 다른 사라진 여자애들요." 포마드 머리의 남자가 말했다. "첫 다큐멘터리 이후로도 풀리지 않은 의문점들이 있지요. 그 모든 여자아이들은 어디로 갔을까? 다들 홀리를 죽인 범인이 다른 여자애들도 죽였겠거니 생각했지만, 그건 틀린 이론이었죠. 홀리의 살인자 웨인은, 그 범행과 미제였던 두 다른 살인 사건에 대해 꽤나 기꺼이 자백했어요. 하지만 레드 리버의 사라진 여자애들에 관해서는 아무것도 모른다는 주장을 꺾지 않았죠. 이 시리즈는 그 사라진 여자애들이 어디 있는가 하는 질문에 답하려는 건가요?"

긴 침묵이 흘렀다. 샘에게는 평생과도 같이 느껴졌다. 텔레비전에서 이런 침묵을 보는 건 처음이었다.

"아뇨." 마침내 데니스가 대답했다. 탁자에 둘러앉은 모든 사람들의 얼굴에서 웃음이 사라졌다. 심지어 유명 인사조차 고개를 숙이며 얼굴을 찌푸렸다.

"혹시 그런 생각 안 해보셨…."

"그 시리즈는 첫 재판의 오류들과 첫 다큐멘터리가 미친 영향을 다룹니다. 정당한 판결을 위해 호소하기 위한 제 노력과 결국 석방된 과정을 다루고요. 홀리 마이클스가 살해당한 것, 홀리의 가족과 내가 부패한 사람들에게 어떤 부당한 일을 당했는가 하는 내용도 있습니다."

샘은 답답했다. 데니스가 한 말은 모두 해야 하는 것들이었지만 어조가 완전히 틀렸다. 연습했던 억양이 전혀 없었다. 샘은 데니스 곁에 있고 싶었다. 그의 손을 꼭 쥐고 귓가에 속삭이고 싶었다. 침착함을 유지해. 그냥 흘려보내.

"하지만 분명히 여전히 많은 사람들이 다른 사라진 소녀들에 관해 알고 싶어 해요. 여전히 당신을 따라다니는 질문이기도 하고요. 그렇지 않나요? 오늘 아침 스튜디오 앞에 시위자들이 두어 명 있더군요. 당신은 무척 논쟁적인 인물이에요! 당신이 유죄라고 믿는 사람들이 아직도 좀 있는 것 같아요."

"하지만 전 유죄가 아니에요." 데니스는 앉은 자리에서 몸을 들썩였다가 앞으로 몸을 숙였다. 샘은 데니스를 뒤로 잡아당기고 싶었다. 지금은 몸을 숙이기에 적절한 때가 아니었다. 맞서려는 것처럼, 마치 덤벼들 것처럼 보였다. "저는 석방됐고…."

"그 사람들은 여자애들이 실종된 게 당신 짓이라고 생각해요." 노란 드레스를 입은 여자가 끼어들었다.

"잘못된 생각이죠." 데니스가 대꾸했다. "그리고 난 그런 이야기를 하려고 여기 온 게 아니에요. 난 그 사람들한테 줄 답을 갖고 있지 않아요."

"당연히 아니겠죠! 데니스에게 그 답을 기대한 건 당연히 아닙니다." 포마드 머리의 남자는 과열되는 분위기를 식히려 했다. 호스트들은 말 없이 불편한 웃음을 주고받았다. 그 웃음은 지금 진행되고 있는 상황과는 전혀 어울리지 않았다. "그렇지만 석방된 것과는 상관없이 분명 신경이 쓰이실 텐데요. 당신 뒤에 따라다니는 사라진 소녀들에 관한 물음표 말이에요."

"그래요." 데니스가 말했다. "맞아요. 어떤 사람들은 제가 무죄라는 걸 어떻게 해도 믿으려 하지 않죠. 아무리 많은 증거를 들이대도요."

"그 사람들한테 들려주고 싶으신 말씀이 있나요?"

이것은 데니스가 처리할 수 있는 한도 밖이었다. 샘은 데니스가 뭐라고 말하기를 기다렸지만 그런 일은 일어나지 않았다. 카메라가 미동도 없는 데니스의 얼굴을 보여주었다.

"단번에 그 사람들의 의심을 완전히 지워버릴 기회가 있다면, 수락하시겠어요?" 호스트들은 데니스를 보며 반응을 기다렸다.

이제 샘은 이 생방송이 어디로 흘러가는 건지 짐작조차 가지 않았다. 이 상황이 불편했다. 방 안의 다른 사람들은 자리에 못 박힌 듯 멈춰 있었다. 샘은 그 사람들이 자기가 데니스의 아내인 걸 알기는 하는지 궁금했다. 마음 한구석에서는 몰랐으면 했다. 다들 의심 어린 시선으로 데니스를 보는 것만 같았다. 마침내 입을 여는 데니스를 보며 한 여자가 고개를 저었다.

"그래요. 하지만 이미 말씀드렸는데요. 어떤 사람들은 절대 믿으려 하지 않을 거라고…."

"그런 사람들이 생각을 바꾸도록 저희가 도와드릴 수 있어요." 노란 드레스 여자가 말했다. 데니스보다는 카메라를, 방청객을 향해 하는 말이었다. "무대 밖에 경력이 많은 거짓말탐지기 전문가와 국내에서 알아주는 보디랭귀지 전문가, 그리고 20년간 NYPD의 강력반 형사로 일해온 분이 있습니다. 그들과 인터뷰하시면 당신을 따라다니는 의심을 단번에 영원히 잠재울 수 있을 거예요."

"저는 그냥 새로운 다큐멘터리 시리즈 이야기를 하려고 여기 온 건데요." 데니스가 말했다. 샘은 데니스가 침을 삼킬 때마다 목젖이 움직이는 것을 보았다. 데니스는 물잔을 향해 손을 뻗었다. 잠시 뒤 그는 마음을 바꾼 듯 보였다.

"하지만 그 시리즈는 우리가 가진 의문을 해결해주지 않을 거예요. 안 그래요? 그러니 이건 당신한테 엄청난 기회예요. 거짓말탐지기 조사를 하는 데는 30분밖에 안 걸려요."

"요즘은 그런 거 안 써요." 데니스는 경멸이 담긴 웃음을 지으며 말했다. "그건 부정확해요."

"그게 저희가 보디랭귀지 전문가와 노련한 형사를 초빙한 이유…."

말을 끊고 다소 격양된 목소리로 데니스가 대화를 이어나갔다. "저지르지도 않은 살인죄를 씌워서 나를 사형수 감방에 처넣은 게 바로 형사들과 전문가들이었어요! 그러니 감사하지만 사양하겠습니다. 이제 제발 새로운 시리즈 이야기를 좀 해도 될 까요?"

"어떤 결과가 나올지 두려우신가요?" 포마드 머리의 남자가 물었다.

샘은 그 사람들이 순순히 넘어가주지 않으리라는 것을 알았다. 시계를 보며, 다음 번 광고까지 얼마나 시간이 남았을까 생각했다. 데니스가 충분히 오래 끌면 이 화제를 포기하고 다음 부분으로 넘어갈지도 몰라. 샘은 희망을 품었다.

"보세요, 씨발, 전 검사 같은 건 안 받을…."

"혹시 욕설에 불쾌함을 느낀 분이 있다면 저희가 대신 사과 드리겠습니다."

"죄송해요, 됐습니까? 그건 미안해요. 누구도 불쾌하게 만들 생각은 없었어요." 데니스가 카메라에 대고 말했다.

"무척 적대적인 분위기가 되어가고 있네요." 유명 인사가 말했다. 근심이 가득한 목소리였다.

"난 적대적이지 않아요." 데니스가 쏘아붙였다.

"저희가 기대한 반응하고는 다르네요." 노란 드레스를 입은 여자가 눈을 휘둥그레 뜨며 말했다.

"대체 뭘 기대했는데요? 전직 형사를 불러다 신문하고 기습적으로 거짓말탐지기 검사를 받으라면 내가 신나 할 줄 아셨어요?"

그만…. 샘은 생각했다. 제발 그만 말해.

"난 새 시리즈 이야기를 하려고 여기 나온 겁니다. 내 석방에 관한 새 시리즈요. 나는 무죄라고요."

"그래요. 하지만 의문이 풀리지 않은 부분이 아직 많다고 본인도 말씀하셨잖아요. 그것과 관련된…."

"난 그런 말 한 적 없어요."

"새 시리즈가 사라진 여자애들에 관한 질문을 다루지 않는다고 말씀하셨…."

"그야 난 사라진 여자애들에 관해 아무것도 모르니까요!"

"제발 언성을 낮추세요." 노란 드레스를 입은 여자가 말했다.

"난 할 만큼 했어요." 데니스가 벌떡 일어섰다. 마이크를 떼고는 셔츠 속으로 잡아당겼다. 마이크가 살갗을 쓸면서 쉬익 하는 소리를 냈다. 샘 옆에 앉은 여자는 혀 차는 소리를 냈고 맞은편의 남자는 껄껄 웃으며 고개를 저었다. 화면 속의 데니스는 계속 말하고 있었지만 마이크가 떨어져 목소리가 화면 밖으로 나오지 않았다. 데니스는 삿대질을 하면서 허리띠에 끼워진 나머지 마이크 장치들을 잡아뗐다. 그리고 난장판이 된 생방송에 대해 사과하는 호스트들을 연신 돌아보면서 자리를 떴다.

샘은 팔꿈치를 무릎에 얹고 손에 얼굴을 묻은 채 앉아 있었다. 차마 주위 사람들을 볼 엄두가 나지 않았다. 쇼의 다음 코너를 예고하는 짧은 영상과 함께 BGM이 나오는 동안 샘은 그대로 그 자리에 주저앉아 있었다. 방 안에는 침묵이 흘렀다.

데니스가 문을 벌컥 열더니 샘의 이름을 불렀다. 고개를 들자 조명이 한꺼번에 샘의 눈을 찔렀다. 망막에 맺힌 희뿌연 점들이 데니스의 얼굴을 가렸다.

"우린 갈 거야. 지금 당장." 데니스가 소리쳤다.

샘은 사람들의 눈길이 자신에게 쏠리는 것을 느끼며 핸드백을 집어들고 데니스의 손을 붙잡았다. 데니스는 샘의 손을 끌어당기더니 사람들을 피해 복도로 걸어나갔다. 출연자 대기실에 들어가려는데 보안팀 남자가 문간을 가로막았다.

"내 휴대폰. 내 물건들이 그 안에 있어요." 데니스가 말했다.

남자 뒤의 누군가가 데니스에게 휴대폰과 지갑을 건네주었다.

"재킷을 입고 왔는데요." 데니스가 말했다. 사람들은 샘에게 데니스의 외투를 건네주었다. 데니스는 다시 샘을 끌어당겨 로비를 지나 거리로 나섰다. 데니스가 가까이 있는 택시를 향해 손을 흔들자 택시가 두 사람을 향해 천천히 다가왔다. 데니스는 차가 완전히 서기도 전에 차 문을 열고 샘을 안으로 밀어 넣었다. 차에 타려고 고개를 숙이는 샘의 머리를 가려주는 그의 손길에는 보호와 통제가 기묘하게 혼재돼 있었다.

20화

호텔로 돌아왔다. 데니스의 휴대폰이 알림으로 반짝거렸다. 캐리에게 문자가 한 통 와 있었다. '아 데니스, 생방송에 같이 못 가서 정말 미안해, 쪽쪽쪽쪽.' 닉의 부재중 통화들이 보였다. 데니스는 전부 무시하고, 휴대폰을 끄더니 서랍 안에 던져 넣었다.

샘은 침대에서 데니스의 뒤에 앉아 데니스가 뿌리칠 때까지 어깨를 문질러주었다. 호스트들과 제작진에 대한 악담을 들어주고, 그리 나빠 보이지 않았다며 데니스를 안심시키려고 애썼다. 하지만 데니스가 욕실에 간 사이 자신의 휴대폰을 본 샘은 사람들의 싸늘한 변화를 감지했다. '미국에서 제일 끔찍한 백인 남자가 진짜 수상한 행동을 했는데 말이지….' 〈지제벨(미국 온라인 미디어―옮긴이)〉의 한 작가가 이미 수만 명이 시청한 그 쇼의 유튜브 영상과 함께 트위터에 그렇게 써서 올렸다.

데니스가 욕실에서 나오자 샘은 휴대폰을 비행 모드로 바꾸고, 닉에게 전화해서 다음 행보가 뭔지 물어보자고 제안했다. 하지만 그럴 필요는 없었다. 닉이 호텔 로비에서 방으로 전화를 걸어왔기 때문이다. 데니스는 마지못해 아래층에서 닉과 만나기로 했다.

"들어봐요." 닉이 바에 자리 잡고 앉으며 말했다. "나는 이보다 더 나쁜 상황도 접해봤어요. 내 말을 믿어요. 우리는 성명을 내야 해요. 그들이 당신을 몰아붙였다고 설명하는 내용으로요. 데니스, 당신은 지독한 일을 당했어요. 지독했죠. 트라우마가 있을 수밖에 없어요. 그런데 그런 사람을 갑자기 어떤 방으로 데려가서 강력 범죄 형사한테 취조받게 한다고요? 기계에다 묶어놓고 24년 전 사라진 급우들에 관해 묻는다고요? 용납할 수 없는 행동이에요. 당신이 그런 식으로 반응한 건 당연해요! 그리고 저 바깥에는 이미 이런 식으로 생각하는 사람들이 있어요."

"그래요?" 데니스가 충혈되고 물기 어린 눈으로 물었다.

"대다수 사람들은 그게 철저히 불필요한 일이었다고 말하고 있어요. 얄팍하기 그지없다고 당신에게 잔인한 짓이었다고요. 사라진 여자애들의 가족들에게는 또 어떻고요? 가벼운 예능 코너에서 그 모든 트라우마를 파헤치려는 게 말이 돼요? 데니스, 이럴 줄 알았다면 난 그 쇼 출연 일정을 잡지 않았을 거예요."

"알아요. 그냥 지금은 너무 엉망이에요, 젠장."

"우리는 이걸 돌려놓을 수 있어요. 긍정적으로 만들어봐요."

◆ ◆ ◆

하지만 성명을 발표한 후에도 부정적인 분위기는 바뀌지 않았다. 심지어 〈투데이스 토크〉는 나중에 쇼의 그 부분을 다시 보여주면서 데니스 행동에 대한 보디랭귀지 전문가와 강력반 형사의 의견을 들려주었다. 두 사람 다 데니스가 뭔가를 숨기고 있다는 데 동의했다. 데니스의 보디랭귀지는 방어적이고, 일어나고 있는 상황을 회피하려는 신호를 보여준다고 했다. 마치 죄 지은 정치가처럼 어떤 질문에도 직접적으로 대답하지 않았다고 지적했다. 그들은 여자애들의 실종에 관해 데니스를 엮어 조금이라도 직접적으로 비난하지 않도록 주의했지만 거기 담긴 함의는 온라인에서 열정적인 논의를 점화하기에 충분했다. 데니스에게 범죄 전문가들의 검사를 받도록 요구하는 새로운 청원 물결이 일기 시작했다.

"우리 잠시 영국에 가 있으면 어떨까?" 또 하루를 호텔방에 숨어서 보낸 어느 날 샘이 말했다. "어딘가, 그러니까, 당신을 아는 사람들이 없는 곳으로 가보는 거야." 샘은 숨는 데 지쳤다. 불안했다. 담배 생각이 간절했다.

"사람들이 날 알든 말든 내가 왜 그런 데 신경 써야 하지? 난 아무런 잘못도 하지 않았어."

"알아. 하지만 우리 둘 다 이 모든 일에서 좀 떠나 있으면 좋지 않을까? 그동안 너무 많은 일이 있었고, 우리가 함께 있을 시간이 거의 없었잖아."

"우린 늘 함께 있어." 데니스가 말했다.

"내 말은… 그동안 인터뷰를 하거나 사진 촬영을 하거나 책을 쓰는 게 전부였잖아. 먼 곳으로 가서 그냥 얼마 동안 우리한테만 집중하면 좋을 것 같아."

"난 내가 원해서 이걸 하는 게 아니야. 이거 말고 뭘 하라고. 난 심지어 고등학교도 졸업하지 못했어. 게다가 자기가 직장이 있는 것도 아니잖아."

"난 자기를 비난하는 게 아니야." 샘은 데니스의 마지막 말을 못 들은 척했다. 데니스 옆 침대 가장자리에 앉았다. "그냥 당신이 그동안 너무 바빴으니까. 이제는 당신과 나 단둘이만 같이 지내면서 서로를 알아갈 시간을 가져보자는 거야. 이 모든 소란과 소동에서 벗어나서 말이야."

"우린 서로를 알아. 자기는 나에 관해 전부 다 알잖아." 데니스는 그렇게 말하곤 한숨을 내뱉으며 도로 침대에 쓰러졌다.

"내 말은… 좀 더 친밀하게." 샘은 얼굴을 붉히며 말했다. 데니스는 한쪽 팔을 들어 얼굴을 가리며 끙 소리를 냈다. "미안한데 난…." 샘은 떨리는 목소리를 진정시키려 애썼다. "가끔은 당신이 내게 끌리지 않는 것 같다는 생각이 들어."

데니스는 일어나 앉아 우는 샘을 안아주었다. 샘은 마침내 그 사실을 인정했다는 데 자멸감을 느꼈다. 그리고 이제는 그 말을 주워 담을 수도, 이전으로 돌아갈 수도 없을 것 같아 두려웠다.

어쩌면 데니스는 그게 다 사실이라고 말할지도 모른다. 샘에게 이끌리지 않는다고 말할지도 모른다. 이제 데니스가 샘을 떠나면 샘은 다른 누구도 아닌 자신을 탓해야 할 것이다.

"그렇게 간단하지 않아." 데니스가 자신의 셔츠를 눈물로 적시고 있는 샘에게 말했다. "난 많은 일을 겪었어. 그 이야기를 할 준비가 안 됐어. 아직은. 당신 때문이 아니야. 난 시간이 필요할 뿐이야. 이해할 수 있어?"

그 순간 샘은 이 모든 게 자기 탓이 아니라는 데 너무 마음이 놓여서 데니스의 말이 무슨 뜻인지 생각하지 못했다. 샘이 이해한다고 말하자 데니스는 샘의 관자놀이에 부드럽게 입을 맞췄다. 두 사람은 함께 침대에 누웠다. 침대는 아침 청소 때 정돈된 상태 그대로였다. 샘이 눈을 감고 누워 있는 동안 데니스는 샘의 머리카락을 만지작거리며 손가락에 감아 점점 더 세게, 급기야 아플 때까지 잡아당겼다.

이튿날 아침 샘이 깨어났을 때 데니스는 이미 일어나서 운동화 끈을 매고 있었다. 겨우 새벽 5시 반이었다.

"벌써 나가려고?" 샘이 물었다.

"아버지가 병원에 계셔." 데니스는 돌아보지도 않고 말했다. "머리에 총을 쏴서 뇌 절반이 날아갔대. 간호사가 발견해서 911에 신고했어. 지금은 병원 침대에 누워서 겨우 숨만 쉬고 있대."

"이런 세상에." 샘이 일어나 앉으며 말했다. "데니스, 난 너무…"

"괜찮아. 가까운 사이도 아니었는데 뭐."

"아무리 그래도, 유감이야. 데니스."

"적어도 겨냥이라도 좀 제대로 했으면 좋았을 텐데." 데니스
가 웃는 건지 화내는 건지 알 수 없는 소리를 냈다. "어쨌든 나
더러 거기로 오래. 아버지가 가족으로 내 이름을 올렸어. 목숨을
붙여놓는 기계를 끄기 바란다면 내가 양식들에 서명을 해야 한
대. 믿어져?"

"자기는 그러고 싶어?" 샘이 물었다.

"의식을 되찾을 가능성이 낮고, 심지어 깨어나더라도 남은 평
생 기계에 의존해야 할 거라니까. 응, 난 그러고 싶어."

"그 소식을 언제…." 샘은 다시 시계를 보았다. "그 사람들하
고 언제 통화했어?"

"한 시간쯤 전에 휴대폰을 켰을 때." 데니스가 대답했다.

"왜 안 깨웠어?"

"평화로워 보여서." 데니스가 말했다. "자기는 잠을 깊이 자
는 편이잖아."

샘은 데니스를 껴안으며 옆에 있어주겠다고 말했다. 그러나
데니스는 전혀 동요한 기색이 없었다. 샘은 경황이 없어서 그런
거라고 생각했다.

"난 나가야 해." 데니스는 그렇게 말하고 일어서서 두꺼운 스
웨터를 입었다. "그냥 혼자서 머릿속을 정리할 시간이 필요해."

한 시간 뒤, 데니스가 추위로 뺨이 붉어져 돌아왔다. "당신 주

려고 가져온 게 있어." 싱글벙글 웃으며 데니스가 말했다.

"안 그래도 되는데." 데니스의 변덕에 샘은 데니스가 괜찮은 건지, 아니면 심리적 고장 따위가 일어난 건지 아리송했다.

"눈 감고 손 벌려, 얼른!"

샘은 시키는 대로 했다. 손바닥에 뭔가 무게가 느껴졌다. 그것은 아직 데니스의 온기를 품고 있었다.

"펴봐." 데니스가 말했다.

샘은 그 물체를 보았다. 형광 녹색에 플라스틱으로 된 물건이었다. 라이터처럼 보였지만 그보다 컸다. "이게 뭐야?"

"전자담배!"

샘은 깔깔 웃었다. "난 담배 안….."

"자기 담배 피우는 거 알아. 가끔 냄새가 났어. 이건 담배랑 똑같은데 연기 대신 증기가 나오는 거야."

"전자담배가 뭔지는 나도 알아."

"초콜릿 맛이야! 더 맛있을걸. 피워봐!"

샘은 왠지 바보가 된 기분으로 전자담배를 입술에 갖다 댔다. 《이상한 나라의 앨리스》에 나오는 송충이가 된 기분이었다.

"이런, 맙소사." 샘은 기침을 했다. "메스꺼워."

데니스의 웃음기가 사라졌다. "하지만 냄새는 좋은데."

"자기가 피워봐." 샘은 그렇게 말하며 데니스에게 전자담배를 건넸다. 데니스는 한 모금 빨아들이자마자 역겨움으로 얼굴을 일그러뜨렸다.

"입속이 따가워!"

"그냥 내가 담배를 끊을까?" 샘이 물었다. 데니스는 전자담배를 쓰레기통에 던져 넣었다.

"냄새." 데니스가 말했다. 샘은 맞장구치려 했지만 데니스가 가로막았다. "아빠 생각이 나. 그래서 싫어."

샘은 그제야 이해했다. 데니스에게 그런 기억을 떠올리게 만드는 사람이 되고 싶진 않았다.

두 사람은 닉과 만나려고 호텔 바로 내려갔다. 레드 리버까지는 먼 길이었지만 가지 않을 도리는 없었다.

"우린 우선 아버지 일을 해결해야 해." 데니스가 말했다. "그후 장례식 비슷한 걸 준비해야 할 테고. 게다가 그 집을 그냥 그렇게 내버려둘 순 없어. 우리가 먼저 거기 가지 않으면 사람들이 몰려와서 싹 다 들어낼걸. 독수리처럼 말이야."

"일이 다 끝나는 데 얼마나 걸릴까?" 샘이 물었다.

"며칠쯤? 아마 일주일 정도?" 데니스가 말했다. "시사회를 놓치고 싶지는 않아."

닉이 도착해서 외투에 묻은 눈을 털어냈다. "비가 왔다 하면 폭우라니까. 데니스, 아버님 일은 정말 유감이에요."

"괜찮아요." 데니스는 이어 레드 리버에 들렀다 시사회에 맞춰 늦지 않게 돌아올 계획이라고 설명했다.

닉이 잇새로 공기를 빨아들였다. "솔직히 말해서 그렇게 간단하게 될지 잘 모르겠어요. 잭슨하고 이야기를 나눠봤는데, 지금 돌아가는 모든 상황을 감안했을 때 당신이 시사회에 오지 않는 게 최선이라는 생각이 들어요. 그리고 당신 아버지는요? 어쩌면 당신이 가만히 있는 게 최선일지도 몰라요. 아버지가 돌아가셨는데 아무렇지도 않은 것처럼 보이고 싶지는 않을 거 아니에요."

"하지만 난 정말 아무렇지도 않은걸요." 데니스가 말했다. "그리고 아버지는 아직 안 죽었어요. 내가 지금 하는 게 그 말이에요. 서류에 서명하려고 그 먼 길을 가야 한다고요."

"내 말뜻 알잖아요. 당신이 그냥 아무렇지 않게 계속 활동하면 사람들이 좀 냉정하다고 생각할 겁니다. 비록 그분이 좀, 왜…."

"거지 같더라도요?" 데니스가 말했다. "그건 내 시사회예요. 난 거기 있어야 해요."

"우린 장기적으로 최선이 뭔지 생각해야 해요. 당신과 시리즈를 위해서요. 들어봐요." 닉이 몸을 기울여 데니스의 손목을 붙잡았다. "시간을 좀 갖자고요. 당분간 당신의 공적 이미지는 내게 맡겨두는 게 어때요?"

3부 레드 리버

Red River

21화

라이어넬은 일 인실에 있었다. 머리에 붕대를 감고 기계에 생명을 의탁한 채 간신히 숨만 쉬고 있었다. 투명인간이나 다를 바 없는 모습이었다. 콧구멍과 목에 튜브들이 꽂혀 있고, 펌프가 인위적으로 가슴을 부풀렸다 꺼뜨렸다. 부드러운 쌕쌕 소리와 삐 소리가 번갈아 났다. 샘과 데니스는 손을 잡고 그의 몸을 응시했다. 간호사들이 문을 닫고 병실을 나갔다. 샘은 욕지기를 느끼며 등을 돌렸다. 전에는 라이어넬이 증오스러웠다. 하지만 철저히 무력한 모습으로, 심지어 혼자 힘으로는 숨도 쉬지 못하고 누워 있는 것을 보고 있으니 죄책감 같은 게 느껴졌다. 왜 이런 짓을 저질렀을까. 샘은 궁금해졌다. 왜 하필이면 지금? 데니스가 석방됐기 때문일까? 아버지가 자기 아들을 그렇게 미워할 수도 있나? 샘은 라이어넬이 혼자 총을 들고 있는, 그 마지막 순간을 상상했다. 샘은 라이어넬이 아마도 술에 취해서 자기가 무슨 짓을 하는지도 몰랐을 거라는 데니스의 말이 맞기를 바랐다.

"우리 여기에 얼마나 더 있어야 될까?" 데니스가 물었다. "너무 따분해. 배도 고프고. 집으로 가기 전에 밥부터 먹자. 근처에 어디 갈 만한 데 있을까?"

"내가 알아볼게." 샘이 말했다. 데니스는 공항에서 차를 몰아 이곳까지 오는 길에 있었던 모든 가게를 퇴짜놓은 전력이 있었다. 식당과 드라이브스루를 지나칠 때마다 샘은 배가 더 고파졌다. 위가 꼬르륵거리고 조여들었다. 까다롭게 구는 데니스 때문에 두 사람은 비행기에서 내리자마자 곧장 병원으로 올 수밖에 없었다. 샘은 얼른 서류에 서명하고 점심시간에 맞춰 떠날 수 있기만을 바랐다.

"뭐 먹고 싶어?" 샘이 라이어넬을 보지 않으려고 애쓰면서 물었다.

"어딘가 건강에 좋은 음식을 먹을 수 있는 곳을 찾아봐."

샘은 '식당, 건강한'이라는 단어로 구글링했다. "채식 카페가 있네. 어디냐면…."

"아니. 몸에 좋은 고기로. 난 배가 고파. 뭔가 든든한 걸 먹고 싶어." 데니스는 기계들로 다가가 뒤편의 온갖 다양한 선들과 장치들을 살폈다. 스탠드 꼭대기에 매달려 있는 정맥주사 비닐을 찔러보고 그것이 앞뒤로 흔들리는 모습을 지켜보았다.

"우리 지금 갈까? 정말이지 이러고 있는 게 무슨 의미가 있는지 모르겠어."

"데니스, 자기가 아버지랑 사이가 안 좋았다는 건 알지만 무관심해 보이고 싶지는 않을 거 아냐? 우리 5분만 더 있자."

"알았어."

데니스는 병실 안을 서성였다. 샘은 라이어넬의 다리가 있어야 할 곳의 이불이 납작하게 가라앉은 걸 보며 몸서리쳤다. 창문으로 몸을 돌려 주차장에서 담배를 피우는 사람들을 바라보았다. 샘도 이곳에서 당장 벗어나고 싶은 것은 마찬가지였다.

몇 분쯤 지난 뒤 두 사람은 간호사 대기실로 갔다. 그들은 준비가 되었느냐는 질문에 서글픈 얼굴로 고개를 끄덕였다. 남자 간호사가 데니스에게 서명할 법적 양식들이 있는 클립보드를 건넸다. 데니스는 정자로 이름을 쓰고 펜을 휘갈겨 서명을 했다. 그 후 의사가 데니스와 악수를 나눈 후 기계의 스위치를 끄기 위해 두 사람을 도로 병실로 데려갔다. 이내 삑삑 소리와 쌕쌕 소리가 멈추고 주위는 정적에 빠져들었다. 의사는 목에 걸린 청진기를 귀에 끼우더니 이제는 움직이지 않는 라이어넬의 떡 벌어진 가슴에 청진판을 갖다 댔다. 의사는 등을 돌려 시계를 본 후 다시 두 사람을 돌아보고 고개를 끄덕였다. 데니스는 침착한 얼굴로 의사와 다시 악수를 나눴다. 의사는 둘만 두고 병실을 나갔다. 15분 후, 두 사람은 그곳을 떠났다.

◆ ◆ ◆

가장 가까이 있는 '건강한' 식당은 40분 거리에 있었다. 데니스는 단백질 바를 먹으며 배를 움켜쥐었다. 내비게이션이 길을 잘못 안내해 되돌아가야 하는 바람에 기분이 좋지 않은 눈치였다.

"당신 화고프구나." 샘이 말했다.

"뭐?"

"화고프다고. 당신은 배고프면 화를 내."

"그래, 화고파." 데니스가 되풀이했다. 샘은 데니스가 듣고 바로 까먹은 신조어들을 떠올렸다. 화고프다, 맨스플레이닝, 클릭베이트, 욜로, 찰떡, 쩍벌, 착함 과시 등 많은 것을 알려줬지만 그의 머릿속에 제대로 박혀 있는 건 하나도 없었다. 때로는 자신의 말을 듣고 있기나 한 건지 의심스러울 정도였다. 그러나 샘은 이내 자신이 인내심을 잃고 짜증을 부리는 데 죄책감이 들었다. 사실 데니스가 떠나 있는 동안 세상은 엄청나게 바뀌었고, 많은 신조어들이 생겨났다.

식당에 도착했을 때는 두 사람 모두 화고픈 상태였다. 바로 테이블을 잡을 수 있어서 샘은 조금이나마 마음이 놓였다. 식당은 거의 전적으로 개방식이었다. 카운터 뒤 주방은 깨끗하고 조용했다. 모든 테이블 한가운데는 싱싱한 푸른 잎이 뻗어 있는 밀싹 화분이 장식용으로 놓여 있었다. 샘은 밍밍하고 담백한 음식으로만 이루어진 메뉴를 보자 분통이 터졌다. 이 '건강한' 식당이 짜증났다. 배고파 죽을 것 같았다. 뭔가 기름진 걸 먹고 싶었다. 버거와 프라이와 어니언링이 머릿속을 가득 채웠다. 데니스가 영양사를 채용한 이후 두 사람은 거의 밥을 따로 먹었다. 데니스가 건강에 좋은 맛없는 음식들로 관리받는 동안 샘은 콘비프 샌드위치와 엄청나게 큰 조각 피자, 그리고 건강에 도움되지는 않지만 자극적이어서 먹으면 기분이 좋아지는 음식을 잔뜩 먹어댔다.

이 식당은 데니스와 찰떡궁합이었다. 데니스는 스테이크와 수란, 모둠 채소, 구운 고구마와 현미밥 한 그릇을 주문했다.

"저는 스테이크와 퀴노아 샐러드를 주문할게요." 샘이 머뭇대며 말했다. 데니스는 킁 소리를 내고 웨이터와 능글맞은 웃음을 주고받았다. "뭐야? 왜 그러는데?"

"그건 키느와라고 발음해야 돼." 데니스가 고개를 저으며 말했다. "퀴노아가 아니고! 자기는 너무 웃겨!" 샘은 얼굴이 타오를 것 같았다. 데니스가 진정하기를 기다렸지만 그는 웃음을 멈추지 않았다. 심지어 안경을 벗고 눈물을 훔치기까지 했다.

"그렇게 웃을 만한 일도 아니거든." 샘이 속삭였다. "그렇게 웃을 만한 일이 아니라고! 그만해!" 샘의 목소리가 지나치게 높아졌는지 손님들은 고개를 돌려 두 사람을 바라보았다. 모두들 호기심 어린 표정이었지만 순식간에 싸늘해졌다.

샘이 갑자기 고함을 쳤다. "당신은 5분 전만 해도 사형수 감방에 있었어. 언제부터 그렇게 잘난 척하게 됐는데?" 데니스의 얼굴이 굳었다. 식당 안은 침묵에 잠겼다. 데니스는 샘을 외면한

231

채 셔츠로 안경을 닦고 도로 썼다. 웨이터가 얼음물 주전자와 샘의 주스를 가지고 돌아왔다.

나가는 길에 서빙을 담당했던 젊은 남자가 주차장에서 두 사람을 불러 세우고 〈맨즈 헬스〉 한 부를 펼쳐 내밀었다. 그 안에는 데니스의 사진 여섯 장이 실려 있었다. 데니스는 단단한 근육을 과시하며 플랭크와 푸시업을 하고, 점프 스쾃 자세를 한 채 공중에 멈춰 있었다. 제목은 '사형수 감방 또는 호텔방에서 할 수 있는 웨이트 트레이닝'이었다. 그 밑에는 짧은 인터뷰가 실려 있었다. 데니스는 잠시 아무 말 없이 웃음 띤 얼굴로 페이지들을 팔락팔락 넘기면서 전체 인용문을 읽었다.

"이게 언제 나왔죠?" 데니스는 한 페이지를 가득 채운 자신의 흑백사진에 사인하며 물었다.

"바로 어제요. 저는 정기구독자라서 나오자마자 받았어요." 샘은 데니스가 아무 말 없이 다시 사진들을 넘겨보는 모습을 보았다. 그는 어딘가 불안해 보였다.

샘은 데니스의 이두근에 가볍게 한 손을 얹었다. "그만 가자."

"다음에 봐요." 데니스가 마지못해 잡지를 건네며 말했다.

◆ ◆ ◆

바퀴 밑 길이 울퉁불퉁했다. 차가 돌개구멍에 걸려 튀어 올랐다. 데니스가 살 게 있다고 해서, 샘은 중심가로 향해 거리 한 귀퉁이에 차를 세웠다.

거리를 둘러보던 두 사람은 '트리뷴'이라는 간판을 내건 잡화점을 보고 그리로 향했다. 주위에는 아무도 없었다. 그저 한낮의 열기에 헥헥대며 어슬렁어슬렁 다가오는 늙은 저먼셰퍼드 종 개 한 마리뿐이었다. 개목걸이에 붉은 네커치프가 둘러져 있었다. "여긴 유령 도시 같군." 데니스가 말했다.

가게 문을 밀자 벨이 울렸다. 가게 뒷벽은 잡지로 가득했다. 맨 위 선반에 있는 건 전부 포르노 잡지로, 플라스틱 판으로 반쯤 가려져 있었다.

"저런 걸 파는 데가 남아 있을 줄은 상상도 못 했어!" 샘이 깔깔 웃으며 말했다.

"뭐라고?"

"저거 말이야!" 샘이 위쪽을 손가락질했다.

"여기서는 늘 저걸 팔았어." 데니스가 웅얼거렸다.

"하지만 인터넷이 있는데 누가 포르노를 사?"

"내가 어떻게 알아?"

"그냥 내 말은… 왜 그렇게 신경이 곤두섰어? 난 그냥 이곳이 너무 예스러운 게 재미있다고 말하는 거야."

"도와드릴까?"

남자는 입김으로 샘의 머리카락을 날릴 정도로 등 뒤에 바짝 붙어 서 있었다. 샘은 놀란 가슴을 다독이며 "그냥 구경 중이에요."라고 말했다.

"오늘은 이만 닫으려던 참이니 나가주시는 게 어떨지?" 남자는 문쪽으로 손을 뻗었다. 샘은 휴대폰을 봤다. 3시 43분이었다.

데니스는 팔짱을 끼고 남자에게 웃음을 지어 보였다. "내가 나온 잡지를 사고 장도 좀 보고 싶은데, 그래도 되죠?" 데니스는 그 늙은 남자보다 30센티미터는 더 커 보였다. 창으로 비스듬히 들어오는 빛 때문에 데니스는 오후 햇살 속에 길게 뻗은, 형체 없고 어두운 그림자처럼 보였다.

"여기엔 자네가 찾는 게 없어. 시내 바깥의 어딘가 다른 곳에 가보는 게 좋을 거야."

"이번 호 〈맨즈 헬스〉가 없는 게 확실해요? 내 사진이 실렸는데 아주 잘 나왔더라고요." 데니스가 입꼬리를 올리며 반짝이는 치아를 드러냈다.

"여긴 그거 안 팔아. 유감이지만 문을 닫아야겠어. 좋은 하루 보내시게." 남자가 자리를 뜨려고 몸을 돌린 순간, 데니스가 한 걸음 성큼 내디뎠다.

"우린 여기서, 아니, 우리가 원하는 모든 곳에서 쇼핑할 권리가 있어요." 데니스가 말했다.

"그리고 나도 내 가게에서 내가 맞기 싫은 손님을 맞지 않을 권리가 있지."

"우리 그냥 가자." 샘이 애원했다. 바깥에서 개가 발로 유리를 긁어댔다.

"데니스, 우린 말썽을 바라지 않아. 물론 자네가 여기 와서 말썽을 일으키는 것도 바라지 않는다네. 자네 아버지 소식을 들었네. 유감이네만, 자네는 레드 리버의 집을 팔고 여기서 떠나는 게 좋을 것 같아. 여긴 자네가 있을 곳이 없다네."

그때 카운터 뒤에서 부스럭 소리가 들렸다. 두 남자는 뒤를 돌아보았다. 한 여자가 뒷방에서 나왔다. 여자의 등 뒤로 방문이 열려 있었다. 여자의 손에는 은빛으로 빛나는 작은 리볼버가 들려 있었다. "무슨 문제 있어, 빌?" 여자가 물었다.

"얼른, 제발, 제발, 우리 가자. 별일 아니잖아." 샘은 문을 향해 걸음을 떼었다. 데니스를 놔두고 그냥 혼자 나가버릴까. 샘은 데니스가 총에 맞으면 자신이 죄의식을 느낄지 궁금했다. 살면서 이 가게를 나가는 것만큼 뭔가를 간절히 원해본 적은 없었다.

"좋아요. 좋아요." 손가락을 쫙 벌려 허리춤에 얹은 채 데니스가 말했다. "또 봐요, 빌."

개가 나무 판자 위를 잽싸게 걸어가다 샘의 장딴지를 스치는 바람에 샘은 깜짝 놀라 펄쩍 뛰었다. 밖으로 나가자 질식할 듯한 공기가 덮쳐왔고 순간 뺨에 와닿는 햇살의 온기가 느껴졌다. 뒤에서 데니스가 껄껄 웃었다.

"이런 구멍가게들이 사라져가는 것도 당연해." 그 말과 함께 데니스가 차 문을 어찌나 세게 닫았는지 샘의 고막이 쩌렁쩌렁 울렸다. 샘은 잠시 운전석에 가만히 앉아 눈을 감은 채 떨리는 양손을 무릎 위에 얹어 놀란 마음을 진정시키려 애썼다. 잠시 후 데니스가 말했다. "그럼, 월마트?"

22화

한산한 레드 리버를 벗어나, 대형 상점가와 식당가로 둘러싸인 시내 외곽에 도착했다. 주위가 너무 번잡해져 샘은 정신이 없었다. 공황이 올 것 같았다. 눈물이 차올라 세상이 흐릿해졌다.

월마트로 들어가는 길에 샘은 자신을 추스르려고 화장실에 들렀다. 월마트 입구로 돌아와보니 데니스가 사라지고 없었다. 불안해하며 잠시 통로를 서성이는데 가정용품 섹션에 있는 데니스가 눈에 띄었다. 쇼핑카트 두 개에 베개와 담요들을 던져 넣고 있었다.

"이게 다 뭐야?" 샘이 물었다.

"우린 얼마 동안 여기 있어야 되잖아. 생필품이 필요할 것 같아서. 공기를 넣어 부풀리는 매트리스는 어디 있을까?"

"우리 그 집에서 지내는 거야?" 샘은 짐짓 가벼운 목소리를 내려 했지만 불안감에 억눌려 목소리가 잔뜩 잠겨 있었다.

"뭐가 문제야? 겨우 두어 주 정도일 텐데. 게다가 당신 호텔에서 자는 데 질린 거 아니었어?"

샘은 뭐라고 대답해야 할지 알 수 없었다. 그 집이 생각났다. 먼지로 뒤덮인 방과 뭔가 썩어가는 듯한 냄새들. 샘은 라이어넬이 어디서 자신을 쏘았는지 알고 싶었다. 사람을 시켜 그곳을 치웠을까? 아니면 아직도 바닥이 라이어넬의 피와 뇌 속 내용물로 가득한 건 아닐까?

"뭐랄까…. 거긴 좀 지저분하잖아." 샘이 말했다. 데니스는 20년이나 그 집에 가지 않았지만 어쩐지 데니스를 욕하는 것 같아서 조심스럽게 말을 꺼냈다.

"거기야 늘 지저분했지." 데니스가 선반들을 훑어보며 대꾸했다.

"아니, 내 말은 거긴 이상한 냄새가 나고…." 샘은 데니스를 불쾌하게 만들지 않으면서 아버지의 자살에 관해 물어볼 방법을 궁리했다.

"그리고?"

"아무것도 아냐." 샘이 말했다.

"청소를 좀 해야겠지. 괜찮을 거야. 언제 왔었나 싶게 금방 떠날 텐데 뭐."

샘은 이미 그 집에 처음 갔을 때처럼 스멀거리는 불쾌한 느낌을 받았지만, 데니스의 말을 들어주고 싶었다. 그 집으로 돌아가고 싶어 하는 이유를 도저히 이해할 수 없는 게 사실이더라도. 어쩌면 데니스는 현실을 부정하고 있는 중인지도 모른다. 샘은 그 집에 도착하자마자 데니스도 호텔로 돌아가고 싶어 할 것이 분명하다고 속으로 장담했다. 그 집이 얼마나 형편없는지 몰라서 저런 생각을 하는 걸 거야.

"요리할 줄 알아?" 쇼핑카트를 밀면서 데니스가 물었다.

"뭐?" 샘은 그의 말을 듣고 있지 않았다. 그날 밤 어떤 호텔에 묵으면 좋을까 하는 공상에 빠져 있었다.

"요리할 줄 아냐고."

"아마도." 샘이 말했다. "내 말은, 기본적인 건 할 수 있어."

"어째 믿기 어려운데." 데니스가 껄껄 웃으며 말했다.

"내 말뜻 알잖아." 샘이 데니스를 장난스럽게 밀치며 말했다. "난 고든 램지는 아니지만 그래도…."

"누구?" 데니스가 물었다.

샘은 데니스와 팔짱을 끼고 그가 쇼핑카트를 먹을거리로 채우는 동안 고든 램지에 관해 말해주었다. 호텔에 가게 된다면 이것들은 몽땅 버려야겠지? 샘은 그런 건 중요하지 않다고 생각했다. 지금으로서는 데니스와 말다툼을 하지 않게 된 게 기쁠 뿐이었다. 만약 데니스가 그날 밤 두 사람이 그 집에 묵을 거라고 믿고 있다면, 샘은 그렇게 놔둘 생각이었다.

◆ ◆ ◆

집은 샘이 예전에 갔을 때보다 더 쓰레기장이 되어 있었다. 아무도 살지 않던 짧은 기간 동안, 벗겨져가는 흰 벽에 누군가가 붉은 페인트로 '살인자', '아동 살해범'이라고 써놓았다. 데니스는 아버지의 소지품이 가득 들어 있는 병원 봉투에서 열쇠를 꺼내 들고 집으로 다가갔다. 샘은 차 옆에 서 있었다.

"내일 저 위에 페인트를 칠해야겠다." 데니스가 벽을 손가락질하며 소리쳤다. 샘은 짝다리를 짚으며 드러난 팔을 문질렀다. 그 집을 보니 소름이 돋았다. 두어 번 집과 차 사이를 왔다 갔다 하던 데니스는 멈춰 서더니 샘에게 도와주긴 할 거냐고 물었다. 샘은 고개를 끄덕이고는 양손에 비닐봉투를 하나씩 들고 현관 옆에 내려놓았다.

"안이 어떨지 모르겠어서 그래. 그러니까… 그분이 돌아가신 곳 말이야."

"뭐라고?"

"그분이 돌아가신 곳."

"아." 데니스는 어조를 누그러뜨리고 샘의 손을 잡았다. "아버지가 자기를 쏜 곳 말이지? 저기야." 데니스는 녹슨 문이 달린 철제 창고를 가리켰다. 문 위로 미풍에 떨리는 거미줄이 샘의 눈에 들어왔다.

"정말? 저기야?" 샘이 데니스의 손을 꼭 쥐며 물었다.

"그래, 정말. 내 짐작엔 엄마의 마지막이 차고였기 때문에 저 곳을 택한 게 아닌가 싶어. 어쩌면 감상에 빠졌는지도 모르지.

집 안을 난장판으로 만들고 싶지 않았는지도 모르고. 누가 알겠어?" 샘은 차고를 바라봤다. 너무나 낡아서 간신히 서 있는 것처럼 보였다. 손가락으로 밀어도 무너질 것 같았다. "기분이 좀 나아졌어?" 샘은 힘없이 고개를 끄덕였다. "당신을 안고 문턱을 넘어가줄까? 그건 아직 한 번도 안 해본 것 같은데."

"아니, 아니! 그러기엔 난 너무 무거워!"

데니스는 눈동자를 굴렸다. "너무 무겁긴 뭐가 무거워. 이리 와봐." 샘은 도망치려고 했지만 데니스는 그럴 틈을 주지 않고 샘의 손목을 붙잡았다. 데니스가 샘의 팔을 붙잡아 자기 쪽으로 끌어당기자 샘은 깔깔 웃으며 몸을 뺐다. 데니스는 얼른 샘의 다리를 낚아채 집 안으로 안고 들어갔다. 샘은 언제나 원했던 대로, 늘 몸이 차거나 오후 열기에 픽픽 쓰러지던 여자애들처럼 섬세하고 가냘파진 것 같은 느낌이 들었다. 샘은 웃음을 터뜨렸다. 그 누구의 시선도 의식하지 않은 꾸밈없는 웃음소리였다. 너무나 오랫동안 듣지 못했던 소리라 자신의 웃음인지도 모를 정도였다. 두 사람을 바깥세상과 갈라놓은 레드 리버의 거대한 숲에 거위 경적 소리 같은 요란한 웃음소리가 울려 퍼졌다.

집 안으로 들어온 데니스는 샘을 내려놓고 부드럽게 입을 맞췄다. "길어야 두어 주야. 약속할게."

샘이 여전히 뭔가 해서는 안 될 일을 저지르는 듯한 느낌에 사로잡혀 주위를 두리번거리는 사이, 데니스는 마지막 남은 짐을 가져오려고 차로 돌아갔다.

거실에 흘러 들어오는 빛에 먼지가 떠다니는 게 보였다. 실내 공기는 퀴퀴했다. 샘은 거실에서 안방으로 갔다. 선반들은 먼지로 뒤덮여 있었고 쓰레기로 가득했다. 침대 머리맡에는 납작하고 노랗게 변색된 베개가 있었다. 서랍장은 약병들로 뒤덮여 있었다. 벽은 전부 나무 패널이 둘러져 있어 집은 한낮인데도 어두워 보였다. 고개를 들자 램프갓 안에서 죽은 곤충들의 실루엣이 보였다. 복도 끝에는 데니스가 옛날에 쓰던 방이 있었다. 문이 살짝 열려 있었다. 샘은 침실을 지나쳐 그곳으로 다가가 살짝 열린 문 틈새 너머를 엿보았다.

주방 싱크대는 물이 가득 고여 있고 바퀴벌레 한 마리가 더러운 접시 위를 기어다니고 있었다. 발밑의 리놀륨 장판은 붕 뜬 채 캐비닛 앞쪽부터 뜯어지고 있었다. 테이프로 막아놓은 깨진 창이 보였다. 샘은 한 손으로 코와 입을 막고 뒷문을 열려고 했지만, 문은 막혀 있었다. 그 너머에는 아무것도 없었다. 집 뒤편은 말 그대로 그냥 야생이었다.

"별로지, 알아." 데니스가 샘 뒤에 청소도구들로 가득한 상자 두어 개를 내려놓으며 말했다. 뒷문을 밀던 데니스는 문이 열리지 않자 뒤로 몸을 젖혔다가 그 반동으로 문을 걸어찼다. 문은 쾅 소리를 내며 뒤로 젖혀지더니 문틀에 부딪쳐 덜커덕거렸다. "여기서 시작하자. 난 거실을 청소하고, 침대 놓을 공간을 만들게." 데니스는 샘을 잡아당기더니 샘의 허리에 팔을 두르고 입

술을 밀어붙였다. "사랑해." 샘의 입술에 숨결을 뿜으며 데니스
가 말했다.

◆ ◆ ◆

혼자 남은 샘은 눈을 감고 벽에 기대 웃음을 지었다. 어쩌면
여기서 지내는 게 끔찍한 일만은 아닐지도 몰라. 샘은 생각했다.
여기 오고 나서 데니스는 달라졌다. 마치 꽁꽁 싸매고 있던 내면
의 무언가가 풀어진 것 같았다. 어쩌면 마침내 단둘만 있게 돼서
인지도 몰라. 샘은 수킬로미터에 걸쳐 그들을 둘러싼 나무들과
마침내 단둘이서만 누릴 수 있게 된 모든 공간과 시간을 생각
했다.

부엌에 널브러져 있는 도기 그릇들을 닦는 것은 무의미한 일이
이었다. 샘은 고무장갑을 끼고 부엌에 있는 것들을 몽땅 다 쓰레
기봉투에 던져 넣었다. 새로 던져 넣은 그릇이 이전 그릇에 부딪
치면서 나는 쨍그랑 소리가 퍽 만족스러웠다. 싱크대 마개를 잡
아 뽑고 바닥에 곤죽 같이 썩은 음식 더미를 남기고 물이 하수
구로 빨려 들어가는 광경을 지켜보았다. 온몸에 오물이 묻은 기
분이었다. 화장실에 가고 싶었지만 가까이서 본 욕실은 과연 어
떨지 겁이 나서 차마 갈 수 없었다. 부스러기와 뭔지 모를 것들
을 찬장에서 쓸어낸 후, 샘은 눈물이 쏟아지기 직전까지 온 사방
에 표백제를 부어 깨끗하게 치웠다. 공기가 매캐해져 숨을 쉬려

242

고 뒤뜰로 나가야 했다.

바깥으로 나온 샘은 손등으로 눈을 문지르고 깜빡이며 눈물을 참았다. 사방이 흐릿했지만 집 옆에서 뭔가 움직이는 게 보였다. 눈을 가늘게 뜨는데 그것이 갑자기 샘에게 한 걸음 다가왔다. 순간 두려움이 덮쳐와 온몸에 찬물을 뒤집어쓴 듯 소름이 돋았다. 샘은 큰 소리로 데니스의 이름을 부르며 도로 부엌으로 들어왔다. 독한 화학 성분 때문에 여전히 반쯤 눈을 감은 채 비틀댔다.

샘의 목소리를 듣고 어디선가 데니스가 나타났다. 무슨 일이 있냐는 듯 주변을 둘러보더니 말끔하게 정리된 부엌을 보고 미소를 지었다. "뭐야? 아, 여긴 훨씬 나아 보이네. 잘했어."

"지금 저 바깥에 누군가가 있어. 집 옆에." 샘이 말했다.

"정말?" 데니스가 얼굴을 찌푸렸다. 목소리에는 흔들림이 없었지만 긴장한 기색이 역력했다. 데니스는 바깥으로 나가 주변을 둘러보았다. "누가 뭐라고 했어?"

"아니, 숨어 있는 것 같아. 눈물이 나서 제대로 못 봤어."

"확실해?"

샘은 데니스가 자신을 못 미더워하는 것을 알 수 있었다. 하지만 확실했다. "그래, 온몸에 소름이 끼쳤다고."

"아마 집에 페인트를 뿌린 애들일 거야. 별일 아냐. 필요하면 날 불러. 그나저나 여기 잘했어." 데니스가 눈을 찡긋하고 어서 청소를 더 하라고 격려했다. 그리고 그는 마저 해야 할 일이 있다며 밖으로 나갔다.

샘은 다시 청소에 몰두했다. 끈끈한 얼룩들을 긁어내고 모든 표면을 소독제로 한 겹 뒤덮었다. 일을 마친 샘은 주위를 둘러보며 자신이 만들어낸 변화에 뿌듯함을 느꼈다. 예전에 살던 집에서는 이렇게까지 열심히 청소를 한 적이 한 번도 없었다. 마크는 늘 샘이 세탁물을 산더미처럼 쌓아두어서 투덜대곤 했다. 샘은 늘 파스타 소스로 얼룩진 접시로 가득하던 싱크대와 꽉 차다 못해 넘치던 쓰레기통을 떠올렸다. 모른 체하고 놔두면 마크가 어쩔 수 없이 소매를 걷어붙이고 한숨을 쉬며 청소를 시작했다. 샘을 구제할 도리가 없는 인간인 것처럼 바라보면서. 그러나 샘은 이제 달라졌다. 걸레질로 팔이 저렸지만 자신이 데니스를 이 더러운 곳에서 구했다는 생각에 즐거움을 느꼈다. 마침내 원하던 답을 찾은 것 같았다. 성장한 기분이었다.

일을 다 마쳤을 때는 이미 날이 저문 후였다. 샘은 데니스를 찾으러 갔다. 거실 바닥에 놓인 이 인용 매트리스가 부풀어 오르고 있었다. 플러그가 방을 가로질러 벽에 이어져 있었다. 오래된 가구는 거의 다 없어졌다. 남은 것은 소파와 뒷벽에 기대놓은 조명, 닳아빠진 팔걸이의자, 그리고 구석에 놓인 텔레비전이 전부였다. 데니스는 어디 있는지 보이지 않았고 목소리도 들리지 않았다. 이름을 몇 번 불러봤지만 답이 없었다. 단둘이서 같이 지낼 수 있다고? 샘은 코웃음이 나왔다.

잔뜩 긴장한 채 욕실로 간 샘은 문을 3센티씩 열면서 안을 엿보았다. 과연 예상한 것만큼 더러웠다. 샘은 주방에서 썼던 도구들을 몽땅 가져다 청소를 하기 시작했다.

23화

어두운 밤, 매미 울음소리가 공기를 가득 메웠다. 나방들이 창에 부딪쳤다가 튕겨 나갔다. 샘은 목적 없이 집 안을 돌아다녔다. 발밑에서 판자들이 휘어지는 게 느껴졌다. 복도 탁자 위에는 뜯어보지도 않은 편지들이 쌓여 있었다. 전화기 밑에 니코틴이 누렇게 쩌들어 놓여 있는 모뎀과 라우터가 눈에 띄었다. 안도감이 느껴졌다. 휴대폰에 와이파이 암호를 입력하는데 뒷문이 바닥을 긁는 소리가 들렸다. 샘은 그 자리에 얼어붙었다. 부엌에서 얼핏 한 남자가 보였다. 무거운 장화가 바닥을 쿵쿵 구르는 소리가 들렸다. "데니스?" 샘은 소리쳤다. "데니스? 자기야?"

"그래." 데니스가 고함쳤다. 샘은 가슴에 손을 얹었다. 심장 박동이 느려지는 게 느껴졌다.

"어디 갔다 왔어?" 샘이 외쳤지만, 데니스는 대답하지 않았다. 데니스는 욕실로 가는 길에 샘 옆에 잠깐 멈추어 샘의 머리에 키스를 했다. 잠시 뒤 샤워기 물 소리가 들렸다.

데니스는 사각팬티 바람으로 옆구리에 타월을 끼운 채 욕실에서 나왔다. 부엌으로 가려던 샘은 식사할 거냐고 물었다. "내가 욕실도 청소해놨어. 그런데 어디 갔다 온 거야?"

"그래, 그런 것 같더라. 고마워." 데니스가 대꾸했다. "누가 여길 돌아다니는지 찾으러 갔었어. 당신이 신경 쓰는 거 같길래 확인해보려고. 아무도 못 찾았으니까 그런 걱정은 그만 접어둬."

"고마워, 다정하네." 샘은 슬며시 웃으며 찬장에서 새로 산 팬들을 꺼냈다. 오븐이 고장나서 가스레인지로만 요리를 해야 했다. 닭고기, 현미와 브로콜리. 무미건조한 음식. 데니스가 좋아하는 메뉴가 완성됐다. 한꺼번에 요리한 탓에 어떤 음식은 이미 식어버렸고 어떤 음식은 너무 익어버려 식감이 떨어졌다. 샘은 좋아하지 않는 메뉴 앞에서 썩 내키지 않는 표정을 거두며 '살기 위해 먹되, 먹기 위해 살지 마라.'는 데니스가 좋아하는 속담을 떠올렸다. 음식을 꼭꼭 씹어 삼키며 이게 몸에는 더 좋다고 스스로를 타일렀다.

데니스는 몇 분 만에 음식을 모조리 먹어 치우고 잘 먹었다고 인사한 후 소파에 기대 앉아 월마트에서 집어온 〈맨즈 헬스〉를 펼쳤다. 샘은 데니스의 무릎에 다리를 올리고 앉았다. 때때로 사방에서 뭔가 긁는 듯한 소리가 들려오는 것 같았다. 샘은 아마도 쥐가 있는 것 같다고 생각했다. 그러다 갑자기 아기 울음소리 같은 게 들려서 펄쩍 뛰어올라 데니스의 옆구리에 얼굴을 묻었다.

"쉬잇." 데니스가 말했다. "그냥 동물일 뿐이야! 걱정 마. 그러려니 하고 신경 쓰지 마. 내가 가서 확인해볼게."

샘은 데니스를 따라 마당으로 나갔다. 소리는 현관 밑에서 들려왔다. 데니스는 배를 땅에 대고 엎드려 현관 밑 틈새로 기어들어갔다. 샘은 누군가가 이쪽을 감시하는 것 같다는 생각에 사방을 에워싼 나무들을 훑어봤다. 그때 뭔가가 샘의 다리를 재빨리 스치고 지나갔다. 샘은 비명을 질렀다.

"이런 맙소사, 라쿤이야. 기다려봐…."

샘은 재빨리 현관으로 올라갔다. 민망했지만 몸의 떨림은 멈추지 않았다. 울음소리는 이내 멈췄다. 샘은 데니스가 왜 아직 그 밑에서 나오지 않는 건지 궁금했다. 아래쪽에서 데니스가 조용히 웅얼거리는 소리가 들렸다.

"이 밑에 고양이가 있어. 새끼 고양이를 데리고 있어. 그 라쿤이랑 싸움을 벌인 게 틀림없어. 다행히 다친 것 같지는 않아…. 샘, 집에서 참치 캔 하나 갖다 줘."

샘은 참치와 우유를 담은 그릇을 하나씩 들고 돌아왔다.

"여기다 놔두자. 우린 고양이가 우릴 믿게 만들어야 해. 바깥에서 지내게 할 순 없지. 우유는 안 돼! 우유는 주면 안 돼." 데니스는 우유를 잔디에 쏟아버리고 그릇을 도로 건넸다.

집 안으로 들어갔던 데니스는 낡은 타월 몇 개를 가져와 상자에 깔고 임시변통으로 고양이 침대를 만들었다.

"예전에 난 아주 멋진 고양이를 키웠었어. 얘처럼 갑자기 나타났지. 완전 떠돌이에 한쪽 눈이 아프고 염증이 있었어. 난 밥을 주면서 녀석이 맘대로 들락날락하게 했는데, 결국 녀석은 정착했어. 병원에 데려갈 돈이 없어서 내가 녀석의 눈을 고쳐줘야 했어. 염증을 치료해줬는데 엄청 싫어하더라. 날 마구 할퀴었어. 하지만 보람은 있었어. 고름이 빠지고 붓기가 가라앉았거든. 아마 그쪽 눈은 멀었던 것 같아. 눈동자가 완전히 우윳빛으로 변했어. 난 녀석을 테드라고 불렀어. 노상 싸움질을 하는 녀석이었지. 다른 고양이, 주머니쥐, 뭐든 눈에 띄기만 하면 가만 안 뒀지."

"몇 살 때였어?"

"일곱 살쯤? 열네 살 때까지 녀석을 키웠어. 그러다 저기 바깥 길에서 차에 치였지. 녀석을 친 사람은 그대로 내뺐어. 녀석을 찾으러 나갔는데, 풀밭에서 삐져나와 있는 꼬리가 보이더라고. 뻣뻣하게 굳어서 쭉 뻗어 있더라. 얼굴 한쪽 털이 전부 뜯겨나갔고 한쪽 귀가 없었어. 눈이 있던 곳에는 그냥 구멍만 있었지. 내 생각엔 새들이 파먹은 것 같아. 누가 차로 쳤는지 알았다면 난 그 인간들을 죽였을 거야. 어떻게 거기 두고 그냥 내뺄 수가 있지? 역겨워, 인간들은 역겨워."

샘은 옛날에 키웠던 고양이 타이거를 떠올렸다. 타이거는 몇 번이나 사라졌고, 하루가 지나면 마치 아무 일도 없었다는 듯 다시 나타났다. 그때마다 얼마나 걱정을 했는지. 샘은 고양이를 걱정하는 게 싫었고, 걱정하게 만드는 고양이를 원망했다. 누군가

249

를 사랑하는 건 너무 힘든 일이었다. 독립적인 삶과 독립적인 생각이 있는 존재를. 마음 내키는 대로 오고 갈 수 있는 존재를. 사랑은 샘을 힘들게 만들었다. 샘은 고양이가 죽었을 때 슬프기보다 안도감을 느꼈다. 샘을 힘들게 하는 존재가 더 이상 샘을 괴롭히지 못할 테니까. 사랑을 멈출 수 있을 테니까. 이제까지 녀석을 생각해본 적이 없었다는데 샘은 새삼 놀랐다. 벌써부터 샘은 그 좁은 공간 밑에 있는 고양이와 새끼들을 걱정하기 시작했다. 추울까? 비가 오면 어쩌지? 라쿤이 다시 오면? 라쿤이 새끼 고양이를 잡아가면 어쩌지?

그날 밤, 두 사람은 고양이가 걱정돼서 통 잠을 이루지 못했다. 아침에 그 좁은 공간을 다시 확인해보니 고양이는 여전히 새끼들을 감싼 채 몸을 웅크리고 있었다. 두 사람은 시내 외곽의 대형 할인점으로 차를 몰고 가서 고양이 사료와 새끼 고양이용 사료, 그리고 고양이를 보살피는 데 필요한 것들을 샀다. 집에 도착하자마자 사료를 뜯어 점심식사와 깨끗한 물그릇을 차려주었다. 새끼 고양이는 너무 어려서 앞으로 몇 주 정도는 먹이가 필요 없어 보였기에 새끼 고양이 사료는 한쪽에 잘 챙겨두었다. 데니스는 오후에도 한번 더 사료를 챙겨주었다. 그리고 나선 샘과 함께 현관에 앉아 어미가 겁먹고 도망가지 않도록 나지막이 이야기를 나눴다.

"고양이가 밤새 저 밑에 있었다고 생각하니 마음이 안 좋아." 데니스가 말했다.

"나도야." 샘은 새로 발견한 남편의 모습에 애정이 밀려왔다. 샘은 데니스의 무릎 위로 한쪽 다리를 올렸다.

"아빠가 나를 집에서 쫓아내고 돌아오지 말라고 한 적이 몇 번 있었어. 난 뱀이랑 거미들이랑 같이 현관 밑에서 잠을 자야 했어. 그러다 숨어서 죽으려고 그 밑으로 들어간 것들의 뼈를 본 적도 있어." 샘은 무슨 말을 해야 할지 알 수 없었다. "고양이를 저 밑에 놔둘 순 없어."

"이 집을 떠날 땐 어떻게 하지? 데려가야 하나?"

"어디로 가게 될지 봐서."

두 사람은 잠시 침묵에 잠겼다.

"정말이지 이것들을 슬슬 어떻게든 해야 할 것 같아." 데니스가 뜰을 가리켰다. "대형 쓰레기 수거차를 빌렸는데 아마 내일 올 거야. 그리고 시내에 볼일도 좀 보러 가야 돼."

"시내?" 잡화점 사건이 떠올라 샘은 불안하게 물었다.

"걱정 마. 당신은 안 와도 돼. 택시를 타면 돼. 그리고 아무런 말썽도 일으키지 않을 거야. 그냥 장례식 때문에 가는 거야."

◆ ◆ ◆

저녁식사 후, 데니스는 운동복을 걸치고 샘에게 좀 뛰고 오겠다고 말했다. 샘은 여행 가방에서 옷들을 꺼내 정리하는 데 집중하려고 노력했다. 그러다 옷을 개어서 도로 여행 가방에 집어

251

넣었다. 어차피 여기 오래 있지 않을 거니까. 한 번씩 고양이가 어떻게 하고 있는지 보려고 밖으로 나갔다. 고양이는 여전히 나올 마음이 없어 보였다. 샘은 배를 깔고 현관 밑으로 기어 들어가 고양의 관심을 끌어보려고 혀를 쯧쯧거렸다. 고양이는 시험하듯 다가와 샘의 내뻗은 손가락을 향해 목을 쭉 빼고 조심스레 킁킁거렸다. 고양이의 콧구멍에서 나온 더운 숨이 샘의 손가락을 간지럽혔다. 샘이 쓰다듬으려 하자 고양이는 빼액대는 새끼들을 보호하려는 듯 뒤로 물러났다. 샘은 데니스에게 당신이 나가 있는 동안 진척이 있었다고 말하는 자신을 상상하며 들떴다.

두 시간이 지났지만 데니스는 돌아오지 않았다. 날은 금세 어두워졌다. 주변의 모든 소음이 수상쩍었고 위협적으로 느껴졌다. 욕실로 들어간 샘은 데니스가 돌아오는 소리를 듣기 위해 문을 약간 열어놓았다. 몸의 물기를 닦는데 욕조 뒤편의 김 서린 작은 창 너머로 움직이는 그림자가 보였다.

몸을 돌린 샘은 목을 움츠린 머리통의 모양을 명확히 보았다. 집 주위에 버려진 합판을 쿵 하고 디디는 발소리가 들렸다. 샘은 허벅지께에 걸쳐진 팬티를 움켜쥔 채 그대로 얼어붙었다. 뭘 해야 할지 알 수 없었다. 우선 욕실 문을 닫고 한 손으로 속옷을 끌어올린 후, 다른 손으로 빗장을 걸었다. 경찰서에 전화하려고 휴대폰을 찾았지만 소파 팔걸이에 놓아둔 게 떠올랐다. 전등을 껐다가 다시 켜고 문 밑에 타월을 끼워 넣었다. 그러다가 그건 화재 상황에 하는 일이고, 침입자가 있을 때 어떻게 해야 하는지에 대해서는 한 번도 배운 적이 없음을 깨달았다.

시간이 흘렀다. 샘은 자신이 욕실에 얼마나 오래 있었는지 알 수 없었다. 등을 벽에 찰싹 붙인 채, 창과 문 밑의 틈새를 번갈아 보면서 다가오는 발의 그림자를 기다렸다. 다리에 감각이 없어질 만큼 긴 시간이었다. 등이 저려오기 시작했다. 샘은 자신의 목을 누르는 칼을, 딸깍 하는 방아쇠 소리를, 뺨을 갈기는 주먹을, 뼈가 부러지는 느낌을 상상했다.

그때 녹슨 뒷문이 비명을 질렀다. 샘은 다가오는 발소리에 숨을 참았다. 이윽고 누군가가 손잡이를 달그락거리고, 잠긴 문을 밀었다. 샘은 욕조와 세면대 사이의 틈새로 기어 들어가 눈을 질끈 감았다.

"샘?" 데니스의 목소리였다. "거기 있어?" 샘은 문을 벌컥 열고 데니스에게 몸을 내던졌다. 데니스에게서는 풀 냄새와 뭔지 알 수 없는 냄새가 났다. 이를 약간 시큰거리게 하는 금속성 냄새였다. 샘은 몸을 약간 뒤로 빼고 창에서 본 형체에 관해 말했다. 이번에는 확실히 누군가가 있었다고 말했다.

"말도 안 되는 소리. 나와. 나 샤워해야 돼." 데니스가 말했다.

"난 진지해. 누군가가 들여다보고 있었어." 샘은 자신의 말이 어떻게 들릴지 알면서도 계속 소리쳤다.

"아무도 없었거든. 제발 나와. 나 샤워하고 싶어."

"난 혼자 있기 싫어."

"그럼 여기 있어. 난 아무래도 좋으니까." 데니스는 눅눅한 셔

253

츠와 바지, 잡지 촬영 때 협찬받은 나이키 신발을 벗어던졌다.

"나갈 때는 헌 운동화 신고 있지 않았어?" 샘이 물었다.

"뭐라고?"

"헌 운동화 신고 나갔잖아."

"아닌데." 데니스는 사각팬티를 끌어내려 발을 빼고는 녹색 샤워 스크린을 친 후 물을 틀었다. 샘은 데니스를, 움직이는 데니스의 몸을, 비눗물이 등을 타고 흘러내리는 모습을 지켜보았다. 데니스가 샴푸를 집으려고 몸을 돌리자 샘은 자세히 보려고 몸을 기울였다.

"보지 마." 데니스가 말했다.

"안 봐."

"거짓말쟁이."

샘은 웃음을 지었다.

"타월이나 줘." 데니스가 옆으로 손을 뻗으며 말했다. 샘은 타월을 건네주면서 자신이 바로 전에 느낀 공포를 잊고 데니스를 꽉 붙들고 자기 몸을 밀어붙이는, 데니스가 자신을 원하게 만드는 상상을 했다.

"다시 감옥에 들어온 기분이야. 내가 샤워하는 걸 누군가 지켜보는 건 정말 소름 끼쳐." 데니스는 새 옷을 끌어올려 입었다.

"난 진지해. 정말이야. 밖에 확실히 누군가 있다니까."

"알았어. 믿을게."

"당신은 겁 안 나?"

254

"안 나. 아마도 집을 구경하러온 어린 애들이겠지. 유령의 집 같은 식으로 생각하고 말이야."

"자기가 여전히 유죄라고 생각하는 사람이면 어떡해? 만약 우리를 해치고 싶어 하면?"

"자기는 별거 아닌 거로 난리를 치고 있어." 데니스는 샘에게 밖에 아무도 없다는 걸 보여주기 위해 손전등을 들고 마당을 순찰했다. 샘은 어깨너머로 불안하게 돌아보면서 그 뒤를 따라갔다. 데니스는 욕실 창 밑의 덤불을 밟고는 샘에게 아까 들은 것과 같은 소리냐고 물었다. 샘은 아니라고 하다가 뒤이어 어쩌면 안에서는 다르게 들릴 수도 있겠다고 말했다.

"흐음." 손전등으로 도랑을 비춰보던 데니스는 거기 잔뜩 처박힌 쓰레기를 보고 혀를 쯧쯧 찼다. 플라스틱 파이프가 나뭇잎의 무게 때문에 아래로 처져 있었다. "당신에게 필요한 게 뭔지 알아?" 데니스가 물었다.

"뭔데?"

"당신은 이곳에 아무것도 두려워할 게 없다는 걸 알아야 해. 여긴 으스스하지도 않고, 유령의 집도 아니야. 나쁜 에너지로 가득하지도 않고." 데니스는 샘의 허리를 감싸 안고 코에 입을 맞췄다. 데니스는 샘의 다리를 몸 밑에서 낚아채더니 샘을 어깨에 걸머졌다. 샘은 깔깔 웃으며 장난스럽게 양손으로 데니스의 등을 때렸다. "얼른 우리 차고로 가자." 데니스가 말했다.

샘은 웃음을 멈췄다. 데니스의 어깨가 샘의 가슴팍을 눌러서 숨쉬기 힘들었다. "아니, 안 돼, 제발 난 거기 들어가기 싫어." 샘이 말했다.

"당신은 두려움을 극복해야 돼."

"난 정말 그러기 싫어. 나 지금 무섭단 말이야. 재미 없어, 제발." 샘은 데니스를 밀치고 몸을 비틀어 벗어나려 했지만 데니스가 샘의 다리 뒤쪽과 등 아래쪽을 단단히 붙잡고 있어서 꿈틀거리는 것밖에 할 수 없었다. "제발, 제발!" 샘은 울기 시작했다. 데니스는 차고 문을 열고 샘을 안은 채 문턱을 넘었다. 데니스가 샘을 내려놓고 앞으로 밀자 샘은 몇 걸음 만에 발을 헛디뎌 와당탕 소리와 함께 바닥에 넘어지고 말았다. 데니스는 이미 바깥으로 나간 후였다. 샘이 마지막으로 본 것은 금속문을 횡하니 닫고 자신을 어둠 속에 던져 넣은 데니스의 실루엣이었다.

"그냥 피가 좀 있을 뿐이야." 데니스가 소리쳤다. "그 이상은 없어. 그래도 벽은 건드리지 않는 게 좋을 거야."

"데니스, 제발!" 그렇게 비명을 지른 것은 태어나서 처음이었다. 자신이 그런 소리를 낼 수 있는지 처음 알았다. 소리는 샘의 성대를 긁고 주변을 둘러싼 금속벽에 부딪쳐 튕겨나왔다. 샘은 악몽을 꿀 때조차 절대 비명을 질러본 적이 없었다.

눈이 어둠에 적응하자 윤곽선이 보이기 시작했다. 시트로 덮어놓은 정원 연장들이 시체처럼 벽에 매달려 있었다. 한쪽으로는 산탄총 모양으로 보이는 무언가가 튀어나와 있었다. 반대 방향으로는 머리통처럼 보이는 무언가가 힘없이 늘어져 있었다.

"아직 거기 있어?" 샘은 문 근처에 바싹 달라붙었다. "데니스?"

마침내 문이 열렸다. 샘은 데니스의 가슴을 세게 때리면서 밀치고 나갔다. 데니스는 작게 "으윽" 하는 소리를 냈다. 그 소리를 듣자 더 세게 때리고 싶어졌지만 계속 집으로 달려갔다. 샘은 집 안으로 들어간 후 소파 쿠션들을 방 건너편으로 던졌다. 데니스가 따라 들어오는 소리가 들리자 땀방울이 목을 타고 흘러내렸다. 이윽고 샘은 부엌으로 달려 들어가 바닥에 주저앉아 무릎을 감쌌다.

"그냥 장난 좀 친 거야. 괜찮아?" 데니스가 부드럽게 말했다.

"아니!" 샘은 데니스를 노려보며 몸을 홱 돌렸다.

"자기가 그렇게 무서워할 줄은 몰랐어." 마치 샘의 잘못이라는 듯한 투였다.

"그만하라고 했잖아! 내가 비명 지르는 거 못 들었어?"

"여자들은 원래 비명을 질러대지." 데니스는 어깨를 으쓱했다. "자기가 장난치는 줄 알았어."

"아니었거든!" 샘은 데니스에 대한 믿음이 사라지는 걸 느꼈다. "왜 자기는 아직도…, 왜 그냥 미안하다고 하지 않아?"

"미안해." 데니스가 한숨을 지으며 말했다. 샘은 분노가 치미는 걸 느꼈다. 데니스는 내가 왜 화내는지 이해하지 못하는 걸까? 아니면 관심이 없는 걸까?

"진심이 아니잖아."

"알았어. 미안해. 내가 심했어." 샘은 마음을 누그러뜨리고 데니스가 자신을 안게 놔뒀다. "그런 말을 하는 게 아니었는데. 피랑 그런 거 다 형편없는 농담이었어."

"그 안이 정말 그래?" 샘은 양손과 옷을 훑어보며 얼룩을 찾았다.

"아니, 아버지는 그 안에서 자살하지 않았어. 차고 벽에 기대서 한 거야. 집 바깥에서. 사람들이 이미 다 치웠고."

"그럼 왜 날 속였어?"

"나도 몰라. 모르겠어. 자기가 너무 무서워하니까, 그냥 놀려주고 싶었나 봐. 자기가 정말 아버지가 그 안에서 자살했다고 생각할지는 몰랐어. 그렇지만 자기는 여기가 유령의 집이라도 되는 것처럼 굴었잖아. 그 일은, 뭐랄까, 내 말은, 그 일은 나한테 현실이었어. 귀신의 집 같은 게 아니라."

데니스가 고개를 돌렸다. 턱의 근육이 불끈 돋았다. 샘은 데니스가 울 거라고 생각했다. 샘은 손을 뻗어 데니스의 얼굴을 부드럽게 돌려 자신을 보게 했다.

"미안해. 난 그렇게 생각하지 않았어. 자기한테 현실이라는 거 알아. 하지만 내가 누군가를 봤다는 건 사실이야. 귀신이 아니라, 분명 사람이었어. 난 누군가가 우릴 지켜보고 있는 것 같아."

"좋아." 데니스가 샘에게 키스를 하고 잠시 그대로 있다가 입술을 뗐다. "자기가 정말 그렇게 걱정된다면, 내가 자기를 지켜줄게."

데니스는 샘에게 녹차를 가져다주었다. 샘은 녹차를 싫어했지만 그냥 마셨다. 데니스에게 챙겨줘서 고맙다는 걸 보여주고 싶었다. 데니스가 샘의 머리카락을 어루만지며 달래주자 샘은 마음이 차분히 가라앉으며 잠이 올락 말락 하는 상태로 빠져들었다. 그때 바깥에서 야옹 소리가 들려왔다. 두 사람은 서로 마주 보고 문으로 달려갔다. 데니스는 손짓으로 샘에게 물러서 있으라고 지시했다. 데니스는 가능한 한 천천히 살금살금 걸어가, 문을 1밀리미터씩 열었다. 데니스가 몸을 웅크리자 고양이가 머뭇대며 다가왔다. 샘은 현관에서 긴 회색 털로 온몸이 덮여 있는 고양이를 보았다.

"누군가에게 보살핌을 받고 있었던 것 같아." 데니스가 손가락으로 고양이의 털을 쓰다듬으면서 말했다. "아마 임신한 뒤 녀석을 쫓아낸 것 같아."

"이해할 수 없어. 인간들은 왜 그런 짓을 하는 걸까?" 샘이 말했다.

"인간들은 더 나쁜 짓도 해." 데니스가 말했다. 고양이가 데니스의 손을 향해 몸을 뻗었다. 데니스의 주먹에 얼굴을 문지르며 몸을 돌렸다. 꼬리가 하늘을 향해 곧장 뻗쳤다. 샘은 고양이 먹이 그릇에 사료를 담아와 데니스와 함께 고양이가 먹는 것을 지켜보았다. 두 사람은 고양이가 새끼들을 임시방편으로 만들어 놓은 침대에 데려다 놓은 것을 알았다. 새끼들은 둥글게 뭉친 양

말처럼 한데 옹송그리고 있었다.

　샘과 데니스는 고양이 침대를 들어 올려 집으로 가져가면서 어미가 따라오기를 기다렸다. 고양이는 불안한 기색으로 야옹대며 서성이다가 결국 진정하고 침대 근처에 놓아둔 먹이를 살짝 건드렸다. 밤새 고양이 소리가 들렸다. 새끼들이 빼액대고 돌아다니다 바스락거리며 어미 곁으로 돌아와 모이는 소리였다.

24화

해가 뜨고 잠자리에서 일어난 데니스는 고양이가 혼자 들락날락할 수 있도록 문을 열고 고정시켰다. 스푼으로 그릇을 두드려 아침을 먹으러 오라고 부른 후 미소 띤 얼굴로 먹이를 먹는 고양이를 지켜보았다.

"당신 너무 잘한다." 샘이 말했다. "정말 좋은 아빠가 되겠어." 데니스가 얼굴을 찡그리자 샘은 그냥 입을 다물고 있지 않은 걸 후회했다.

어미 고양이는 새끼들을 먹이려고 침대로 돌아갔다. 새끼 한 마리가 서툴게 무리에 끼려고 애를 썼다. 가장 작은 녀석이었는데, 네 발이 제각각 따로 놀았다. "쟤가 제일 작네." 데니스가 말했다. "얼른 자랐으면 좋겠다."

데니스는 아침 달리기도 생략하고 마룻바닥 위로 레이저 포

인터를 비추며 고양이가 그것을 쫓아 미친 듯이 움직이는 모습을 구경했다. "이름을 지어주자." 데니스가 말했다.

"얼룩이?"

"말도 안 돼. 참치?"

"괜찮네."

"참치."

◆ ◆ ◆

아침은 더웠고 천천히 흘러갔다. 데니스는 잡동사니와 옷을 쓰레기봉투에 던져 넣어 한구석에 몰아놓았다. 샘이 자선단체에 가져가자고 하자 데니스는 흠이 난 장신구와 노랗게 변색된 셔츠를 들어 보였다. "이 거지 같은 걸 누가 원하겠어?" 그는 샘의 답을 기다리지도 않고 모든 걸 던져버렸다.

밖에서 엔진 소리가 들려왔다. 데니스는 이마를 훔쳤다. "아마 쓰레기 수거차일 거야."

양 손에 무거운 봉투를 하나씩 들자 데니스의 팔에 힘줄이 솟았다. 창밖을 내다본 샘은 경찰차 한 대를 발견했다. 차에는 세 남자가 타고 있었다. 운전자는 젊은 삼십 대 남자였고, 다른 둘은 칠십 대 후반으로 보였는데 제복은 입고 있지 않았다. 나이든 사람 중 한 명은 왠지 낯이 익었다. 눈이 마주친 순간 샘은 그가 해리스 경관임을 알아보았다. 얼굴이 핼쑥하고 잔뜩 부은 게 영 좋아 보이지 않았다. 마치 술을 잔뜩 퍼마신 것 같았다. 데니스는 앞문 옆에 쓰레기봉투들을 내려놓고는 문틀에 기대서서 무심한 걸음걸이로 마당을 지나 집으로 다가오는 경관들을 지켜보았다.

"좋은 아침이네, 데니스." 해리스 경관이 말했다.

"맙소사, 해리스 경관님 아니세요? 하마터면 못 알아볼 뻔했어요."

"그래, 이쪽은 게이시 경관과 콜 경관이네."

해리스의 목소리에는 샘을 초조하게 만드는 뭔가가 있었다. 좋은 소식으로 찾아온 게 아니라는 걸 말해주는 무언가가.

"샘, 이리 와봐. 이분들은 내가 학교 다닐 때 이곳 경찰이었어."

샘은 도대체 무슨 일이 벌어지려는 걸까 궁리하며 데니스 뒤에서 어정거렸다.

"왜 우리가 여기 왔는지 아나, 데니스?" 해리스가 물었다.

"사인해드릴까요?" 데니스가 말했다.

"어젯밤에 어디 있었나, 데니스?"

"여기요. 사실, 경관님이 오셔서 무척 반가워요. 샘이 살짝 겁을 먹었거든요. 누가 여길 몰래 돌아다니면서 창으로 안을 엿본 것 같아요. 혹시 뭐 좀 아세요?"

"데니스가 밤새 여기 있었나요, 부인?" 젊은 콜 경관이 샘에게 몸을 가까이 기울이며 물었다. 샘은 고개를 끄덕였다. "확실한가요?"

"네, 확실해요." 샘이 나지막이 대답했다. 뒤이어 헛기침을 하고는, 확신을 줄 수 있기를 바라며 다시 말했다. "밤새 저하고 함께 여기 있었어요."

"도대체 무슨 일이에요?" 데니스는 머리 위로 손을 뻗어 문틀 꼭대기에 매달렸다. 힘주어 잡아당기자 나무 쪼개지는 소리가 들렸다.

"빌 랜드리가 오늘 아침 일찍 전화했어요. 자기 개가 내장이 드러난 채로 집 앞에 죽어 있는 걸 발견했답니다. 무척 마음 아파하더군요."

데니스가 고개를 갸웃했다. "'내장이 드러났다'는 게 무슨 뜻이죠?"

"창자가 뽑혔어요. 뜯겨 나갔죠. 동물이 한 짓처럼 보였어요."

"동물이 한 짓인가요?"

"아뇨, 동물이 그런 게 아니에요, 데니스. 우리가 근처를 둘러봤는데, 개의 두개골을 쓰레기통에 던져넣고 불에 태운 흔적이 있었어요. 빌이 이틀 전쯤 자기 가게에서 당신하고 작은 소란이 있었다고 하더라고요."

"그분 부인이 우리가 잡지를 사려 했다는 이유로 우릴 총으로 위협한 것 말인가요? 확실히 그런 일이 있긴 했죠." 샘이 대꾸했다.

"그분은 그렇게 말씀하시지 않던데요. 데니스가 자기를 위협했다던데요. 당신이 개를 죽였죠, 데니스?"

샘은 데니스의 등을 바라보았다. 셔츠 밑에서 어깨 근육이 긴장하는 게 보였다.

"옛날하고 똑같군요, 안 그래요?" 데니스가 말했다. "당연히 난 개를 죽이지 않았어요."

"확실합니까?" 게이시가 물었다.

"예, 확실해요. 난 내내 여기에 있었어요. 우리 노친네의 소지품을 정리하는 중이었죠. 당신들처럼 맛이 가기 전에 여길 벗어나려고요."

"이런 일은 늘 당신을 따라다니는 것 같군요, 데니스. 여기서 해야 할 일을 빨리 해치우고 사람들이 진짜 화나서 당신을 내쫓으려고 달려들기 전에 빨리 여기를 떠나는 게 좋을 겁니다."

"대형 쓰레기 수거차가 곧 오기로 돼 있는데 당신네가 진입로를 막고 있어요. 트럭이 도착하기 전에 가시는 게 좋을 것 같군요. 내가 여기서 꺼지길 바라세요? 여기서 벗어나고 싶은 건 나도 마찬가지예요. 하지만 난 먼저 이 일을 마쳐야 해요."

"넌 하나도 변하지 않았구나, 데니스." 해리스 경관이 말했다. "곧 다시 보자."

"어쨌든 만나서 반가웠어요." 데니스가 집 안으로 들어갔다.

"부인." 해리스가 뒤로 물러나며 말했다. 샘은 경관이 말을 잇기를 기다렸다. "당신이 데니스나 데니스의 상황에 관해 얼마나 아는지 모르겠지만…."

"다 알아요." 샘이 말했다.

"이렇게 되기까지는 많은 일이 있었답니다. 내가 부인이라면 데니스가 왜 여기로 굳이 다시 왔는지 스스로에게 물어보겠습니다. 데니스는 이제 자유이고 여기에 가족도 없어요. 기다려주는 사람도 없고요. 심지어 이곳 사람들은 모두 데니스를 미워해요. 그런데도 왜 데니스는 여기를 다시 찾아왔을까요?"

샘은 해리스 경관에게 이 집을 어떻게 치우고 수리하고 있는지 말하고 싶은 마음을 간신히 억눌렀다. 샘 역시 그들이 왜 여기 있는 건지 이해할 수 없었다. 다른 사람들한테 집 청소를 맡길 돈이 없는 것도 아니었다. 집은 어차피 가치가 없었다. 나무는 썩어가고 지붕은 물이 샜다. 그냥 철거해버리고 공터가 되도록 놔두는 편이 나을 것이다.

해리스가 떠나려는데 샘이 물었다. "그 개 말이에요. 왜 데니스가 그랬다고 생각하세요?"

해리스는 한숨을 푹 내쉬었다. "데니스를 열받게 한 사람한테 이런 일이 일어난 게 처음이 아니거든요. 우연이라면 엄청난 우연이지요." 경관은 어깨너머를 돌아봤다. 샘도 따라 돌아보았다. 창가에 데니스가 서 있었다. 미동도 없이 잔뜩 긴장한 채 골똘히 집중한 표정을 짓고 있었다. "생각해보시고 어젯밤 데니스가 당신과 함께 있지 않았다는 기억이 나면, 바로 서에 전화주세요." 샘은 해리스가 건넨 명함을 망설이다 받았다.

"저하고 같이 있었어요." 샘은 다시 그렇게 말하고 해리스의 눈을 똑바로 바라보았다. "밤새."

해리스가 피식 웃었다. "당신들은 똑같아." 해리스는 그 말을 남기고 차로 걸어갔다.

샘은 해리스의 말에 발끈하지 않고 그 자리에 단단히 버티고 선 채 그가 뒤를 돌아보기를 기다렸다. 떠나기 전에 마지막으로 한마디 위협이나 모욕을 남기고 싶은 유혹에 굴복하기를 기다렸다. 하지만 경관은 그러지 않았다. 해리스는 나이 든 사람 특유의 느린 동작으로 허리를 숙여 차에 탔다. 그러곤 등 뒤로 문을 닫았다. 샘은 그들이 차를 몰고 떠날 때까지 지켜보았다.

집 안으로 들어오자 데니스는 샘에게 해리스가 무슨 말을 했느냐고 물었다.

"어젯밤 자기가 어디 있었는지 다시 물어봤어."

"뭔가 주는 것 같던데?" 샘이 주머니에서 명함을 꺼내 보여주자 데니스는 껄껄 웃었다.

"버릴까?" 샘이 물었다.

"자기 하고 싶은 대로 해." 데니스는 그렇게 말하고 선반 위에 있는 걸 몽땅 다 쓰레기봉투에 쓸어 담았다.

"그 사람들이 당신 짓으로 몰아가려고 하지만 난 당신이 그럴 리 없다는 걸 알아." 샘이 말했다. "하지만…."

"하지만?" 데니스가 동작을 멈췄다. 그의 뒤에서 먼지가 피어올라 머리카락에 내려앉았다.

"자기는 어젯밤에 여기 있지 않았잖아."

"아니, 있었는데."

"밤새는 아니었지. 달리기하러 갔었잖아."

"이 근처였어. 내가 차도 없이 어떻게 시내까지 갔다가 돌아왔겠어?"

"당연하지. 알아."

"그렇게 꼬치꼬치 따져야겠어? 난 여기 있었어. 숲으로 달리기를 하러 갔었고 그게 다야. 그 작자들은 그냥 늘 그랬던 것처럼 날 괴롭히려는 거야. 개는 아마도 차에 치였거나 뭐 그랬겠지."

"하지만 그 사람들 말로는 머리통이…."

"거짓말일 거야. 자기를 겁주려는 거지."

"내 짐작엔…."

"짐작? 뭐, 날 안 믿는 거야?"

"당연히 믿지."

"아닌 것 같은데. 저쪽 편을 들거나 내 편을 들거나 둘 중 하나만 해."

"나야 당연히 자기 편이지." 샘은 갑자기 자신이 데니스를 배신하기라도 한 것 같은 끔찍한 기분이 들었다.

"자기는 내 아내야." 데니스가 한결 부드러워진 목소리로 말했다. "날 믿어줘야 해."

"그냥 그 사람들 때문에 겁이 나서 그랬어." 샘이 말했다. "난 언제나 자기 편이야."

25화

샘은 데니스와 참치의 사진을 찍었다. 데니스가 참치를 더없이 부드럽게 부르고, 손바닥에 새끼 고양이들을 올리고, 고양이의 머리에 코를 갖다 대는 모습을. 데니스가 동물을 해치다니 말도 안 돼. 샘은 자신이 본 형체를 생각했다. 분명 집 근처에 누군가 가 숨어 있었다. 자신에게 와닿는 누군가의 눈길이, 보이지 않아 도 느껴졌다. 그 시선은 샘의 척추를 부드럽게 훑어내리는 손톱 같았다. 이곳에는 얼마나 많은 미친놈들이 살고 있을까? 샘은 궁금해졌다.

　보름이야. 샘은 결정했다. 그 후에는 떠날 거야.

◆ ◆ ◆

샘은 어딘가로 떠나고 싶었다. 그래서 차를 몰고 시내 외곽의 도넛 가게로 가 반짝거리는 설탕가루가 뿌려진 링 도넛 두 개와 거대한 아이스 커피 한 잔을 골랐다. 사진을 찍고 인스타그램에 '원시인 식단', '유기농', '건강'이라는 해시태그를 달아 올렸다. 그러고는 혼자 슬며시 웃으며 그 들쩍지근하고 메스꺼운 것들을 먹어 치우기 시작했다.

돌아와보니 집 앞에 노란 쓰레기 수거차 세 대가 줄지어 있었다. 그중 한 대는 마당에 쌓아놓은 검은 봉투들과 부서진 가구로 반쯤 차 있었다. 데니스는 집 외벽의 낙서를 페인트칠로 덮어버리려고 했지만 흰 페인트 밑으로 붉은 글자가 비쳐 보였다. 샘이 본 적 없는 트럭도 하나 있었다. 집 앞 계단에는 열 살쯤 된 남자애가 부루퉁한 얼굴로 앉아 있었다. 무릎이 지저분하고 빼빼 마른 아이였다. 샘이 차에서 내리자마자 귀에 거슬리는 골초의 웃음소리와, 그보다 낮게 오르락내리락하는 데니스의 목소리가 들렸다. 남자애는 자기 앞으로 지나가는 샘을 쳐다보지도 않았다. 아이는 질척한 소리를 내며 콧물을 들이켜서는 잔디밭에 뱉었다.

"나 왔어!" 샘이 데니스가 듣기를 바라며 외쳤다.

데니스는 대답이 없었다. 두 사람의 공모하는 듯한 웃음소리가 샘의 귀에 들려왔다. 하나는 확실히 여자였다. 데니스는 부엌에 있었다. 흰 페인트가 점점이 튄 옷을 입고 물방울이 맺힌 탄산수 병을 한 손에 든 채 벽에 등을 기대고 서 있었다. 그 맞은편에서 허리를 굽혀 샘의 남편을 향해 사타구니를 쑥 내밀고 있는 사람은 린지 더스트였다.

"안녕하세요?" 린지가 말했다.

"우와, 잘 있었어요?" 샘이 유쾌한 목소리를 지어내려 애쓰며 말했다.

"그럼요. 이 친구를 다시 보게 되어서 너무 좋네요. 여기 이렇게 빨리 돌아올 줄은 몰랐거든요."

"린지 만났지, 응? 촬영 중에." 데니스가 물었다.

왜 그러는 걸까? 우리가 전에 린지 이야기를 한 적이 없는 것처럼. 샘은 애써 웃음을 지었다. "그래!" 목소리는 너무 크고 너무 높게 나왔다. 샘은 진정하라고 자신을 다독였다. "잠깐이었지만. 다시 만나니 너무 반갑네요."

샘은 양손에 쇼핑백을 들고 있었다. 손바닥에 땀이 배고, 비닐이 파고들기 시작했다. 샘은 그 자리에 멍하니 서서 린지와 데니스가 함께 웃는 모습을 바라보았다. 린지는 발가락이 훤히 보이는 플립플랍을 신고 있었다. 발톱은 체리색으로 붉게 칠해져 있었는데 못생긴 새끼발가락은 비틀려 다른 발가락 밑으로 말려 있었다. 린지는 샘의 눈길을 느꼈는지 발을 안 보이게 가렸다.

"그거 안 내려놓을 거야?" 데니스가 봉투를 감아쥔 샘의 창백한 손마디를 가리키며 말했다. 샘이 봉투들을 내려놓으려 하자 데니스가 말했다. "여기 말고. 여긴 좀 정신이 없잖아. 거실로 가

271

져가지 그래?"

샘은 굴욕감을 느끼며 부엌을 나섰다. 데니스와 린지가 서로 시선을 교환하면서 말 없이 자신을 조롱하는 모습을 상상했다. 린지의 얼굴에 번져가는 웃음과 데니스의 심술궂고 능글맞은 웃음을 그려보았다. 데니스의 아름다움 뒤에는 추한 내면이 숨어 있다고, 샘은 생각했다. 밖에서 들어올 때 본 그 남자애가 끝이 날카로운 돌로 바닥의 판자를 긁어 흠집을 내고 있었다.

샘이 도로 부엌으로 들어가자 두 사람의 말이 끊겼다. "밖에 있는 애는 당신 아들인가요?"

"그래요." 린지가 태연하게 대꾸했다. "집에 혼자 두고 올 수 없어서요. 애가 독감이 걸렸거든요." 그리고 덧붙였다. "그 애는 아무 짓도 안 할 거예요."

"그래, 걔는 그냥 둬둬. 걔는 괜찮아." 데니스가 말을 보탰다.

"난…." 샘은 말을 멈췄다. 입술이 바짝 타는 것 같았다. "그냥 물어본 거야. 안으로 들어오라고 할게."

"아, 아니야." 데니스가 말했다. "그럼 물건들을 건드릴 거고, 독감이 옮을지도 몰라. 할 일이 이렇게나 많은데 아프면 큰일이잖아."

린지가 어깨를 으쓱했다. "걔한테는 신선한 공기가 좋을 거예요."

샘은 자리에서 일어섰다. 침묵이 흘렀다. 두 사람이 자신이 나가기를 기다리는 게 느껴졌다. 샘은 결국 등을 돌려 밖으로 나갔다.

"너, 이렇게 밖에 있어도 괜찮니?" 샘이 물었다. 남자애는 화들짝 놀라며 뒤를 돌아보았다. "배고프니? 마실 거 좀 줄까?" 아이가 고개를 끄덕였다. "뭐 줄까? 먹을 거 아니면 마실 거?"

"둘 다요." 남자애가 팔로 코를 쓱 닦았다.

"샌드위치 만들어줄 수 있는데, 먹을래?"

"아무거나요." 남자애가 다시 돌로 판자를 긁으며 말했다.

남자애는 지저분했고 태도는 끔찍했다. 샘은 나중에 데니스에게 꼭 이 이야기를 해야겠다고 속으로 다짐했다. 남자애는 형편없는 가정교육의 산 증거 같았다. 샘은 아이에게 샌드위치를 갖다 주겠다고 한 것이 그저 다시 부엌을 어정거릴 핑계를 만들기 위한 것이라는 걸 잘 알고 있었다. 샘이 들어가자마자 다시 대화가 멈췄다.

"리키에게 뭐 만들어주려는 건 아니죠?" 린지가 물었다. "그 애는 쉬지 않고 먹어대요. 꼭 음식물 처리기 같다니까요. 조심하지 않으면 아까 사온 걸 몽땅 먹어 치울지도 몰라요."

"고기도 먹나요?" 샘이 물었다.

린지가 깔깔 웃었다. "어, 네."

"알레르기 같은 건요?"

"내가 아는 한은 없어요."

린지는 익힌 칠면조 고기와 스위스치즈로 샌드위치를 만드는 샘을 지켜보았다. 샘은 냉장고에서 선인장으로 만든 유기농 콜라를 꺼냈다. 그것은 데니스의 비웃음을 사지 않는 유일한 탄산음료였다. 그것들을 가지고 리키에게 가자 리키는 샌드위치와 콜라 캔과 샘을 번갈아 보고는 고개를 저었다.

"난 갈색 종류는 안 먹어요." 리키는 종이 접시를 도로 밀었다.

"다른 건 없어." 샘이 음료를 건네자 아이는 손 안에서 그것을 굴리며 눈에 익지 않은 로고를 보고 인상을 찌푸렸다.

"이게 뭐예요?"

"콜라야. 선인장이랑 뭔가로 만든 거지. 맛은 괜찮아. 보증할게." 샘은 종이 접시와 샌드위치를 바닥에 놓고 아이 옆에 앉았다. 아이가 코에 주름을 잡으며 샘에게 캔을 돌려주려고 하자 샘이 말했다. "그거 아니면 물밖에 없어. 데니스는 집에 진짜 콜라를 들여놓게 해주지 않거든."

"왜요?"

"옥수수시럽이 잔뜩 들었대."

리키가 어깨를 으쓱했다.

"하지만 난 좋아해. 밖에 나갈 때마다 늘 사 마셔." 뒤쪽 부엌에서 새어나오는 숨죽인 웃음소리가 들렸다. 리키가 꼭지를 잡아당기자 캔이 쉬잇 소리를 냈다. 아이는 망설이며 한 모금 홀짝였다.

"다이어트 콜라 맛이 나요." 아이는 실망한 표정을 지었다.

"그래, 아주 맛있진 않지. 그래도 없는 것보단 낫잖아."

"그런가." 아이는 한 모금 벌컥 들이켜고는 인상을 쓰며 삼켰다. 그러고는 끝이 벗겨진 붉은 코를 손등으로 쓱 닦았다.

"아픈 지 얼마나 됐어?" 보다 못 한 샘이 물었다.

"몰라요. 이번 주 내내."

"병원에는 가봤니?"

"아뇨." 아이는 코웃음 치며 대답했다. "내가 왜 여기 있는지 모르겠어요. 여긴 소름 끼쳐요." 아이가 재빨리 샘을 올려다보았다. "죄송해요."

샘이 한숨을 쉬었다. "나도 여기가 소름 끼친다고 생각해."

"다들 여기가 소름 끼친다고 생각해요. 여기에 우리 형 아론이랑 같이 온 적이 있어요. 형이 친구들이랑 올라가서 차고를 건드리고 오는 내기를 했지만 정작 자기는 감히 하지도 못했어요. 형은 지렁이를 먹은 적도 있으면서도요."

"지렁이?"

"예. 형은 내기라면 뭐든지 다 해요."

"걔 좀 징그럽다."

"맞아요." 리키가 킥킥 웃음을 터뜨렸다. 아이의 가슴 속에서 액체가 출렁거리는 것 같은 작은 소리가 들렸다. 짧고 발작 같은 기침을 하다가 아이가 물었다. "저 아저씨가 정말로 그런 짓들을 다 했어요?" 아이는 공포로 눈이 휘둥그레져서는 코를 벌름거리며 샘을 보았다. 유령 이야기를 듣고 싶지만 겁먹은 걸 들키고 싶지 않은 눈치였다.

"데니스?" 샘이 물었다. "그 사람은 아무 짓도 안 했어. 감옥에서 나온 걸 보면 알 수 있잖아."

"사람들이 여기에 시체들이 있다고 했어요. 시체를 찾아내기만 하면 감옥에서 못 나오게 할 수 있을 거라고. 근데 진짜 잘 숨겼다고요."

"여기 그런 건 없어. 사람들은 그냥 널 겁주려는 거야. 경찰이 여기를 다 둘러봤어. 온 사방을 다 수색했지. 여기엔 아무것도 없어. 그 누군가도 시체를 그렇게 꽁꽁 숨길 순 없어."

"저 바깥에는요?" 아이가 숲을 가리키며 물었다. 숲이 울창해서 넓이는 짐작조차 되지 않았다.

"거기도 수색했지."

"만약⋯." 아이가 말을 멈추고 고개를 저었다. "어떤 사람들은 아저씨가 시체들을 먹었대요."

샘은 아이의 눈을 들여다보았다. "그건 말도 안 되는 소리야. 넌 아저씨가 무섭니?"

아이가 다시 어깨를 으쓱했다.

"아저씨를 무서워하면 안 돼. 데니스는 아무 짓도 하지 않았고, 하지도 않을 거야." 샘은 어떻게 하면 아이에게 그 모든 게 그냥 지어낸 이야기고 뜬소문일 뿐이라는 걸 믿게 할 수 있을까 궁리했다. 아이에게 말했다. "게다가 난 그 아저씨랑 결혼했어. 아저씨가 나쁜 사람이라면 내가 알겠지. 아저씨는 절대 아무도 다치게 하지 않았단다."

아이는 샘을 올려다보고 희미하게 고개를 끄덕였다.

샘은 건드리지도 않은 샌드위치를 집어들고 집 안으로 들어갔다. 부엌에서 이루어지는 대화를 엿들으려고 멈춰 섰다. "제프리스 기억나?" 린지의 목소리가 들렸다. "시내에서 비디오 대여점을 운영하고 있었는데 경찰이 거길 습격했어. 한 1997년이었나? 1998년이었나? 아동, 동물, 강간 등 온갖 종류의 불법 비디오가 발각됐지."

"윽, 그럴 줄 알았어."

"어쨌든 그 아저씨는 2002년 감옥에서 나와 얼마 동안 피들러 파크에 살다가 지금은 시내로 돌아왔어. 아무도 그 아저씨한테 관심이 없어. 내 말 무슨 말인지 알지?"

"원래도 징그러운 놈이었어."

"그리고 지금은 저 밖을 돌아다니지. 사람들은 신경도 안 쓰고. 그리고 그 사람은 일종의 츠, 츠, 츠…"

"천민?"

"맞아! 나답잖게 어려운 말을 쓰려고 했다니. 너무 민망하다!"

"노력하는 모습이 보기 좋네."

"아우, 고마워." 수년간의 흡연 때문에 녹이 슨 목소리로 린지가 웃었다.

샘은 건드리지도 않은 샌드위치가 방패라도 되는 양 몸 앞으로 내민 채 부엌에 아무도 없는 것처럼 성큼성큼 들어갔다.

"이런, 샘! 걔가 안 먹어요?" 린지가 물었다.

샘은 샌드위치를 쓰레기통에 버렸다. "정말이지, 제 생각엔 아이가 밖에 나와 있어도 괜찮을 만큼 건강해 보이지 않던데요. 병원에 데려가 보면 어떨까요?"

"겨우 독감 가지고요? 이틀쯤 뒤면 괜찮아질 거예요. 걘 그냥 될 수 있는 한 학교를 많이 빼먹으려는 거예요. 걔가 너무 신났을까 봐 걱정이에요. 학교에 가지 않으려고 하면 어쩌죠? 애런처럼요. 내가 아직 애런 얘기 안 했지, 데니스? 맙소사, 걔는 너랑 판박이라니까. 싸움을 벌이고 선생한테 욕을 하는 바람에 보름이나 정학당했지 뭐야. 하지만 그 선생이 걔한테 먼저 함부로 했어. 난 걔한테 어른이 손을 대면 맞서 싸워야 한다고 가르쳤거든. 손찌검을 해도 되는 건 혈육뿐이지."

데니스가 웃음을 지었다.

"난 당신 이름을 따서 걔 이름을 지었어. 당연하지만 퍼스트 네임은 아니고." 린지는 또 깔깔 웃었다. "그냥 미들 네임만 따 왔어. 그 애 이름은 애런 데니스야."

"애런 데니스 더스트?" 데니스가 눈썹을 치켜올리며 물었다.

린지가 눈을 찡긋하며 샘에게 말했다. "데니스는 내 인생에서 너무 큰 부분을 차지하거든요. 난 내 아들들한테 데니스는 내 오빠나 다름없으니까 너희한테는 삼촌이나 마찬가지라고 말해요."

"넌 최악이야." 데니스가 고개를 젓자 린지는 장난스레 데니스를 할퀴며 주먹질을 했다. "넌 지독해, 린지. 넌 최악이야." 린지는 눈물을 닦는 시늉을 했다. 두꺼운 화장이 아주 살짝 번졌다. 샘은 린지가 데니스에게 관심받는 걸, 데니스에게 놀림받는 걸 얼마나 좋아하는지 알 수 있었다.

"자…." 마침내 린지가 숨을 몰아쉬며 말했다. "가봐야겠다. 일요일 밤에 볼까?"

"일요일요?" 샘이 물었다.

"시리즈 첫 화를 방영하는 날이거든." 데니스가 짜증난다는 투로 말했다. "자기도 알잖아. 원래 시사회에 갔어야 하는데."

샘은 린지가 핸드백을 어깨 위로 걸머지며 능글맞게 웃는 걸 못 본 척하려고 했다. 그 가방이 얼마나 촌스럽고 닳았는지 눈여겨보았다. 지나치게 큰 봉제 동물 열쇠고리들이 손잡이에 매달려 대롱거렸다.

"아, 그리고 걱정 마." 린지가 코 옆을 검지로 두드리며 데니스에게 말했다. "난 잊지 않았어." 데니스는 대답하지 않았지만 샘은 데니스가 입모양만으로 뭐라고 말하는 것을 놓치지 않았다. 데니스는 샘이 보았음을 깨닫지 못했다.

샘은 데니스가 린지를 배웅하는 모습을 지켜보았다. 데니스는 린지의 허리 아랫부분에 손을 얹었다. 샘은 두 사람 사이에는 자신이 절대 넘을 수 없는 역사가 있음을 느꼈다.

26화

엔진 소리가 사라지자마자 샘은 데니스에게 물었다. "이거 무슨 뜻이야?" 샘은 얼굴을 일그러뜨려 린지를 흉내 내며 코를 건드렸다. 추한 짓이라는 건 알았지만 상관없었다.

"내가 여기 없는 동안 걔가 내 물건을 맡아줬어. 아빠가 팔아치우지 못하게. 이제 됐어?"

그 말과 함께 데니스는 옆방으로 가서 짐을 정리하는 작업을 계속했다. 샘은 그 자리에 서서 가구가 뚜둑거리고 짓밟혀 조각나는 소리에 귀를 기울였다. 자신이 잘못한 건지 아닌지 알 수 없었다. 마크는 늘 샘에게 엉겨 붙는다며 망상증이 있고 소유욕이 강하고 짜증 나게 군다고 투덜거렸다. 샘은 다른 여자가 된 자신을 그려보았다. 깔깔 웃고 "닥쳐"라고 말하며 남자들을 장난스럽게 밀어내는 부류. 부루퉁해서 싸우자고 하는 부류 말고.

왜 나는 그런 여자가 될 수 없을까? 아마도 노력해야겠지.

데니스는 예전 자기 방에 있었다. 그 방은 라이어넬이 일부러 보존한 것처럼, 대부분 그가 살 때의 모습 그대로였다. 아마 감상이 아니라 흥미거리를 위해서였을 것이다. 현금이 부족할 때 팔아 치울 수 있게 엄선한 물품들로 이루어진 음침한 박물관이었던 셈이다. 샘은 데니스가 선반들을 정리하는 모습을 지켜보았다. 잡동사니가 빈틈없이 들어차 있어서, 뭔가를 빼내려면 한 손으로 살살 잡아 빼면서 동시에 다른 손으로 나머지 전부를 뒤로 밀어 넣어야 했다.

데니스는 샘을 돌아보지도 않고 물었다. "뭐 필요한 거 있어?"

"미안해." 샘이 말했다.

"괜찮아."

"정말이야. 자기에 대한 내 믿음이 부족해서 그래. 나한테는 쉽지 않은 일이야. 자기가 린지랑 같이 있는 모습을 보면… 우린 그렇지 않은 것 같으니까. 내 생각엔."

"난 자기가 린지를 질투하는 이유를 모르겠어."

"질투가 아냐. 하지만 둘이서 농담하고 있는 걸 보면 내가 모르는 역사가 너무 많다는 생각이 날 괴롭히는걸."

데니스는 한숨을 쉬고는 침대에서 내려섰다. "우린 그냥 친구야. 응? 자기도 그 애를 알면 마음에 들 거야. 자기랑 린지는 그렇게 다르지 않아. 걔는 그냥 남자들한테 인정받는 걸 좋아할 뿐이야. 알지, 자기처럼."

샘은 데니스의 얼굴에서 농담이라는 신호를 찾으려 했지만 그의 눈동자는 안경 렌즈에 가려져 보이지 않았고 얼굴은 무표 정했다.

"내 부탁 좀 들어줘." 데니스가 샘의 손을 잡자 샘은 데니스 에게 몸을 기울여 데니스의 어깨에 고개를 묻었다. "페인트가 말랐는지, 그리고 한 겹 더 칠해도 될지 봐줄래?"

"이게 무슨 의미가 있어, 데니스?" 샘이 물었다.

"뭐가?"

"이렇게 청소하고 페인트칠 하는 거. 우리 여기서 뭐하는 거 야? 집을 팔 생각이야?" 샘은 누군가가 여기 살고 싶어 할 거라 고는 상상조차 할 수 없었다. 확실히, 이곳 사람들 중 누군가가 이 집을 산다는 건 말도 안 되는 일이었다.

"아직 모르겠어." 데니스가 짜증스러운 말투로 대답했다. "원 래 그렇게 하는 거잖아. 사람이 죽고 나서 뒤에 남은 걸 처리하 는 거지. 그냥 다 썩어버리라고 내버려두지는 않잖아. 그리고 난 더는 벽에 그런 낙서가 쓰인 것을 그냥 두고 볼 수 없어. 당신은 어때?"

샘도 그랬다. "미안해." 샘이 말했다.

"알겠어."

◆ ◆ ◆

바깥은 덥고 끈적끈적했다. 샘의 피부에는 땀방울이 맺혔다. 모기가 땀 때문에 끈적끈적해진 피부에 들러붙었다. 샘은 손으로 목을 탁 치곤 손바닥에 묻은 검은 얼룩을 지웠다. 페인트 위를 손끝으로 훑었다. 집 안으로 들어가 청소하고 싶지 않았다. 샘은 현관에 앉아 앞으로 데니스와 함께 어디에 갈지 몽상에 빠졌다. 가고 싶은 곳은 뉴욕이었지만 데니스가 동의할 리 없었다. 어쩌면 로스앤젤레스에 집을 구할지도 모른다. 고급 수영장이 딸린 집으로. 샘은 심장이 두근거릴 만큼 차가운 물에 발을 담그는 순간을 상상했다.

그런 것들을 떠올리자 샘의 기분은 한결 좋아졌다. 그러나 한편으로는 지나치게 린지를 의식하는 자신이 이상한 사람인가 하는 생각이 들었다. 린지는 나에게 아무 잘못도 하지 않았는데 린지를 싫어하는 나는 나쁜 사람인가? 그럴 리 없었다. 샘은 생각했다. 내가 나쁜 사람이라면, 마크의 비명, 유리 깨지는 소리, 그리고 머릿속에 울려 퍼지는 그 끔찍한 소음을 떠올리며 밤잠을 이루지 못할 리가 없어.

현관에 앉아 탄산수를 홀짝이고 있는데 뭔가가 샘의 귀를 스치고 날아가 뒤편 창문에 부딪쳤다. 샘은 꼼짝도 하지 못한 채 가만히 앉아서 도대체 그게 뭐였을까 하고 자문했다. 이윽고 또하나가 샘의 어깨에 명중하더니 몸통을 타고 굴러 떨어졌다. 작은 돌이었다. 그 후 또 하나가 날아와 오래전에 망가진 포충등을 스쳤다. 샘은 양손으로 얼굴을 가린 채 집 안으로 뛰어 들어가 데니스를 외쳐 불렀다. 돌에 맞은 곳이 따갑고 붉게 변했다. "밖에 또 누가 있어. 돌을 던지고 있어. 날 맞혔어!"

데니스는 침실에 없었다. 라이어널의 방을 지나 부엌으로 가봤지만, 데니스는 거기에도 없었다. 뒷문 열리는 소리가 들렸다. 뒤이어 데니스가 끈에 미국 국기가 빼곡히 인쇄된 산탄총을 어깨에 걸머지고 쿵쿵거리며 모퉁이를 돌아 나타났다. 데니스는 한 손을 샘에게 내밀어, 벽에 가만히 붙어 있으라고 지시했다. 샘은 총의 후크를 풀고 앞문을 향해 성큼성큼 걸어가는 데니스를 지켜보았다. 꿈속인 듯 멍했다. 그때 총성이 두 번 울렸다. 샘은 깜짝 놀라 펄쩍 뛰어오르는 바람에 뒷벽에 머리를 부딪쳤다. 양손으로 귀를 막고 앞으로 벌어질 일에 대비해 몸에 잔뜩 힘을 주었지만 아무 일도 일어나지 않았다.

데니스가 다시 나타나 총을 벽에 기대 세웠다. "어린 애들이야."

샘은 그 뒤에 이어질 말을 기다렸지만 데니스는 부엌으로 손을 씻으러 가버렸다. "어떻게 된 거야?" 샘이 떨리는 목소리로 물었다.

"허공에 두 발 정도 쐈어. 애들이 덤불에서 뛰쳐나가더라. 아마 바지에 오줌을 지렸을걸."

"그, 그건 어디서 났는데?"

"총? 아버지가 숨겨놓은 걸 드디어 찾아냈어. 면허도 없으면서 침대 밑 트렁크에 열 자루는 처박아놨더라고. 무서웠어? 겁

284

내지 마. 더는 자기를 염탐하러 오지 않을 거야." 데니스가 샘을
껴안았다. "가서 씻어. 나가서 장 보고 저녁은 외식하자."

◆ ◆ ◆

　형제들 중 가장 작은 새끼 고양이가 밥 먹는 게 영 시원찮아
서 데니스는 저녁을 먹기 전에 새끼 고양이용 분유와 젖을 먹일
주사기를 샀다. 데니스는 그 녀석을 참치랑 같이 키우고, 나머지
녀석들은 여기를 떠나기 전에 입양 보내기로 했다. 평소와 달리
데니스는 다정하게 굴었다. 평소 싫어하던 햄버거 가게에 가자
고 했다. 데니스는 햄버거 가게에서 마요네즈를 뺀 치킨버거를
주문했지만, 나온 햄버거에는 마요네즈가 들어 있었다. 샘은 데
니스가 마요네즈를 흠뻑 머금은 눅눅한 양상추를 빼내 냅킨으
로 감싸는 모습을 지켜보았다.

　"먹지 않아도 돼. 주문 다시 하자." 마치 자신의 잘못인 것처
럼 죄의식을 느끼며 샘이 말했다.

　"괜찮아." 데니스가 말했다. "정말이야. 신경 쓰지 마."

　웨이터는 같이 주문한 브로콜리를 들고 돌아왔다. 너무 익혀
서 물러터진 모습이었다. 데니스는 실망한 표정이었지만 투덜
대지 않았다. 심지어 이 일이 끝난 다음 어디서 살까 하는 이야
기도 했다. 샘이 늘 꿈꾸는 뉴잉글랜드의 집 이야기를 할 때는
예의상 바르게 미소를 지으며 들어주었다. 샘은 데니스가 자신

을 겁먹게 만든 것을 미안해하고 있다는 것을 눈치챘다. 그리고
이제 염탐하고 다니는 애들이 없어져서 기분이 나아졌다는 사
실을 부정할 수 없었다.

집으로 돌아와서 샘은 데니스가 새끼 고양이들을 안아주는
모습을 바라보았다. 고양이들은 너무 작아서 한 손으로 들고 다
닐 수 있었다. 새끼는 아주 작게 헉헉대며 숨을 쉬었다. 작게 들
이쉬고 짧고 힘겹게 내쉬었다. 샘은 데니스가 약한 존재를 부드
럽게 보살피는 모습을 보는 게 좋았다. 주사기로 분유를 먹이고
셔츠 소매로 입을 닦아줄 때 보이는 그의 인내심과 따뜻함이 좋
았다. 데니스는 그 개를 절대 죽이지 않았다고 샘은 확신했다.

"이 친구는 앞날이 썩 밝아 보이지 않아." 데니스가 새끼 고
양이를 들어 올려 고양이의 머리에 코를 갖다 대면서 말했다.

"수의사를 불러야 할까?"

"내일 상태가 어떤지 보고." 데니스는 새끼 고양이를 형제들
사이에 돌려놓았다. 샘은 그 녀석이 확실히 다른 새끼들보다 훨
씬 작고 움직임도 적다는 것을 알 수 있었다. 새끼 고양이는 몸
을 잔뜩 웅크리고 힘겹게 호흡했다. "내일이면 나아지기 시작할
거야. 그랬으면 좋겠다."

샘은 칫솔질을 하면서 거울 속 자신을 보았다. 햇빛을 쬔 지
하루 만에 주근깨들이 솟아나 있었다.

"맙소사…" 데니스가 샘 뒤에서 말했다.

"뭐야?" 샘은 뒤를 돌아보고 데니스에게 보이지 않도록 한 손

으로 입을 가린 채 침을 뱉었다.

"당신 내 칫솔 쓰고 있잖아…."

"어? 미안해." 샘은 손에 든 칫솔을 뒤집었다. 데니스 말이 맞았다. 샘은 칫솔을 물로 헹구어 도로 칫솔걸이에 걸어놓았다.

"난 뭘 써야 하지?"

"그냥 이거 써. 미안해, 응?"

"역겨워서 어떻게 써."

"바보같이 굴지 마. 우린 결혼도 한 사이인데 이게 뭐 별거라고."

"자기 잇새에 낀 걸 꺼냈잖아. 가게에 가서 새 걸 사 와야겠어."

"뭐?"

"아직 열려 있을 거야. 밤새 열거든. 가자."

"난 너무 피곤해. 하루 종일 일했다고…"

"두 시간쯤 했으면서 뭘. 그리고 힘든 일을 하는 것도 아니잖아. 자기가 뭘 하는데? 자기가 먹은 걸 몽땅 사진 찍어서 SNS에 올리는 것 말고."

샘은 데니스를 빤히 보았다. 샘은 하루 종일 최선을 다했다. 이러쿵저러쿵하지 않고 입을 다문 채 협조적으로 행동했다. 자기는 어린 애들한테 총을 쏜 주제에. 난 거기에 대해 한마디도 하지 않았는데.

"내가 싫어?" 샘은 결국 내뱉었다.

"뭐?"

"때때로 당신이 날 싫어하는 것 같아."

"무슨 소리야? 그냥 오늘 좀 기분이 안 좋아서 그래."

데니스는 칫솔꽂이에서 칫솔을 꺼내 오랫동안 수돗물 아래에 대고 있었다. 샘은 데니스가 화해를 청하고 싶지만 고집 때문에 망설이고 있다는 걸 알 수 있었다. 샘 자신도 그랬으니까. 샘은 싸움을 거는 대신 데니스의 허리를 꺼안고 당신 칫솔을 써서 미안하다고 사과했다. 데니스가 사과를 받아들인다는 뜻으로 끙 소리를 내자 샘은 이만 자려고 거실의 에어베드를 향해 갔다.

잠시 후 데니스가 나왔다. 여전히 조용했지만 전처럼 팽팽한 긴장감은 돌지 않았다. 데니스는 아무 말 없이 안경을 접어 협탁 위에 놓고 질질 끄는 어색한 발걸음으로 매트 위에 있는 샘에게 다가갔다. 그러고는 끌어당겼다. 두 사람은 부드럽게 입을 맞췄다. 샘의 귓가에 데니스의 숨소리와 몸 밑에서 삐걱대는 매트리스 소리가 들렸다. 데니스의 팬티 속에 손을 집어넣는데 데니스가 몸을 홱 뺐다.

"미안해." 데니스가 말했다. 두 사람은 입을 맞췄고 샘은 다시 시도했다. 데니스의 몸 위로 손을 올렸다.

"아니, 하지 마." 데니스가 돌아누우며 말했다.

"난 그냥…"

"그만해. 아직은 아니야." 데니스는 샘에게 등을 돌리고 누 웠다.

데니스에 대한 갈망은 간절하다 못해 아플 지경이었다. 샘이 데니스의 등에 몸을 붙이자 데니스는 샘의 양손을 잡아 자기 몸에 둘렀다. 샘은 뭐가 문제인지 묻고 싶었다. 데니스의 감옥 시절을 상상했다. 열여덟 살이고 아름다웠던 데니스가 사형수 감방으로 옮겨지기 전에 일반 수감자들 사이에서 보낸 그 몇 달간. 그때 무슨 일이 일어난 걸까? 아니면 그보다 더 전에? 샘은 데니스가 아버지를 얼마나 싫어하는지 떠올렸다. 그 마지막 밤들을 그려보았다. 복도를 따라 가까이 다가오는 술 취한 발걸음. 샘은 데니스를 더 꼭 껴안았다. 도저히 거기에 대해 물어볼 수 없을 것 같았다.

결국 데니스는 긴장을 풀었다. 샘은 데니스와 몸을 맞댄 채 곯아떨어졌다. 샘이 한밤중에 잠에서 깼을 때 데니스는 옆에 없었다. 돌아올 때까지 깨어 있으려고 애를 썼지만 저절로 눈이 감겨 어느덧 다시 잠들고 말았다. 밝은 아침에 깨어난 샘은 바깥 냄새를 풍기며 옆자리에 누워 있는 데니스를 보았다. 손끝에 닿는 티셔츠가 차가웠다.

27화

이튿날 아침 샘이 밤에 어디 나갔다 왔느냐고 묻자 데니스는 어깨를 으쓱했다.

"잠이 안 와서 좀 나가야겠더라고."

데니스가 달리기를 하러 나가자 샘은 침대에 앉아 무릎에 노트북을 올려놓고 레드 리버 지역 뉴스를 검색했다. 죽은 개 사건이 가장 화젯거리였다. 하지만 개가 침입자에게 살해당했다는 내용만 있을 뿐, 개의 머리통에 관한 자세한 내용이나 내장이 들어내졌다는 이야기 같은 건 전혀 없었다. 경찰이 거짓말한 것 같았다. 데니스 말이 맞았어. 기사에 따르면 개는 야구방망이에 맞았다고 되어 있었다. 샘은 더 읽을 수 없었다. 마음이 너무 불편했다. 그 대신 뒤로 벌렁 누워 데니스의 손이 자신의 옷 속으로 들어와 속옷을 파고드는 상상을 했다.

"오늘은 할 일이 많아." 데니스가 들어오며 고함을 쳤다. "장례식 계획을 세워야 해. 쓰레기 수거차를 돌려보내기 전에 모조리 채워야 하고. 런지가 다큐멘터리를 보러 온다니까 뭔가 좀 먹을 걸 만들어야지." 데니스는 샘이 뭐라고 반응할 틈도 주지 않고 샤워실로 갔다.

두 사람은 분업을 했다. 샘은 데니스가 비워놓은 방을 청소했다. 먼지떨이로 거미줄을 걷어내고, 헌 칫솔로 노랗게 변색된 전등 스위치를 닦았다. 아무리 청소를 해도 죄다 너무 더러워 보였다. 때와 비참함이 표면 깊숙이 스며들어 있었다. 나무로 된 것은 전부 조잡하게 느껴졌다. 마치 그것들은 병균처럼 샘의 살갗에 더러움과 어두움을 옮길 것만 같았다.

바깥에서 차 소리가 들려오는 바람에 샘은 화들짝 놀랐다. 이번에 차 안에 탄 사람은 두 명이었다. 해리스 경관과 각잡힌 갈색 제복을 입은 젊은 경관이 천천히 문으로 다가왔다. 젊은 경관은 데니스를 앞질러 문간에 나온 샘을 향해 모자를 기울이고 사무적인 웃음을 지었다.

"좋은 아침입니다. 남편 분은 집에 계신가요?"

그때 데니스가 앞으로 나서서 샘의 어깨를 한 손으로 꽉 쥐었다. 쾌감과 불안감이 번개처럼 샘의 등줄기를 타고 달렸다.

"이번엔 뭐죠, 친구분들?"

어젯밤 일 때문일 거라고, 샘은 생각했다. 데니스가 어디 있었느냐고 물으면, 뭐라고 말해야 할지 고민했다.

"어제 오후 4시 30분경 여기서 총성이 들렸다는 신고가 들어왔습니다. 혹시 그 일에 관해 뭔가 아시는 게 있습니까?"

샘은 안도의 한숨을 내쉬었다.

"아뇨." 데니스가 어깨를 으쓱했다. "무슨 소리 들었어, 자기?"

"전혀." 샘은 양 손바닥을 위로 한 채로 어깨를 들썩였다. 그러고 나서야 그게 영 생뚱맞은 몸짓임을 깨달았다.

"애들이 무척 겁을 먹었던데요. 당신이 이 주변을 돌아다니는 어린 애들을 발견하고 허공에 총을 두어 발 쐈다고 하더군요."

"그보다 훨씬 큰 문제가 생겼을 수도 있을 것 같은데요. 정당방위법이 몽땅 사라지기라도 했나? 헛짓거리를 하고 돌아다닐 때는 좀 더 조심하는 편이 좋겠지요. 이곳에는 그런 일을 무척 심각하게 받아들이는 사람들도 있으니까요."

"총기 면허는 가지고 계십니까?" 젊은 경찰이 끼어들었다.

"여기에 총기는 없어요. 아마 그애들이 길을 잃은 거겠죠. 이 부근의 다른 집에 갔던 게 아닐까요."

"이 부근에 다른 집은 없는데요. 2~3킬로미터 내에는요."

"음, 어쩌면 그냥 지어낸 이야기인지도 모르지요."

"우린 영장을 발부받을 수 있어, 데니스." 해리스 경관이 말했다. "집에 들어가게 해주면 그냥 총만 가져가지. 난 자네 아버지가 자살할 때 쓴 것 말고 다른 총이 더 있다는 걸 알아."

"기꺼이 집 안으로 초대하고 싶지만 오늘은 좀 바빠서요. 다음번에는 어떨까요?"

"그럼 다시 만나지. 사고 치지 말고 있어." 해리스는 샘을 보고 살짝 고개를 끄덕였다.

두 남자가 가고 나자 데니스는 손바닥으로 벽을 몇 번이나 갈겼다. 금 간 창문에서 유리 조각 하나가 현관으로 떨어졌다. "보여? 저 작자들은 날 도로 잡아넣지 못해 안달이야. 그냥 가만 내버려두질 않아."

"가능한 한 빨리 모든 걸 정리하고 떠나는 게 좋을 것 같아. 자기가 너무 스트레스 받잖아."

데니스는 그 말에 격하게 반응했다. 사람들이 자기를 이곳에서 몰아내기 전에 마쳐야 하는 잡일들이 얼마나 많은지 줄줄이 늘어놓고, 자기 편을 들어주지 않는다고 샘을 탓하더니, 맹렬한 기세로 예전에 쓰던 방의 침대를 해체하기 시작했다. 그러는 내내 장례 지도사와 목사들에 관해 낮은 목소리로 투덜댔다. 침대틀을 부츠로 밟아 두 쪽으로 분지르고 조각들을 옆으로 내팽개쳤다. 샘은 그것들을 주워들어 쓰레기통으로 가져갔다. 쓰레기통은 거의 꽉 차 있었다. 샘은 잠시 멈춰 겨우 1년 만에 자신의 삶이 얼마나 많이 바뀌었는지, 그리고 지금과 얼마나 달라질 수 있었을지 곰곰이 생각했다.

샘은 마크가 처음부터 그렇게 무심하고 자신과 거리를 두지 않았더라면 자신이 그렇게 세게 밀어붙이지 않았을 거라는 생각을 종종 했다. 두 사람은 공통점이 거의 없었다. 샘은 〈콜 오브

듀티)를 하는 마크를 구경하며 보낸 시간들을 씁쓸한 마음으로 돌이켜보았다. 모의고사 시험지를 채점하는 샘의 곁에서 마크는 헤드셋에 대고 떠들곤 했다. 마크는 땅딸막한 키에 평범한 외모였다. 마크 같은 남자는 10억 명쯤 있을 것이다. 짧은 갈색 머리에 〈조스〉와 〈스타워즈〉와 〈백 투 더 퓨처〉 포스터가 찍힌 빛바랜 티셔츠를 입고 여자들한테 자기는 진지한 관계를 원하지 않는다고 말하는 남자들. 샘은 그 남자들이 그저 더 나은 상대가 나타나기를 기다리며 간을 보고 있을 뿐이라는 것을 알았다. 그리고 실제로 그렇게 되기 일쑤였다. 왜냐하면 여자들은 너무 멍청하니까. 여자들은 마크 같은 남자라면 자신들을 떠받들어줄 거라고 생각한다. 멍청하고 못생긴 남자들은 그냥 자신을 사랑해준다는 것만으로도 고맙게 여길 거라고 생각한다. 하지만 현실은 그렇게 돌아가지 않는다. 샘은 이제 그것을 알고 있었다. 심지어 뚱보와 따분한 놈들도 자기가 더 나은 여자를 차지할 자격이 있다고 생각했다.

데니스와 있으면 샘은 안정감을 느낄 수 있었다. 데니스는 여자들을 대체로 투명인간 취급했다. 심지어 주위를 둘러싸고 고양이처럼 움직이는 아름다운 여자들조차도. 데니스에게 뭔가 영향력을 가진 것처럼 보이는 여자는 오직 린지뿐이었다. 뭉개지고 번진 아이라이너 위에 새 아이라이너를 겹쳐 바르고, 지도 같은 잔주름이 얼굴에 자글자글하고, 지나간 자리에는 묵은 담배 냄새가 맴도는 린지. 린지와 데니스는 그들만이 공유하는 역사가 있었다. 그 역사는 오래되고 깊이 파묻혀 있었지만 샘은 그걸 느낄 수 있었다. 기차가 도착하기 전에 오는 걸 느낄 수 있듯이. 뼈를 타고 전해지는 그 에너지를.

샘은 집 뒤편으로 돌아가 낡고 녹슨 궤짝형 냉동고에 걸터앉아 어두운 숲을 바라보았다. 마치 전혀 다른 세상 같았다. 샘은 데니스가 어른이 되기까지의 과정을 상상했다. 사형수 감방에 20년도 넘게 처박혀 있는 동안 멈춰버린 그의 인생을. 그것은 데니스가 답을 구해야 할 문제가 아니라는 사실을 샘은 종종 잊곤 했다. 데니스는 펼쳐놓아야 할 서사가 있는 사람이 아니었다. 엉망진창으로 뒤엉켜서 모든 것이 혼란스러운 인간이었다. 샘 자신이 그렇듯이.

"저녁 먹으러 갈 준비 됐어?" 데니스의 목소리에 샘은 생각을 들킨 사람마냥 화들짝 놀랐다.

데니스가 샘을 일으켜주려고 한 손을 내밀었다. 집 안으로 들어간 샘은 가방을 집어들고 열쇠를 찾아 뒤적였다.

"여기." 데니스가 한 손가락으로 열쇠를 흔들며 말했다. "정말이지. 자기는 내가 없으면 어떡할래?"

28화

일요일 저녁, 데니스와 샘은 시리즈 첫 화 시청을 앞두고 당근 스틱과 후무스 접시를 차리고 있었다. 때 맞춰 린지가 도착했다. 샘은 평범한 신혼부부가 할 법한 일을 하는 건 이번이 처음이라고 느꼈다. 샘의 어린 시절 기억 속 한 장면 같았다. 어릴 적 샘은 어머니와 아버지가 랩으로 싼 파티 음식 접시를 차려놓는 모습을 계단에서 지켜보곤 했다. 하지만 린지가 진입로에서 경적을 울리는 순간, 그 환상은 깨졌다. 데니스가 뛰어나가 자동차 창 너머로 린지에게 뭐라고 말을 걸 때까지 경적은 계속 울렸다.

데니스는 뭔가가 든 갈색 종이봉투를 들고 돌아왔다. 봉투에서는 달그락거리는 소리가 났다. 데니스는 안을 들여다보고는 숨을 내쉰 후 다시 봉투를 닫았다.

곧 린지가 안으로 들어와 여섯 캔 들이 맥주 팩 두 개를 내려놓고 데니스를 꼭 부둥켜안았다. 잠시 눈을 뜨고 데니스의 어깨 너머로 샘을 본 린지는 다시 눈을 감았다.

데니스는 포옹을 풀고 재빨리 거실을 나갔다. 발소리는 오른 쪽으로 꺾어지더니 집 뒤편 침실을 향해 멀어졌다. 샘은 커피 테 이블 위에 놓인 데니스의 맥북 주위에 땅콩과 에다마메 그릇을 늘어놓았다. 오늘은 〈레드 리버에서 온 소년〉의 첫 에피소드가 방영되는 날이다. 나머지 이야기는 다음 주 금요일에 방영될 것 이다. 캐리가 전화해서 시사회에 초대하지 못해 미안하다고 말 했다. 샘은 그게 진심임을 알았다. 다른 제작진은 〈투데이스 토 크〉 이후로 거의 전화 한 통 없었다. 사형수 감방의 애완동물에 게 참 빨리도 싫증이 났군, 하고 샘은 생각했다.

린지에게 받은 가방을 어딘가에 두고 돌아온 데니스는 소파 에 앉아 있는 샘과 린지 사이에 자리 잡았다. 시리즈를 보는 동 안 데니스는 아픈 새끼 고양이를 수건에 싸서 안고 있었다. 고양 이의 턱에 분유가 방울방울 맺혀 있었다.

"살 것 같아?" 린지가 한 손가락으로 고양이의 이마를 쓰다듬 으며 물었다.

"어쩌면." 데니스가 말했다.

"내일까지 좋아지지 않으면 병원에 데려가려고요." 샘이 타 월 끄트머리로 고양이의 턱을 닦아주며 말했다.

"나머지 새끼들을 입양 보낼 생각이면 나도 손들게. 새끼 고 양이를 두 마리 정도 키우면 너무 좋을 것 같아. 애들한테 책임감을 가르칠 수도 있겠지."

"네 마리 중에 골라. 가서 봐봐."

"어느 녀석들이 수컷인지 알아? 어느 날 갑자기 배불러서 돌아오는 일은 없었으면 해서."

"잘 모르겠는데."

"중성화해야 할 거예요. 어느 쪽이든." 샘이 말했다.

"수컷이면 뭐하려요." 린지가 고개를 뒤로 젖히고 캐슈넛을 털어 넣으며 말했다.

"어, 왜요, 해야죠." 샘이 말했다. "고양이는 중성화해야 돼요. 안 그러면 어떤 다른 고양이가 배불러서 집으로 돌아갔다가 이 녀석처럼 버려질 테니까요."

린지는 눈동자를 굴렸다. 샘 안에서 맹렬한 분노가 솟구쳤다. 갑자기 이것이 자신의 대의명분인 것처럼 느껴졌다. 언제나 진심으로 믿어왔던 신념인 것처럼. "새끼 고양이는 못 주겠네요. 아무래도 책임감이 부족해 보여서요."

"하! 그럼 그냥 펫샵에서 사면 되지. 미안, 데니스. 당신 고양이들을 키우기엔 내가 책임감이 부족하다네."

"하지만 샘 말이 틀린 건 아냐." 데니스의 말에 린지의 얼굴에서 능글맞은 웃음이 흐려졌다.

"미안, 린지. 넌 그쪽으로 좀 문제가 있어."

세 사람은 얼마 동안 침묵 속에서 시리즈를 보았다. 샘은 첫 화가 대부분 사건의 핵심 디테일에 초점을 맞추고 있다는 점에 실망을 느꼈다. 샘과 데니스의 관계나 샘이 캐리와 함께 찍은 영상은 전혀 다뤄지지 않았다. 갑자기 어린 데니스의 얼굴이 화면을 가득 채웠다. 영상은 오래된 VHS 홈비디오처럼 깜빡거리고 빛 바랜 듯한 화질이었다.

"맙소사, 데니스." 린지가 숨죽인 목소리로 말했다. "너 너무 어려 보인다." 린지는 노트북을 향해 더 가까이 몸을 숙였다. 손을 뻗어 만지려는 것 같았다. "이건 너무… 이건 너무….' 린지는 갑자기 울기 시작하더니 양손으로 얼굴을 가렸다. 샘은 시선을 어디다 두어야 할지 알 수 없었다.

"울지 마, 린지." 데니스는 새끼 고양이를 한쪽 겨드랑이에 끼우고 다른 팔로 린지를 안아주며 달랬다.

"미안해, 정말 미안해. 나 너무 바보 같지." 린지가 흐느끼는 사이에 딸꾹질을 하며 말했다.

"난 지금 여기 있잖아. 안 그래?" 데니스는 말했다. 샘은 린지에게 새끼 고양이 일로 너무 뭐라고 하지 말 걸 하고 후회했다. 무슨 말을 해야 할지 난감했다.

"알아." 린지가 코를 훌쩍였다. "그냥 잠깐 울컥해서 그랬어. 네가 거기 얼마나 오래 있었는지 생각하니까." 린지는 고개를 숙이고 계속 울었다.

샘은 티슈를 건네고 싶어서 주위를 둘러봤지만 생각해보니 집에 티슈는 없었다. 거실을 나가 두루마리 휴지를 가지고 돌아와 린지에게 건네며 사과했다.

"괜찮아요. 고마워요." 린지가 말했다. "너무 민망하다."

"그럴 필요 없어요." 샘이 진지하게 말했다. "나도 늘 그러는 걸요. 맞지, 데니스?"

"거짓말 아니야." 데니스가 말했다. "샘은 툭하면 울어."

린지는 애써 웃음 지으며 말했다. "네가 여기 못 돌아올 줄 알았어. 그런데 넌 여기 있어."

흑백으로 된 홀리 마이클스와 레드 리버와 데니스의 머그샷 위로 우울한 피아노곡과 함께 엔딩 크레딧이 올라갔다. 린지와 샘은 박수를 쳤고, 데니스는 싱긋 웃었다.

"대박 나겠는데." 샘이 말했다.

"사람들이 뭐라고 해?" 린지가 물었다. "왜, 트위터에서."

낮 동안 내내 사람들의 반응을 보는 걸 일부러 피해온 샘은 린지가 그 이야기를 꺼내자 짜증이 치밀었다. 데니스는 휴대폰을 가져와 반응들을 읽기 시작했다. 샘이 예상한 대로 부정적 반응이 많았다.

"겨우 첫 화인걸." 샘이 말했다. "옛날 영상을 너무 많이 썼어. 사람들은 새로운 걸 기대하고 있었어. 나머지 부분이 방송될 때까지 기다려보자."

"이거 좀 봐!" 데니스가 말했다. "'지금껏 본 중 가장 백인스러운 이야기다.' 이게 도대체 무슨 뜻이지?"

"무시해." 샘이 말했다.

"좋아, 네가 백인인 거랑 그게 도대체 무슨 상관이지?" 린지가 말했다. "미안하지만 그건 그냥 인종차별이잖아."

"그렇지?" 데니스가 맞장구쳤다.

"그건 좀 아니지." 샘이 말했다. "잠깐, 뭐라고 쓰는 거야?"

데니스가 격분해서 휴대폰을 두들기며 대꾸했다. "아무것도 아니야."

"제발, 대응하지 마!" 샘이 애원했다.

"왜 안 돼?" 데니스는 잠시 화면을 보고 있다가 손가락을 움직였다.

"뭐라고 썼어?" 린지가 낄낄 웃으며 물었다.

"내가 백인인 거랑 이게 무슨 상관이냐고 물었어."

"삭제해." 샘이 말했다. "자기가 몰라서 그래. 그 여자가 하는 말은 그게 아니라…."

"댓글이 달렸어!" 데니스가 말했다. "'당신 특권을 좀 알아보시지.'"

"개소리네." 린지가 말했다.

"그냥 이렇게 써. 당신 말은 이해하지만…. 뭐라고 쓰는 거야?" 샘이 다급하게 말했다.

"'난 이곳에서 가장 가난한 애였고 아빠한테 맞고 살았는데 내가 특권층이라고?'"

"맙소사." 샘이 말했다.

"하지만 데니스가 옳아." 린지가 말했다. "이 똥구덩이가 특권은 무슨."

데니스는 계속 자판을 두드렸다. 샘은 자기 휴대폰을 가져와 데니스가 올린 글을 읽었다. "어느 해에는 사형수 감방에서 내가 유일한 백인이었거든. 특권은 무슨."

여자가 댓글을 달았다. "그게 바로 내 요점이야. 제발 내 멘션 창에서 나가줘."

데니스는 자기 피드에 트윗을 올렸다. "내가 살던 곳에서는 백인 특권 따위 없었어. 그 이야긴 그만해. 내가 마음에 안 들면 〈레드 리버에서 온 소년〉을 보지 마."

"데니스." 샘은 이제 인내심을 잃었다. "그거 삭제해야 돼! 당장!"

"됐거든. 사람들이 개소리를 하는데 나도 반박할 권리 정도는 있어."

"자기가 잘 몰라서 그래!" 샘이 말했다.

"난 당신이 잘 모르는 것 같은데." 린지가 말했다. "데니스에게는 특권이라곤 요만큼도 없었어요."

◆ ◆ ◆

맥주가 다 떨어지자 고개 숙여 휴대폰만 들여다보는 데니스를 보고 린지는 질려서 가버렸다. 린지가 낡아 빠진 트럭으로 비틀비틀 기어 올라가는 모습에 샘은 속이 뒤집히는 것 같았다. 차는 작별인사 대신 경적을 울리며 진입로를 벗어나 어두운 뒷길로 사라졌다.

"여기 사람들은 원래 그러고 살아." 데니스는 고개를 들지도 않은 채 웅얼거렸다.

"저 여자는 누군가를 죽일 수도 있어!"

"그래봤자 또 다른 취객이겠지."

"난 다신 여기서 밤에 운전 안 할래. 다들 이렇게 음주운전을 해댄다면."

"그러시든가."

캐리가 여러 차례 전화를 걸었다. 닉도 전화했다. 그렇지만 데니스는 전부 수신 거부하고 계속 자기 주장을 펼쳤다. 싸우면 싸울수록 패색이 짙어졌지만 그는 그 사실을 이해하지 못했다. 흡사 목마르다고 바닷물을 마시는 꼴이었지만 샘은 데니스를 말릴 방법이 없었다.

늦은 밤, 마침내 배터리가 나가고서야 데니스는 멈췄다. 거실 구석에 휴대폰을 내팽개쳤다. 휴대폰은 에어 매트리스에 부딪쳤다가 튕겨서 텔레비전 장식장 밑으로 미끄러져 들어갔다.

"하룻밤 자고 나서 생각해." 샘이 데니스의 어깨를 문지르며 말했다. "아침에는 그렇게 나빠 보이지 않을 거야." 샘은 그게 진실이기를 바랐다. 그 일이 잊혀지거나, 아니면 닉이 그날 저녁 의 광기를 무마해줄 만한 언변을 가지고 있기를.

데니스는 새끼 고양이를 집어들어 겨드랑이에 끼웠다.

"자기 말을 내가 이해 못하는 건 아냐." 샘이 말했다. "하지만

303

자기도 그 사람들 말을 이해 못하기는 마찬가지라고 봐. 어떻게 보면 양쪽 다 옳아. 그렇게 공격적으로 받아들일 필요 없어. 그 사람들은 자기를 모르잖아."

"누가 뭘 공격적으로 받아들였다는 거야." 데니스가 짜증스럽게 대꾸했다.

데니스는 일어서서 욕실로 갔다. 샘은 뒤따라갔다. 욕조 가장자리에 앉아서 물을 틀어놓고 우두커니 보고 있는 데니스를 달래려고 계속 애를 썼다. 데니스는 고단해 보였다. 데니스가 새끼 고양이 머리에 입을 맞추고 후드 앞주머니에 집어넣는 모습을 보며 샘은 데니스에 대한 애정이 더욱 강렬해지는 걸 느꼈다.

"괜찮을 거야." 샘은 거짓말했다. "내일이면 화낼 또 다른 대상이 나타날 거고, 아무도 오늘 일을 기억하지 못할 거야."

데니스는 힘없이 웃음을 짓고는 수돗물 밑에 칫솔을 갖다 댔다.

"사랑해." 샘이 말했다.

"나도 자기를 사랑해."

샘은 거실로 돌아가서 화장을 지우기 시작했다. 손거울을 들고 모공과 눈썹을 살피며 잘못 난 털들을 눈에 띄는 대로 뽑아 냈다. 데니스가 욕실에 들어간 지 너무 오래된 것 같아서 휴대폰을 확인했다.

"데니스?" 샘이 외쳤다. "언제 나올 거야?"

대답이 없었다.

"데니스?" 샘은 일어나서 욕실 쪽을 보았다. 문이 살짝 열려 있었다. 한쪽 손으로 노크하며 물었다. "데니스?" 샘은 문을 밀어 열었다. 세면대에는 물이 가득 찼고, 수도꼭지에서는 물이 똑똑 떨어지고 있었다. 데니스는 샘을 등진 채 욕조를 마주보고 서 있었다. "뭐하고 있어?" 샘이 데니스의 어깨를 살짝 건드리며 물었다. 데니스가 펄쩍 뛰어오르는 동시에 무언가가 부드러운 쿵 소리를 내며 욕조로 떨어졌다. 샘은 뒷걸음쳤다. 새끼 고양이는 움직이지 않았다. 몸은 생명을 잃고 축 늘어져 있었다. "어떻게 된 거야?"

"죽었어." 데니스가 말했다. "내가 안고 있었는데 녀석이 그냥…."

"괜찮아 보였는데."

"호흡이 안 좋아졌어. 내가 안고 있는데 녀석이 힘들어하더라고. 결국 그냥 멈췄어."

샘이 시체를 보려고 하는데 데니스가 가로막았다.

"젖었어?" 샘이 물었다.

"나도 몰라. 보지 마. 속상할 거야."

"그냥 숨이 멎은 거야?"

"그래, 얼마 있다가. 녀석은 힘들어하고 있었어. 점점 심해지다가 멈춰버렸어."

뭔가 잘못된 것만 같았다. 샘은 새끼 고양이가 더 나빠지고 있다고 생각했지만 그렇게 빨리 나빠질 줄은 몰랐다.

"너무 속상하다." 샘은 기어이 울음을 터뜨렸다.

"우린 최선을 다했어." 데니스가 말했다. "어쩔 수 없는 일이야."

데니스는 샘을 안고 샘이 욕조를 보지 못하도록 방향을 틀었다. 데니스의 손가락이 샘의 머리카락을 감아 꼬았다. 샘은 데니스의 젖은 소매가 뺨에 닿자 몸서리를 쳤다.

"우리가 이기적으로 굴었던 걸까? 녀석을 지금까지 살려두려고 애쓴 게? 녀석이 아파했을까 봐 속상해."

"우리한테 달리 무슨 수가 있었겠어?" 데니스가 물었다.

"수의사가 안락사시켜줄 수 있었을지도 모르잖아." 샘이 말했다.

데니스는 포옹을 풀고 샘을 보았다. 갑자기 얼굴이 분노로 경직됐다. "안락사를 시켜?" 데니스가 말했다. "그게 더 친절했을 거란 말이야? 어떻게 그런 말을 해?"

"적어도 아파하진 않았을 거 아냐." 샘은 확신 없이 대꾸했다.

"자기가 어떻게 알아? 그게 안 아픈지 어떻게 아냐고?

"내가 한 말은 그게 아니….."

"자기는 그게 아플지 어떨지 모르잖아. 자기는 그게 더 친절한지 어떤지….."

더라니, 뭐에 비해서? 샘은 생각했다. 대체 무슨 일이 일어난 거지? 샘은 욕조 속 시체를 보려 했지만 데니스가 샘을 끌어당겨 꼭 껴안았다.

"녀석을 살리지 못해서 유감이야." 데니스가 말했다. "내일 묻어주자. 그만 가서 자. 난 그때까지 녀석을 둘 곳을 찾아볼게."

데니스는 샘에게 입을 맞추고는 능숙한 동작으로 샘을 욕실에서 밀어낸 후 문을 닫았다. 샘은 너무 속상해서 엉뚱한 생각이 드는 거라고 자신을 타일렀다. 그렇지만 닫힌 문 뒤의 침묵은 어딘가 소름 끼치는 구석이 있었다. 샘은 얼핏 본 것 같은 새끼 고양이의 모습을 떠올렸다. 유리알 같은 눈동자, 자그마한 몸뚱이에 착 들러붙은 윤기 나는 털, 그리고 머리통 주변에 고인 물.

29화

이튿날 아침, 데니스는 달리기를 하러 나갔다. 샘은 마치 밤새 배에 힘을 잔뜩 주고 있었던 것처럼 숨을 후 내쉬며 몸을 축 늘어뜨렸다. 악몽은 불꽃놀이처럼 머릿속을 번뜩 스치며 차례로 이어졌다. 데니스가 새끼 고양이를 물속에 처박고 있는 게 보였다. 그다음은 컹컹 짖는 개의 목덜미를 잡고 들어 올리는 모습이었다. 번뜩이는 칼날이 개의 숨통을 가르고 지나갔다. 마지막은 누워 있는 린지의 몸에 올라탄 모습이었다. 린지의 머리 위로 양손을 모아 쥐고 눈을 깊숙이 들여다보고 있었다.

샘은 새끼 고양이를, 그 시체를 보아야만 했다. 자신의 상상이 틀렸음을, 젖지 않은 고양이 털과 감은 눈을 보아야만 했다. 데니스가 고양이를 물에 빠뜨려 죽게 했을지도 모른다는 생각은 말이 안 된다고 스스로를 타일렀다. 심지어 고통을 끝내주기 위해서였다 해도. 샘이 집을 뒤졌을 때, 새끼 고양이는 흔적도 없었다. 샘은 욕실을 구석구석 확인했다. 뜬눈으로 누워서 귀를 쫑긋 세운 채 머릿속에서 그 장면을 몇 번이고 되감기하는 동안 혹시 데니스가 그곳 어딘가에 고양이를 숨겨둔 게 아닐까?

그날 아침 이 방에서 저 방으로 돌아다니던 샘은 린지가 데니스에게 갖다 준 구겨진 갈색 종이봉투를 발견했다. 데니스가 어렸을 때 쓰던 방의 옛날 소지품들 사이에, 마치 원래 있던 자리에 돌려놓은 것처럼 놓여 있었다. 린지가 오랜 세월 동안 맡아두고 있었다면, 샘 역시 그걸 본다고 해서 문제될 것은 없지 않을까.

샘은 조심조심 종이봉투를 열었다. 안에는 녹이 슬어 녹색으로 변한 금속 상자가 들어 있었다. 샘이 보기에는 군대에서 주는 도시락 상자 같았다. 샘이 상자를 들어 올리자 달그락거리는 소리가 났다. 잠겨 있는 게 분명했다. 샘은 이음매에 손톱을 집어넣어 들어 올리려 했다. 소용없자 샘은 상자를 벽에다 내리쳤다. 봉투가 찢어져버렸지만 상관없었다. 데니스의 비밀. 린지의 비밀. 둘의 비밀 따윈 알 게 뭐야!

냉정을 되찾은 샘은 폭식한 사람의 후회 같은 역겨움을 느꼈다. 이런 식이 되고 싶지는 않았는데. 남편의 소지품을 기웃거리는 정신 나간 아내. 새끼 고양이를 익사시켰다는 둥, 옛 여자친구와 바람을 피운다는 둥 하는 편집증적 망상들. 이제 그런 생각은 멈췄다. 왜 난 자신을 행복하게 만드는 모든 것을 파괴하지 못해서 그렇게 안달일 걸까?

봉투는 찢어졌다. 그걸 숨길 수는 없었다. 샘은 상자를 가능한 한 조심스럽게 원래 있던 자리에 돌려놓았다. 데니스가 상자에 관해 물으면 샘은 솔직하게 대답할 작정이었다. 과거의 멍청했던 모습처럼 행동하지 않을 것이다. 린지와 데니스의 역사는 그만 묻어버리고 우리 앞에 펼쳐질 새로운 미래에 대해서만 생각할 것이다.

그렇지만 데니스가 돌아오는 소리가 들리자 샘은 속이 울렁거렸고 패닉에 사로잡혔다. 머릿속에서 변명들이 날뛰었지만 그 무엇도 그럴싸하게 들리지 않았다. 샘은 데니스가 알아낼 때까지 기다릴 수 없었다. 먼저 이실직고할 것이다. 데니스가 스트레칭을 마친 후 부엌으로 가서 냉장고를 여는 소리가 들렸다. 샘은 수치심과 민망함을 억누르며 마음을 단단히 다잡았다. 복도에서 마주친 데니스는 고개를 뒤로 젖힌 채 생수를 병째로 꿀꺽꿀꺽 들이켜고 있었다. 샘은 입을 열었다.

"내가…."

거실에서 데니스의 휴대폰이 울렸다. 데니스는 충전기에 꽂혀 있던 핸드폰을 들었다. "캐리, 미안해요. 전화하려고 했는데…."

샘은 길게 숨을 내쉬고는 몰래 엿들을 수 있는 부엌으로 갔다. 변명하려고 애쓰던 데니스는 결국 입을 다물었다. 샘은 자신은 하지 못하는 방식으로 데니스를 설득할 수 있는 캐리가 부러워졌다. 마침내 데니스가 다시 입을 열었다.

"당신이 맞아요. 내가 깽판 쳤어요. 미안해요." 데니스가 말했다. "그 사람들이 나하고는 다른 식으로 세상을 본다는 걸 받아들여야 할 것 같아요." 데니스의 목소리가 가까이에서 들려왔다. "좋아요. 곧 다시 통화해요. 그래요. 당신도요. 샘." 데니스는 샘에게 전화기를 내밀었다. "캐리가 자기하고 통화하고 싶대."

"자기도 나처럼 데니스한테 화났어?" 캐리가 물었다.

"그날 밤은 좀 이상했어요." 샘이 데니스가 듣고 있지 않은지 확인하며 대답했다. "그이를 말리려고 했지만 소용없었어요." 샘은 캐리에게 어디까지 말해야 할지 망설였다.

"데니스는 한번 고집을 부리면 꺾기 힘들어." 캐리가 말했다. "시사회는 어땠어요?" 샘이 물었다.

"시위하는 사람들이 있었어. 좀 개판이었지. 데니스가 거기 없었어서 다행이었어. 아니, 적어도 트위터를 보기 전까지는 그렇게 생각했지."

"너무 미안해요." 샘이 말했다. 모든 게 잘못되어 가는 것처럼 느껴졌다.

"별일 아니야. 데니스는 석방됐잖아. 당신은 행복하고. 맞지?"

"그래요." 샘은 건성으로 대답했다. "그래요. 우린 대체로 좋아요. 내 말은… 난 솔직히 여기가 싫어요. 외로워요. 그 린지라는 여자가 맨날 와요."

"윽…." 캐리가 신음했다.

"남매 사이처럼 묘하게 구는데 또 한편으로는 서로 썸 타고 있는 걸 즐기는 것 같아요." 샘은 자기 말이 어떻게 들릴지 알았지만 누군가에게는 말해야만 했다. "내 상상일지도 몰라요. 하지만 그 여자는 뻔질나게 여기 와요. 맨. 날. 어젯밤에도 여기 있었어요. 그 멍청한 트윗에 관해 데니스를 부추겨서 완전 열받게 만든 게 그 여자예요." 샘은 무슨 일이 일어났는지 설명했다. 린지가 취한 채 차를 몰고 집으로 떠난 이야기까지.

"혹시 위안이 될지 모르겠는데, 데니스 말로는 얼른 레드 리버를 떠나고 싶다더라. 자기랑 어딘가에서 새로 시작할 날만 기다리고 있대. 그냥 다 필요 없고 자기만 행복했으면 좋겠대."

"그런 말을 했어요?"

"당연하지. 나랑 통화할 때면 데니스는 자기 얘기뿐이야. 그만 끊어야겠어. 장례식에 갈게. 그때 더 이야기하자."

"고마워요. 그냥 누군가 정상적인 사람하고 이야기하고 싶었어요. 여기 사람들은…." 샘은 간단 명료하게 표현할 수 없었다. "어쨌든 장례식에서 이야기해요."

전화를 끊은 후 샘은 데니스에게 갔다. 데니스는 거실에, 구겨지고 찢어진 종이봉투를 무릎에 얹은 채 앉아 있었다. 샘은 설명하려 했지만 데니스가 가로막았다.

"린지는 20년간 단 한 번도 이 안에 뭐가 있는지 묻지 않았어. 왜 그런지 알아?" 데니스가 물었다.

"자기를 믿어서?" 전날 밤을 떠올리자 샘은 다시 욕지기가 치밀었다.

"아니. 내가 자신을 믿어주길 바라니까. 자기는 그걸 바라지 않아?"

"당연히 바라지." 샘이 말했다.

"자기는 여기에 내가 자기한테 숨겨야만 하는 게 들어 있다고 생각해?" 데니스는 상자를 달그락거린 후 주머니에서 작은 열쇠를 꺼내 자물쇠에 넣고 돌리려 했다. 하지만 열쇠는 녹이 슬어버린 자물쇠에 들어가지 않았다. 데니스는 스크류드라이버를 가져다 상자 이음매에 집어넣고 억지로 뚜껑을 들어 올렸다. 뚜껑은 팟 소리와 함께 열렸다.

"자." 데니스가 말했다. 안에는 사진들이 있었다. 데니스가 아기일 때 사진, 어머니와 조부모의 사진들. 토지 문서, 영화 티켓 쪼가리, 작은 은십자가와 부러진 사슬, 주소록 하나. 데니스는 그것들을 천천히 하나씩 꺼내 소파 쿠션 위에 놓았다. 샘은 그것들이 아무런 가치도 없는 물건들임을 깨달았다. 그저 없어지면 그리워질 것들이었다.

미안하다는 말조차 감히 나오지 않았다. 그 대신, 샘은 데니스의 옆 바닥에 무릎을 꿇고 사진들을 집어들었다. 어머니가 병원에서 데니스를 안고 있는 사진, 다섯 살쯤 된 데니스가 집 계단에 맨발로 서 있는 사진. 마지막은 십 대 시절 찍은 스냅샷이었다. 크롭톱과 품이 넓은 플레어 스커트를 입고 머리를 흑인처럼 여러 가닥으로 땋아 붙인 어린 린지에게 한 팔을 두르고 서

있는 데니스가 보였다. 샘은 웃음을 지었다. 사진에는 다른 누군
가도 있었다. 데니스의 어깨에 고개를 기대고 있는 남자아이였
다. 길고 가느다란 머리카락에 십 대라서 아직은 성긴 콧수염이
나고 있었다.

"이건 누구야?" 샘이 물었다.

"하워드." 샘의 손에서 사진을 뺏어들며 데니스가 대답했다.
잠시 사진을 들여다보다가 깡통에 도로 넣었다.

"사진 좋네." 샘이 말했다. "행복해 보여."

"그랬던 것 같아." 데니스가 말했다. "하지만 이젠 기억이 안
나."

30화

데니스는 집에서 떨어진 곳에, 담장 너머 숲 어딘가에 새끼 고양이를 묻어주고 싶어 했다. 점심식사를 하고 나서 데니스는 구두 상자를 들고 거실로 들어왔다. 샘은 거기에 새끼 고양이의 시체가 들어 있을 거라고 짐작했다. 데니스는 상자를 쇼핑백에 넣어 샘에게 건넨 후 집을 나설 준비를 했다. 상자는 거의 무게가 느껴지지 않았다. 샘은 작고 약한 새끼가 떠올라 슬퍼졌다. 마음이 무겁게 가라앉았다. 데니스는 신발을 다 신고 준비를 마치자 샘에게서 봉투를 도로 가져갔다. 샘의 마음은 한결 가벼워졌다. 두 사람은 숲을 향해 출발했다. 데니스는 자신에게 의미 있는 장소에 묻어주고 싶다고 말했다. 옛날에 키웠던 고양이인 테드 옆에.

발밑에서 땅이 푹푹 가라앉았다. 이끼와 잡초들이 밑창을 집어삼켰다. 데니스는 샘에게 뒤에 바짝 붙어 따라오라고 말했다.

긴 나뭇가지로 얼마나 깊은지 아무도 모를 구멍들, 또는 발이 걸리기 십상인 나무뿌리들이 있는 곳들을 쿡쿡 찔렀다. 녹색 담요가 모든 것을 뒤덮고 있었다.

30분 넘게 걸은 후 샘은 뒤를 돌아 어깨너머를 돌아다보았다. 집은커녕 그 어떤 문명의 신호도 보이지 않았다. 데니스는 길을 기억한다고 장담했다. 때때로 멈춰 서서 방향을 확인하면서 자신 있게 앞장서 갔다. 하지만 샘은 데니스가 자신을 거기 두고 가버리면 돌아오는 길을 찾지 못할 거란 생각에 불안해졌다.

처음 출발할 때는 대각선 방향으로 갔다. 오른쪽으로 쭉 갔다가 왼쪽으로 확 꺾은 후 가파른 내리막길을 게걸음으로 내려갔다. 그 후 다시 일직선으로 갔다. 내리막길 이후로 표시가 될 만한 지형지물은 없었다. 곧 샘은 망상증에 사로잡혔다. 데니스는 나를 여기 두고 가버릴 거야. 그리고 날이 어두워지면 난 구덩이에 떨어져 갇혀버리겠지. 죽을 때까지 바닥 없는 구덩이에 혼자 남겨질 거야.

공기는 걸쭉했다. 수영장 탈의실처럼 눅눅하고 답답한 나머지 폐소공포증을 불러 일으켰다. 샘은 오줌처럼 미적지근한 물을 홀짝이며 조용히 데니스의 뒤를 따라 걸었다. 옷이 몸에 들러붙었다. 쓰러진 나무와 나뭇잎 사이를 헤치고 가는 데니스의 등판에 땀이 흘러 티셔츠에는 로르샤흐 테스트 같은 무늬가 생겼다.

"거의 다 왔어." 마침내 데니스가 말했다. "난 전부 다 기억나."

샘은 인간이 이렇게 마구 뒤엉킨 길을 기억하는 게 말도 안
된다고 생각했지만 어쨌든 데니스는 해냈다. 그리고 데니스는
샘이 지금까지 본 중에 가장 편안해 보였다. 샘은 방향감각을 잃
고 주변을 둘러보며 비틀거렸다. 뒤엉킨 뿌리들에 걸려 발목이
꺾였다. 샘은 비명을 질렀다.

데니스는 샘을 돌아보았다. "왜 그래?"

"내 발. 발이 부러진 것 같아."

"젠장. 뒤에 붙어 있으라니까 왜 그랬어?" 데니스가 나뭇가지
를 놓고 신을 쓱 벗겼다. "괜찮아. 그냥 정말 부러졌는지 아니면
삔 건지만 볼 거야." 데니스는 샘의 뒤꿈치를 손으로 둥글게 감
싸 오른쪽으로 돌렸다. 샘이 본능적으로 발을 빼자, 데니스는 발
이 땅에 닿지 않도록 손으로 받쳤다. 데니스가 왼쪽으로 같은 동
작을 반복했다. 샘은 다시 비명을 질렀다.

두 사람은 얼마간 바닥에 앉아 있었다. 데니스는 샘에게 1에
서 10 중 통증이 어느 정도 되는지 계속 물었다. 마침내 샘은 통
증이 약간 가라앉는 것을 느꼈다. 데니스는 나뭇가지를 찾아와
지팡이처럼 짚도록 샘에게 건네며 테드의 무덤까지 10분만 더
걷자고 설득했다. "그냥 살짝 삔 거야." 데니스가 말했다. "부러
졌으면 자기는 지금 일어서서 걷지도 못할걸."

한 걸음 한 걸음 옮길 때마다 샘의 다리와 몸통에 고통이 꿰
뚫고 지나갔다. 온몸이 찌릿했다. 손에 든 나뭇가지가 절대로 쪼

개졌다. 마침내 데니스가 "여기다!" 하고 외쳤을 때 샘은 안도감으로 하마터면 흐느낄 뻔했다.

나무에 감긴 파란 비닐 시트가 보였다. 그 아래에는 파란 페인트 글씨가 쓰인 납작한 돌이 있었다. '1990년 테드.' 주변에는 까마귀가 모을 법한 물건들이 장식처럼 매달려 있었다. 끈에 매달려 흔들거리는 녹색 유리병 조각들, 풍파에 시달려 빛 바랜 고양이 모양 도자기, 흰 나뭇가지와 구부린 철사로 만든 별 모양, 하트 모양, 다이아몬드 모양들. 데니스는 돌 옆에 웅크리고 앉아 주위에 자란 잡초들을 뽑았다.

샘은 발목이 아파서 뭔가 깔고 앉을 만한 것을 찾아 주위를 둘러보았다. 한 걸음 뒤로 물러나는데 발뒤꿈치에 뭔가가 밟혔다. 내려다보니 또 다른 석판 귀퉁이가 보였다. 정맥처럼 뒤엉킨 뭔가가 그 석판을 뒤덮고 있었다. 검붉은색과 녹색 넝쿨이었다. 넝쿨을 옆으로 걷어내자 페인트로 적힌 '1987년'이라는 날짜가 보였다. 차차 더 많은 유리 조각들이 눈에 들어왔다. 유리 조각들이 흔들리며 빛을 반사하는 바람에 샘은 눈을 깜빡였다. 앉을 곳을 찾아 주위를 돌아다니는 샘의 발부리에 다른 납작한 돌들이 채였다. 각 날짜가 적혀 있었다. 어떤 것들은 돌 표면과 하나가 되어버린 듯한 페인트로 '개' 또는 '쥐'라고 적혀 있었다. 어떤 돌들은 상세한 사항이 씌어 있었다. 자연의 무질서와 기묘하게 어우러진 인간의 개입은 샘의 눈길을 붙들고 놓지 않았다. 샘의 눈에는 흡사 무슨 사당처럼 보였다. 몸서리가 쳐졌다.

"데니스?" 샘은 오른쪽 발목에서 체중을 덜려고 나무에 몸을 기댔다. "이게 다 뭐야?"

데니스는 마치 처음 보는 것처럼 주변을 둘러보았다.

"이게 전부 다 애완동물이었어?"

"아니. 그냥 내가 근방에서 본 동물들이야."

"죽은 동물들?"

데니스는 데스크톱 컴퓨터 크기의 잘린 나무토막을 걷어찼다. 나무토막이 뒤로 넘어가자 벌레들이 온 사방으로 흩어졌다. 데니스는 그중 몇 마리를 부츠로 짓뭉갰다.

데니스는 어깨를 으쓱했다. "누구나 무덤 하나쯤은 가질 수 있어야지. 심지어 우리 아버지라도, 그렇잖아?" 데니스는 웃음을 지어 보였다. 샘은 얼떨떨한 심정으로 데니스를 마주 보았다. 작은 무덤들은 얼핏 봐도 한 서른 개는 되어 보였다.

나무 아래에는 삽 같은 것들이 들어 있는 도구함이 있었는데, 역시 벌레들이 기어 다니고 있었다. 데니스는 낡고 오래된 흙손을 끄집어낸 후 테드 무덤가의 한 부분을 파기 시작했다. 땅은 스펀지케이크처럼 부드러웠다. 샘은 데니스가 세심하게 흙을 퍼올려 구멍 옆에 쌓는 모습을 지켜보았다. 생각보다 빨리 깊은 구덩이가 생겼다. 데니스는 양손을 청바지에 두드려 흙을 털어내고 구두상자를 집어들었다. 뚜껑을 들어 올리더니 얼마 동안 가만히 새끼 고양이를 들여다보았다. 샘은 고개를 돌렸다. 이미 뻣뻣하게 말린 새끼 고양이의 시체를 본 뒤였다. 얼굴은 마치 날

아올 주먹을 대비하듯 잔뜩 찡그리고 있었다. 그걸 다시 보고 싶지는 않았다. 흙이 구두상자 뚜껑에 닿는 소리에 샘은 비로소 돌아보았다. 데니스는 쿵쿵대며 손등으로 코를 문질렀다. 샘은 데니스가 울고 있는 건 아닐까 생각했다.

데니스는 샘에게 같이 돌을 찾아달라고 부탁했지만, 험한 땅 위를 얼마쯤 절뚝대며 돌아다니던 샘은 집으로 돌아가는 먼 길을 대비해 좀 쉬기로 마음먹었다. 쓰러진 통나무를 찾아내 그 위에 걸터앉아 휴대폰을 보았다. 신호가 잡히지 않았다. 귀를 쫑긋 세우고 데니스의 목소리를 찾았지만 너무 멀리 왔는지 아무 소리도 들리지 않았다. 데니스가 너무 오랫동안 보이지 않자 샘은 자신을 두고 가버린 건 아닌가 걱정스러웠다.

데니스는 양손으로 돌멩이 하나를 들고 돌아왔다. 다른 돌들처럼 납작하지는 않았지만 표면이 매끈했다. 데니스는 매끈한 면만 남기고 돌을 흙 속에 파묻었다. 그러곤 주머니에서 샘의 매니큐어 병을 꺼냈다. 샘은 데니스가 강렬한 붉은색으로 '2015'라고 칠한 후 'S+D'라고 쓰는 것을 지켜보았다. 기분이 좋아야 하는 건지, 아니면 소름이 끼쳐야 하는 건지 갈피를 잡을 수 없었다.

데니스는 허리를 굽히고 철사로 마디를 엮어가며 나뭇가지들을 한데 꼬았다. 그동안 샘은 나무들 틈새로 드러난 회색 하늘을 올려다보았다. 비가 오면 집에 가는 길은 더 힘들어질 터였다. 샘은 데니스가 얼른 일을 마치기를, 그래서 집으로 돌아가 진통제를 먹을 수 있기를 간절히 빌었다. 곧 천둥의 낮은 으르렁거림이 들리더니 무거운 빗방울이 샘의 뺨을 때리고 눈물처럼 굴러 떨어졌다.

"젠장." 데니스는 욕지거리를 내뱉으며 새끼 고양이의 비석 옆 흙을 다독였다. 마지막으로 도구함을 나무판자로 덮고는 샘에게 따라오라고 손짓했다.

◆ ◆ ◆

샘은 오른쪽 발목에 너무 압박이 가지 않도록 애쓰며 느릿느릿 걸었다. "얼마나 더 가야 해?" 샘이 야자 잎을 때리는 빗소리에 목청을 높여 물었다.

"한 시간 넘게." 데니스가 되받아 외쳤다.

"길은 어느 쪽이야? 달리 갈 수 있는 데는 없어?"

데니스는 고개를 젓고는 앞쪽에 펼쳐진 숲을 가리켰다. "저쪽은 몇 킬로미터에 걸쳐 그냥 숲뿐이야. 저쪽은 우리가 온 곳이고. 그리고 저쪽은 맹그로브랑 호수고, 곰이 사는 데랑 너무 가까워."

"곰?" 샘이 떨리는 목소리로 물었다.

"여기서는 별로 자주 보이지 않지만, 그래. 곰. 이 길로 가는 게 최선이야."

샘이 자연을 가장 가까이에서 접했던 건 어렸을 적 엄마 아빠와 함께 센터 팍스로 휴가를 떠났을 때였다. 거기서 바이크를 빌려 타고 이정표가 잔뜩 있는 트레일을 따라 달려 미국삼나무 밑에서 피크닉을 했다. 영국에서는 길을 잃을 만큼 큰 숲을 상상하기조차 쉽지 않았다. 20년 넘도록 사람의 발길이 닿지 않은, 그리고 두 시간이나 걸어야 닿을 수 있는 방대한 장소가 있다니.

데니스가 샘을 돌아보며 물었다. "갈 수 있겠어?"

"모르겠어." 샘이 말했다. "못 갈 것 같아."

데니스는 한숨을 푹 내쉰 후 뒤돌아 웅크려 앉아 업히라고 등을 두드렸다. 샘은 갑자기 수줍음이 느껴져 선뜻 업히지 못했다. 자신이 약한 존재가 아니라 거대하고 다부지고 땅에 뿌리를 내린 존재가 된 듯한 기분이었다. 데니스는 샘의 망설임을 무시하고 샘의 다리에 팔을 걸어 들어올렸다. 뒤로 자빠지지 않으려면 데니스에게 매달려야 했다. 샘은 데니스에게 다리를 감고 올라타 데니스의 목을 팔로 조르지 않도록 애를 썼다.

◆ ◆ ◆

자연히 속도는 느려졌다. 집에 도착했을 때는 이미 해가 떨어진 후였다. 데니스는 망가진 철조망 울타리를 닫고 뒷마당 주변에 흩어진 파편들을 피해 돌아갔다. 평평한 곳에 오자 데니스는 샘을 내려놓고 등을 쭉 폈다. 샘은 다리를 절뚝이며 집으로 가 곧장 신을 벗었다.

발목은 퉁퉁 부어 있었다. 아까는 흐릿했던 멍이 이제는 물에 떨어진 잉크처럼 번져 있었다. 혼자 샤워실에 들어갈 수 없어서 데니스에게 도와달라고 부탁했다. 데니스는 도와주었지만 샘의 몸을 보지 않으려고 고개를 돌렸다. 샘이 욕실에서 나오자 데니스는 시선을 옆으로 피한 채 타월을 내밀었다. 샘은 기분이 한층 더 가라앉았다.

진통제를 먹었는데도 통증은 나아지지 않았다. 움직일 때마다 다리에 충격의 파도가 일어나서 침대로 올라가 데니스 옆에 누울 수도 없었다.

샘은 한밤중에 데니스를 깨웠다. "아무래도 부러졌나 봐. 병원에 가야겠어." 하지만 데니스는 아침까지 기다리라고 달랬다. 기다리면 붓기가 가라앉을 거라고 했다. 하지만 아침이 되자 상태는 더 나빠졌다.

"구급차를 불러야 할까?" 샘이 물었다. "운전하지 못할 것 같아."

"나 면허증 없는데. 그리고 여기 경찰들이 날 괴롭힐 핑계만 찾고 있는 거 자기도 알잖아. 겨우 발이 삔 정도 가지고 구급차를 부를 순 없어. 그냥 왼발만 쓰면 안 돼?" 데니스는 그렇게 말하고 복도로 가서 차 열쇠를 가지고 왔다. 그리고 장례 지도사들을 만나기로 해서 같이 가줄 수 없다고 말했다. "걱정 마. 난 린지 차를 얻어 타면 돼."

샘이 출발하기 전에 데니스는 어디서 다리를 다쳤는지 의사에게 말하지 말라고 당부했다. "숲의 그곳은 나만의 장소야. 무슨 말인지 알지? 내가 거길 알려준 사람은 자기뿐이야. 사람들이 내 이야기를 팔아먹으려고 그곳을 함부로 짓밟는 건 싫어. 집안일을 하다가 다쳤다고 말해줄 수 있어?" 잠을 못 자서 졸린데다 얼른 나가고 싶었던 샘은 그러겠다고 했다.

샘은 간신히 운전할 수 있었다. 왼발을 브레이크에서 액셀로 폴짝폴짝 옮겼다. 신발 옆면이 한쪽 페달 가장자리에 자꾸 걸렸다. 욱신거리는 오른발은 모로 가만히 놓았다.

한 시간 후, 샘은 라이어넬의 죽음을 지켜보았던 병원에 있었다. 응급실은 생각보다 더 시끄러웠다. 샘은 떨리는 손으로 무릎 위에 놓인 양식을 작성했다. 엄마에게 단단히 매달려 있는 남자아이와 눈길이 마주치자 샘은 자신도 모르게 죄 지은 사람처럼 눈길을 피했다. 아이의 머리카락은 열 때문에 이마에 들러붙어 있었다. 샘의 진료 순서는 예상했던 것보다 더 빨리 왔다.

샘의 발목을 살펴본 의사는 부러진 건 아니라고 말했다. 하지만 심한 염좌로 인대에 손상이 갔다고 했다. 의사는 샘의 다리를 거즈로 단단하게 감아주고 가능한 한 움직이지 말라고 주의를 주었다.

"8주 후에도 아프면 다시 오세요." 의사가 처방전을 써주며 말했다. 샘은 병원을 나와 목발에 기댄 채 몽롱한 약 기운을 느끼며 의사의 소견을 휴대폰으로 데니스에게 전송했다. 보험은 몇 달 전에 만료되어서 병원비가 어마어마했다. 발목의 고통과

의료비의 충격을 완화시켜주는 것은 병원에서 건네받은 오렌지색 진통제 병뿐이었다. 두 번 더 약을 받을 수 있는 처방전을 받았다. 모든 게 엉망진창이었다. 렌터카 회사가 병원 주차장으로 차를 찾으러 오기로 했다. 돌아갈 차편은 알아서 찾아야 했다.

기댈 곳은 데니스밖에 없었다. 물론 지금 이 상황은 말한다면 데니스는 어쩌면 린지에게 부탁해서 샘을 태우러올 것이다. 린지를 또 본다는 생각에 샘은 벌써부터 미간이 찌푸려졌지만 데니스에게 전화해서 이 상황을 설명하고 도움을 요청하는 것밖에 방법이 없었다. 데니스는 이야기를 꺼내자마자 "택시 잡아줄게" 하고는 언제 도착할지 말하지도 않고 전화를 끊었다.

돌아오는 길에 샘은 꾸벅꾸벅 졸면서 레드 리버를 떠나는 꿈을 꿨다. 샘은 생각했다. 여기를 떠나면, 데니스는 달라질 것이다. 이곳에는 뭔가가 있어. 그게 데니스를 다른 사람으로 만드는 것 같아. 그리고 샘은 그 뭔가가 자신 역시 다른 사람으로 만드는 것처럼 느껴졌다.

31화

이제 샘이 일할 수 없게 되자 데니스는 린지의 도움을 받아 가게에 가고 장례식을 준비했다. 샘은 네 시간마다 한 번씩 비코딘을 복용하면서 좌절감을 다스렸다. 알약은 주변의 모든 것을 둔하게 느껴지게 했다. 샘을 졸리고 따뜻하게 만들었다.

라이어넬의 장례식 날, 샘은 맨 정신으로는 도저히 그 행사를 치러낼 자신이 없어서 운구차 안에서 약을 복용하기로 마음먹었다. 데니스는 석방된 지 며칠 안됐을 때 받은 맞춤 정장을 입었다. 샘은 정장을 입은 데니스를 처음 봐서 마치 딴 사람처럼 느껴졌다. 고집스럽게 뻗친 뒤통수의 금발을 누르는 데니스 앞에서 샘은 수줍어하며 어색하게 타이를 매만져주었다. 몇 달을 함께 보냈으면서도 샘은 데니스가 잘생겼다는 사실에 새삼스레 놀랐다. 데니스가 샘의 손길을 뿌리친 후에도 샘의 욕망은 여전히 아프게 남아 있었다.

바깥 하늘은 불안한 회색빛이었다. 허리케인 경고가 발령되었다. 낡은 집은 기대라도 하는 것처럼 몸을 떨었다. 창과 지붕의 균열과 틈새들 사이로 바람이 조금씩 감질나게 스며들었다. 샘은 이 집이 이전에 그토록 많은 폭풍들을 견뎌냈다는 사실이 불가사의하게 느껴졌다. 어쩌면 이번에야말로 폭풍이 집을 무너뜨려 이곳을 떠날 수 있게 만들어주지 않을까. 데니스는 허리케인 경고를 가볍게 넘기며 장례식이 끝난 뒤 이야기하자고 했다.

집 밖으로 나와 운구차를 기다리는 동안 데니스는 시나몬 껌을 연달아 씹으며 똑바로 앞만 보고 있었다. 샘은 몸을 기울여 데니스에게 키스했다. 시나몬의 매운 맛 때문에 입술이 따끔거렸다.

차는 늦게서야 도착했다. 장례 지도사가 조수석에서 내려 두 사람을 위해 문을 잡아주고 차에 오르는 두 사람과 악수를 나눴다. 샘은 어깨너머로 뒤에 실린 관을 보았다. 말도 안 되게 작아 보였다. 그때 샘은 라이어넬이 다리가 잘렸다는 사실을 떠올렸다. 닫힌 관이어서 다행이라는 생각을 하며 클러치백에서 알약을 꺼내고 좌석 옆 컵 홀더에 놓인 물병을 열었다. 데니스가 곁눈질로 샘을 보았다. 차가 모퉁이를 돌면서 울퉁불퉁한 도로 때문에 펄쩍 뛰고 삐걱거렸다. 뒤의 화환들이 흔들려 뒤섞였다. 차가 돌개구멍에 부딪치자 라이어넬의 시신이 움직여 관 끝부분을 들이받은 듯 미끄러지는 소리와 부드러운 쿵 소리가 났다. 샘은 속이 살짝 메스꺼워졌다. 샘은 손을 뻗어 창을 열고 몸을 기울여 신선한 공기를 들이켜며 밭은 숨을 헐떡였다.

목적지에 도착한 운전사는 자신의 운구차는 이런 도로에 적절하지 않다며 넘칠 정도로 사과를 했다. 장례 지도사는 화환을 다시 배치했다. 장례는 교회에서 치르기로 되어 있었다. 차에서 내리자 아주 작고 하얀 교회가 눈앞에 있었다. 문 위에 나무로 만든 커다란 십자가가 매달려 있었다. 그 앞에서 캐리와 영화 제작진 몇 명이 이야기를 나누고 있는 모습이 보였다. 샘이 처음보는 사람들과 제복을 입은 경관도 몇 명 있었다.

"젠장." 데니스는 자신을 맞으러 오는 캐리를 향해 손을 뻗으며 웅얼거렸다. 딜런은 폭신폭신한 땅 속으로 푹푹 가라앉는 높은 힐을 신고 캐리 뒤를 따라 뒤뚱뒤뚱 걸어왔다.

"악랄한 새끼들이지?" 캐리가 말을 이었다. "믿을 수 없어. 당신 아버지의 장례식인데. 어쨌든 두 사람은 괜찮지?" 샘을 꼭 껴안으며 물었다.

"다시 만나니 좋네요. 이런 상황이 아니었으면 더 좋았겠지만." 딜런이 말했다.

"두 분이 와줘서 너무 기뻐요." 샘이 말했다. 좋아하는 사람들을 보니 샘은 자신이 그동안 얼마나 외로웠는지 새삼 깨달았다.

"다리는 어떻게 된 거야?" 캐리가 물었다.

"마당에 나갔다가 삐었어요." 샘이 말했다.

"딱한 것!"

샘은 목발을 들어 보이며 견디고 있다는 몸짓을 했다. 하지만 실상 샘은 부상당한 것을 즐기고 있었다. 페이스북에 발목 사진을 올렸을 때 얻은 좋아요들, 일어설 때마다 데니스가 손을 내밀어주는 것. 매일 아침 발목을 붕대로 감으면서 하루하루 달라지는 노란색과 보라색 멍을 감상하는 의식. 알약들. 그 모든 것이 샘을 들뜨게 했다.

"정말 아파요. 이렇게 일어나서 돌아다닐 때는 너무 힘들어요. 다행히 진통제가 도움이 돼요." 뒤쪽에서 샘이 누군지 모르는 한 무리의 사람들이 적대적 표정으로 샘을 바라보았다.

데니스는 문상객들을 맞아 교회로 안내했다. 캐리와 샘과 딜런은 앞줄에 앉았다. 뒤쪽에도 사람들이 몇 명 앉았는데, 라이어넬의 지인인 듯한 사람들과 나머지는 영화 제작진이었다. 샘은 텅 빈 좌석들을 보며 우울함을 느꼈다.

붉은 성경책을 가슴에 든 목사가 들어오고 운구자들이 그 뒤를 따랐다. 그중에는 데니스도 있었다. 그는 자신이 맡은 관 모서리를 어깨에 지고 있었다. 다른 운구자들은 장례식장에서 보내준 모르는 사람들이었는데, 제단 옆 앞쪽의 싸구려 스탠드에 관을 내려놓으면서 데니스에게 진지한 표정으로 고개를 끄덕였다. 관 주위로 붉은 커튼이 드리워졌지만 밑바닥에서 금색 바퀴가 삐져나왔다.

목사가 추도사를 시작했다. 데니스는 샘 옆에 앉아 샘의 손을 잡았다. 샘이 데니스를 보자 데니스는 샘을 돌아보며 입모양으로 물었다. "왜?"

샘은 데니스의 손을 들어 올려 입을 맞췄다.

기도를 한 후, 데니스는 추도 연설을 하기 위해 일어섰다.

"다들 와주셔서 감사합니다." 데니스는 접은 종잇장을 양손으로 쥐고 읽어 내려갔다. 데니스는 웃음을 지어 보인 후 다시 고개를 떨궜다. 목소리에는 흔들림이 없었다. "아버지는 살아 있을 때 대다수 사람들과 절연한 알코올 중독자였습니다. 가까이 지내기 쉬운 분은 아니었지요. 제가 지금 추도 연설을 하고 있는 걸 아신다면 어쩌면 다시 자신을 총으로 쏘실지도 모르겠습니다." 데니스는 웃음소리를 기대하고 말을 멈췄지만 교회 안은 잠잠했다. 캐리와 딜런은 샘 옆 자리에서 데니스를 향해 웃음을 지어 보였다. 데니스는 말을 이었다. "어쨌든, 우린 썩 좋은 관계는 아니었지만, 그분은 제게 남은 유일한 가족이었습니다. 그래서 여기 서 있는 건 당연하지만 결코 쉬운 일은 아닙니다. 저는 오늘 여기에 사람들이 와주실지 몰랐습니다. 제가 초대할 수 있는 사람은 몇 명 안되니까요. 하지만 여기 찾아와줄 만큼 마음을 써주는 친구들과 아내가 있으니 저는 운이 좋습니다. 감사합니다." 샘이 입모양으로 '사랑해'라고 말하자 데니스는 고개를 끄덕였다.

"제가 할 수 있는 말은 이것 하나뿐입니다. 그분은 썩 좋은 사람이 아니었고, 다정한 사람도 아니었고, 대부분의 사람들을 화나게 했고, 끝내 무엇 하나 달성하지 못했습니다. 하지만⋯." 데니스는 코로 안경을 밀어 올리고 말을 이었다. "그분은 제게 있어서 유일한 아버지였습니다. 감사합니다."

사람들은 헛기침을 하고 앉은 자리에서 몸을 꼼지락거렸다. 방 뒤편에서 속삭이는 소리가 들려왔다. 목사가 아버지란 대체할 수 없는 존재라는 둥 부모가 세상을 떠날 때 자식이 느끼는 상실감은 이루 말로 표현할 수 없다는 둥 하는 말들을 덧붙이는 동안에도 뒤쪽 신도석에서는 속삭거리는 소리가 들렸다.

그 후 얼마 안 가 일행은 교회 마당으로 나왔다. 경관들이 여전히 자리를 지키고 서서 번갈아 짝다리를 짚으면서 마당 가장자리를 따라 서 있는 구경꾼들에게 시선을 던지고 있었다. 마치 공격이라도 벌어지길 기대하는 듯했다. 샘은 경관들을 훑어보았지만 해리스나 다른 아는 얼굴은 보이지 않았다. 적어도 그 사실은 안심되었다.

"이 사람들이 도대체 어떻게 알고 온 건지도 도무지 모르겠어. 신문에 뭘 내보낸 것도 아닌데." 데니스가 말했다.

"단체 관광객이라고 생각해." 캐리가 말했다.

"무시해." 딜런이 맞장구쳤다.

장례 지도사와 운구자들이 관을 교회 옆에 작은 묘지의 파놓은 무덤 옆으로 들고 갔다. 군중은 더 가까이 다가왔고 목소리를 모아 뭐라고 말하기 시작했다.

"뭐라는 거지?" 데니스가 물었다. 다들 무슨 일이 벌어지는 건지 보려고 목을 쭉 뽑았다.

군중이 더 가까이 다가오면서 그 웅얼거림은 점차 알아들을 수 있는 말이 되었다. "여자애들은 어디 있지? 여자애들은 어디 있지?" 한 여자가 로렌 로즈의 사진을 머리 위로 들어올렸다. 그 밑에는 이렇게 쓰여 있었다. '로렌의 부모님은 텅 빈 관을 묻었다!'

"도저히 믿을 수 없어." 캐리가 말했다. "미친 것들!"

"그 애들은 어디 있냐, 데니스?" 한 남자가 고함을 쳤다. "그 애들은 어디 묻혔냐고?"

경관은 구경만 할 뿐 막으려고 앞으로 나서지 않았다.

"난 이 개짓거리를 당할 만큼 당했어." 데니스가 군중을 향해 걸음을 떼놓으며 말했다.

"데니스! 그만! 바보 같은 짓은 하지 마." 캐리가 뒤를 쫓아 달려가며 외쳤다. 샘은 데니스가 무리 맨 앞의 남자에게 다가가 얼굴에 삿대질하는 것을 지켜보았다. 남자는 겁먹은 얼굴을 하고 본능적으로 뒷걸음쳤지만 다가오는 경관들을 보고 힘을 얻은 듯 그 자리를 떠나지 않고 데니스를 마주 보았다.

캐리는 데니스를 뒤로 잡아채며 애원하기 시작했다. 한 경관이 두 남자 사이에 끼어들었고, 시위자는 무리 속으로 후퇴했다. 뒤이어 데니스와 경관 사이에 실랑이가 벌어졌다. 결국 경관이 시위자들과 장례 일행 사이에 경계선을 그었다. 데니스는 캐리와 함께 무덤가로 돌아가 목사에게 고개를 끄덕였다. 목사는 불안정해 보였다. 가슴 앞에 성경을 쥐고 있는 양손이 덜덜 떨렸다. 샘은 데니스의 손을 잡으려 했지만 데니스는 손을 빼고 주먹을 쥐어 옆구리에 꼭 붙였다.

◆ ◆ ◆

레드 리버에서 가까운 곳에 있는 식당에 자리를 예약했다. 다 같이 앉아서 식사를 하려고 하는 참에 린지가 와서 보드카와 다이어트 콜라를 주문했다. 캐리가 몸을 기울이며 물었다. "장례식은 거르고 피로연에만 오는 사람이 어디 있담?"

"피로연은 결혼식 아니야?" 딜런이 말했다.

"내 생각에 저 여자는 술값을 우리 계산서에 포함시키고, 그거로도 모자라 아마 운전해서 집으로 돌아갈 걸요." 샘이 말했다. 샘과 캐리는 서로 마주 보고 웃었다.

"이런 맙소사…." 린지가 말했다. 목소리가 지나치게 커서 다들 포크를 공중에 들고 입을 벌린 채 얼어붙었다. "좀 봐봐요." 린지가 창을 가리키며 말했다. 사람들이 그쪽을 돌아보자 양손을 유리에 둥글게 모은 채 안을 엿보고 있는 남자가 보였다. 비쩍 마른 남자는 단정치 못해 보였다. 검은 머리를 길게 기르고 이마는 훤히 까져 있었다. 데니스가 고개를 들자 남자는 천천히 손을 흔들었다.

"저거… 하워드야?" 린지가 물었다.

데니스는 얼굴이 창백해지더니 의자를 뒤로 밀치며 일어섰다. 데니스가 양해를 구하고 밖으로 나가자 일행은 레스토랑 창문 밖으로 지나가는 데니스의 모습을 아무 말 없이 지켜보았다. 데니스는 하워드에게 손을 내밀었지만 하워드는 잡지 않았다. 캐리는 불편한 표정으로 고개를 돌리고 딜런에게 조용히 뭐라고 말을 건넸다. 샘은 보지 말아야 할 것 같은 의무감을 느끼면서도 린지 못지않게 열심히 응시했다. 입 모양을 읽으려 했지만 불가능했다. 하워드는 무슨 일인지 화가 나 있는 게 분명했지만, 그 이유는 알 수 없었다. 데니스는 하워드가 폭언을 내뱉는 동안 가만히 서 있었다. 마침내 하워드는 데니스를 밀친 후 데니스가 비틀대며 뒷걸음치는 사이에 재빨리 자리를 떴다.

데니스는 양손을 주머니에 찔러 넣고 식당의 일행을 바라보았다. 샘과 린지는 둘 다 재빨리 접시로 고개를 돌렸지만 이미 데니스에게 들킨 걸 알고 있었다. 데니스는 잠시 후 돌아왔다. 살갗은 습기를 머금고 있었고 눈가는 붉었다. 무슨 일 있느냐는 물음에 아무것도 아니라고 대답했지만, 샘은 음료를 집어드는 데니스의 손이 살짝 떨리는 것을 알아차렸다. 린지는 테이블 맞은편에서 샘에게 다 안다는 듯한 표정을 보냈다.

◆ ◆ ◆

"여기에는 얼마나 있을 거예요?" 레스토랑을 나설 때 샘이 캐리에게 물었다.

"오늘 밤 비행기로 돌아가야 돼. 폭풍 때문에 못 돌아가면 안 되니까."

"우리 집에 꼭 놀러 와야 해요!" 딜런이 덧붙였다.

"꼭 갈게요. 그런데 집에 해야 할 일이 좀 남아서…." 샘이 말했다.

캐리는 데니스를 건너다보았다. 데니스는 린지의 트럭 옆에 서 있었다. 두 사람은 열을 올려가며 뭔가를 이야기하고 있었다.

"자기는 아무 때나 혼자 와도 돼, 알지?" 캐리가 걱정스러운 눈빛으로 샘에게 말했다.

"내 생각엔 그이가 지금 나를 정말 필요로 하는 것 같아요. 힘들어하고 있어요."

"난 그냥 자기한테 뭐가 필요한지 생각할 뿐이야. 지금 이곳 상황은 좋다고 하기 힘들어. 자기는 좋아 보이지 않아. 자기답지 않아 보여."

"난 괜찮아요! 진통제 때문에 그래요. 피곤해서. 그런 걸 거예요."

"멍청한 혐오자 몇 명 때문에 자기가 걱정하지 않았으면 좋겠어. 그 인간들은 목청이 크지만 그래봤자 한 줌에 불과해. 그 걸 잊지 마."

샘은 그 말에 동의하지 않았지만 "알아요." 하고 대구했다.

"와줘서 고마워요." 데니스가 뒤쪽에서 말했다. "두 분을 보니 너무 좋았어요. 정말 고마워요. 정말 조금도 더 못 있어요?"

하늘은 먼지 같은 회색빛이었다. 딜런의 머리카락이 얼굴 앞으로 휘날려 밧줄처럼 목에 감겼다.

"비행편이 연착되지 않으면 다행일 거야." 캐리가 말했다. "큰 게 온다는 모양이던데, 이번 허리케인 말이야."

데니스가 껄껄 웃었다. "항상 말은 그렇게 하죠. 실제로 오면 아무것도 아니에요. 당신들 같은 캘리포니아 사람들은 이따금씩 이런 기상 현상을 좀 경험해보는 것도 좋을 텐데요."

"아무래도 좋아. 이건 지나갈 거야, 데니스." 캐리가 데니스를 껴안으며 말했다.

"여기 일을 곧 마치고 들를게요. 약속해요."

샘은 데니스의 "일을 마치고"라는 말이 무슨 뜻인지 궁금했다. 시간이 지나면서 이곳에 온 의미는 점차 모호해졌다. 샘은 장례식이 끝나면 데니스가 집을 청소한 게 얼마나 무의미한 짓이었는지 깨닫기를 바랐다. 데니스가 여기서 하려던 일이 뭐든, 다 끝난 후에야 알 수 있을 것이다.

◆ ◆ ◆

데니스는 샘을 부축해 트럭에 태우고 목발을 짐칸에 던진 후 옆에 올라탔다. 샘은 운전석에 앉은 린지에게 가까이 밀어붙여졌다. 집으로 돌아가는 길에 샘은 데니스의 어깨에 고개를 기대고 반쯤 졸았다.

"꽤 취한 것 같네. 뭘 먹은 거야?" 린지는 굳이 목소리를 낮추려고도 하지 않았다.

"모르지. 진통제일걸. 놔둬, 다리를 심하게 다쳤어."

"누가 뭐래. 그냥 묻지도 못하나."

샘은 데니스의 손이 자신의 어깨를 꽉 붙드는 것을 느끼며 엔진 소리에 귀를 기울였다. 가는 길 내내 차 안은 침묵에 싸여 있었다. 길은 험해서 트럭은 계속해서 흔들렸고 샘은 그때마다 발목의 통증을 느끼며 깨어났다. 진입로에 들어서자 베어버린 잡초 더미와 쓰레기통에서 나온 쓰레기 조각들이 정원에 흩어져 있는 게 보였다. 바람에 날린 포장지들과 종이 상자들이 잔디 위로 굴러 떨어졌다. 쓰레기 때문에 집은 폐가처럼 보였다. 사람들이 서둘러 버리고 떠난 집 같았다.

데니스가 트럭 문을 열고 잔디 위로 내려오는 샘을 부축하려고 뒤로 손을 내밀었다. "잠시 들어올래?" 데니스가 린지에게 물었다. 샘은 데니스의 품 안에서 비틀거렸다.

"그래." 린지는 트럭 짐칸에서 여섯 캔들이 맥주 팩을 끄집어내 데니스와 샘에게 한 캔씩 건넸다. 데니스는 고개를 저었고 샘은 어깨를 으쓱했다. 세 사람은 현관에 앉았다. 린지는 캔을 따서 마셨고 빈 캔에 담뱃재를 버렸다.

"근데 하워드 말이야. 믿겨져?" 린지가 잠시 후 말했다.

"다시 보게 될 줄은 몰랐어." 데니스가 말했다.

"난 가까이에서 본 적 있어. 절대 아는 척하지 않더라고. 늘 제 아빠랑 같이 다녀. 한심하지 않아?"

"둘이 같이 살아요?" 샘이 물었다.

"최근까지." 린지가 말했다. "다 큰 남자 둘이서. 여자는 코빼기도 안 보이고. 같이 어울리는 사람도 전혀 없고."

"지금은 어디 살아?" 데니스가 물었다.

"예전 공장이 있던 트레일러 파크. 젠장!" 그들의 발밑으로 뭔가가 지나갔다. 깜짝 놀란 린지는 벤치에 내려놓았던 발을 끌어올리며 무릎을 껴안았다. 샘은 데니스에게 매달렸다.

"뭐야?" 데니스가 정원을 훑어보며 말했다.

"저것 좀 봐!" 린지는 바닥을 느릿느릿 가로질러 지나가는 커다란 갈색 거미를 가리켰다.

샘은 비명을 지르며 발을 벤치 위로 올렸다. 린지는 기침이 나올 때까지 웃었다. 데니스는 린지의 손가락 사이에 낀 담배를 빼들고 거미를 향해 몸을 숙였다. 불타는 끝을 몸통에 갖다 대자 거미는 도망가려고 다리를 꿈틀거렸다. 데니스는 아직 거미가 끝에 붙어 몸부림치고 있는 담배를 입술에 대고 빨았다. 오그라들며 경련을 일으키던 거미의 다리는 이윽고 잠잠해졌다.

샘은 데니스의 입과 콧구멍에서 쏟아져 나오는 연기를 경악 속에 지켜보았다. 거미는 불타서 검게 변했고 쪼그라들었다.

"징그러워." 린지가 외쳤다. 데니스는 웃음을 지으며 린지에게 담배를 내밀었다. "우웩! 됐거든."

샘은 속이 울렁거렸다. 데니스가 담배를 한 모금 더 빨아들이는 동안 샘이 생각한 것은 거미의 단말마보다는 데니스가 담배를 빨아들일 때 기침을 하지 않았다는 사실이었다. 혹시 데니스가 평생 담배를 피워왔는데 나만 몰랐던 건 아닐까. 불현듯 외톨이가 된 기분이 강렬하게 느껴졌다. 마치 샘과 결혼한 남자는 처음부터 존재하지 않았고, 자다 깨보니 남의 삶을 살고 있는 것 같았다. 줄거리를 알지 못하는 이야기 한복판에 들어온 느낌이었다.

32화

그날 밤, 바람이 거세지고 총알 같은 빗방울이 창을 때렸다. 데니스는 앞마당의 쓰레기통들을 고정하기 시작했다. 쓰레기들이 바람에 날려 아수라장이 되지 않도록 쓰레기 더미 위에 거대한 비닐을 씌우고 단단히 묶었다. 어미 고양이는 귀를 젖히고 앉아 문틀에 부딪치고 흔들거리는 스크린도어를 쳐다보며 낮게 으르렁거렸다. 새끼들은 끊임없이 야옹거렸다.

데니스는 먼지 낀 커다란 물그릇 두 개를 차고에서 꺼내와 욕조에서 씻고 수돗물을 가득 받았다.

"폭풍이 더 거세 진 것 같아." 데니스가 벽을 때리는 비바람 위로 목소리를 높이며 말했다. "이게 지나갈 때까지 폭풍 대피소에 있는 게 최선일지도 모르겠어."

바람에 쾅쾅 열렸다 닫히는 문과 창을 때리는 빗줄기를 걱정스럽게 지켜보던 샘은 데니스의 말에 토를 달지 않았다. 그저 고개를 끄덕이고는 데니스가 이끄는 대로 뒷문을 지나 계단을 내려갔다. 밖에 나가자마자 옷이 흠뻑 젖어 살갗에 들러붙었다. 엄청난 폭우가 쏟아지는데도 공중의 무거운 기압은 깨지지 않은 듯했다.

계단 맨 밑으로 내려간 데니스가 잡초를 이리저리 발로 걷어내자 집 건물 밑으로 들어가는 나무 트랩도어가 드러났다. 데니스가 문을 들어 올리자 샘은 그 어둠 속을 엿보았다. 안은 캄캄해서 아무것도 보이지 않았다.

"전기가 안 들어와!" 데니스가 고함쳤다. "손전등이 필요해. 우선 자기를 저 밑에 데려다 놓은 다음 물건들을 가져올게!"

"난 저 안에 들어가기 싫어." 샘이 말했다.

"낡은 집이 무너져서 그 안에서 죽었으면 좋겠어?"

"폭풍이 그렇게 심할 리 없다고 자기가 말했잖아."

멀리서 나무들이 바람에 휘면서 삐걱대고 신음하는 소리가 들려왔다. 샘은 다시 데니스를 보았다.

"내 말 들어." 데니스가 말했다. "이 밑에 있는 게 더 안전할 거야."

내부 공기는 차갑고 눅눅했다. 차차 어둠에 적응하면서 주변의 것들이 눈에 들어왔다. 한쪽에 놓인 간이침대, 다른 쪽에 놓인 푹 꺼져가는 울퉁불퉁한 소파, 그리고 가장 먼 쪽 구석에 놓인 커다란 플라스틱 양동이.

"갈아입을 수 있게 마른 옷을 가져다줄게. 그밖에 또 필요한 거 없어? 여기 밤새 있어야 할지도 몰라." 데니스가 말했다.

"내 알약." 말이 너무 급하게 나왔다. "그리고, 음, 내 킨들. 그리고 음…." 밖으로 나가려고 계단 밑에서 서성이는 데니스의 인내심이 다해가는 게 보였다. "자기 점퍼 내가 입어도 돼? 내가 좋아하는 거 있잖아. 회색 말이야."

"당연하지. 뭐든. 또 다른 건?"

"얼른 와, 제발. 이 밑은 소름 끼쳐."

"당연하지."

데니스가 등 뒤로 문을 닫고 나가자 샘은 어둠 속에 잠겼다. 어둠은 바로 얼굴 앞의 손도 보이지 않을 만큼 농밀했다. 샘은 천천히 심호흡하라고 자신을 타일렀다. 데니스가 전에 폭풍 대피소 이야기를 한 번도 한 적 없다는 사실이 갑자기 떠올랐다. 순간 두려움이 엄습했다. 여기서 영영 못 나가면 어떡하지?

샘은 일어서서 양팔을 뻗어 계단을 찾아 더듬으며 조금씩 앞으로 발을 내디뎠다. 계단을 올라갈 수 있다면 어쩌면 문을 열 수 있을지도 몰라. 손끝에 매끈한 콘크리트가 만져졌다. 계단은 거기 없었다. 샘은 방향감각을 잃었다. 패닉이 덮쳐왔다. 샘은 자신이 어둠을, 밀폐된 공간을 두려워한다는 것을 지금 처음 깨달았다. 벽이 두꺼워서 저 위의 폭풍 소리가 속삭임처럼 들렸다. 데니스가 바깥에서 문을 잠가버리면, 아무리 비명을 질러도 그 누구도 샘이 여기 있다는 걸 알지 못할 것이다. 샘은 자신이 왜 그런 생각을 하는지 의아했다.

마침내 문이 열리고, 데니스가 가방과 램프를 가지고 돌아왔다.

"뭐하고 있었어?" 데니스가 소파로 돌아가는 샘을 부축하며 물었다.

"좀 겁먹었지 뭐." 샘이 민망해하며 대답했다.

데니스는 물건들을 들여오면서 문을 열어놓았다. 물병, 음식상자, 야옹대는 새끼 고양이들과 화가 나서 몸부림치는 어미가 든 상자, 고양이 화장실, 그리고 마지막으로 고양이 모래 한 자루 등 가져온 물건을 여기저기 늘어놓았다. 샘은 젖은 옷을 개어 놓고 데니스가 가져온 것으로 갈아입었다. 데니스 냄새가 밴 점퍼가 샘의 손끝까지 내려와 샘은 자신이 작아진 것처럼 느꼈다. 샘은 목깃을 코앞으로 잡아당겨 냄새를 맡았다.

"늘어나게 만들지 마." 데니스가 말했다.

킨들로 시간을 확인한 샘은 비코딘을 한 알 더 먹으려면 아직 두 시간 반이나 더 기다려야 한다는 것을 알고 실망했다. 데니스는 샘에게서 등을 돌린 채 젖은 옷을 갈아입었다. 샘이 움직일 때마다 깔고 앉은 소파의 녹슨 스프링이 삐걱거렸다. "그만 꼼지락대." 데니스가 말했다.

새끼 고양이들은 서툴게 방 안을 탐험했다. 참치는 계단 중간쯤에 귀를 납작 눕힌 채 부루퉁한 모습으로 앉아 있었다. 샘은 다시 시간을 확인하고 짜증과 비참함이 치솟는 걸 느꼈다. 결국 지금 알약 하나를 더 먹어야겠다고 마음먹었다. 일단 이 상황은 극복하고 봐야 하니까.

데니스는 양동이에 고양이 모래를 쏟아 부었다. "화장실 급하면 이거 써. 그리고 그 위에 고양이 모래를 붓고. 알겠지?"

샘은 속으로 밤새 물 한 모금도 마시지 않겠다고 단단히 마음먹었지만 순순히 고개를 끄덕였다. 고맙게도 알약의 부작용이 변비라서 마음을 놓을 수 있었다. 안 그러면 구석에서 똥을 누면서 데니스가 방 반대편에서 투덜대는 꼴을 봐야 했겠지.

"여기는 소름 끼쳐." 샘이 말했다.

"금방 익숙해질 거야." 데니스가 말했다. "아빠가 전에 날 여기에 가둔 적이 있어. 양로원에서 뭘 좀 집어오다 들켰을 때, 그걸 알고는 날 두들겨 패고 여기다 던져 넣었지. 하루가 넘도록 안 꺼내줬어. 전등도 없고, 아무것도 없었는데."

두 사람의 머리 위에서는 세상이 사납게 날뛰고 있었다. 샘은 그것이 이 조용하고 밀폐된 방을 박차고 들어오려고 하는 것처럼 느껴졌다.

데니스가 살아온 그 끔찍한 삶을 상기시키는 것들이 때때로 샘의 눈앞에 나타났다. 그럴 때면 샘은 거지 같은 기분을 느꼈다. 자신이 무엇을 해도 이미 일어난 과거의 일들은 무엇 하나 지워버릴 수 없었다. 그러나 샘은 어쩌면 자신이 라이어넬보다 데니스를 더 못 살게 괴롭히고 있는지도 모르겠다고 생각했다. 자신이 데니스를 믿지 않을 때마다, 시비를 걸 때마다, 딴 사람으로 바꿔놓으려 할 때마다, 또는 데니스가 원하지 않는 일을 할 때마다. 자신이 데니스를 망치고 있다는 생각에 샘은 자신이 미워졌다.

"미안해." 샘이 말했다.

"뭐에 대해서?"

"밀어붙여서, 자기를 억지로 내 마음대로 하려 해서…. 자기는 아직 준비가 안 됐는데 말이야."

"서맨사."

"아니. 난 늘 자기를 밀어붙이거나 시비를 걸고 있어. 난 늘 그래, 늘."

"괜찮아…."

"괜찮지 않아! 난 늘 깽판을 쳐! 어디가 잘못된 건지도 모르겠어."

"자기는 잘못된 거 없어."

"아니야, 있어. 난 끔찍한 인간이야. 난 끔찍한 짓들을 저질렀어."

"무슨 끔찍한 짓?" 데니스가 물었다.

샘은 아무 말도 하지 말걸 하고 후회하면서 고개를 저었다. 하지만 한편으로는 모든 걸 털어놓고 싶기도 했다.

"끔찍한 짓이라니 무슨 말이야, 샘?"

"난…, 마크가 나를 찼을 때 난…."

"당신 전 남친 말이야?"

"우린 말다툼을 하곤 했어, 많이. 난 질투했지. 이따금씩 마크는 내 머리를 정말 뒤죽박죽으로 만들었어. 한 순간엔 날 사랑한다고 하고 다음 순간엔 진지한 관계는 원하지 않는다고 하고. 3년 동안이나! 지금 와서 생각해보면, 심지어 내가 그 남자를 사랑했는지조차 모르겠어. 어쩌면 제정신이 아니었던 것 같아. 어느 날 밤인가, 저녁식사를 마치고 운전해서 집으로 가던 중이었어. 마크가 우리 집에서 자고 가기로 해놓고는 이러더라고. '자고 가도 될지 모르겠어. 우리는 좀 떨어져 있어봐야 할 것 같아….' 그런데 그전에, 우린 저녁 내내 이런 식이었거든. '무슨 문제 있어?' '없는데.' '무슨 문제 있어?' '없는데.' 알겠어? 그러고는 차 안에서 나한테 그러는 거야. 포도주를 한 잔 마셔서 피곤하다고."

샘은 입술을 살짝 깨물었다가 말을 이었다. "난 걔한테 물었어. '왜? 왜 지금 그래?' 그랬더니 걔가 '자기한테 계속 이렇게 상처 줄 수는 없어' 그러는 거야. 믿겨? 나한테 무슨 선심이라도 쓰는 것처럼. 난 '좋아, 알겠어' 했지. 그랬더니 자기 집 앞에 내려달라고 하더라. 걔는 자기 부모님이랑 살았거든. 늘 돈을 모으려고 그러는 거라고 했지만…, 진짜 마마보이였어. 걔 엄마는 늘 날 못마땅해했지. 난 그것 때문에 돌아버릴 것 같았어. 그래서 난 걔를 집까지 데려다줬어. 집 앞에 도착하자 걔는 아무 일도 없다는 듯 태연하게 차에서 내렸어. 난 그때 걔가 날 한 번도 사랑하지 않았다는 걸 깨달았어. 나한테 줄곧 거짓말을 해왔다는 걸 깨달았지. 난 고함을 치면서 문 앞으로 따라갔어. 옆집에서 들을까 봐 걱정이 됐는지 들어오라고 하더라. 들어가보니 걔 부모님이 집에 안 계시길래 난 더 크게 고함을 질렀어."

샘의 감정은 점점 고조됐다. "그다음엔, 나도 모르겠어. 걔 방으로 올라갔어. 걔가 애지중지하는 그 멍청한 방. 장난감들이 잔뜩 있었어. 피겨들. 직접 도색한 것들. 난 그것들을 망가뜨리기 시작했어. '말해봐, 솔직하게. 넌 한 번도 날 사랑하지 않았어. 맞지?' 그랬더니 결국 말을 하더라고. 이러는 거야. '널 사랑하지 않아. 미안해.' '그리고 난 새로운 사람을 만났어.' 그러는 거야. 예상 못 한 말이었어. 난 거기 선 채로 뭔가 다른 깨뜨릴 만한 걸 찾았어. 그냥 걔를 조금 상처 주려고 했지. 그래서 물컵을 집어 들어 던져버렸어. 물컵은 선반에 맞아 산산조각으로 부서졌고, 사방은 유리 조각 천지가 됐어. 걔는 얼굴을 감싸 쥐고 비명을 질렀어. 난 패닉을 일으켰지. 얼굴에서 손을 잡아떼려 했지만 걔는 내가 무서웠는지 자기한테 가까이 오지 못하게 했어. 피가 목을 타고 흘러내렸어. 난 계속 '너무 미안해! 너무 미안해!' 그랬지만 걔는 나더러 나가라고 했어. 경찰에 신고한다고. 난 그러지 말라고 애원했어. 그렇게 다치게 할 생각은 없었어. 정말이야. 그냥 걔도 뭔가를 좀 느끼게 만들고 싶었을 뿐이야!"

샘은 거세게 도리질쳤다. "난 얼굴을 보여주면 가겠다고 약속했어. 왼쪽 눈을 못 뜨는데, 피가 너무 많이 나는 거야. 병원에 가야 한다고 했는데 나랑은 같이 가기 싫다더라. 그래서 구급차를 불렀어. 난 걔가 경찰에 신고할까 봐 겁나서 기다렸어. 그런

데 가달라고 다시 애원하더라고. 그만 가고, 앞으로 자길 가만 눠두면, 다시 전화하지 않으면, 사고였다고 하겠다고. 그래서 난 나왔어. 모퉁이를 돌아서 차를 세우고 울었어. 기다렸다가 구급차가 오는 걸 보고 떠났어."

샘은 숨을 들이켰다. 전부 다, 처음부터 끝까지 털어놨지만 안도감은 느껴지지 않았다. 더럽고 무언가 잘못된 기분이 들었다.

"며칠 후 걔 엄마한테 전화가 왔어. 그쪽 눈의 시력을 잃게 될 거라고. 자기는 경찰에 신고하고 싶었지만 아들이 말렸다나. 아마 다른 이유보다 내가 무서워서 그랬던 것 같아. 날 생각해서가 아니라."

이윽고 데니스가 입을 열었다. "그게 다야?"

"그래." 샘은 어리둥절해서 대꾸했다.

"있잖아. 린지는 내가 그냥 친구로 지냈으면 좋겠다고 했더니 제 아빠 차로 날 깔아뭉개려고 했어. 로렌은 내 머리에 맥주병을 던졌고. 여자애들은 열받으면 원래 그래."

"로렌?" 샘이 말했다. 마크와 있던 사고 이후로 처음으로 약간 기분이 나아지는 것 같았다.

"그래. 로렌 로즈. 난 걔한테 댄스 파티에 가고 싶지 않다고 했거든. 자기는 가고 싶다길래 누구 다른 사람을 데려가라고 했지. 그게 하면 안 되는 말이었나 봐. 마시던 맥주를 나한테 던진 걸 보면. 만약 그게 깨졌으면 내가 그렇게 됐을 수도 있겠지….

이름이 뭐라고?"

"마크." 샘은 저도 모르게 웃어버렸다.

"맞아. 그게 뭐라고. 그냥 사고였잖아."

"자기는 내가 미쳤다고 생각 안 해?" 샘이 물었다.

"난 여자애들은 다들 좀 미쳤다고 생각해." 데니스가 말했다.

샘은 그의 말을 믿고 싶었다. 그 일이 일어난 이후로, 샘은 오로지 수치심과 죄의식밖에 느끼지 못했다. 이제는 사면이라도 된 듯 마음이 놓였다.

"자기가 로렌 이야기 하는 건 처음 들어." 잠시 후 샘이 말했다.

"말할 게 별로 없어. 정말이지. 당시 우린 거의 서로를 알지도 못했어. 난 그 애가 왜 그렇게 펄펄 뛰었는지 모르겠어."

샘은 데니스의 당시 모습이 어땠을지에 관해, 그리고 로렌에 관해 생각했다. 치어리더와 풋볼 선수. 샘은 완벽히 이해할 수 있었다. 로렌이 왜 그렇게 펄펄 뛰었는지.

"어쨌든. 로렌이 그렇게 되는 바람에 사람들한테 오해받을까 봐 그 이야기는 어디 가서 할 수도 없었어."

"잠깐만, 린지가 자기를 차로 뭉개려 했다고?" 샘은 깔깔 웃었다. 데니스는 소파의 샘 옆 자리에 털썩 주저앉아 샘을 품으로 끌어당겼다.

"어디 가서 말하려고?" 데니스가 놀리듯 말했다. 데니스는 샘을 가까이 끌어안고 머리에 입을 맞췄다. 샘은 몸서리쳤다. 데니

스는 샘을 더 가까이 끌어안으며 "당신 너무 차가워" 하고 말했
다. 데니스의 입술이 아래로 내려가 샘의 목을 살짝 물었다. 양
손이 샘의 허벅지를 훑고 옷 속으로 들어갔다. 샘은 데니스를 밀
어내지 않고 미동도 없이 누워 그것을 즐겼다. 데니스는 샘의 귀
에 입을 맞추며 가슴을 손으로 감싸고 손톱으로 살갗과 등을 긁
어내렸다. 샘이 데니스의 키스를 받으려 고개를 돌리자 데니스
는 샘의 입술을 물었다. 좀 너무 세게 무는 바람에 샘은 몸을 뺐
지만 데니스는 놔주지 않고 자기 쪽으로 끌어당겼다. 샘은 데니
스의 허벅지에 다리를 올렸다. 그러고 나선 갑자기 멈췄다. 데니
스의 양손은 가만히 놓여 있었다.

"술 마실래?" 데니스가 일어서서 구석에 놓인 물병을 집어들
며 물었다.

"아니." 샘이 말했다. 따뜻한 피가 밀려들어 전신을 뜨겁게 데
웠다.

데니스는 소파로 돌아오지 않았다. 샘에게 등을 돌린 채 간이
침대에 누웠다. 잠들었다고 생각하기엔 너무 꼼짝도 하지 않았
다. 샘은 공기를 정화하는 폭풍의 희미한 소음에 귀를 기울였다.
아침에 해치를 열고 상쾌하고 가벼워진 공기를 들이켜는 상상
을 했지만, 그렇게 되지 않을 것을 알았다. 다음번 폭풍을 앞두
고 기압이 치솟아 공기는 여전히 텁텁할 것이다.

33화

이튿날 아침, 데니스가 마침내 폭풍 대피소 문을 열자 눈부신 빛이 쏟아져 들어왔다. 두 사람은 칫솔질을 하고 새 옷으로 갈아입고 싶은 간절한 마음에 집으로 내쳐 달렸다. 수도꼭지를 돌리자 갈색 물이 쏟아지다 이내 맑아졌다. 샘은 망설이다 수돗물에 칫솔을 갖다 댔다. 데니스는 눅눅한 대피소에서 하룻밤을 보내고 나니 피곤하고 몸이 찌뿌듯했는지, 샘에게 에어 매트리스 대신 라이어넬의 방에 놓인 침대에 누우라고 했다. 그것은 텅 빈 방 안에 유일하게 남은 가구였다. 샘은 싫다고 했지만 데니스가 침대에 깨끗한 시트를 깔아주었다. 실랑이를 하기에 샘은 너무 고단했다. 데니스는 방을 나가기 전에 침대 옆 바닥에 녹차 한 잔을 놔두었다. 샘은 녹차를 좋아하고야 말겠다고 마음먹었다. 설탕 시럽을 네 번 짜 넣은 커피 대신 데니스가 좋아하는 밍밍한 녹차를 마셔야지. 녹차는 속을 정화해줬다. 샘은 정화될 필요가 있었다. 샘의 가슴속은 흡연자의 폐처럼 새까맸다. 질투와 미움과 욕망이 구석구석까지 깊숙이 배어 있었다.

잠에서 깨니 차가 있던 자리에 물 한 잔과 비코딘 두 알이 놓여 있었다. 샘은 침대 가장자리로 몸을 빼 두 손가락으로 알약 하나를 들어 올렸다. 전날 밤의 기억은 흐릿하게 남아 있었다. 오늘은 더 선명하게 기억하고 싶었다. 하지만 머리가 아프고 다리가 욱신거리는 바람에 약을 끊을 수 없었다. 샘은 나중에는 꼭 줄일 거라고 스스로에게 다짐하면서 알약 두 개를 입 안에 모두 던져 넣었다. 하나가 넘어가지 않고 목구멍 안쪽에 들러붙는 바람에 캑캑거렸다. 다시 침을 삼켜 알약을 넘기고 뒤로 누웠다.

잠에서 깬 뒤로 줄곧 뭔가 꾸준한 소음이 있었는데, 제대로 들어보니 텔레비전 토크쇼 소리였다. 데니스가 텔레비전을 보다니 이상한데. 그것도 토크쇼를. 그 후 린지가 집에 있을지도 모른다는 생각이 천천히 떠올랐다. 망설이며 침대를 내려와 절뚝대며 복도로 나갔다.

문간까지 가자 린지의 옆얼굴과 싸구려 소파 천의 정전기 때문에 뻗치고 들러붙은 머리카락이 눈에 들어왔다. 린지는 오렌지색 가루로 얼룩진 손끝으로 도리토스를 집어 올렸다.

샘은 돌아설까 생각했지만 린지가 먼저 샘이 거기 있는 걸 알아차렸다. "깜짝 놀랐잖아요. 뭐하고 있어요?" 린지의 말투에는 고등학생들 특유의 쏘는 느낌이 있었다. 뭘 봐? 너 뭔데? 샘은 맞받아 쏘아주고 싶었지만 참았다.

"데니스는 어디 있어요?" 샘이 물었다.

"달리기하러 갔겠죠. 깨우지 말래서 안 깨웠어요. 뭐, 아프다면서."

"이젠 괜찮아요."

린지는 한쪽 눈썹을 치켜올리고 다시 토크쇼에 몰두했다.

"데니스가 언제 돌아온다고 말했어요?" 샘이 물었다.

"아무 말도 안 했어요." 린지는 입을 벌리고 봉투를 기울여 바닥에 남은 가루를 털어 넣었다. 린지의 맥주 캔에는 오렌지색 가루가 초승달 모양으로 묻어 있었다. 린지는 샘을 곁눈질하며 한숨을 쉬었다. "댁은, 그러니깐, 이제, 가도 돼요. 우린 여기서 볼일을 다 봤으니까."

샘은 화가 나서 소리치고 싶었지만 자제했다. "난 갈 필요 없어요. 여긴 내 집이니까요."

"뭐라고요?" 린지가 눈을 번뜩이며 억지로 웃음소리를 냈다.

"여긴 우리 집이에요. 나랑 데니스의 집. 그리고 그이는 내 남편이지요. 그러니까 댁은 나한테 나가라고 할 수 없어요." 샘은 소파로 한 걸음 더 다가가 팔짱을 꼈다.

린지는 들고 있던 빈 봉투를 바닥에 떨어뜨렸다. 그리고 텔레비전을 돌아보며 "좋아" 하고 내뱉었다. "가지 마. 댁 멋대로 하셔. 내가 뭐하러 신경 써."

"나한테 무슨 불만 있어요?" 샘은 목소리에서 떨림을 지우려고 노력했다. 여태껏 샘이 말다툼해본 상대는 친한 사람들, 어떻게 나올지 예측할 수 있는 사람들뿐이었다.

"내 불만?"

"그래. 댁은 늘 우리 사이에 끼어들려 하잖아. 나랑 데니스 사이에."

린지가 눈알을 굴렸다. "댁 남편?"

"하지만 절대 안 될걸." 샘이 말했다. "우린 곧 떠날 거거든."

"언제?" 린지가 갑자기 확신이 사라진 표정으로 물었다.

"금방." 샘이 날짜를 댈 수 없는 것이 아쉬웠다.

"어련하시겠어. 데니스랑 나, 우리 사이엔 역사가 있어. 어딜 가든 결국 서로를 떠나지 못하게 되어 있지."

샘은 린지의 얼굴에서 만족스러운 미소를 지우고 싶었다. "음, 사실 어젯밤 그이한테 들었는데, 당신한테 친구로만 지내고 싶다고 대놓고 말했더니 당신이 돌아버렸다며."

"걔가 뭐라고 했다고?" 린지가 소파에서 일어섰다. 린지의 입 냄새를 맡을 수 있을 만큼 거리가 가까워졌다. 톡 쏘는 맥주 냄새가 풍겨왔다.

"미안해." 샘이 뒤로 물러서며 말했다.

"걔가 뭐랬냐고?" 린지가 샘의 팔을 붙들며 말했다. "말해."

"그이는⋯. 그이는 그냥 농담한 거야. 당신이 차로 그이를 치려고 했다고 했어. 그게 전부야. 그냥 웃자고 한 얘기였어."

"우린 친구야." 린지가 손에 더 힘을 주었다. "우린 실제로 남매나 다름없어. 넌 이 결혼이 그것보다 깊다고 생각해? 걔는 널 그렇게 좋아하지 않아. 내 말 믿어. 난 전부 다 봤어. 걔가 누군가를 좋아할 때 무슨 일이 일어나는지 알아. 그리고 있잖아. 넌 그걸 바라지 않을 거야."

"그게 무슨 뜻이야?"

"아직 여기 남아 있는 사람은 나라고. 그 뜻이야."

샘은 몸을 비틀어 벗어나려고 했지만 린지가 샘의 팔에 손톱을 박아 넣었다. 그 순간, 뒷문에서 인기척이 들려와 두 사람은 그대로 얼어붙었다. 데니스가 돌아온 것이다.

"날 위협하지 마!" 샘은 데니스에게 들리기를 바라며 목소리를 높였다.

"닥쳐." 린지가 위협했다. "이걸로 뭘 어떻게 해볼 생각은 하지 마." 그러고는 손을 놓았다.

샘은 팔을 문질렀다. 린지의 손톱이 살갗에 깊은 초승달 모양을 남겼다. 린지는 마치 아무 일도 없었다는 듯, 텔레비전에 눈길을 꽂은 채 도로 자리에 앉았다.

"타깃이랑 홀푸즈까지 좀 태워다 줘." 데니스가 부엌에서 걸어 들어오면서 말했다. "지금 말고. 나중에. 여기서 먼저 처리해야 할 일들이 있어. 전화가 왔는데…."

샘은 팔을 내려다보았다. 데니스에게 곧장 달려가 보여줄 생각이었다. 봐봐, 저 년이 무슨 짓을 했는지. 쟤는 미쳤어. 하지만 왠지 그럴 수 없었다. 누군가가 스위치를 내리기라도 한 것처럼 린지가 너무 잠잠해 보였다. 마치 방금 전 그 일이 일어나지도 않은 것처럼.

"좋아." 린지가 맞받아 외쳤다.

데니스는 거실로 걸어 들어오면서 샘을 보더니 "일어났구나" 하고 말했다. 어쩐지 거의 실망한 투라고, 샘은 생각했다.

34화

그날 저녁 집을 나서기 전에, 데니스는 샘이 샤워하고 옷 입는 것을 도와주었다. 그리고 샌드위치를 만들어주고 다시 비코딘 두 알을 챙겨주었다. "얼마 안 남았네. 약국에서 좀 더 사다 줄게." 데니스는 그렇게 말하고는 샘의 머리에 입을 맞췄다.

데니스와 린지는 집을 나섰다. 곧 데니스와 린지가 탄 트럭이 모퉁이를 돌아 사라지고 차 소리도 멀어지자, 샘은 목발에 의지해 소파에서 일어섰다. 지루하고 좀이 쑤셨다. 절뚝대며 이 방 저 방 돌아다녔다. 외로워서 뭔가 몰두할 만한 것을 찾고 싶었다.

부엌으로 간 샘은 데니스의 맥북을 곁눈질했다. 노트북을 열었지만 암호가 걸려 있었다. 그걸 보자 왠지 가슴이 덜컥 내려앉았다. 숨길 게 없다면 암호가 왜 필요하지? 샘은 이상한 직감을 무시하려 했지만, 과거에 그랬듯 감정은 샘을 괴롭혔다. 넌 지 긋지긋해. 샘은 자신에게 말했다. 넌 편집증이야. 하지만 자신이 무슨 짓을 하고 있는지 미처 깨닫기도 전에, 샘은 주방 식탁에 앉아 잠금을 풀기 위해 입력창에 뭘 넣을지 생각했다.

샘은 'PASSWORD'와 'password'와 'Password'를 입력했 다. 그게 통할 거라고는 기대하지 않았지만, 그래도 약간의 실 망감이 느껴졌다. 자기 이름을 넣어봤다. 이렇게 저렇게 바꿔 서 다시 넣어보았지만, 매번 실패해서 자신감만 깎여 나갔다. 샘은 린지의 이름을 넣어보았고, 거부당하자 안도의 한숨을 쉬 었다. 이어 데니스의 이름을, 데니스의 생일을, 데니스의 이름 과 생일을 시도했다. 막 다시 자판을 치려는 순간, 갑자기 화면 에 불이 들어왔다. 순간 샘은 공포와 함께 자신이 뭘 입력했는 지를 깜빡 잊었다. 대문자 D를 썼나? 데니스가 태어난 해였나? 그 후 샘은 입력한 글자를 기억해내고 근처에 놓인 봉투를 찢 어 'Dennisdanson1975'라고 적은 다음 카디건 주머니에 슬쩍 집어넣었다. 데니스가 생각보다 단순하다는 데 가슴이 살짝 아 렸다.

화면에는 데니스가 출간을 위해 쓰고 있는 회고록이 보였다. 문단 중간에서 커서가 깜빡이고 있었다. 샘은 자신의 이름을 찾 아 그 페이지를 훑었지만 눈에 들어온 것은 다음과 같은 내용이 었다.

어렸을 적 숲속에서 혼자 놀며 보냈던 고독한 시간 덕분에 사형수 감방에서 혼자 지내는 것이 낯설지 않았다. 끝없는 야생을 바라보노라면 내가 얼마나 하찮은 존재인지를 깨달을 수 있었다. 나는 이후 감방에서 그 깨달음을 돌이켜보게 된다….

샘은 데니스의 자서전을 출간된 후에 읽겠다고 자신에게 약속하며 창을 내려놓고 웹브라우저를 열었다. 깨끗했다. 과거 방문 기록을 확인했지만 아무것도 보이지 않았다. 이런 건 도대체 언제 배웠지? 샘은 의아했다.

바탕화면에는 파일이 세 개 있었다. '책' '책2' 그리고 '책3', 자서전 초고들. 노트에는 암호 목록이 있었다. 샘은 혹시 몰라 그것을 봉투 뒷면에 적었다.

기대했던 만큼 실망은 컸다. 샘은 워드 파일을 다시 열고, 다음 문장을 읽었다. "내가 진정 자유를 잃은 건 자신에 대한 믿음을 버린 순간이었기 때문에, 자신에 대한 믿음을 절대 버려서는 안 된다는 걸 배웠다." 샘은 눈동자를 굴리며 노트북을 쾅 닫았다. 뭔가, 뭐라도 좋으니 데니스가 자신을 어떻게 생각하고 있는지 실마리가 될 만한 것을 찾으려고 주위를 둘러보았다. 데니스가 누구인지, 린지의 말대로 정말 자신을 별로 좋아하지 않는지 알고 싶었다. 데니스의 물건들을 뒤졌다. 모든 주머니를 뒤져보았지만 별 것 없었다. 꼬깃꼬깃 접힌 대형 쓰레기차 영수증, 뉴욕의 편집자가 손으로 써서 보낸 편지, 앞쪽에 이름과 전화번호,

그리고 돌려주면 20달러를 보상하겠다는 내용이 적힌 것 외에는 텅 빈 몰스킨 노트.

샘은 데니스가 예전에 쓰던 방으로 가서 서랍장과 옷장들을 열었지만 모두 비어 있었다. 그러다 린지가 그 오랜 세월 맡아주었던 상자가 눈에 띄었다. 뚜껑은 부서졌고 이제는 내용물이 쏟아지지 않도록 상자 주변에 고무줄을 둘러놓았다. 샘은 고무줄을 미끄러뜨려 벗기고, 이미 본 사진들을 한 장 한 장 바닥에 내려놓았다. 이번에는 다르다고, 샘은 자신에게 말했다. 이미 다 본 거니까. 그러니 정확히 말해 뒤를 캐는 건 아니야.

파일 중간쯤에서 잡지에서 찢어낸 페이지가 보였다. 석방 직후 두 사람이 함께 찍은 사진을 전면으로 실은 거였다. 칼라 버튼을 풀고 소매를 걷어붙인 흰 셔츠 차림의 데니스가 샘의 어깨에 팔을 올린 채 웃고 있었다. 그 순간 샘은 끔찍한 기분이 들었다. 스스로가 밉고 역겨웠다.

샘은 서둘러 사진들을 도로 주워 담기 시작했다. 고무줄을 깡통 위로 잡아 늘이는데 뒷문의 녹슨 하품 소리가 샘의 가슴을 때렸다. 샘은 깡통을 가능한 한 조용히 보드게임 뒤로 돌려놓으려고 했지만 무거운 발걸음 소리가 재빨리 침실로 다가오고 있었다. 샘은 들켜버렸음을 알았다.

"너무 미안해. 따분해서 그랬어. 우리가 이 방을 아직 청소하지 않은 게 생각나서…"

문간에 서 있는 남자는 덩치가 컸다. 길고 기름진 검은 머리카락이 이마보다는 뒤통수에 더 가까운 곳에서 자라나고 있었다. 데니스가 아니었다. 샘은 한 걸음 더 가까이 다가온 남자의 눈동자에서 분노의 빛을 포착했다.

샘의 비명은 깨진 유리처럼 맑고 날카로웠다. 하워드의 양손이 재빨리 귀로 올라갔다. 샘은 목발을 집어들어 그의 배를 찔렀다. 옆으로 비틀대던 하워드는 책장에 기대 몸을 웅크렸다. 샘은 아픈 다리를 앞으로 내디디며 몸을 날렸다. 힘겹게 현관 계단을 내려가 목발을 푹신푹신한 잔디에 찔러 넣었다. 하워드가 바로 뒤로 쫓아오고 있을 거라고 생각하며 몇 번쯤 뒤를 돌아보았다. 샘은 한 순간 자신이 하워드를 정말 다치게 했으면 어쩌나 걱정하고, 다음 순간 그게 자신의 의도였음을 떠올렸다.

길이 어두워서 앞쪽도 뒤쪽도 볼 수 없었지만 샘은 계속 갔다. 어디로 가고 있는지 알 수 없었다. 자신의 숨소리가 너무 커서 하워드가 다가온다 해도 발소리를 못 들을 것 같았다.

발목이 욱신거리는 바람에 샘은 곧 속도를 늦춰야 했다. 하워드는 가까운 곳에 있을 게 분명했다. 자신의 목을 조르는 두 손을 예상했지만, 하워드의 흔적은 찾아볼 수 없었다. 샘은 도로 한중간으로 올라가야 했다. 양 가장자리에는 깊은 진흙 웅덩이가 만들어져 있었다. 하늘을 올려다보았다. 길에는 가로등이 없었지만 보름달 뜰 무렵이라 그런지 샘이 평생 본 것보다 더 많은 별들이 하늘에서 반짝였다. 뭔가가 귓가에서 웅웅거리는 바람에 샘은 움찔하다 발 디딜 곳을 잃고 길가의 퇴비 더미에 넘어져 엉덩방아를 찧고 말았다.

샘은 얼마 동안 그대로 땅바닥에 앉아 있었다. 엉덩이가 더러운 물에 흠뻑 젖었다. 뭔가가 목을 간지럽혔다. 샘은 목을 찰싹 때리고 목발로 땅을 짚으며 몸을 끌어 올렸다. 샘의 비명이 어둠을 갈랐다. 하워드가 쫓아오고 있는지 집에서 자신이 돌아오기를 기다리고 있는지 알지 못한 채 샘은 계속 앞으로 나아갔다. 발목이 더 심하게 욱신거렸고, 압박붕대는 흠뻑 젖었다.

차가 보이기 전에 엔진 소리가 먼저 들렸다. 샘은 도로 한복판에 버티고 서서 전조등 빛이 어둠을 꿰뚫고 나타나기를 기다렸다. 샘 앞에 빛이 점점 가까워졌다. 눈이 부셔 볼 수 없었다. 샘은 다가오는 차를 향해 팔을 흔든 후, 트럭이 멈출 기미가 전혀 안 보이자 목발을 들어올렸다. 차는 너무 빨리 다가왔다. 심지어 속도를 더 높이는 것 같았다. 샘은 얼어붙었다가 왼쪽으로 서툴게 펄쩍 뛰어 얼굴을 아래로 한 채 풀숲으로 뛰어내렸다. 트럭이 방향을 틀더니 느슨한 땅 위에서 타이어가 미끄러졌다. 이내 엔진이 멈췄다. 차창이 내려가면서 점점 더 커지는 웃음소리가 샘의 귀에 들려왔다.

"샘? 뭐하고 있어?" 데니스가 차창 밖으로 몸을 뺐다. "왜 밖에 나와 있어?" 좀 더 심각한 목소리였다. 약간 걱정하는 것 같기도 했지만 크게 그런 건 아니었다.

"하워드가 집에 있어. 난 청소하고 있었는데…."

갑자기 엔진에 시동이 걸리고 차가 앞으로 움직였다. 샘은 버둥대며 일어서려고 했다.

"기다려! 날 두고 가지 마!"

차는 재빨리 멀어졌다. 빛이 멀리 사라졌다. 샘은 공포 속에 멍하니 서 있었다. 장난을 치는 건지 모른다고 생각했지만, 그럴 가능성은 점점 낮아 보였다. 증오로 몸이 욱신거리기 시작했다. 샘을 차로 치려는 척하는 게 재미있다고 생각한 린지. 다시 어둠 속에 샘을 내버려두고 속도를 올린 린지. 샘은 데니스가 웃으며 린지에게 최악이라고 말했을지 궁금했다.

목발 때문에 팔이 아팠다. 뛸 때마다 목발이 샘의 살갗을 꼬집고 멍들게 했다. 머리가 아팠다. 체념하고 집까지 걸어가기로 마음먹는데 느릿느릿 다가오는 트럭 소리가 들렸다. 샘을 보았는지 빛이 번쩍였다. 조수석은 비어 있었다.

"당신 데려오라더라." 린지가 말했다.

샘이 트럭으로 몸을 끌어 올렸다. "하워드가 아직 있었어? 내가 때렸는데."

"더 세게 때렸으면 좋았을걸. 가버렸어."

"어디 있지? 날 따라오지는 않았는데."

"아무렴." 린지가 뒤를 돌아보았다. 잠시 튕겨 길가로 벗어났던 트럭이 다시 차도로 올라왔다.

"난데없이 나타났어. 차 소리는 전혀 못 들었는…."

"하워드는 이곳을 데니스만큼 잘 알아. 지금은 더 잘 알지도 모르지. 트레일러 파크에서 오는 지름길이 있어."

"숲을 가로질러서?"

"질러올 수 있어. 그리로 오려면 온몸이 더러워지겠지만 그것만 개의치 않으면 길을 따라 걷는 것보다 시간이 절약되지. 어쩌면 시간이 절반으로 줄걸."

"내 생각엔 하워드가 우릴 감시하고 있었던 것 같아." 샘은 그렇게 말하며 그 사실을 인정하는 것이 지금이 처음임을 깨달았다. "알 수 없는 소리가 몇번 들렸어. 한번은 누군가가 욕실 창문으로 엿보고 있기도 했지."

"그놈이라면 충분히 그럴 만해. 하워드는 소름 끼치는 놈이지."

"막… 강간도 하고 그래?"

린지는 웃음을 터뜨렸다. "걔가 당신을 강간하려는 줄 알았어? 맙소사. 데니스가 들으면 웃겨 죽으려고 하겠네."

샘은 숨을 참았다. 린지의 머리카락을 낚아채 한 움큼 뽑아버리는 상상을 했다. "그럼 뭘 하려던 건데?" 샘이 물었다.

린지는 한숨을 쉬었다. "걔가 당신한테 조금도 관심 없다는 것 정도는 말해줄 수 있어. 걘 늘 데니스한테 지독히 집착했어. 마치 무슨 강아지처럼. 정말이지 역겹다니까."

"집착해?"

"어쩌면 데니스의 물건을 가져갈 생각이었는지도 몰라. 그런 적이 많았거든. 학창 시절 때 하워드는 데니스의 물건을 늘 가져갔지. 데니스를 독차지할 수 없으니까 물건이라도 가져가려는 것 같았어."

"데니스가 가지고 있는 것 중에서 어떤 걸 원하는데?" 샘이 물었다.

린지는 잠시 생각에 잠겼다. "하워드는 옆에 두고 있으면 되게 좋은 게, 그냥 하고 싶을 일을 다 해주거든. 걔 아빠가 늘 용돈도 왕창 줬어. 그래서 맥주를 사 오거나 가스를 사 오거나 우리가 필요한 걸 다 얻어왔지. 하지만 데니스가 하워드를 떠나 자기 인생을 살기 시작하니까 하워드는 그걸 못 견뎌냈어. 하나도 안 변했나 봐."

35화

샘은 집으로 돌아왔지만 마음이 편치 않았다. 켜져 있는 전등과 음 소거 상태로 깜빡거리는 텔레비전은 아까 본 그대로였지만, 왠지 분위기가 달라진 것 같았다. 마치 모든 게 1센티미터씩 옆으로 움직이기라도 한 것처럼. 샘은 복도를 지나 데니스의 예전 침실을 들여다보았다.

"하워드가 데니스의 추억 상자를 가져갔어." 샘이 바닥에 엎질러진 쓰레기 사이에서 그것이 사라졌음을 알아차리고 말했다.

"데니스의 뭐라고?" 린지가 뒤에서 물었다.

"그 깡통, 당신이 맡아주고 있었던 거."

"데니스가 하워드를 붙잡았기를 바라는 게 좋을 거야. 아니면 완전 열받을 테니까."

"그게 뭐가 문제인데? 거기에 특별한 건 아무것도 없는 것 같던데." 샘이 말했다.

"그거 들여다봤어?" 충격을 먹은 듯 린지의 눈이 휘둥그레졌다.

"그이가 보여줬어." 샘이 말했다. "옛날 사진들. 토지 문서 같은 것이 좀 있었지만 별거 없던데." 샘은 말을 멈추고 린지를 보았다. 린지는 분노로 굳어진 얼굴로 샘 뒤편을 노려보았다. "당신은 본 적 없어?"

"한 번도. 데니스는 내게 그걸 맡아달라고 했어. 절대 열어보지 말라길래, 난 그러겠다고 약속했지."

"궁금했던 적도 없어?"

린지가 어깨를 으쓱했다. "잠겨 있었으니까."

샘은 궁금해졌다. 자신이었다면 절대 그 약속을 지키지 못했을 것이다. 사형 선고도 떨어졌는데, 린지는 왜 그걸 열지 않았을까? 자물쇠는 충분히 허술했다. 데니스는 스크류드라이버로 쉽사리 자물쇠를 열었었다. 다시금 샘은 그것이 비밀치고는 얼마나 시시했던가를 생각했다.

"약속했는걸." 린지가 다시 말하고는 부엌으로 향했다.

샘은 린지가 동요하는 걸 알 수 있었다. 데니스가 자기한테는 보여주지 않은 걸 샘에게 보여줬다는 데 질투가 난 것이 분명했다. 샘은 물건들을 선반 위에 하나하나 도로 얹으며 슬며시 웃음을 지었다. 린지가 얼마나 비굴한지, 샘은 그게 딱해 보인다고 생각했다.

뒷문이 벽에 세게 부딪쳤다. 데니스가 돌아왔다. 상자를 가지고 있었다. 샘은 한숨 놓았지만 창백한 낯빛과 붉은 눈을 보고 데니스가 얼마나 화가 났는지 깨달았다. 데니스는 상자를 소파에 내팽개쳤다. 린지는 그것을 빤히 보다 가까스로 눈길을 돌렸다.

"어떻게 된 거야?" 린지가 물었다.

"아무것도 아냐." 데니스가 대꾸했다.

데니스의 청바지에는 풀 얼룩이 잔뜩 묻어 있었다. "미안해." 샘이 말했다. 데니스는 소파에 주저앉았다. 샘은 데니스가 살짝 몸을 떠는 것을 눈치챘다.

"자기 손…." 샘은 데니스의 손마디를 보았다. 껍질이 벗겨지고 붉은색과 보라색으로 얼룩 져 있었다.

"아무것도 아냐." 데니스가 멍하니 대꾸했다. "그 자식이 날 물었…."

"씻어야 해." 샘이 말했다. 데니스는 천천히 고개를 끄덕이고 일어섰다.

샘은 욕실로 가 찬물 밑에 데니스의 손을 갖다 대고 피가 손목을 타고 흐르는 것을 지켜보았다.

"이리 와." 데니스가 갑자기 샘을 끌어당기며 말했다. 샘은 데니스의 땀이 살갗에 닿는 것을 느꼈다.

"하워드 때문에 무서웠어." 샘은 웅얼거리며 말했다.

"알아." 데니스가 샘의 머리카락에 입을 맞췄다.

"창으로 들여다보던 게 하워드였을까? 주변을 어슬렁거리고 다닌 게?" 샘이 물었다.

"내 생각엔 확실해." 데니스가 샘을 더 꼭 끌어안으며 말했다. 이어 샘에게 다시 입을 맞췄다. "이젠 괜찮을 거야."

＊ ＊ ＊

데니스는 이튿날 아침 달리기하러 나가지 않고 집에 있었다. 살짝 구운 베이글에 피넛 버터와 블루베리를 한 겹 얹고 옆에는 비코딘을 가지런히 놓아 샘에게 갖다 주었다. 샘은 데니스의 상처에 소독약을 발라주었다.

"인간의 입이 개의 입이나 뭐 그런 것보다 더 더러울걸." 샘이 데니스의 손마디에 손가락을 구부릴 수 있도록 느슨하게 붕대를 감으며 말했다. "감염되지 않게 조심해."

하워드가 세게 움켜쥐고 있었던 듯 데니스의 팔은 멍들어 있었다. 샘은 자신이 얼마나 운이 좋았는지 생각하면서 한편으로는 하워드가 돌아올까 봐 겁이 났다.

"난 여기 있을 거야." 데니스는 샘을 안심시켰다. 하지만 샘의 곤두선 신경은 가라앉을 줄 몰랐다. 무슨 소리가 들릴 때마다 펄쩍 뛰어올랐고, 집 안을 돌아다니는 자신을 따라다니며 감시하는 시선이 느껴지는 것만 같았다.

늦은 아침, 차 한 대가 진입로로 끼익 소리를 내며 들어왔다. 하워드의 아버지인 해리스 경관이 차 문을 열고 엔진을 켜둔 채 내렸다. 이번에는 혼자여서, 정중한 척할 필요가 없었다.

"댄슨." 해리스는 고함을 쳤다. 데니스가 이미 스크린도어 뒤에 서서 기다리고 있었는데도. "내 아들한테 한 번만 더 손을 대면 그게 네 마지막 날이 될 거다! 알아들었냐?"

샘은 거실 창으로 지켜보았다.

"댁의 아들이 내 아내한테 다시 손을 대면 그 자식은 얻어맞는 것보다 더한 일을 당하게 될 거야. 알아들었어?" 데니스는 해리스의 느릿느릿한 말투를 흉내 내 말했다.

그 말에 해리스 경관은 집을 향해 다가왔다. 해리스의 얼굴에서 흘러 떨어지는 땀과, 붉은 코와 뺨의 터진 혈관들이 샘의 눈에 들어왔다. "그 애는 그런 짓을 하지 않았어. 그 애가 다시 여기 오는 일은 없을 거야. 그리고 그 애는 아무도 건드리지 않았어."

"서맨사?" 데니스가 불렀다.

"데니스의 말이 사실이에요." 샘이 문을 살짝 열면서 말했다. "그 사람은 어제 집으로 몰래 들어와 날 뒤에서 덮쳤어요. 난 그 사람한테서 벗어나려고 그 사람을 때렸어요." 샘은 대답을 기다렸지만 해리스는 아무 말도 하지 않았다. 일그러진 얼굴로 샘을 보았을 뿐이다.

"내가 샘한테 이곳에서는 스스로 자신을 지켜야 한다고 말했

370

어요." 데니스가 의기양양하게 말했다.

"거짓말쟁이들. 너랑 저 여자는 천생연분이야." 해리스는 잔디에 침을 뱉었다. 해리스는 차 문을 등 뒤로 쾅 닫고 포효하는 엔진 소리와 함께 떠나버렸다.

데니스는 거실로 들어와 샘을 가볍게 안아주며 잘했다고 말했다.

"그 사람이 당신을 체포하거나 뭐 그러는 줄 알았어." 샘은 손톱으로 자신의 등을 훑는 데니스에게 말했다. 창백한 얼굴에 가녀린 여자들이 늘 그러는 것처럼 떨리는 목소리로. 샘은 누군가에게 약한 존재가 된다는 것이, 누군가에게 보호받을 만한 존재가 된다는 것이 좋았다. 지금 바로 이 순간이, 그럴 수 있는 때였다.

"그럴 일 없어. 걱정 마."

데니스는 샘에게 키스하면서 티셔츠 위로 샘의 등을 쓰다듬었다. 손가락이 브라 끈을 잡았다. 샘은 술 취한 것처럼 열이 올랐다.

"여기서 기다려." 데니스가 말했다. "얼른 좀 확인할 게 있어서."

샘은 에어 매트리스에 누워 데니스를 생각하며 손끝으로 배를 어루만졌다. 데니스는 금방 오지 않았지만 바깥에서 계속 그의 목소리가 들려왔다. 폭풍 대피소의 해치가 내려가는 녹슨 하품 소리, 파편들이 발길에 이리저리 차이는 소리. 데니스가 집 안으로 돌아왔을 때 샘은 눈을 감고 잠든 척했다. 데니스가 허리띠를 풀고 신을 던지고, 청바지를 벗어 바닥으로 떨어뜨리고, 마지막으로 안경을 탁자 위에 내려놓는 소리가 들렸다. 데니스는 샘 옆에 누워 몸을 밀착시켰다.

"안 자는 거 알아." 데니스가 속삭였다. 샘은 슬며시 웃었다. "알 수 있어." 샘은 그대로 눈을 감은 채 데니스가 자신에게 몸을 감도록 놔뒀다. 그리고 갈망 속에서 잠들었다.

샘은 꿈속에서 데니스와 서로 몸을 밀어붙이고 있었다. 그러나 그것은 꿈이 아니었다. 데니스가 진짜로 샘에게 몸을 밀어붙이고 있었다. 샘은 데니스를 더 가까이, 더 깊이 끌어당기려 손을 뻗었다. 데니스는 샘이 배를 깔고 엎드리게 해서 샘의 양팔을 몸 밑에 가두고 얼굴을 베개에 묻게 한 뒤 샘 위에 올라탔다. 내가 꿈을 꾸고 있는 걸까? 비코딘 때문에 팔다리가 묵직했다. 샘은 신음했다.

"쉬잇." 데니스의 입술이 샘의 귓전에 닿았다. 데니스는 샘의 머리에 고개를 얹고, 샘을 다시 베개로 밀어붙였다. 샘은 천천히 하라고 말하고 싶었다. 몸을 돌리려고 했지만 데니스는 샘의 등에 손을 대고 속삭였다. "가만히 있어."

샘은 아팠다. 데니스는 자신을 샘 안으로 더 깊이 밀어 넣었다. 샘은 쾌락과 고통이 기묘하게 뒤섞인 감각을 느꼈다. 샘의 몸은 잔뜩 긴장했다. 데니스의 숨이 멈췄다. 샘은 데니스가 자신의 몸 안에서 꿈틀거리다 이윽고 멈추는 걸 느낄 수 있었다. 데니스는 잠시 샘 위에 누워서, 숨을 몰아쉬었다. 손가락으로 샘의 머리카락을 쥐었다. 데니스가 몸을 굴려 내려오자 샘은 모로 돌아누웠다. 샘은 데니스의 품에 안긴 채 도로 잠 속으로 가라앉았다. 아팠지만 샘은 웃고 있었다. 심지어 그게 현실인지 아닌지조차 잘 알 수 없었다.

뜨거운 오후 햇살이 두 사람을 깨웠다. 두 사람의 몸 위로 햇빛이 곧장 쏟아지고 있었다. 두 사람은 잠에서 덜 깨 어리둥절한 상태로 서로에게서 떨어졌다.

"난 절대 낮잠 안 자는데." 데니스는 그렇게 말하며 안경을 썼다. 그는 마치 뱀파이어처럼 한낮의 햇빛을 피해 몸을 움츠리며 말을 이었다. "전화할 데가 있어."

샘은 허벅지 사이에서 따뜻하고 끈끈한 촉감을 느꼈다. 샘은 꼼지락거리며 속옷을 입고는 이불에 몸을 만 채 누워 있었다. 자신의 몸을 쓰다듬었다. 아직 아팠다. 마침내 그 일이 일어난 것이다. 그게 샘이 원한 전부였다.

◆ ◆ ◆

늦은 오후, 데니스가 상자에 모아둔 잡지들을 태우려고 준비하고 있는데 린지가 찾아왔다. 샘은 현관 벤치에 앉아 나른하게 휴대폰을 두드리고 있었다.

"내 문자에 대답 안 하더라." 린지가 손으로 눈 위에 그늘을 만들며 말했다.

"자고 있었어." 데니스가 쓰레기를 짓뭉개며 말했다.

"11시에?"

"우린 자고 있었어." 데니스가 되풀이했다.

"홀푸즈까지 태워다 줄까? 거기 가면 뭐라도 할 게 있겠지."

"아니, 린지. 우린 좀 바빠." 데니스가 샘을 바라봤다. 우리, 하고 샘은 생각했다. 린지가 제외된 느낌이 기분 좋았다.

"난 어쨌거나 그쪽으로 갈 거니까 뭔가 필요한 게 있으면 말해."

데니스가 이마를 문질렀다. "괜찮아."

"좋아." 린지가 손에 든 열쇠를 달그락거렸다. "내일 봐. 뭐 필요한 거 있으면 전화해."

"알았어." 데니스가 말했다. 두 사람은 트럭이 멀어지는 것을 지켜보았다. "쟤는 너무 들러붙고 별나게 구는 경향이 있어."

"맞아, 이상해." 샘이 동의했다.

"할 일이 그렇게 없나?"

"애들 있지 않아? 걔들은 어떻게 됐지?" 그 말에 데니스가 웃음을 터뜨리자 샘은 기쁨이 확 치솟는 걸 느꼈다. "난 사실 린지가 불쌍해."

"난 전혀 아냐." 데니스가 말했고 둘은 다시 같이 웃었다.

완벽한 하루였다고, 샘은 나중에 칫솔질을 하면서 생각했다. 쓰레기통에서 데니스의 찢어진 손마디를 닦는 데 썼던 피 묻은

374

솜이 눈에 띄었다. 샘은 솜을 집어들어 손바닥에 쥐었다. 피는 갈색으로 변해 있었다. 샘은 데니스의 손에서 새어나오던 피의 생생한 붉은색을 떠올렸다. 샘은 솜을 주먹에 쥐고 그것을 간직하기로 마음먹었다. 오늘 같은 날들을 기억하기 위한 나만의 상자를 만들어야지.

36화

며칠간 샘은 마치 세상에 자신과 데니스 둘만 남은 듯한 기분을 맛보았다. 샘은 데니스의 무릎에 다리를 얹고 침묵 속에 현관에 앉아 있었다. 하늘은 멍든 것처럼 어두웠다. 요 근래 데니스는 활력을 얻은 듯 작업에 열중했다. 차고 청소를 마친 데니스가 머리카락에 새치 같은 거미줄을 달고 나타나자 샘은 두 사람이 함께 늙어가는 모습을 상상했다. 미래의 우리는 어디에 있을까? 데니스는 그들이 이달 말에는 로스앤젤레스에 있을 거라고 말했다. 하워드가 침입한 밤 이후로 샘은 데니스도 자신만큼 이곳을 떠나고 싶을 거라고 생각하며 데니스의 말을 믿었다.

청소도 하고 새롭게 페인트도 칠했지만 집은 여전히 폐허에 가까웠다. "팔 거야?" 샘은 녹슨 잔디깎이 기계를 차고에서 끌고 나오는 데니스에게 물었다.

"그냥 철거해야 할 것 같아." 데니스가 말했다. "그리고 집터에 나무를 심는 거야. 이곳이 유령의 집 같은 게 되기 전에. 처음부터 여기에 아무것도 없었던 것처럼."

뭔가가 데니스를 바꿔놓았음을 샘은 깨달았다. 그 일은 하워드가 침입한 밤에 일어났다. 데니스가 여기에서 붙잡고 있던 게 뭐든, 마침내 그걸 놓아주기로 마음먹은 것이다.

큰 해머로 차고를 때리자 양철 지붕이 데니스의 목을 향해 마치 기요틴처럼 미끄러져 떨어졌다. 데니스는 씩 웃으며 뒤로 펄쩍 뛰어 물러서서 간발의 차이로 위험에서 벗어났다. 트럭들이 와서 쓰레기통들을 가져갔다. 데니스가 운전사들에게 접힌 100달러 지폐 몇 장을 팁으로 주자, 운전사들은 샘에게 웃음을 지어 보이고 "선생님"이라고 불렀다. 샘은 영국에서 십 대 아이들이 손을 들고 자신에게 도움을 청하던 모습을 떠올렸다. 별로 그립지는 않았다.

오후는 더웠다. 데니스는 집 안에서 일을 했다. 출판사에 메일을 보내고, 자서전 출간을 앞두고 최종적인 세부 사항들을 체크했다. 사람들의 반발 때문에 홍보 투어는 취소되었다. 홍보는 데니스 없이 이루어질 터였다. 새 다큐멘터리 시리즈를 부정적으로 다룬 〈버즈피드〉 기사, '〈레드 리버에서 온 소년〉이 빼먹은 23가지'가 사람들에게 공유되었다. 기사 아래쪽에는 작은 글자로 캐리의 의견을 듣고자 연락을 취했지만 응답을 듣지 못했다고 쓰여 있었다.

"난 당연히 대응했어." 캐리가 전화로 말했다. "엿이나 먹으라고 했지."

데니스는 매니저인 닉이 자신에게 전화하는 것보다 자신이 닉에게 전화하는 횟수가 더 많다는 사실을 슬슬 깨달았다. 데니스는 〈레딧〉과 인터뷰를 했다. 팟캐스트 홍보를 위한 전화 인터뷰였다. 그리고 '다 덤벼'라고 쓰인 스포츠 브랜드 티셔츠를 입고 인스타그램 사진을 찍어준 대가로 1만 달러를 받았다. 좋아요는 겨우 3000개밖에 달리지 않았다.

쓸만 한 기회들이 줄어든 데 낙심한 데니스는 리얼리티 쇼의 파일럿을 찍는 데 동의했다. 데니스와 샘이 로스앤젤레스로 이사해 유명인으로서의 삶에 적응하는 데 초점을 맞춘 내용이었다. 각본이 있긴 하지만 실생활을 바탕으로 해서 일반인의 공감을 끌어내고 재미와 감동을 다 잡을 거라고 했다. 샘은 데니스가 처음 석방되었을 때 자신이 받았던 댓글들을 떠올렸다.

"내가 그걸 하고 싶은지 잘 모르겠어." 샘이 말했다.

"난 고등학교도 졸업하지 못했어." 데니스가 말했다. "심지어 맥도날드에서만 일하려고 해도 사람들이 무슨 괴물이라도 되는 것처럼 날 쳐다볼 거야. 적어도 텔레비전에 나오면 사람들이 날 빤히 보는 걸 볼 필요가 없어." 데니스가 덧붙였다. "아니면 자기는 교단으로 돌아가고 싶어?"

"맙소사, 아니." 샘은 매일 아침 자신이 싫어하는 일을 하려고 잠자리에서 일어나는 게 어떤 느낌인지 떠올리며 말했다. 이게 다들 원하는 것 아니었나? 명성, 돈, 그리고 더 편한 인생? 결국 샘은 동의했고, 데니스는 닉에게 추진하라고 말했다. 보름 후면 로스앤젤레스에 돌아가 있을 거라면서.

어느 날 오후, 데니스가 거실에 앉아 이메일에 답신을 보내고 이곳을 떠나기 위한 준비를 하고 있는데 전화가 울렸다. 두 사람은 서로 마주 보았다. 울린 것은 집 전화였다. 거실 벽에 매달린, 낡은 전화선이 달린 전화. 예전에는 하얬지만 지금은 노랗게 변했고, 중간쯤에는 회색으로 지저분하게 손자국이 나 있었다. 전화는 마치 오랜 세월 말을 하지 않아서 목이 말라버린 것처럼 낡고 달그락거리는 윙윙 소리를 냈다. 샘은 수화기를 집어들고 데니스를 보며 어깨를 으쓱했다. 데니스는 샘을 돌아보고 얼굴을 찌푸렸다. 전화기는 두 사람이 이 집에 온 이후로 한 번도 울린 적이 없었다. 사실 샘은 마지막으로 자기 집 전화를 받은 게 언제인지조차 기억나지 않았다.

"여보세요?" 샘은 전화기를 들고 그 순간의 기묘함을 즐기며 데니스에게 웃음을 지어 보였다. 상대편에선 아무 말도 하지 않았다. "여…보세요?" 샘은 반복했다. 전화선 저쪽에서 고르지 못한 숨소리가 들렸다. 흐느끼는 소리가 들리는 것 같았다. "누구세요?"

데니스가 가까이 다가와 물었다. "뭐야?" 샘은 잘 안 들리니까 목소리를 낮추라는 몸짓을 했다. "변태 같은 놈이면 그냥 끊어. 여긴 전화번호부에 안 올라…."

"쉬이잇!" 전화 건 사람이 헛기침을 하는 소리가 들려서 샘은 데니스에게 주의를 주었다.

"당신이 전해." 누군가가 목멘 소리로 말하다가 다시 헛기침을 했다. "빠른 시일 내 아들에게 연락이 오지 않으면 내가 가만두지 않을 거라고 전해."

"누구세요?" 샘이 말하는데 데니스가 샘의 손에서 전화기를 뺏어들었다.

"여보세요." 데니스가 입을 열었다 다시 다물었다. 얼마 후 전화기를 귀에서 떼더니 옆으로 늘어뜨렸다.

"자기를 위협해?" 샘이 말했다.

"그래." 데니스가 대답했다. "해리스였어. 하워드가 없어졌대. 어젯밤 집에 안 왔대."

샘은 무슨 말을 해야 할지 알 수 없었다. "자기는 내내 나랑 같이 있었잖아. 그렇게 말하지 그랬어?"

데니스는 전화선을 손에 감고 수화기를 전화통에서 뜯어내더니 옆에 놓인 쓰레기통에 던졌다.

"고마워." 데니스가 샘에게 말했다.

데니스는 풀이 죽은 듯 보였다. 샘은 침묵하는 그를 보며 뭔가 말을 해야 할 것 같은 의무감을 느꼈다.

"혹시 그런 생각하는 건 아니지…?" 샘이 망설이며 말했다. "그 사람이 자살했을지도 모른다고?"

"뭐?" 데니스가 다가오자 샘은 뒷걸음치려는 충동을 간신히 억눌렀다. "왜 그런 말을 하는 거야?"

"음, 마흔한 살이나 된 남자가 트레일러 파크에서 혼자 살다 보면 아무래도 좀 우울할 수밖에 없잖아."

데니스는 쓰레기봉투를 집어들고 아무 말도 없이 그대로 걸어가버렸다. 샘은 창문 너머로 데니스가 쓰레기통에 봉투를 밀어 넣는 것을 보았다. 비에 젖은 데니스의 셔츠가 검게 변했다. 데니스는 잠시 기도하듯 고개를 숙인 채 그대로 거기 서 있었다. 그러다 갑자기 등을 돌려 집으로 걸어왔다. 샘은 데니스의 눈에 띄지 않는 곳으로 몸을 피했다. 자신이 그를 보고 있었다는 걸 들키지 않았기를 바라며.

전화 사건 이후로 데니스는 성급하고 냉담해졌다. 내내 휴대폰만 붙들고 사람들의 트윗을 읽으며 짜증을 부렸다.

"이걸 봐. '전에는 데니스가 무죄라고 생각했는데 이제는 확실히 뭔가 소름 끼치는 구석이 있는 것처럼 느껴져….' 진자 너무 빤하지 않아? 응?"

"뭐가?"

"'예전엔 생각했는데, 지금은 느껴져'?"

"무슨 말인지 모르겠어." 샘이 휴대폰을 내려놓으며 말했다.

"사람들이 언제부터 생각보다 느낌을 더 높이 치기 시작했지? 난 예전에는 사물을 객관적으로 보고 정보를 바탕으로 결정을 내렸지만 지금은 그냥 뭐든 내 느낌에 따르지. 그러는 것 같잖아. 멍청해."

"맞아." 샘이 동의했다. "그냥 계정을 삭제하지 그래? 괜히 자기 기분만 안 좋아질 뿐이잖아."

저녁 무렵 린지가 왔다. 데니스는 린지와 복도에서 샘이 알아들을 수 없는 낮고 부드러운 목소리로 이야기를 나눴다. 샘은 아마 전화 건에 관해 말하고 있는 게 아닐까 짐작했다. 거실로 돌아왔을 때 린지는 창백하고 말이 없었다. 소파에 앉아 더러운 발을 몸 밑에 깔고 손톱을 끊임없이 깨물면서 멍하니 텔레비전을 보았다.

데니스도 비슷하게 정신이 딴 데 가 있는 것처럼 보였다. 샘은 채널을 바꿨지만 그 누구도 투덜대지 않았다. 보통 샘이 보고 싶어 하는 거면 반대하고 보는 두 사람이었는데. 데니스는 뒤쪽에 뭔가 확인할 게 있다며 나갔다. 린지는 데니스가 나가는 것조차 알아차리지 못하는 것 같았다. 데니스가 나간 뒤 두 사람은 침묵 속에 앉아 있었다. 데니스가 돌아오자 샘은 더 이상 참을 수 없었다.

"하워드 일은 너무 안됐어." 샘은 데니스와 린지를 바라보며 말했다. 샘은 두 사람이 골몰해 있는 생각에 자신도 끼워주기를 바랐다.

"당신이 무슨 상관이야?" 린지가 면박을 주었다.

"난 그 사람이 걱정돼."

"걔는 아마 괜찮을 거야." 데니스가 말했다. 하지만 그의 목소리에는 확신이 담겨 있지 않았다.

“당신은 걔를 알지도 못했잖아.” 린지가 똑바로 고쳐 앉으며 샘에게 말했다. “게다가, 당신은 개 배를 힘껏 갈겼잖아. 그런 말도 했잖아. 잠깐. 데니스, 너 그거 모르지?” 린지가 샘을 돌아보았다. “데니스한테 말해.” 린지가 말했다. “당신이 하워드가 무슨 짓을 할 거라 생각했는지 데니스한테 말해봐.”

“닥쳐.” 샘이 말했다.

“샘은 하워드가 자길 강간할 거라고 생각했대. 그게 상상이 가?”

샘은 데니스가 웃을 거라고 생각했지만 데니스는 그러지 않았다. 데니스의 눈동자가 어두워졌다. 린지의 얼굴에서 웃음기가 사라졌다.

“그게 뭐가 웃긴데?” 데니스가 물었다.

“알잖아.” 린지가 말했다. “왜냐하면 하워드는 완전 호모새끼니까. 안 그래?”

샘은 데니스가 뭔가 말하기를 기다렸지만 데니스는 린지를 뚫어져라 노려볼 뿐이었다.

“데니스. 걔는, 알잖아…. 걔는, 막, 너한테 집착했잖아.” 린지가 불안하게 덧붙였다.

“넌 아니고?” 데니스가 말했다.

샘은 린지의 뺨이 붉어지는 것을 보았다.

“젠장.” 린지가 내뱉었다. “월마트에 가고 싶으면 다른 년을 찾아서 태워다 달라고 해. 난 빼주고.” 린지는 앞문을 쾅 닫고 떠났다. 샘은 만족감 대신 끈적끈적한 죄의식을 느꼈다.

"좀 심했어, 데니스." 샘이 말했다.

"날 가만 놔둬." 데니스는 몸을 돌려 발을 쿵쿵 구르며 문가로 향해 갔다. 고양이들이 야옹거리면서 부엌으로 걸어가는 데니스의 다리에 몸을 비벼댔다. "야." 데니스가 고양이들을 노려보며 날카롭게 말했다. "비켜." 고양이들은 데니스의 발밑에서 울어댔다. 참치가 다리 사이로 들어가는 바람에 데니스는 넘어져 문틀에 부딪치고 말았다. 데니스가 고함쳤다. "꺼져!" 데니스의 발길에 맞은 참치가 바닥 위로 미끄러졌다.

"데니스!" 샘이 고함쳤다. "하지 마!" 샘은 고양이를 안아 올리려고 달려갔지만 참치는 벽을 등지고 몸을 웅크렸다. 데니스에게 "나가!" 하고 소리쳤지만 데니스는 이미 나가는 중이었다. 데니스의 등 뒤로 문이 쾅 닫혔다.

샘은 다시 참치에게 다가가 한 손을 뻗었다. 하지만 참치는 충격을 받았는지 외면했다. 샘은 침실로 돌아갔다. 창문을 내내 열어두었는데도 그곳에선 여전히 오줌, 소독제, 담배 냄새가 코를 찔렀다. 샘은 자기가 본 것을 되새겼다. 데니스의 잔인함은 충격적이었지만, 이전의 일들을 생각해보면 그리 놀랄 일도 아닐지 모른다.

◆ ◆ ◆

이튿날 저녁 린지는 다시 왔다. 다툼이 있기 전보다 불안해 보였고 말이 없었다. 평소에 보이던 허세는 모두 사라졌다.

"내가 태워다 줄까 아니면….." 린지가 돌처럼 침묵에 빠져 있는 데니스에게 말했다.

"아무럼 어때." 데니스가 말했다. 그리고 샘은 두 사람이 전에도 이런 다툼을 한 적 있다는 것을 깨달았다. 린지와 데니스와 하워드 사이에 무슨 일이 있든, 그들은 서로 사과할 필요가 없었다. 그들의 관계는 그보다 더 깊었다.

두 사람이 떠난 후 샘은 5분쯤 기다렸다가 폭풍 대피소 열쇠를 찾아 부엌을 뒤졌다. 처음에는 미친 생각이라고 떨쳐버리려 했지만, 하워드의 실종에는 뭔가 찜찜함을 떨칠 수 없게 만드는 데가 있었다. 전날 밤 데니스가 보여준, 너무나 자연스럽게 솟아나온 잔인함에 샘은 데니스가 또 뭘 할 수 있을지 궁금해졌다.

데니스는 요 며칠 대피소에 뻔질나게 드나들었다. 들어갈 때마다 늘 해치를 닫아두는 것도 수상쩍었다. 샘은 자신이 그 아래에 있었을 때의 심정을 떠올렸다. 세상에서 꽁꽁 숨겨진, 혼자만 남은 기분. 샘은 확인해야만 했다. 하워드가 그 아래에 없다는 걸 확인해야 했다. 아무리 자신이 어리석게 여겨져도, 샘은 지금 그것을 보아야만 했다. 단지 데니스가 아무것도 숨기는 게 없다는 것을 스스로에게 입증해야 했다.

해치를 열기 전에 샘은 노크를 했다. 터무니없는 짓이라고 느꼈지만 그래도 외쳐 물었다. "저기요? 그 밑에 누구 있어요?"

답이 없자 샘은 손전등을 들고 계단을 내려갔다. 주저 앉은 듯한 자세로 미끄러지듯 계단을 내려가 쿵 하고 내려앉았다. 공간 구석구석에 손전등을 비춰본 후 샘은 한숨을 내쉬었다. 하워드를 보게 될 거라고 생각한 건 당연히 아니었다. 바보 같은 생각이었다. 아무리 전날 저녁 데니스가 폭발했던 것을 감안하더라도.

샘은 데니스가 왜 그 아래에서 그토록 많은 시간을 보내는지 궁금했다. 이곳은 이제 텅 비어 있는 거나 다름없었다. 간이침대는 제거되어 쓰레기통에 처박혔다. 오직 추억 상자만 유일하게 남아 있었다. 샘은 데니스가 그것을 왜 여기로 옮겨놓았는지 짐작도 가지 않았다. 내게서 숨기려고 한 걸까? 하지만 난 이미 그걸 봤는데. 데니스가 직접 보여줬잖아. 샘은 단지 호기심 때문에 상자를 다시 열고 바닥 위에 사진들을 펼쳐놓았다. 거기서 뭔가 의미를 찾으려 했다. 이게 왜 데니스에게 그토록 소중한 거지? 하지만 아무 생각도 떠오르지 않았다.

샘은 마침내 포기하고 상자를 집어들어 내용물을 주워 담기 시작했다. 상자를 들어 올리는데 무슨 소리가 들렸다. 안에서 뭔가가 움직이는 듯했다. 살짝 흔들자 다시 소리가 들렸다. 상자를 거꾸로 기울여 흔들면서 두드려보았다. 소리는 계속 났지만 아무것도 나오지 않자 샘은 상자를 콘크리트에 내팽개쳤다. 그러자 상자 바닥이 떨어져나가면서 더 많은 폴라로이드 사진들이 뒤집힌 채 주변 바닥에 흩어졌다.

샘은 덜덜 떨리는 몸을 가누며 웅크린 채 손전등으로 뒤집힌 사진들을 비췄다. 대피소 안의 공기가 바뀌었다. 샘은 사진 안에 있는 게 뭔지는 몰라도 자신이 보고 싶지 않은 것임을 직감했다.

샘은 조심스레 사진 한 장을 잡아 뒤집었다. 사진 속 여자애는 기껏해야 열여섯 살쯤 돼 보였다. 허리 아래는 벌거벗었고 잠든 것처럼 눈을 감고 모로 누워 있었다. 사진들은 더 많았다. 여자 애들은 비슷한 포즈를 하고 있었다. 옷을 벗은 정도는 제각각 달랐다. 이들은 데니스의 전 여자친구들일 것이다. 샘은 그 생각에 속이 뒤집혔지만 그와 동시에 여자애들이 섹시하지 않다는 사실에 흥미가 돋았다. 더 젊었을 때라면 이런 사진들을 가지고 있는 것도 그렇게 이상한 일이 아닐 것이다. 하지만 아직까지도 이것들을 보는 걸까? 샘은 사진들을 팔락이면서 이 취미의 도덕성에 의문을 품었다.

그러다 한 사진이 샘을 멈추게 만들었다. 사진 속 나체의 여자애는 양팔은 손바닥을 위로 해서 뻗고 발목은 서로 꼬았으며 머리카락은 갈기처럼 머리 주변에 뻗쳐 있었다. 처음에는 뭐가 이상한 건지 바로 알아차릴 수 없었다. 하지만 다시 보았을 때 샘은 여자애에게 젖꼭지가 없다는 것을 깨달았다. 그냥 붉고 울퉁불퉁한 조직과 지방뿐이었다.

샘은 사진 더미를 뒤집어 재빨리 펼쳐놓았다. 뭔가 합리적으로 설명할 수 있는 단서를 찾아 모든 사진을 훑었다. 하지만 혼란만 더해갈 뿐이었다. 다시 그 여자애를 찍은 사진을 찾았다.

여자애는 입술이 사라진 입으로 웃고 있었다. 또 다른 사진에서는 몸통이 사라지고 척추가 목에서 삐져나왔으며 생쥐 같은 머리카락 끝이 붉게 물들어 있었다. 다른 여자애도 있었다. 금발에 얼굴이 붓고 팔다리는 등 뒤로 결박당했으며 골반은 허공으로 음란하게 튀어나온 모습이었다. 다음 여자애는 검은 머리를 짧게 잘랐는데, 보라색 피부에 목에는 플라스틱 케이블이 감겨 있었다. 케이블은 마치 그 여자애의 목을 곧장 통과할 것처럼 보였다. 샘은 자신이 숨을 참고 있음을, 그리고 자신의 손가락이 사진 속 여자애의 목에 닿아 있음을 깨달았다. 마치 케이블을 풀고 다시 숨을 쉬게 해줄 수 있을 것처럼.

샘은 헛구역질을 하며 침을 삼켰다. 데니스는 왜 이런 사진들을 가지고 있을까? 이 사진들은 왜 이렇게 진짜처럼 보일까? 이게 진짜일 리 없는데. 그렇잖아?

샘은 뭔가 판단을 내리기 전에 몸이 먼저 움직였다. 깡통 바닥을 제자리에 도로 끼우고, 내용물을 전부 모아 도로 안에 집어넣었다. 그 후 폴라로이드 사진들을 바지 허리춤에 끼웠다. 살갗에 사진이 닿자 차가운 감촉이 느껴졌다. 마치 독성이 있는 뭔가가 스며나와 샘을 오염시키는 것 같았다. 샘은 초등학교 운동장 구석에서 다리를 벌린 여자 사진이 실린 야한 잡지를 발견했던 일을 떠올렸다. 한 남자아이가 그것을 샘에게 건네자 샘은 그것을 건드리면 자기가 그 일부가 될 것처럼 죄의식과 부끄러움을 느끼며 울었었다.

자신이 여기 있었다는 모든 흔적을 지운 후 샘은 폭풍 대피소 계단을 도로 기어 올라가 문을 닫았다. 그러곤 부엌으로 달려가 열쇠를 고리에 걸었다. 어딘가 사진들을 둘 곳을 찾아 주위를 둘러보았다. 사진들을 아래에 그냥 놓고 오지 않은 게 뒤늦게 후회됐다. 앞으로 어떻게 해야 할지 결정하기 전에 그것들을 얼른 숨겨놓아야 했지만, 아무데도 둘 만한 곳이 없었다. 집 안을 둘러보았다. 눈이 간 곳은 샘의 여행가방뿐이었다. 샘은 그 사진들이 없어진 걸 데니스가 알아차린다면 제일 먼저 거기부터 뒤져볼 거라고 확신했다.

샘은 자신을 진정시키려 심호흡했다. 경찰에 전화해야 한다. 다른 길은 없었다. 휴대폰을 움켜쥐고 암호를 입력했지만 손이 떨려서 두 번이나 틀렸다. 잠금이 풀렸을 때 샘은 다이얼을 누를 수 없었다. 샘은 자기가 찍은 데니스의 사진들을, 두 사람이 함께 찍은 사진들을 보았다. 이건 말이 되지 않는다. 캐리를 생각하니 가슴이 아팠다. 데니스가 무고하다는 걸 입증하려고, 데니스를 위해 싸우느라 바친 그 오랜 세월을 무엇으로 보상받을 수 있을까. 데니스가 진범이라는 게 밝혀지면 캐리는 어떻게 될까.

그때 그들이 오는 소리가 들렸다. 정적을 뚫고 들려오는 엔진 소리에 샘은 패닉에 사로잡혔다. 얼른 소파 쿠션 지퍼를 내리고 사진들을 그 안에 집어넣었다. 재빨리 텔레비전을 켜고 누웠다. 이마의 땀을 문질러 닦고 진정하려 애썼다. 자신이 뭘 하고 있었는지, 그리고 그게 정말 자신이 하고 싶었던 일인지 판단하려고 머리를 쥐어짰다.

"아보카도가 하나도 없었어!" 데니스가 문간에서 소리쳤다. "믿겨?"

"빨리 왔네." 샘은 애써 밝은 목소리를 꾸며냈다.

"아무것도 없더라고. 내일 다시 가봐야겠어. 몽땅 다 품절이야."

샘은 속이 뒤집히는 것 같았다. 내일 그들이 장을 보러 간 사이에 사진들을 제자리에 돌려놓고 택시를 불러 떠날 수 있을 것이다. "몇 시에 갈 거야?" 샘은 물었다.

"왜?"

"같이 갈까 해서." 샘이 말했다.

"좀 일찍 갈 거야." 데니스가 말했다. "신선한 농산물이 필요하거든, 아마도 아침 일찍이 좋겠지."

샘은 구체적인 시간을 알아야 했다. 예약한 택시가 집으로 오는 도중 길에서 그들을 지나치는 위험을 감수할 수 없었다. "그럼… 10시? 더 빨리?"

데니스는 잠시 안경에 가려진 눈으로 샘을 지긋이 보았다.

"괜찮아?"

샘은 고개를 끄덕였다. "그럼!"

"자기 좀 이상해." 데니스가 말했다.

샘은 뭔가 말해야 한다는 걸 알았지만 못 들은 척했다. 샘의 머릿속 한구석에서는 생존 본능이 뭔가를 해야 한다고 다그치고 있었다. 아침까지 정신을 꽉 붙들고 있다가 그 후 어떻게든 도망가라고. 그러나 깊은 슬픔과 실망이 샘을 끌어내렸다. 지독한 배신감에 사로잡혀 샘은 데니스에게 모든 것을 말하고 싶었다. 널 미워한다고 말하고 싶었다. 데니스가 자신을 때려서 쓰러뜨리고 죽을 때까지 목을 졸랐으면 싶었다. 하지만 자신의 살갗에 데니스의 손이 닿는다고 생각하니 역겨움이 느껴졌다. 그동안 샘은 데니스가 자신을 안고 입 맞추고 만져주기만을 갈망했다. 내가 괴물의 손아귀에 있었던 걸까? 어떻게 몰랐을 수가 있지?

"캐리한테 전화하려던 참이었어." 샘이 손에 휴대폰을 든 채 말했다.

"안부 전해줘." 데니스가 말했다.

샘은 데니스가 자리를 비켜주지 않을까 생각하며 잠시 기다렸지만 데니스는 샘이 앉은 소파 옆자리에 앉아 자기 휴대폰을 들여다보기 시작했다. 바깥 현관에는 린지가 서 있었다. 담배 끝이 어둠 속에서 빛나고 있었다.

왜 기회가 있었을 때 그냥 경찰에 전화를 하지 않았을까? 갑자기 지금까지의 모든 일이 생생한 현실로 다가왔다. 누명을 쓴 파란 눈의 아름다운 소년이나 연애편지는 이제 사라졌다. 폴라로이드 사진들은 몰랐어야 했다.

샘은 앞으로 어떤 결정을 내리든, 캐리를 거기에 포함시키고 싶었다. 캐리에게 그 정도 빚은 있다고 생각했다.

"생각해보니까… 시간이 늦었네. 그냥 문자나 보내고 내일 통화하자고 해야겠다."

"그래." 데니스가 이메일을 보내며 건성으로 웅얼거렸다.

샘은 문자를 보냈다. "안녕, 캐리. 할 이야기가 있어요. 내일 아침 시간 돼요? 10시쯤 전화할게요."

캐리의 답장은 거의 즉시 왔다. "당연하지! 무슨 일 없지? '할 이야기가 있어요'가 좋은 소식인 경우는 절대 없는데…."

샘은 균형을 찾으려 노력했다. 캐리를 걱정시키고 싶지 않았지만, 동시에 캐리가 자신의 전화를 기다리고 있기를 바랐다. 샘은 플로리다로 이사 온 이래 스스로를 얼마나 외부와 단절시켰는지 깨달았다. 만약 오늘 밤 내게 무슨 일이 일어나면, 내가 사라진 걸 누가 알아차리는 데 얼마나 오래 걸릴까? 샘에게 남은 사람은 캐리뿐이었다. "그냥 누구하고든 이야기를 좀 하고 싶어서요. 내일 아침에 설명할게요. 그때는 데니스가 나간 후니까 제대로 이야기할 수 있을 거예요! 그때 이야기해요."

문자를 보낸 샘은 뒤로 몸을 기대고 소파 옆자리에 앉은 데니스의 체중을 느끼며 데니스의 주의를 끌지 않으려 애썼다. 데니스가 어느 순간 자신을 돌아볼까 봐 두려웠다. 쓰다듬는 손길이 지겨워져서 갑자기 공격하는 고양이처럼.

린지는 한동안 두 사람과 함께 앉아 있었다. 텔레비전이 켜져 있었지만 다들 휴대폰만 보고 있었다. 몸 밑에 사진이 있는 게 느껴졌다. 샘은 여자애들을 떠올렸다. 그 애들의 몸에는 공통된 흔적이 있었다. 그건 물어뜯은 자국들이었다. 허벅지에, 가슴에. 보라색으로 작게 쑥 들어간 상처와 찢어진 살갗. 샘은 자신의 손을 살짝 물고 치아가 남긴 자국을 보았다. 살갗이 찢어지려면 얼마나 깊게 물어야 하는 걸까?

데니스가 그 애들을 안았을까? 그 애들이 아파할 때까지 온몸에 키스를 했을까? 그 애들의 살갗을 물어뜯어 숨을 들이켜게 만들고 더 세게 물어 끝내 비명을 지르게 했을까? 목을 졸라서 목뼈를 부러뜨렸을까? 그 애들은 눈을 감았을까? 그 애들은 나처럼 데니스를 사랑했을까?

샘은 린지가 어디까지 알고 있을지 궁금했다. 얼마나 알았을까? 처음부터 알고 있었을까? 하지만 린지가 일어서서 기지개를 켜며 집에 간다고 하자 샘은 린지를 붙잡고 싶은 심정이었다. 린지가 있는 편이 더 안전하게 느껴졌다. 다른 여자애들이 살아남지 못한 와중에 혼자 살아남은 린지.

자정쯤 샘은 텔레비전을 끄고 자러 가자고 했다. 데니스는 샘과 나란히 누워 샘의 등에 몸을 밀어붙였다. 샘은 몸을 빼고 싶은 충동을 애써 억누르며 가만히 누워 잠든 척했다. 얼마 후 데니스가 샘에게 속삭였다. "깨어 있어?" 하지만 샘은 고르게 숨을 쉬면서 눈을 감은 채 꼼짝도 하지 않았다. 샘은 밤새도록 데니스가 움직이기만 기다리며 공포로 뻣뻣이 굳어 있었다.

태양이 떠올랐을 때 데니스는 여전히 샘 옆에 누워 있었다. 이따금씩 작게 한숨을 내쉬었다. 밤새 긴장한 채 이를 악물고 있느라 온몸이 아팠다. 샘은 몸을 일으켜 잠시 데니스를 지켜보았다. 잠든 데니스의 눈꺼풀이 움찔거렸다. 숨을 쉴 때마다 콧구멍에서 조그맣게 쌕쌕 소리가 났다.

　"안 잤구나." 여전히 눈을 감은 채 데니스가 말했다.

　"잠깐 잤어." 샘이 대꾸했다. 다시 공포로 몸이 저릿거렸다. 들켜버린 자신이 멍청하게 느껴졌다.

　"안 잤어." 데니스가 눈을 뜨고 다시 말했다. "난 알 수 있어."

37화

샘은 이튿날 계획을 세우느라 밤새 뜬눈으로 보냈다. 폴라로이드 사진을 숨긴 건 어리석은 짓이었다. 안전하게 가야 하는 판국에 그런 위험한 짓을 하다니. 데니스가 아침 달리기를 하러 나가자마자 제자리에 돌려놔야 한다. 없어진 걸 눈치채기 전에. 만약 캐리나 경찰에게 알렸는데 자신의 말을 믿어주지 않는다면, 샘은 그건 견딜 수 있을 것 같았다. 자신이 살아남기만 한다면. 그렇지만 데니스는 달리기를 하러 나가지 않았다. 샘의 계획은 틀어졌다.

"다리 들어봐." 데니스가 몸을 굽혀 다리를 스트레칭하며 말했다. 무릎이 움직일 때마다 뚜둑 소리가 났다.

"난 온몸의 관절이 그래." 샘이 말했다.

"그건 별거 아냐."

데니스가 아침을 차리는 동안 샘은 재빨리 샤워를 하고 서둘러 소파로 돌아가 알을 품어 보호하는 어미 새처럼 사진들을 품었다. 데니스가 방을 나설 때마다 샘은 끼익대는 폭풍 대피소 문소리가 들려올 것에 대비해 마음의 각오를 했고, 데니스가 돌아올 때마다 강력한 안도감이 밀려드는 걸 느꼈다. 몇 분간은 안전할 것이다. 앞으로 30분간은 괜찮을 것이다.

린지는 10시 직전에 도착했다. 샘은 린지와 데니스가 앞마당에서 일종의 교류 같은 걸 나누는 것을 지켜보았다. 데니스는 린지에게 팔을 두르고 꼭 껴안았다. 데니스가 린지를 놓은 후에도 린지는 데니스를 조금 더 오래 붙들고 있었다.

"갈 준비 됐어?" 데니스가 샘에게 물었다.

"그냥 여기 있는 게 나을 것 같아." 샘이 발목을 문지르며 말했다. "발이 좀 아파서…."

"하지만 어제는 데려가달라면서 귀찮게 굴었잖아." 데니스가 말했다.

"그래, 하지만 오늘은 많이 아파. 그냥 쉬어야 할 것 같아."

"자기가 우리랑 같이 가야 할 것 같은데." 데니스가 말했다. "내 생각엔 자기가 집 밖으로 좀 나오는 게 좋을 것 같아."

"내 생각은 그렇지…."

"그렇게 아프면 내가 자기랑 같이 집에 있는 게 나을지도 모르겠다. 내 말은, 혹시 또 모르잖아. 하워드가 돌아오기라도 하면 어떡해."

“난 괜찮을 거야.” 샘이 말했다. “솔직히 그냥 별로 안 내켜서 그래.”

“그럼 나도 집에 있을래.” 데니스가 샘에게 한 걸음 다가서면서 다시 말했다.

샘은 휴대폰으로 시간을 확인했다. 캐리한테는 가게로 가서 전화해도 된다. 그리고 일단 밖에, 사람들 있는 곳으로 나가면 이 집으로 돌아오지 않아도 될지 모른다.

“있잖아.” 샘이 소파에서 몸을 일으키며 말했다. “자기 말이 맞아. 난 너무 오래 집에만 있었던 것 같아. 게으름 피운 거지. 같이 갈게.”

데니스는 영문을 모르겠다는 듯 린지의 트럭과 샘을 번갈아 보았다. “그래서 간다고?”

“그래.” 샘이 말했다. 나가고 싶은 마음이 간절했지만, 아직 나가서 어떻게 할지는 결정하지 못했다. “그런데 좀 챙겨 갈 게 있어.”

데니스가 한숨을 쉬었다. “서둘러. 이미 생각보다 늦었어.”

샘은 절뚝대며 목발을 세워놓은 벽 앞으로 갔다. 창 너머로 데니스가 조수석에 앉아 문을 열어놓고 린지와 이야기하는 모습이 보였다. 샘은 목발을 놓고 몸을 웅크려 소파로 기어갔다. 본능에 따라 움직였다. 소파 쿠션에서 폴라로이드 사진을 꺼내 가방이 있는 쪽으로 기어갔다. 뒷부분에 길게 난 지퍼 포켓에 그것들을 집어넣었다. 동전 몇 개와 구겨진 티슈와 빈 알약 포장

껍데기들이 들어 있었다. 샘은 도로 기어가 목발을 집어들고, 진정하려 애쓰며 집을 나섰다.

샘이 다가오는 것을 본 데니스는 트럭에서 뛰어내려 샘을 부축해 차에 태우고, 샘이 린지 옆으로 가는 동안 가방과 목발을 받아주었다. 린지는 양손을 운전대에 얹은 채 똑바로 앞만 보고 있었다. 샘은 가방을 받아 양발 사이의 바닥에 놓았다. 일행은 라디오를 끈 채 침묵 속에 차를 몰았다. 바퀴가 움푹 파인 곳을 지나갈 때마다 유리병들이 쨍그랑거렸다.

샘 옆에서 열린 창 너머로 길을 바라보는 데니스는 침착해 보였다. 샘은 그의 얼굴에서 사악함의 흔적을 찾아보려 했지만 자신이 사랑한 남자밖에 볼 수 없었다. 왠지는 몰라도 그게 더 괴로웠다. 샘은 사진 속 여자애들을 떠올렸다. 가면 밑의 진정한 데니스를 아는 건 그 애들뿐이다.

번화가에 도달하자 데니스는 린지에게 멈추라고 했다. "철물점에서 사 올 게 있어."

샘은 길 건너편에 있는 경찰서를 보았다.

"난 여기 있을게." 린지가 말했다.

"나도." 샘이 몸을 뒤로 기대며 말했다.

린지가 문을 벌컥 열었다. "좋아. 난 데니스랑 같이 간다."

"얼마나 있다 올 거야?" 샘이 창 너머로 외쳤다.

"몰라, 한 10분쯤?" 데니스는 샘에게 다시 짜증이 난 듯했다.

샘은 두 사람이 가게로 가는 것을 보고 캐리에게 전화를 했지만 곧장 음성사서함으로 넘어갔다. 두 번 더 걸어보고 포기했다. 짜증이 확 치밀었다. 10시가 지났으니 전화를 기다리고 있어야 할 텐데 왜 전화를 꺼놓은 거지? 비명을 지르고 싶은 충동을 억눌렀다. 좋아, 샘은 생각했다. 혼자서 하자.

거리 저편에는 경찰서가 있다. 샘은 그 안에 들어가 자신을 소개하는 광경을 그려보았다. 저는 데니스 댄슨의 아내인데요, 남편의 추억 상자에서 이 사진들을 찾아냈어요. 좀 도와주세요. 샘은 그 이후 자신의 삶을 그려보았다. 경찰 신문, 법원, 데니스를 석방하는 데 한몫했다는 이유로 자신에게 쏟아질 미움.

그 후 샘은 또 다른 길을 생각했다. 집으로 돌아가 폭풍 대피소로 가서 사진들을 제자리에 돌려놓는다. 그리고 나서 데니스가 달리기하러 나간 사이 몰래 도망친다. 그리고 원하지 않던 삶으로 돌아간다. 그건 그다지 좋은 선택지처럼 보이지 않았다. 샘은 자기 연민에 흠뻑 빠졌다. 데니스를 생각하면 아직도 가슴이 울렁거린다는 사실에 자신이 역겨워졌다.

10분 중 3분이 지났다. 지금 당장 행동해야 했다. 사진을 몰래 돌려놓을 수 없다는 것만은 분명했다. 데니스가 철물점에서 뭘 사고 있는지는 몰라도, 집에서 하루종일 그것을 가지고 작업할 가능성이 높았다. 만약 여기서 샘이 움직이지 않는다면 데니스는 사진이 없어진 걸 알아내고 무슨 행동을 할지 모른다. 샘은 밤새 끔찍한 시나리오를 머릿속에서 굴리며 어떻게 행동하면 좋을지 생각했다.

샘은 트럭에서 내렸다. 앞쪽에 경찰서가 있었다. 경찰서를 향해 절뚝대며 걸어가는데 점차 용기가 사라졌다. 도대체 뭐라고 말하지? 어쩌다 일이 이렇게 됐지? 세계가 기우뚱하며 소용돌이치는 것 같았다. 몸에 열이 오르는 듯했다. 샘은 저도 모르는 사이에 가장 가까운 가게로 방향을 홱 틀었다. 문을 밀자 문 위의 종이 울렸다. 시원한 공기가 밀려들자 샘은 생각을 집중했다. 회색빛 머리카락에 상냥한 미소를 지은 여자가 좋은 아침이라고 인사했다. 샘은 웃음으로 되받으려 애쓰며 고개를 끄덕였다.

그때 한 남자가 "실례합니다" 하며 샘을 스치고 지나가는 바람에 샘은 깜짝 놀라 펄쩍 뛰어오르고 말았다. 샘은 뒤돌아 선반을 마주보고 눈을 감은 채 호흡을 가다듬으며 자신을 진정시키려 했다. 넌 이걸 벗어날 거야. 샘은 자신에게 말했다. 그냥 숨을 쉬어.

"도와드릴까요?" 카운터의 여자가 말했다.

"그냥 구경 좀 하려고요." 샘이 말했다.

여자가 이마를 찌푸리며 말했다. "뭐든 필요한 게 있으면 말씀하세요."

샘은 자기 앞의 선반을 보았지만 그것은 텅 비어 있었다. 얼굴이 붉어졌다. 선반 끝에는 사슬에 매달린 펜이 있었다. 샘은 좁은 가게 안을 둘러보았다. 빈 벽과, 뒤편을 따라 줄지어 있는 플라스틱 의자들. 여기가 도대체 어디지? 샘은 방향감각을 잃고 자신에게 물었다.

카운터 위 간판에는 '우체국'이라고 쓰여 있었다. 한 가지 생각이 서서히 떠올랐다. 샘은 머릿속이 제대로 정리되기도 전에 카운터에 다가가서 물었다.

"봉투 있어요?"

샘은 가방에서 폴라로이드 사진들을 꺼내 가능한 한 빨리 봉투 안에 집어넣었다. 마치 사진 속 여자애들이 갇힌 곳에서 풀려나와 비명이라도 지를 것처럼. 샘은 여자들이 자유롭게 풀려나오지 못하도록 봉투 뚜껑을 꾹꾹 눌러 봉했다.

주소를 쓰려고 했지만 펜이 나오지 않았다. 찍찍 긋고 휘갈겨도 봤지만 아무것도 나오지 않았다. 벽의 시계를 본 샘은 1분이 갔음을 깨달았다. 데니스가 자신이 여기 있는 걸 보면, 봉투를 보면… 샘은 즉시 동작을 멈추고 절뚝대며 카운터로 돌아갔다.

"펜이 필요해요."

여자의 웃음기는 오래전에 사라졌다. 여자는 샘이 다가오는 걸 보며 눈에 띄게 긴장하고 있었다. 샘은 자신이 땀을 흘리고 가쁜 숨을 쉬고 있음을, 허둥지둥하고 무례하게 굴고 있음을 알았지만 지금 그게 중요한 게 아니었다. 샘은 머릿속을 정리할 시간을 벌 수 있도록, 먼저 그 여자애들을 보내버리고 싶었다. 한 번에 하나씩 처리하자. 우선 도망치는 게 먼저다. 여자애들 일은 그 후에 처리하자. 그래서 샘은 가능한 한 빨리 주소를 쓰고 봉투를 여자에게 밀어 보냈다. 그러는 내내 계속 데니스가 현장을 덮치는 장면을 상상하며 등 뒤의 문을 돌아보았다.

돈을 내려고 하는데 가방에서 동전이 쏟아져 바닥에 흩어졌다. 샘은 그것들을 발치에 놔두고 여자에게 지폐를 건넸다. 여자가 잔돈을 찾아 현금등록기를 뒤적이기 시작하자 샘은 손을 휘저었다. "신경 쓰지 마세요." 샘은 이미 문간에 가 있었다. "잔돈은 가지세요. 괜찮아요."

거리로 나온 샘은 햇빛에 눈을 깜빡이면서 자신이 올바른 결정을 내렸기를 바랐다. 폴라로이드 사진들이 그녀의 남은 인생을 안전하게 지켜주길 바랐다. 데니스와 함께 보낸 첫 몇 주의 기억은 여전히 아팠다. 인터뷰와 선물들과 유명인과의 저녁식사. 샘은 다시는 특별한 사람도, 질투의 대상도 되지 못할 것이다. 그 누구에게도 절대 실수를 용납하지 않는 세상에서 샘은 커다란 실수를 저질렀다. 샘은 잘못된 남자를 사랑했다. 캐리 역시 망가지고 말 것이다. 증오의 대상이 될 것이다. 여자애들을 죽이는 남자를 떠받드는 그런 여자로. 그건 살인자보다 더 나빴다.

폴라로이드 사진이 도착하기까지는 시간이 걸릴 것이다. 그동안 생각을 하고 캐리와 의논하면 된다. 잠시 생각해본 후 샘은 경찰서에 가기로 결심했다. 안에 들어가면 데니스와 싸워서 같이 있고 싶지 않다고, 무섭다고 말할 것이다. 데니스한테 맞았다는 낌새만 풍기되 확실하게 말하지는 않고, 단순히 여권을 되찾아오게 도와달라고만 해야지. 경찰이 집으로 찾아가면 데니스는 여권을 넘겨야 할 테고, 사진들이 사라진 것을 알게 된다 해도 혼자만 알고 있어야 할 것이다. 그 무렵이면, 샘은 데니스가 자신을 해치지 못할 만큼 충분히 멀리 가 있을 것이다.

사진을 돌려받지 못하면 데니스는 내가 내세우는 조건에 동의할 수밖에 없을 거야. 하지만 어쩌면…. 두려움이 척추를 타고 기어 올라오는 것을 느끼며 샘은 생각했다. 데니스는 상관하지 않을지도 몰라. 어찌 됐든 나를 찾아내서 죽일 거야. 내가 어디로 가든.

샘의 이름을 부르는 데니스의 목소리와 보도를 걷는 발 소리가 들린 것은 샘이 경찰서에 거의 다 도착했을 때쯤이었다. 샘은 경찰서를 보며 한 걸음 더 내디딘 후 멈춰 섰다. 갑자기 한기가 들었다.

"어디 가?" 데니스가 샘의 계획을 눈치채기라도 한 듯 낮은 목소리로 물었다.

"목이 말라서 물을 한 병 살까 하고." 샘이 힘없이 대꾸했다.

"그래? 가게는 저쪽인데."

샘이 다시 경찰서를 보았다.

"가자." 데니스는 한 손을 부드럽게 샘의 등에 얹었지만 샘이 움직이지 않자 다른 손을 샘의 팔꿈치에 얹고 잡아당겼다. 자신도 알 수 없는 이유로 샘은 데니스를 따라갔다. 거리 반대쪽 끝을 돌아보자 주차 중인 남자와 열려 있는 가게들이 눈에 들어왔다. 비명을 지르면 누군가가 들을 테지만, 무언가가 샘을 막는 듯했다. 마치 비명은 주변에 아무도 없을 때만 질러야 하는 것처럼, 오로지 어둡고 비밀스러운 무언가를 위한 것처럼 소리가 나오지 않았다.

"내 발목." 샘이 저항했다.

"차까지 빨리 가면 더 빨리 앉을 수 있어." 데니스가 나직하게 말했다.

누군가가 그들을 보았다면 잘생긴 남자가 목발 짚은 여자를 부축해 차에 태우는 모습으로 생각했을 것이다. 또 다른 여자가 두 사람을 집까지 태워다 주려고 기다리고 있고.

데니스는 샘을 트럭에 밀어 넣었다. 샘은 거의 넘어질 뻔하다가 머리를 린지의 다리에 부딪쳤다. 데니스는 샘을 트럭 안으로 더 밀어 넣고, 샘 옆에 앉아 문을 쾅 닫았다.

"집." 데니스가 린지에게 말했다.

"월마트는 어쩌고?" 그렇게 묻는 린지의 목소리에는 두려움이 서려 있었다.

"잊어버려."

◆ ◆ ◆

차는 침묵 속에 집으로 달렸다. 샘의 귀에 들리는 건 린지가 딱딱거리며 껌 씹는 소리와 데니스의 떠는 다리에 맞춰 플라스틱 판이 달그락거리는 소리뿐이었다. 아무도 샘에게 왜 우느냐고 묻지 않았다. 집에 도착하자 데니스는 린지에게 그만 가라고 했다.

"데니스?" 린지는 샘과 눈을 마주치지 않으려 애쓰며 물었다. "그냥 잠깐만 있다 갈까?"

"가." 데니스가 되풀이했다.

"제발 가지 마." 샘의 애원에도 아랑곳없이 린지는 몸을 돌렸다.

◆ ◆ ◆

데니스는 샘을 소파로 밀치고 그녀의 앞에 섰다.

"좀 전에 어디 가려고 했어?" 데니스가 물었다.

"무슨 뜻이야? 난 물을 사려고 했어." 샘이 다시 말했다.

"넌 경찰서로 가려고 했어." 데니스가 말했다. "그리고 네 행동은 마치…." 데니스는 말을 멈추고 다시 샘을 보았다. "넌 지금 날 두려워하고 있어."

"정신이 나갔어?" 샘이 말했다. "지금 네가 날 겁주고 있잖아." 적어도 그건 진심이라 마음 편히 말할 수 있었다. 한순간 데니스가 자신의 말을 믿을 것 같다는 생각이 들었다.

"뭔가가 달라졌어." 데니스가 말했다. "네가 나를 보는 눈빛이. 어젯밤부터야."

"말도 안 되는 소리 하지 마." 샘이 말했다.

그 후 데니스의 눈길이 샘의 왼쪽으로, 샘이 삐뚜름하게 놓아둔 소파 쿠션으로 움직였다. 그러다 잠그다 만 지퍼로 향했다.

405

"움직이지 마." 데니스는 샘의 눈길을 의식하곤 말했다. 쿠션을 들어 올려 마치 잃어버린 동전이라도 찾으려는 것처럼 그 밑을 쓰다듬었다. 그 후 커버 지퍼를 열고 손을 집어넣었다. 그의 손에는 사진이 한 장이 들려 있었다. 샘은 가슴이 철렁 내려앉았다.

데니스는 사진과 샘을 번갈아 보았다. 샘은 데니스의 얼굴에 여자애들이 보았을 무언가가 번뜩 스쳐가는 것을 보았다. 단 1초 후, 데니스의 표정이 완전히 달라졌다. 낯선 사람처럼 보였다.

"움직이지 마." 데니스가 다시 말했다. 간신히 들릴 만한 속삭임이었지만, 샘에게는 늑대의 낮은 으르렁거림처럼 느껴졌다. 공포가 밀려왔지만 동시에 그의 목소리에서 묘한 섹시함을 느꼈다. 샘은 지금 이 순간이 두렵나, 생각했지만 곧 문 앞에 고양이를 두고 미로 속을 빠져나갈 수 없는 생쥐처럼 포식자의 다음 행동을 기다리는 처지가 되었다.

데니스는 부엌으로 갔다. 잠시 후 냉장고에서 물병 꺼내는 소리가 들렸다. 물을 마시는 동안 잠시 정적이 흘렀다. 이어 발소리와 뒷문의 녹슨 경첩 소리가 들렸고, 샘은 격렬하게 흐느꼈다. 집 앞에서 트럭에 기대 담배를 피우고 있는 린지가 보였다. 아직 안 떠났구나. 샘은 감사했다. 샘은 린지가 담뱃재를 너무 자주 털면서 한 발을 강박적으로 두드리는 것을 알아차렸다. 폭풍 대피소 문이 위로 젖혀지는 철커덩 소리가 들린 후 정적이 흘렀다. 샘은 그 정적이 뭘 의미하는지 알고 있었다. 잠시 후 폭풍 대피

소 문이 도로 쾅 닫히는 소리에 이어 썩은 나무 계단을 쿵쿵대
는 발소리가 들렸고, 마침내 상자가 와장창 소리를 내며 샘의 머
리 뒤편 벽을 때렸다.

"어디 있어?" 분노로 하얗게 질린 얼굴로 데니스가 물었다.
"어디 있냐고!"

38화

데니스는 샘 앞에 쪼그리고 앉아 팔꿈치를 허벅지에 얹고 샘과 눈을 맞추려 했다. "어디 있냐고?" 데니스는 벌떡 일어섰다. "네가 지금 이러는 게 그것 때문이지? 경찰한테 말할 셈이었어, 맞지?"

샘은 고개를 저으며 훌쩍였다. "모르겠어."

"어디 있어, 샘?"

"이젠 나한테 없어." 샘의 목소리는 힘이 없었다. 순식간에 늙어버린 듯한 기분이었다.

"무슨 뜻이야?"

"보내버렸어. 캐리한테 우편으로 보냈어. 그러니까 나한테 무슨 일이 일어나면…."

"거짓말하는 거야." 하지만 데니스의 말투는 확신이 없어 보였다.

"나한테 무슨 일이 일어나면, 캐리는 자기가 한 짓인 줄 알 거야! 다들 알 거야!"

데니스는 샘을 뚫어지게 바라보았다. "아직 여기 있어. 틀림없어." 데니스가 말했다. "가방 어디 있어?"

"트럭 안에." 샘이 말했다.

데니스는 잠시 망설였다.

"움직이지 마." 데니스는 그렇게 말하고 샘을 혼자 두고 나갔다.

창문 너머로 데니스가 린지에게 뭐라 말한 후 트럭 문을 열고 안으로 몸을 기울이는 것이 보였다. 지금 움직여야 했다. 지금이 아니면 두 번 다시 기회는 없을 것이다. 샘은 바닥을 기어갔다. 울퉁불퉁한 판자 가장자리에 무릎이 부딪쳐 멍이 들었다. 부엌을 지나 뒷문으로 나갔다. 폭풍에 날려 흩어진 파편들이 기어가는 샘의 부드러운 살갗을 베고 파고들었다. 손바닥은 따가웠고 흠뻑 젖은 바닥에 닿은 무릎은 축축했다.

마당 뒤편 철사 울타리는 땅에서 30센티미터쯤 떠 있었다. 샘은 몸을 잔뜩 웅크리고 다리로 몸을 밀어 빠져나왔다. 1미터만 더 가면 울창한 나무들이 반갑게 맞아줄 것이다. 숲속에 들어가자 샘은 달리기 시작했다. 발목의 통증을 무시하며 있는 힘껏 깡충깡충 뛰었다. 비틀대다가 넘어지고 또 넘어졌다. 샘은 자신이 달리는 방향이 시내로 이어지기를 빌었다. 1분 후, 간신히 뒤를 돌아볼 용기를 냈는데, 집은 힘겹게 통과한 뒤엉킨 나무들과 가지들에 가려 잘 보이지 않았다. 그렇다면 자신도 보이지 않을 것 같아서 샘은 힘이 났다. 샘은 더욱 빨리 움직였다.

그때 뒤에서 샘의 이름을 부르는 데니스의 목소리가 들려왔다. 샘은 불안감에 사로잡힌 채 앞으로 나아갔다. 덤불을 피하려고 왼쪽으로 방향을 틀었다가 깊이를 알 수 없는 검은 물웅덩이를 마주치자 다시 왼쪽으로 돌아섰다. 더는 어느 방향으로 가고 있는지, 또 어느 방향으로 가야 할지 알 수 없었다. 샘의 이름을 부르는 소리가 계속 들려왔다. "서-맨-사" 샘은 그 목소리로부터 도망치려는 듯 무작정 달렸다. 질척질척한 진흙과 썩어 무너진 나무들, 그리고 샘의 콧구멍으로 들어와 기침과 함께 목구멍 밖으로 나가는 그곳의 공기들.

앞쪽 나무들 틈새로 데니스의 흰색 티셔츠가 얼핏 보였다. 샘은 자신이 원을 그리며 달리고 있었음을 깨달았다. 그 순간 샘의 발밑에서 땅이 꺼졌다. 샘은 비 때문에 아직도 미끄러운 진흙 속으로 미끄럼을 탔다. 마침내 미끄럼이 멈추고 고개를 든 샘은 자신이 구덩이에 떨어졌음을 깨달았다. 입구는 떨어진 야자 잎으로 뒤덮여 있었다. 샘은 흙에 깊이 빠진 발을 잡아당겼다. 한쪽 신발은 진흙 속으로 사라져버렸다. 머리 위에선 여전히 데니스의 목소리가 들렸다. 샘이 빠진 구덩이 바로 옆을 지나가고 있었다.

파리들이 목덜미에 내려앉았다. 샘은 썩은 식물의 악취 때문에 기침이 나오는 것을 억지로 참았다. 입으로 숨을 쉬었지만 별 도움이 되지 않았다.

벗겨진 신발을 신기 위해 발을 들어올린 샘은 뭔가가 발가락에 감기는 것을 느꼈다. 촉감이 머리카락과 너무 비슷해서 뒤를 돌아보며 손가락으로 훑었다. 호흡처럼 자연스럽게 비명이 나왔다. 샘은 안경과 셔츠 목깃, 커다랗게 벌어진 상처가 진흙으로 채워진 목, 그리고 갈퀴 같은 손가락을 보았다. 샘은 아래로 미끄러져 떨어지지 않도록 손톱을 진흙 속에 박아 넣으면서 구덩이에서 올라왔다. 잔뜩 부은 얼굴이 창백한 노란색으로 변해가고 있는 시체는 하워드였다. 피부 밑 근육은 썩었고, 얼굴은 두개골에서 축 늘어져 있었다. 뺨이 일그러져 능글맞은 웃음을 짓고 있는 것처럼 보였다. 벌레들이야. 그것을 깨달은 순간 역겨움이 밀려왔다. 곤충들이 안에서 밖으로 하워드를 먹어치우고 있었다.

그 순간, 샘은 자신을 도로 바깥 세상으로 끌어내준 데니스의 손아귀가 반가웠다. 하워드가 손을 뻗어 자신을 아래로 잡아끄는 소름 끼치는 상상을 하며 무릎을 끌어 올리는 샘에게 데니스가 물었다.

"뭔데 또 그래?"

"당신이 죽였지?" 샘이 데니스의 눈길을 피하며 외쳤다. 모든 게 갑자기 현실이 되었다. 도망치거나 맞서 싸우는 건 더는 의미 없어 보였다.

데니스는 다시 구멍을 들여다보았다. 쓰러진 야자나무를 도로 치웠다. "하워드?" 데니스는 그렇게 말한 후 침묵에 잠겼다. 데니스는 하얗게 질렸고 더 차분해졌다.

"우린 대화를 좀 해야겠다."

39화

데니스는 전에 문턱을 넘었던 때처럼 샘을 안고 갔다. 길을 가린 나뭇가지들이 샘의 얼굴을 때리지 않도록 어깨로 젖혔다. 심지어 미처 나뭇가지를 막지 못했을 때는 사과하기까지 했다. 집에 오자 린지가 뒷문 가에 서서 기다리고 있었다.

"괜찮아, 데니스? 내가 감시해준다고 했잖아." 다가가는 데니스에게 린지가 말했다.

"안으로 들어가." 데니스가 린지를 밀치고 지나가며 말했다.

데니스는 거실로 가서 샘을 소파에 앉혔다. "자기는 그냥 가만히 듣기만 해." 데니스는 그렇게 말하고 샘의 핸드백을 기울여 내용물을 바닥에 쏟았다. 주머니에 들어 있는 것을 전부 끄집어내고 빈 가방을 내팽개쳤다. "좋아, 서맨사. 한 번 더 묻자. 그것들 어디 있어?" 데니스가 물었다.

"쟤가 무슨 짓을 한 거야?" 린지가 문간에서 물었다.

"넌 무슨 짓을 했는데?" 데니스가 린지를 돌아보며 말했다.

"무슨 소리야?" 린지의 말투에 갑자기 두려움이 묻어났다.

"하워드." 데니스의 목소리가 살짝 갈라졌다.

"네가 몰라서 그래." 린지가 말했다. "전부 다 자백하겠다잖아. 난 어쩔 수 없었어."

"걔가 그렇게 나왔으면 나한테 왔어야지. 나한테 말했어야지." 데니스가 말했다.

"너무 위험했어." 린지가 말했다. "여기 오는 도중에 길에서 하워드가 서성거리는 걸 봤어. 제정신이 아니더라고. 말로 설득해보려고 했는데 막을 수 없었어. 같이 좀 걷자고, 그러면 기분이 좀 나아질 거라고 했는데 그 자식이 휴대폰을 꺼내지 뭐야. 이번에는 정말 자백할 셈인 게 분명했어. 게다가 넌 내 전화를 무시하고 있었잖아. 내 문자에 답도 안 했으면서."

"그래서 그랬어? 벌주려고 그런 거야? 하워드가 도대체 너한테 뭘 어쨌길래?"

"데니스, 걔는 그 사람들에게 전부 다 말하려고 했어." 린지가 말했다.

"내가 설득할 수 있었어. 죽일 필요는 없었어."

"왜 그렇게 걜 아끼는데? 걔는 완전 변태야! 걔는….."

"린지!" 데니스는 때리기라도 할 듯한 기세로 린지에게 다가갔다. 하지만 그러다 마음을 바꿨다. "젠장!"

샘은 하워드가 데니스에게 중요한 사람이었음을 깨달았다. 어쩌면 그 누구보다도. 데니스가 누군가를 그렇게 아낄 수 있으리라고는 생각지도 못했다.

"그 사람한테 당신 아들이 죽었다고 어떻게 말해?"

"내가 다 알아서 할게." 린지가 잔뜩 흥분해서 급히 말을 쏟아냈다. "내가 진짜 열심히 생각해봤거든. 여기서 나가는 길에 개가 다가오길래 태워주려고 차를 세웠더니 날 숲으로 끌고 가 강간하려고 하는 바람에 정당방위로 그랬다고 하면 돼."

"정당방위?" 데니스가 말했다. "넌 개 머리통을 거의 깔끔하게 베어냈어."

"알 게 뭐야! 그냥 무서워서 그랬다고 하면 돼. 내가 무슨 짓을 하는지도 몰랐다고 하면 되지. 그냥 강간당하지 않으려는 생각밖에 없었다고."

"다 끝났어." 데니스는 누구와도 시선을 맞추지 않은 채 말했다. "하워드가 없으면 나는… 개 아빠는 더 이상 입을 다물어주지 않을 거야. 이유가 없어. 아들이 죽은 걸 알게 된 순간, 사람들을 마당으로 데려올 거야."

"우린 충분히 해결할 수 있어." 린지는 샘을 보다가 데니스에게 속삭였다. "딴 데 가서 이야기하는 게 좋을 것 같은데."

"이미 물 건너갔어. 샘이 네가 만든 얕은 무덤에 곧장 떨어졌거든. 그래서 지금은 뭐? 샘을 죽이게?"

"그래야 한다면, 어쩔 수 없지." 린지가 어깨를 으쓱하자 샘은 순수한 공포가 요동치는 걸 느꼈다. "쟤 휴대폰으로 해리스한테 문자를 보내는 거야." 린지가 샘을 가리키며 말을 이었다. "이렇게. '여기로 오세요. 하워드가 어떻게 됐는지 알아요. 얼른 오세요.' 그러면 그 사람은 총을 들고 오겠지. 당연히 널 죽일 작정을 했을 테니까. 그러면 쟤가 문 앞에 나가서 이러는 거야. '데니스는 뒤뜰로 나갔어요. 서둘러야 해요.' 그래서 해리스가 뒤뜰로 나가면 내가 쏘는 거지. 내가 그 사람을 쏘고 나면 우리는 총을 뺏어서 쟤를 쏘고, 그걸 해리스한테 덮어씌운 다음 사람들한테 샘이 하워드를 죽였다고 말하는 거야. 하워드가 쟤를 스토킹해서 쟤가 하워드를 죽였고, 그것을 알게 된 해리스가 쟤를 쏘고, 난 정당방위로 해리스를 쏜 거지."

데니스 창백한 얼굴로 린지를 보았다. "어차피 우리가 쏠 걸 아는데 샘이 뭐하러 해리스한테 뒤뜰로 가라고 하겠어?"

"그야 안 그러면 내가 저년을 쏴버릴 테니까."

"날 쏠 필요 없어, 제발." 샘이 재빨리 말했다. "아무한테도 아무 말 안 할게. 난 도대체 이게 다 어떻게 된 건지 이해도 안 가는걸!"

데니스는 한숨을 쉬면서 피곤한 듯 눈을 문질렀다. "서맨사가 죽으면… 난 그냥 이 일이 잘 풀릴 것 같지 않아. 난 우리한테 얘가 필요한 것 같아."

"하지만 쟤는 풀려나자마자 경찰한테 말할 거야!" 린지가 말했다.

"샘, 너 정말 캐리한테 그 사진들을 보냈어?" 데니스가 물었다.

샘은 고개를 끄덕였다.

"그리고 뭐라고 말했어? 네가 보내는 거라고 했어?"

"그래, 자기 소지품에서 찾아내서 내가 보내는 거라고."

"맙소사."

"무슨 사진들?" 린지가 물었다.

"상관 마." 데니스가 쏘아붙였다.

"네가 그 사진들을 가지고 있었다는 말은 아니겠지?" 린지가 비명을 질렀다. 쟤도 알고 있었군. 샘은 생각했다. 린지가 서성였다. "하지만 쟤가 죽으면 아무도 네 이야기에 반박하지 못해. 안 그래?" 린지는 마치 샘이 그 자리에 있지도 않은 듯 말했다.

"못 해. 아니, 난 못 할 것 같아." 데니스가 말했다.

"그런데 캐리가 누구야? 그 영화 여자?"

"그래. 왜, 그 여자도 쏘게? 그냥 넌 좀 꺼져."

데니스는 샘에게 다가가 어깨에 한 팔을 둘렀다. 샘은 움찔했다. "서맨사, 네가 그냥 나랑 이야기를 했으면 좋았을 텐데. 너 때문에 내가 정말, 정말 안 좋아 보이게 됐어. 내가 그 사진들이 내 게 아니라고 말하면 너 어쩔래? 그냥 하워드를 지키려고 그런 거였다고. 우리가 거래를 맺었다고 한다면 말이야."

"믿을게." 샘이 속삭였다. "캐리는 자길 믿을 거야."

"하지만 너무 늦었어. 캐리가 그 사진들을 받으면…. 넌 이미 그 사진들이 내 거라고 했고. 캐리는 널 믿어, 서맨사."

"내가 잘못 알았다고 하면 돼." 이것은 목숨이 걸린 흥정이었다. 샘은 데니스의 손을 양손으로 붙잡았다. "하지만 린지가 날 죽이게 놔두면 난 도와줄 수 없어. 그리고 난 자기를 돕고 싶어."

"알아. 하지만 넌 이 일을 정말 망쳐버렸어." 데니스가 한숨을 쉬며 말을 이었다. "넌 달랐어. 네 편지를 받았을 때, 넌 다른 사람들이랑 달랐어. 너무 다정했어. 너무 정상적이었지. 넌 평범했고, 난 그게 마음에 들었어. 네가 나랑 같이 있을 때면, 뭐랄까, 사람들은 그렇게 생각했지. 나도 평범하다고. 그리고 넌 모든 게 엉망이 되어갈 때도 내 곁을 지켰어. 그래서 난 네가 더는 그리 정상적으로 굴지 않아도 용서할 수 있었어. 널 혼자 둘 때마다 내 물건을 뒤지는 것도 알았지만 상관없었어. 하지만 이제 어떻게 해야 할지 모르겠어."

"그냥 날 보내줘, 데니스. 난 네가 무슨 말을 하든 맞다고 할게, 제발."

데니스는 다시 한숨을 쉬고 방을 나가더니 아버지의 총 두 자루를 가지고 돌아왔다. 샘은 토할 것 같았다.

"데니스, 우린 모든 걸 바로잡을 수 있어. 일을 더 망칠 갈 필요는 없어." 샘은 침착하고 합리적인 목소리를 내려고 애를 썼다.

데니스는 린지에게 산탄총을 건네주고 자신은 권총을 챙겨 청바지 뒤춤에 찔러 넣었다. "미안해. 난 일이 이런 식으로 흘러

가길 바라지 않았어."

"안 돼, 제발!" 샘이 외쳤다.

"너 해리스 번호 있어?" 데니스가 흩어진 샘의 소지품 가운데서 휴대폰을 집어들며 린지에게 물었다. "잠겼군." 데니스가 샘을 보았다. "암호가 뭐야?"

샘은 고개를 저으며 울음을 터뜨렸다. 데니스는 샘 옆에 앉아 손목을 붙잡고 엄지를 들어 홈버튼 위에 갖다 댔다. 화면 잠금이 풀렸다. "그 사람 번호 줘." 데니스가 린지에게 말했다.

"난 몰라." 린지가 말했다.

"뭐?"

"모른다고. 네가 알 줄 알았지."

샘은 가방에 해리스 경관의 명함을 집어넣었다는 것을 떠올렸다. 그것은 바닥에 떨어진 샘의 소지품들 사이에 뒤집힌 채 놓여 있었다. 샘은 아무 말도 하지 않고 그들의 계획이 실패로 돌아가기를 기다렸다.

"빌어먹을." 데니스가 샘의 휴대폰을 소파에 던졌다.

"데니스, 번호는 알아낼 수 있어. 하워드의 주머니에서 휴대폰을 꺼내면 돼. 연락처 목록에 제 아빠 번호가 있을 거야. 안 그래?"

"좋아." 데니스가 말했다. "내가 갔다 올게. 나 대신 샘을 감시해." 데니스는 떠나기 전에 한 번 더 두 사람을 보았다.

"제발." 데니스가 충분히 멀리 간 후 샘이 말했다. "우리 그냥 경찰을 부르자. 데니스가 오기 전에."

린지가 깔깔 웃었다. "데니스가 널 보내줄 거라고 생각하지 않는구나. 맞지?"

샘은 몸 안에서 분노가 부풀어 오르는 걸 느꼈다. "걔는 너도 죽일 거야."

"그럴 리 없어." 린지가 말했다. "데니스는 내가 필요하거든."

"하지만 넌 하워드를 죽였잖아. 난 데니스가 얼마나 화났는지 봤어. 그냥 넘어가주지 않을 거야." 샘이 말했다. 하지만 린지의 눈빛은 린지 자신은 물론 그 누구의 목숨이라도 데니스를 위해서라면 얼마든지 바칠 수 있다고 말하고 있었다.

"그래서 데니스가 널 죽이지 않으면?" 샘은 린지를 설득할 수 있기를 바라며 말을 이었다. "네가 이 위기를 살아서 넘긴다 해도 그다음엔 무슨 일이 일어날 것 같아? 아무도 네 말을 믿지 않을 거야. 넌 제 정신이 아냐."

"데니스의 변호사는 국내 최고야." 린지가 말했지만, 그리 확신 있게 들리지는 않았다.

"데니스는 당신이 위험 요소라고, 당신이 딴소리를 할 거라고 생각할지도 몰라. 좀 생각해봐."

"넌 네가 걔를 안다고 생각해?" 린지는 분노로 눈을 번뜩이며 말했다. "넌 내가 뭐가 뭔지 모르는 그냥 멍청한 년이라고 생각하겠지만 난 걔를 알아. 걔를 손에 넣었다거나 걔를 이해한다고 생각한 순간이야말로 정말 끔찍한 순간이라는걸. 걔를 이해하

420

는 유일한 방식은 그게 불가능하다는 걸 알고 그래도 괜찮다고 받아들이는 거야. 넌 네가 지금 우리를 조종하고 있다고 생각하지? 넌 쥐뿔도 몰라. 그리고 걔는 늘 내게 의지해왔어. 그러니 너무 마음 놓지 마."

"당신은 여전히 데니스를 겁내는구나." 린지의 떨리는 다리 때문에 기대어놓은 총이 흔들거리는 것을 보며 샘이 말했다.

린지는 콧방귀를 뀌면서 담뱃갑에서 담배를 하나 빼 불을 붙이려 했다.

"여기서 담배를 피우면 데니스가 좋아하지 않을 거야." 샘이 말했다. 린지는 어깨를 으쓱했지만 담배 끝을 건드리기 전에 불꽃을 꺼버렸다.

린지는 총을 움켜쥐며 "일어서서 나가."라고 말했다. 린지는 샘을 앞장세우고 뒤따라갔다. 샘은 뒤통수가 총으로 겨누어진 채 현관에 앉았다. 린지에게 담배를 달라고 했다. 마당을 둘러싼 나무들을 바라보며 샘은 린지와 함께 담배를 피웠다. 모든 것이 예전과는 달라 보였다.

"난 한심하지 않아." 린지가 담배 연기를 날려 보내며 말했다.

"뭐라고?"

"난 한심하지 않다고. 데니스를 좋아하는 거 말이야."

"그런 생각 안 했는데." 샘은 거짓말했다.

"아니, 했잖아. 사람들이 무슨 생각을 하는지 내가 모를 것 같아? 난 걔가 무슨 짓을 했는지, 무슨 짓을 할 수 있는지 알아. 하

지만 난 걔가 누군지도 알아. 데니스는, 고등학교 때 날 구해줬
어. 그런 건 아무도 아랑곳하지 않지. 학교 다닐 때 남자들이…
난 어떤 파티에 갔었는데 술을 너무 많이 마셨었지. 강간은 아니
었어. 아, 잘 모르겠어."

"안됐다."

"됐어. 여하튼, 다들 그 일에 관해 한 마디씩 했어. 날 술에 맛
이 가서 윤간당하는 걸 좋아하는 걸레처럼 취급했지. 데니스랑
하워드는 여전히 내가 정상인 것처럼 말을 걸어준 유일한 남자
들이었어. 다른 남자들한테 날 다시 건드리면 죽여버린다고도
했지. 효과가 있었어. 남자들은 그 일에 대해 입을 다물었어. 심
지어 날 쳐다보지도 않더라. 하지만 여자애들은 그냥 계속 날 힐
끔거리며 속삭여댔어. 데니스는 나한테 자기가 걔들을 닥치게
해줄 수 있다고 했어. 걔는 그 말을 하면서 슬며시 웃었어. 그 후
여자애들이 사라지기 시작했어." 린지는 말을 멈추고 담배를 한
번 더 빨아들였다. 빨아들이는 호흡에 종이가 타며 바스락 소리
가 났다. "처음에… 내가 알기로 처음은 사고였어."

"뭐가?"

"그 도나 년 말이야. 데니스는 걔를 망쳐놓겠다고 했어. 파티
가 있었는데 하워드가 걔한테 그 멍청한 알약들을 줬어. 걔를 다
치게 할 생각은 아니었어. 걔 술에 약을 타서 하워드의 카메라로
쪽팔린 사진들을 찍기로 했어. 복사해서 학교에 붙여놓으려고
했지." 샘이 몸을 움찔했다. "알아. 넌 절대 이해 못 해. 걔는 날

창녀라고 불렀어. 내가 에이즈에 걸렸다고 사방에 떠들어댔어. 절대 입을 안 다물었지. 우린 어린애였어! 어쨌든, 걔는 그 파티를 떠났어. 그냥 쿵쾅거리며 나갔지. 우린 내 차로 걔를 따라갔어. 걔는 비틀거리면서 걸었어. 데니스가 창을 내리고 태워줄까 하고 물었어. 걔는 물론 좋다고 했지. 알지? 데니스니까. 처음에 걔는 완전히 정신이 나가서 심지어 나랑 하워드가 앞에 탄 것도 모르고 있더라고."

린지는 실실 웃으며 말을 이었다. "그러다 걔가 '너는 왜 맨날 이 병신들하고 놀아?' 하고 물었어. 데니스는 '그냥 차 좀 얻어 탄 거야' 하고 말했지. 걔는 데니스 위에서 잠들었어. 우린 그게 진짜 기절하게 웃기다고 생각했어. 걔는 심지어 내가 경적을 울려도 안 깼어. 우린 하워드 집으로 갔어. 걔 아빠는 밤 근무를 하러 갔었거든. 우리가 걔를 눕히고 하워드가 사진을 찍고 있는데 걔가 토하는 거야. 그래서 모로 눕혔는데 목에 걸렸지. 남자애들은 뒷짐만 지고 있었어. 쓸모없는 것들. 하워드는 저능아처럼 걔 등만 두드렸지. 난 걔 목에 손가락을 집어넣었어. 난 노력했어. 정말 노력했다고. 하지만 걔는 숨이 멎었어. 난 기겁했지. 하워드도 기겁했고. 정신이 멀쩡한 건 데니스뿐이었어. 나한테 그만 가라고, 자기들이 알아서 하겠다기에 난 그렇게 했어. 달리 뭘 어떻게 해야 할지 몰랐으니까."

"그다음엔 어떻게 됐어?" 샘이 물었다.

"땅에 묻었다고. 나중에 데니스한테 들었어. 해리스네 마당

한쪽 구석에 말이야. 샘. 우리 전부. 알약은 하워드 거였고, 그러자고 한 건 나였고, 데니스는….”

“그 애가 해리스네 집 마당에 묻혀 있다고?” 샘이 물었다.

“하워드는 너무 겁에 질려서 싫다고 하지 못했어. 걔는 그게 다 자기 잘못이라고 생각했거든.” 린지가 잠깐 말을 멈췄다. “나중에 걔는 자백하고 싶어 했어. 내가 걔한테 그랬지. 사람들이 네 짓인 걸 알아낼 거라고. 네 카메라로 도나 사진들을 찍었으니까 네가 변태라고 생각할 거라고, 전기의자에 앉게 될 거라고 말했어. 데니스도 그랬고.”

“그거 말고 다른 사람들도 있었잖아.” 샘은 사진들을 떠올렸다. 여자애들과 그들의 머리카락과 입술을.

“하나씩 하나씩.” 린지가 말했다. “걔들은 그냥 사라졌어.” 린지가 갑자기 샘을 돌아보았다. “다른 애들은 나랑 아무 상관도 없어. 전혀.” 샘은 린지의 목소리에서 다시 공포를 느낄 수 있었다. “하워드가 나한테 어떤 이야기를 해줬어. 오랫동안 자기랑 데니스가 어떤 일을 했다고. 하지만 난 그걸 믿고 싶지 않았어. 데니스는 언제나 날 보살펴줬어, 언제나. 게다가 나더러 어쩌라고? 입을 열면 나도 감옥에 갈 각오를 해야 하는데…. 그래서 입을 다물었지. 그건 우리 비밀이었어. 우린 피로 묶여 있었어. 데니스는 날 지켜줬어. 그 오랜 세월 동안 걔는 그 일에서 날 구해준 거야.”

린지는 다시 눈을 비볐고, 그것으로 끝이었다. 샘은 생각했다.

린지가 알고 싶지 않은 일들이 있었군. 사진 이야기를 할 때 보니 린지는 데니스의 수집품이 얼마나 되는지 모르는 것 같았다. 린지는 데니스의 행위가 복수라고 생각했다. 하지만 샘은 그게 뭔가 다른 것임을 알았다. 린지는 이해하고 싶어 하지 않았다. 린지에게는 모든 게 이미 너무 늦어버렸다.

그때 데니스가 돌아왔다. 가쁜 숨을 몰아쉬고 있었다. 그는 현관에 앉아 있는 두 사람을 의심스러운 눈초리로 보았다.

"가져왔지." 데니스가 핸드폰을 들어올리며 말했다. 둘은 샘을 앞뒤로 에워싸고 집으로 데리고 들어갔다. 샘은 저항해도 소용없음을 알고 스스로 핸드폰 잠금을 풀었다. 해리스에게 문자를 보내는 모습을 린지가 지켜보았다.

"서맨사예요. 데니스 집이에요. 하워드가 여기 있어요. 우린 도움이 필요해요. 얼른 오세요."

40화

저물어가는 빛 속에서 세 사람은 아무 말 없이 앉아 있었다. 휴대폰을 들여다보며 답신을 기다리는 중이었다. 검게 꺼진 화면에 비친 자신들의 모습을 보고 순간 움찔했다. 이윽고 전화가 울렸다.

"젠장, 젠장." 린지가 일어서서 산탄총으로 손을 뻗으며 말했다.

"받아야 할 거야." 데니스가 말했다. "얼른. 만약 해리스면, 그냥 여기 오라고 다시 말해. 응급 상황이라고 해."

핸드폰을 건네받았다. 이미 통화가 연결돼 있었다. 컹컹 짖는 듯한 목소리는 해리스가 위스키에 흠뻑 취했음을 알려주었다. 샘은 동료 경관들에게 알리라고 말해주고 싶었다. 린지가 산탄총으로 자신을 겨누고 있지만 않았다면.

"해리스 경관님? 샘이에요."

"그건 이미 알아. 하워드에 관해 뭘 알고 있지?" 해리스의 목소리 끝이 갈라졌다. "어디 있어? 내 아들 어디 있냐고?"

"여기 있어요." 샘이 데니스를 보며 말했다. 데니스가 고개를 끄덕였다.

"걔 무사해? 빌어먹을! 데니스가 내 아들한테 무슨 짓이라도 했어?" 해리스가 고함쳤다.

"아무도 아무 짓도 안 했어요." 샘이 말했다.

"하지만 사흘째 소식이 없었고 휴대폰도 안 받아. 내 아들이 그럴 리 없다고."

"하워드가 집 앞에서 시체들이 어쩌니 하면서 고함치고 있어요. 미쳤거나 약을 먹고 정신이 나가버린 것 같아요." 샘은 가빠오는 호흡을 다스리려 애쓰며 말을 멈췄다. "어쩌면 경찰에 전화를 해야 할까 봐요."

"안 돼. 금방 가지." 전화가 끊겼다.

"잘했어." 데니스가 말했다.

린지는 눈앞의 광경이 마음에 안 드는 듯한 불만스러운 얼굴로 두 사람을 지켜보았다.

"린지, 가서 트럭을 딴 데로 옮겨. 안 그러면 해리스가 네가 여기 있는 걸 알 거야. 가서 안 보이는 데 주차해. 의심 사지 않게." 데니스가 말했다.

망설이던 린지는 신경질을 내며 총을 어깨에 걸머졌다. "바로 갔다 올게."

샘은 린지가 현관에서 한 말을 데니스에게 전하지 않았다. 그럴 필요 없었다. 데니스는 이미 알았을 테니까.

"쟤는 널 방심시킬 수만 있다면 아무 말이나 지껄일 거야." 데니스가 말했다.

"저 여자는 당신한테 자기가 필요하다고 생각해." 샘은 가슴속 깊숙한 곳에서 힘을 끌어내 말했다. "하지만 난 당신한테 더 필요한 사람은 나인 것 같아. 내가 여기서 벗어나도록 도와주면, 사진을 도로 찾을 수 있게 해줄게."

샘은 데니스의 이마에 잡힌 주름을 보았다. 안경 속에 숨은 데니스의 눈동자는 샘에게 고정돼 있었다. 그가 다른 사람처럼 보인다고 샘은 생각했다. 차가움 대신 나타난 그 무언가가 좀 더 인간적인 것임을 샘은 즉각 알아보았다.

◆ ◆ ◆

돌아온 린지는 집 오른편, 현관에 가려져 보이지 않는 곳에 숨었다. 샘은 거실에 남아 있었다. 데니스는 샘이 마지막까지 마음을 바꾸지 않고 해리스를 집 안으로 유인하는지 확인하려고 복도에서 기다렸다. 샘이 아는 모든 것과 모르는 모든 것이 샘의 머릿속에서 헤엄쳤다.

차가 도착해 바깥에 서자 데니스는 총을 쥐고 방아쇠에 손가락을 건 채 슬그머니 부엌으로 들어갔다. 해리스는 차 문을 열어놓고 엔진도 끄지 않은 채 집으로 달려왔다. 노크하기를 기다리지 않고 먼저 문을 연 샘은 해리스가 총을 쥐고 있는 것을 보았다. 총을 쥔 손을 다른 손으로 받치고 있었다. 샘은 침을 꿀꺽 삼켰다. 단 한 번의 사소한 실수로도 샘의 인생은 끝장날 터였다. 갑자기 삶의 욕구가 끓어올랐다. 앞으로 조금만 더 태연한 척하자. 그다음은 어쩌지? 샘은 그 질문을 털어버렸다.

"하워드 어디 있어?" 해리스가 샘을 밀치고 지나가며 물었다.

"제가 때렸어요." 샘이 말했다. "죄송해요. 겁나서 그랬어요."

"어디 있냐고?" 해리스가 더 큰 소리로 다시 물었다.

"저 뒤에 있어요." 샘이 말했다.

"가. 당신이 먼저." 해리스가 손가락질하며 말했다.

샘은 사형집행인이 된 듯한 심정으로 해리스를 정해진 길로 이끌었다. 뒷문을 지나 폭풍 대피소로 갔다. 해리스는 뒷문에 서서 주변을 둘러보며 뒤를 확인했다.

"어디 있냐고." 해리스가 경계하는 태도로 다시 물었다.

"어리석은 짓은 하지 말아요." 데니스가 그에게 다가서며 말했다. 손을 머리 위로 든 채였다. 해리스는 즉시 총을 들어 올렸다.

"어디 있냐고?" 해리스가 고함쳤다. 조용한 저녁 공기 속에 그의 목소리가 쩌렁쩌렁 울렸다.

"우린 걔를 제압해야 했어요." 데니스가 말했다. "걔는 대피소에 있어요."

"열어." 해리스가 샘에게 말했다.

샘은 그 명령을 따랐다. 해리스는 여전히 문가에 서 있었다. 그 위치에 있으면 린지가 총으로 맞히는 것이 불가능했다. 거기 있어요. 샘은 속으로 빌었다. 움직이지 마요.

"당신한테 거짓말은 안 할게요, 해리스." 데니스가 말했다. "걔는 좀 거친 짓을 당했어요. 머리를 한 대 맞았죠."

"걔한테 무슨 짓 했어?" 해리스가 앞으로 한 걸음 나서며 물었다. 그러다가 마음이 바뀐 듯 문가로 물러났다.

"아무것도요, 아무것도. 걔는 멀쩡해요. 그냥 약간 도움이 필요할 수도 있을 것 같아요."

해리스는 부근을 다시 훑어보았다.

"뒤로 돌아." 해리스가 데니스에게 말했다.

"네?"

"뒤로 돌아! 손 내리지 말고."

데니스는 등을 돌렸다. 총이 청바지 뒤춤에서 삐져나와 있었다.

해리스가 샘에게 말했다. "당신, 총 가져와. 당장!"

샘은 고분고분 걸어가 데니스에게서 총을 빼냈다.

해리스는 다가오는 샘에게 "이리 넘겨" 하고는 총을 뺏어들어 옆구리의 빈 총집에 집어넣었다. "벽에 기대 서." 그는 데니스에게 말했다. "벽을 마주 보고 서."

데니스는 킥킥 웃으며 벽에 이마를 기댔다. 해리스는 샘의 팔을 잡고 데니스를 이따금씩 돌아보면서 폭풍 대피소로 다가갔다.

"당신 먼저." 해리스가 문을 몸으로 가리키며 말했다.

"저요?"

"얼른." 해리스가 말했다.

샘은 린지가 자세를 잡고 기다리고 있을 집 옆쪽을 바라보았다. 그 후 해리스의 눈을 들여다보았다. 붉게 충혈되고 초조한 눈. 비밀 때문에 밤잠을 못 이루는 남자, 아들을 사랑하는 남자, 다른 사람은 아무도 중요하지 않은 남자의 얼굴이 보였다. 거기에는 희망이 있었다. 하워드는 그에게 가장 아픈 존재였다. 샘은 대피소로 한 걸음 내려갔다. 린지가 움직여 자세를 잡는 것이 보였다. 총구가 해리스의 등을 겨눴다.

총이 발사되자 샘은 휘청했다. 순간, 해리스의 피가 샘의 뺨에 튀었다. 미친 듯이 얼굴을 문지른 샘은 붉은 얼룩으로 뒤덮인 양손을 보았다. 해리스는 얼굴을 옆으로 돌린 채 앞으로 엎어졌다. 해리스의 숨결에 풀잎들이 움직였다.

총탄은 해리스의 가슴을 찢어 거대한 구멍을 뚫어놓았다. 터진 폐에서 피가 거품을 일으키며 쏟아졌다. 아직 숨을 쉬고 있었다. 요란하고 고통스럽게. 뒤쪽에서 "와" 하는 린지의 함성이 들려왔다. 샘은 린지가 조용히 하기를, 해리스가 죽기를 바랐다.

곧 해리스는 잠잠해졌다. 그의 몸 밑에 끈끈한 피 웅덩이가 생겨났다. 샘은 해리스를 보았다. 갑자기 현실 감각이 살아났다. 그것은 찬물처럼 샘을 때렸다. 해리스는 죽었다.

데니스는 해리스의 시신 옆에 웅크리고 앉아 총 두 자루를 모두 집어들었다. 린지는 넘치는 흥분을 감당하지 못한 듯 뒤쪽에서 서성였다. 피로 얼룩진 광경은 린지를 한층 더 흥분시켰다. 데니스는 린지를 흘끗 보더니 뭔가 마음의 결정을 내린 듯했다. 샘에게 몰래 총 하나를 건넸다.

"네가 린지를 쏴줘야겠어." 데니스가 말했다. "넌 할 수 있어." 그리고 뒤로 물러섰다.

샘은 총을 들었다. 생각한 것보다 더 무거웠다. 내가 정말 이걸 쏠 수 있을까? 린지가 몸을 돌려 샘을 마주 보고 겨냥하자 생각할 시간이 없었다. 샘은 총을 들어올렸다. 총을 든 샘의 손이 격렬하게 떨렸다. 샘은 아까 해리스가 하는 걸 본 대로 남는 손으로 총을 받쳤다.

"그럴 줄 알았어." 데니스가 무슨 짓을 했는지 깨달은 린지가 말했다. "너희 둘이 날 엿먹일 걸 알았지."

린지는 울기 시작했다. 샘은 뭘 해야 할지 결정하지 못한 채 방아쇠 위로 손끝을 미끄러뜨렸다. 방아쇠를 당기면 딸깍 소리가 날까? 총이 손에서 튀어 오를까? 총알이 발사되면 허공을 가를까 아니면 누군가에게 맞을까? 샘은 알 수 없었다. 샘과 린지는 먼저 수를 두기를 두려워하며, 데니스가 뭐라고 지시하기를 기다리며 서로를 마주 보았다. 마침내 데니스가 말했다.

"린지…."

그때 차 경적 소리가 났다. 길고 짧은 소리들이 반복적으로 터져 나왔다. 셋은 서로 마주 보았다. 혹시 모르스 부호인가? 샘은 궁금해졌다. 경찰차가 해리스에게 무슨 신호라도 보내고 있는 것일까? 차가 현관 앞까지 다가오자 웅웅대는 음악 소리가 들렸다. 승리감과 행복감이 담긴 음악이었다.

데니스는 두 사람에게 몸짓으로 기다리라고 지시하고 집 옆으로 돌아가 정원을 엿보았다. 돌아온 데니스는 창을 피해 몸을 낮췄다. "캐리야." 데니스가 속삭였다. "캐리가 앞에 있어."

"그 영화 찍는 여자?" 린지의 총은 여전히 샘의 가슴을 겨누고 있었다.

샘은 노크 소리를 들었다. 캐리의 목소리에는 쾌활한 무지가 깃들어 있었다.

"자기를 구하러 왔어, 아가씨!" 캐리가 외쳤다. "자기를 도로 문명으로 데려다주려고 왔어!"

"저걸 어떻게 하지?" 린지가 해리스를 가리켰다.

"누구 없어요? 지금 사람 무시하는 거야, 뭐야? 누구 없어요?"

샘은 캐리에게 달려가고 싶은 마음이 간절했지만 그러면 린지가 총을 쏠 터였다.

"우린 캐리를 들어오게 해야 해."

데니스가 한쪽 엄지에 침을 발라 샘의 얼굴을 문지르고는 옷을 살펴보며 핏자국을 찾았다. "들어와요!" 데니스가 외쳤다.

데니스는 캐리를 맞으려고 집 앞으로 갔다. 샘과 린지는 있던 자리에 그대로 남아 두 사람의 대화에 귀를 기울였다. 샘은 캐리가 나타나지 않았다면 지금쯤 무슨 일이 벌어졌을지 생각하지 않으려고 애썼다. 샘이 집에 없다고 말하는 데니스의 목소리와 기다리겠다고 대답하는 캐리의 목소리가 들렸다. 샘은 앞으로 내밀고 있는 양팔이 아파왔지만, 린지는 거기 하루 종일이라도 서 있을 것처럼 보였다. 이제 총은 샘의 목을 겨누고 있었다.

"저건 누구 차야?" 캐리의 목소리였다.

"린지 거예요." 데니스가 대답했다.

"린지? 어휴… 자기 이제 그만 좀 해." 캐리가 목소리를 낮췄다. "샘을 속상하게 하는 거… 결혼이란… 서로에게…" 캐리의 목소리가 드문드문 들렸다.

샘의 눈에 눈물이 차올랐다. 캐리는 너무 가까이 있었다. 샘의 유일한 소원은 캐리에게 달려가는 것뿐이었다. 손에 든 총이 견딜 수 없을 만큼 무겁게 느껴졌다. 갑자기 자신이 너무 약하게 느껴졌다. 지금 나갈 수만 있다면 너무 늦은 건 아니었다. 린지는 총을 내리지 않은 채 집 쪽으로 걸어가 뒷문 옆에 가만히 멈춰 섰다. 린지는 샘을 노려보면서 고개를 기울여 앞에서 무슨 일이 일어나고 있는지 들으려 했다.

"아무 일도 없어요. 괜찮아요. 걱정 마세요." 데니스의 목소리가 들렸다.

"들여보내줘. 기다릴게."

샘은 눈을 감고 캐리에게 가지 말라고 애원했다. 입술을 달싹이며 기도했다. 캐리가 거기 있는 한 린지는 쏘지 못할 것이다.

"왜 안 돼?" 캐리가 물었다. "난 자기를 믿었어. 그런데 이제 이러기야?"

"나랑 린지 사이는 아무것도 아니에요." 데니스는 이제 언성을 높이고 있었다. "말하자면 복잡해요, 캐리. 그냥…."

캐리는 집 안으로 들어와 복도를 지나 그들을 향해 다가왔다. 데니스가 돌아오라고 외치며 그 뒤를 따라갔다. 린지가 총을 들어 올렸다.

"멈춰." 린지가 말했다. 샘에게 계속 총을 겨눈 채였다. 캐리가 얼어붙었다.

"샘!" 캐리가 돌아보며 불렀다. 캐리는 자신의 팔을 잡아 멈춰 세우려 하는 데니스를 뿌리쳤다. "여기서 대체 무슨 일이 벌어지고 있는 거야?"

"이건 내가 어쩔 수 있는 일이 아니에요." 데니스가 말했다.

캐리의 눈은 휘둥그레졌고 공포로 빛나고 있었다. 늘 단단해 보였던 캐리가 흔들리고 있었다. 샘의 희망이 절망으로 흐려지기 시작했다.

"그래서 이젠 어떻게 되는 거야, 데니스?" 린지가 말했다.

샘은 린지의 눈빛을 읽을 수 있었다. 분노와 슬픔으로 미어지는 가슴을. 이제 린지에게 잃을 건 더 이상 아무것도 없었다. 샘은 데니스 역시 그것을 깨달았음을 알아차렸다.

"린지…." 데니스가 린지에게 천천히 손을 뻗었다.

린지가 그들을 겨냥하자 캐리는 뒷걸음쳤다. 총은 더 이상 흔들리지 않았다. 린지가 말했다. "움직이지 마."

데니스는 캐리 앞에 팔을 벌리고 막아섰다. 캐리와 린지 사이를 갈라놓으면서 천천히 물러났다.

"움직이지 말랬지!" 린지가 비명을 질렀다.

"린지, 제발. 일을 더 크게 만들 필요는 없어." 데니스가 말했다.

린지는 눈물을 참으려고 애쓰면서 숨을 몰아쉬었다.

샘이 말했다. "린지, 난 당신 심정 알겠고, 너무너무 미안해."

"넌 아무것도 몰라." 린지가 말했다. "난 쟤를 위해 모든 걸 희생했어!"

"린지…." 데니스가 다시 말했다.

"싫어! 이제 질렸어! 넌 한 번도 날 제대로 봐주지 않았어!" 린지가 순수하고 맹렬한 증오가 담긴 눈으로 데니스를 보았다. "난 네 정체를 알아. 안다고."

"무슨 말이야?" 캐리가 나지막이 물었다.

린지가 데니스의 어깨너머로 캐리를 보았다. "알고 싶어, 영화 찍는 여자? 스포일러 조심해, 데니스는…."

총 소리가 하도 커서 순간 샘은 자기가 맞았다고 생각했다. 캐리의 비명이 멀고 희미하게 들렸다. 귓전에서 쟁쟁 울리는 총성과 함께 샘은 눈을 감았다. 눈을 떴을 때, 총탄이 린지의 입을 관통한 것을 보았다. 얼굴의 일부는 벽을 따라 흘러내리다 창문에 들러붙어 흐려지는 빛에 붉게 빛났다. 뇌와 피의 웅덩이에 이빨 하나가 떨어져 있었다. 두개골에서는 내용물이 새어 나왔다. 아직 멀쩡한 한쪽 눈알은 안와 속에서 바르르 떨면서 두리번거렸다.

린지의 시신으로 다가간 데니스는 무너져내렸다. 해리스의 총을 내장 속으로 떨어뜨리고 텅 빈 눈으로 시신을 응시했다. 벌어진 두개골에서 새어나오는 피가 마치 폭풍 후의 비처럼 무른 흙에 스며들었다.

캐리는 뒤돌아 서더니 격렬하게 토했다. 샘은 데니스가 일어나는 걸 도와주려고 한 손을 내밀었다. 데니스는 몸에서 모든 힘이 빠져나간 것처럼 느릿느릿 일어섰다. 샘은 더 이상 두려움을 느끼지 않았다. 샘은 데니스를 껴안고 데니스의 가슴에 머리를 기댄 채 총연과 셔츠에 묻은 피의 톡 쏘는 냄새를 들이켰다.

"방금 무슨 일이 일어난 거야?" 캐리가 덜덜 떨면서 다시 물었다.

얼마 동안은 그들 주위의 모든 것이 멈춘 것 같았다. 총성의 메아리가 흐려지자 정적이 세 사람을 삼켜버렸다. 샘, 데니스, 캐리가 주변을 둘러보는 동안은 심지어 바람도 뭘 하면 좋을지 몰라 멈춘 듯했다. 곧 매미들이 울어대기 시작했고 야자 잎들이 따뜻한 미풍에 바스락댔다.

아직 끝나지 않았다고, 샘은 생각했다. 그들은 앞으로 어떻게 할지 결정해야 했다.

에필로그

3개월 후.

샘은 테이블 한쪽에 자리를 잡고 앉아, 다른 사람들을 보지 않으려는 듯 먼 구석의 자판기에 초점을 맞췄다. 수감자들이 와서 배우자들과 아이들을 포옹했다. 데니스는 수갑을 차지 않고 있었다. 그는 담담한 표정으로 다가와 고개를 돌리고 샘의 키스를 받았다.

"돌아왔구나." 데니스가 말했다. "영국은 어땠어?"

"엄청 추웠어! 여기 날씨에 적응됐나 봐." 샘은 데니스의 손목을 엄지로 어루만졌다. 겨우 보름 동안 이곳을 떠나 있었다. 은행에 안전 금고를 개설하고 세간을 보관창고에 맡기고 집을 팔 준비를 하기에 딱 충분할 만큼의 시간이었다.

문을 열자 편지들과 전단지들이 마치 낙엽 더미처럼 현관 앞으로 쏟아졌다. 공기는 퀴퀴하고 모든 게 시간 속에 얼어붙어 있었다. 사진이 집으로 돌아오지 않았으면 어쩌나 하는 당혹감이 우편물을 뒤지는 샘을 엄습했다. 하지만 그때 봉투가 눈에 띄었다. 자신의 글씨를 간신히 알아볼 수 있었다.

봉투를 열기 전에 샘은 강철처럼 마음을 다잡아야 했다. 그후 천천히, 그리고 신중하게 폴라로이드 사진들을 전부 늘어놓고 살펴보았다. 제대로 보는 건 이번이 처음이었다. 이제 샘은 생각할 공간이, 생각할 여유가 있었다.

빛 바랜 사진이었지만, 찢어진 살갗의 붉은색과 입술의 파란색이 얼마나 생생했을지 충분히 상상할 수 있었다. 다들 포즈를 잡고 있었다. 머리카락은 머리통에서 사방으로 펼쳐져 있었고, 양팔은 마치 일광욕을 하는 것처럼, 평화로운 상태인 것처럼 옆구리에 놓여 있었다. 샘은 사진들을 들여다보며 뭐라도 좋으니 납득할 만한 걸 찾아내려고 애를 썼다. 샘이 본 것은 그 여자애들을 해치고 싶어 하는 남자의 분노가 아니라, 지켜주고 싶어 하는 남자의 역겨움이었다. 그 후 샘은 숲속의 그날을 떠올렸다. 데니스가 몸을 굽혀 새끼 고양이를 무덤 안으로 내려놓던 것. 섬세하고 사랑 가득한 손길로 흙 위를 다독이던 것. 데니스가 매단 장식들과 매니큐어로 쓴 비문.

샘은 데니스가 자신을 원하지 않은 게 자신의 잘못이 아님을 알게 되었다. 문제는 샘의 육체나 치아가 아니었다. 샘의 혈관에 맥박 치는 피의 온기였다. 가슴의 오르내림. 키스할 때 데니스와

닿는 샘의 움직임. 샘은 메스꺼움을 느끼며 사진들을 도로 집어 넣었다.

"자기 그거 처리…." 데니스가 물었다.

"그건 안전해." 샘은 영국의 안전 금고에 들어 있는 폴라로이드 사진들을 떠올리며 대답했다.

"그래."

샘은 데니스의 손에 입을 맞췄다. 여기서는 제대로 이야기하는 게 불가능했으므로 샘은 자기가 아는 걸 데니스에게 이야기할 수 없었다. 그 사진들의 의미를 자신이 이해한다는 말을 할 수 없었다.

샘은 고향으로 돌아가기 직전 경찰에 전화를 걸었다. 몇 킬로미터나 가서 찾아낸 수신자 부담 공중전화로, 정체가 들통나지 않도록 가능한 한 영국식 억양을 감췄다.

"해리스의 뒷마당에 시신들이 있어요." 샘은 말했다. "데니스 댄슨이 그들을 죽였어요. 전부 다요. 린지 더스트와 하워드 해리스가 공범이에요." 그 후 전화를 끊고 차를 타고 공항을 향해 달렸다. 묻혀 있던 유골들이 파헤쳐지면서 사건이 밝혀지는 과정을 영국에서 지켜보았다.

"이게 좀 그립더라고." 샘이 말했다.

"뭐가 그리웠는데?" 데니스가 말했다.

"이거 말이야." 샘이 면회실을 가리켰다. "나는 자기를 면회하는 게 너무 좋았어." 이곳은 안전한 느낌을 준다고 샘은 생각했지만, 입 밖으로 말하지는 않았다. "그리고 여기서는 우리가 서로 만질 수 있어서 좋아."

"그렇구나." 데니스가 고개를 떨군 채 말했다. "양형 거래 제안을 받았어. 여자애들을 죽인 걸 자백하고 가석방 없는 종신형을 받으라네."

"그랬어?" 샘이 물었다. 데니스가 그걸 받아들였으면 싶었다. 무죄를 주장하다가 진다면 사형수 감방에 가는 게 불가피했다. 여기서라면 검정고시를 통과하고 어쩌면 대학 강좌에 등록할 수 있을지도 모른다. 데니스의 뺨은 운동장에서 보내는 시간 덕분에 구릿빛을 띠고 있었다.

여전히 데니스가 그 여자애들을 죽이지 않았다고 믿는 사람들이 있었다. 캐리의 믿음은 한 번도 흔들리지 않았다. 캐리는 데니스를 사랑했다. 하워드와 린지가 그랬던 것과 똑같이. 그게 데니스가 그들을 조종한 방식이었음을, 자신을 조종한 방식이었음을 샘은 깨달았다. 캐리는 데니스가 총을 쏘기 전에 린지가 먼저 총을 드는 걸 보았다고 맹세했다. 캐리에게 데니스는 영웅이었다.

그 마지막 날 저녁의 기억이 비록 흐릿했지만, 샘은 린지가 총을 들어 올리지 않은 걸 알았다. 데니스가 방아쇠를 당긴 후, 샘은 데니스를 껴안고 가슴에 고개를 기댄 채 심장 소리에 귀를 기울였다. 마치 잠든 것처럼 느리고 규칙적인 소리였다. 그 소리는 샘의 피가 차갑게 식도록 만들었다. 피 웅덩이 속에 놓인 빠진 치아가 눈에 띄자 한층 더 차갑게 식었다.

"그 사람들한테는 아무것도 없어." 데니스의 말에 샘은 혼자만의 생각에서 깨어났다.

"뭐?" 샘이 물었다.

"내 변호사가 그러는데 나를 해리스네 집 마당의 시신들과 엮을 근거가 하나도 없대. 아무것도."

욕지기가 치밀었다. 데니스가 석방될 거라고 생각하니 본능적으로 손이 배로 올라갔다. 이 안에선 아기가 자라고 있었다. 만약 딸이면 어쩌지? 샘은 생각했다. 혹시나 필요해질 경우, 샘에게는 그 사진들이 있었다. 아무도 샘이 데니스에게 불리한 증언을 하도록 강요할 수 없었다. 두 사람이 부부인 한은. 하지만 남편의 물건을 정리하다가 사진들을 찾아냈다고 둘러대는 건 얼마든지 가능했다.

샘은 자신의 부푼 배를 뚫어지게 바라보는 데니스의 눈길에 미소를 지었다. 데니스는 얼굴을 붉히며 고개를 돌렸다. 두 사람은 아이 이야기를 꺼내지 않았다. 데니스는 산 사람보다 죽은 사람과 있을 때 훨씬 더 편했다. 샘은 데니스가 자신을 위해 가장 현명한 선택을 하기를 바랐다. 두 사람 모두를 위해.

데니스는 샘의 손을 잡은 손에 힘을 주면서 샘에게 몸을 기울였다. "내가 나가면 우린 함께 있을 수 있어. 당신이 가고 싶은 곳이면 뉴욕이든 어디든 좋아." 데니스는 샘의 얼굴에서 자신에 대한 신뢰를 찾으려 했다. "제발 서맨사." 데니스가 간절함을 담아 불렀다.

샘은 데니스의 눈을 가만히 응시했다. 그 새파란 눈동자는 여전히 샘의 숨을 멎게 했다.

"자주 올게." 샘이 말했다.

그 말은 진심이었다. 우리에게는 이 방식이 맞아. 샘은 데니스와 손깍지를 끼면서 생각했다. 데니스에게는 늘 이 편이 더 나았다.

감사의 글

〈데일리메일〉퍼스트 소설 공모전의 심사위원으로 초기부터 《이노센트 와이프》를 지지해주신 사이먼 커닉과 샌드라 파슨스에게 감사드립니다.

루이기와 셀리나, 이 책을 믿어주고 조언해주고 이끌어줘서 고마워요. 두 분과 함께 일할 수 있었던 건 엄청난 행운이었습니다. 두 분이 보여주신 전문성과 친절에 너무나 감사드립니다.

앨리슨에게 거듭 감사드립니다. 당신 역시 이 책에 크게 기여해주었고 귀한 의견을 주셨습니다.

《이노센트 와이프》를 위해 열심히 수고해주신 코너스톤의 모든 직원분, 소니, 클레어, 해티, 맷, 칸, 피파, 켈리, 캐서린과 이 책에 그토록 많은 열의를 보내준 모든 분에게 감사를 전합니다.

더 바랄 수 없이 아름다운 표지를 만들어준 클렌에게 감사합니다.

피터 조지프, 내가 잇새에 음식물이 낀 채 무대에 오르지 않게 해줘서 고마워요! 당신은 내게 많은 도움을 주었어요. 당신의 탁월한 조언 때문에 이 책은 훨씬 좋아질 수 있었습니다. 또한 하노버 스퀘어 출판사의 카일라 킹과 모든 분의 노고에 감사드립니다.

원고 집필과 직장 생활을 병행할 수 있도록 도와준 동료들에게도 감사를 보냅니다. 그들의 지지와 이해 덕분에 큰 어려움 없이 작업할 수 있었습니다. 내가 가장 필요로 할 때 애정 넘치는 격려를 보내준 엠마 크로커에게 각별히 감사 인사를 전하고 싶습니다.

할아버지, 고마워요! 할아버지가 우겨서 저를 학교에 넣어 주시지 않았으면 전 아마 지금 글 읽는 법도 몰랐을 거예요.

라이스, 늘 솔직한 말로 내가 당신 의견을 믿을 수 있게 이야기해줘서 고마워요. 너무 솔직하지만 내가 상처받지는 않을 정도의 솔직함이었지요. 언젠가는 나도 당신 같은 균형감을 터득할 수 있으면 좋겠네요.

마지막으로, 늘 내 선택을 지지하고 용기를 주신 엄마 아빠께 감사드립니다. 내가 몇 달간 로버라는 이름의 개로 살고 싶어 했을 때 두 분은 그걸 받아주셨고, 그보다 더 불가능한 작가가 되고 싶다고 했을 때도 늘 내가 해낼 수 있을 거라고 믿어주셨죠. 두 분 모두 사랑해요.

이노센트 와이프

초판 1쇄 인쇄 2020년 3월 23일
초판 1쇄 발행 2020년 4월 6일

지은이 에이미 로이드
옮긴이 김지선
펴낸이 유정연

편집장 장보금
책임편집 김경애 **기획편집** 백지선 신성식 조현주 김수진 **디자인** 안수진 김소진
마케팅 임충진 임우열 이다영 박중혁 **제작** 임정호 **경영지원** 박소영

펴낸곳 흐름출판(주) **출판등록** 제313-2003-199호(2003년 5월 28일)
주소 서울시 마포구 월드컵북로5길 48-9(서교동)
전화 (02)325-4944 **팩스** (02)325-4945 **이메일** book@hbooks.co.kr
홈페이지 http://www.hbooks.co.kr **블로그** blog.naver.com/nextwave7
출력·인쇄·제본 (주)상지사 **용지** 월드페이퍼(주) **후가공** (주)이지앤비(특허 제10-1081185호)

ISBN 978-89-6596-376-9 03840

- 흐름출판은 독자 여러분의 투고를 기다리고 있습니다. 원고가 있으신 분은 book@hbooks.co.kr
  로 간단한 개요와 취지, 연락처 등을 보내주세요. 머뭇거리지 말고 문을 두드리세요.
- 파손된 책은 구입하신 서점에서 교환해 드리며 책값은 뒤표지에 있습니다.

이 도서의 국립중앙도서관 출판예정도서목록(CIP)은 서지정보유통지원시스템 홈페이지(http://seoji.nl.go.kr)와 국가자
료공동목록시스템(http://www.nl.go.kr/kolisnet)에서 이용하실 수 있습니다.(CIP제어번호: CIP2020009667)